Os Maias: Episódos da Vida Romântica

Livro Segundo

José Maria de Eça de Queirós

Os Maias: Episódios da Vida Romântica

First Published in Great Britain in 2014 by Jiahu Books – part of Richardson-Prachai Solutions Ltd, 34 Egerton Gate, Milton Keynes, MK5 7HH
ISBN: 978-1-78435-072-7

A CIP catalogue record for this book is available from the British Library
Visit us at: jiahubooks.co.uk

Capítulo I	5
Capítulo II	27
Capítulo III	51
Capítulo IV	68
Capítulo V	103
Capítulo VI	153
Capítulo VII	181
Capítulo VIII	220

Capítulo I

Na manhã seguinte, Carlos, que se erguera cedo, veio a pé do Ramalhete até á rua de S. Francisco, a casa de Madame Gomes. No patamar, onde morria em penumbra a luz distante da claraboia, uma velha de lenço na cabeça, encolhida n'um chalesinho preto, esperava, sentada melancolicamente ao canto do banco de palhinha. A porta aberta mostrava uma parede feia de corredor, forrada de papel amarello. Dentro um relogio ronceiro estava batendo dez horas.

— A senhora já tocou? perguntou Carlos, erguendo o chapéo.

A velha murmurou, d'entre a sombra do lenço que lhe cahia para os olhos, n'um tom cançado e doente:

— Já, sim, meu senhor. Já fizeram o favor de me fallar. O criado, o snr. Domingos, não tarda...

Carlos esperou, passeando lentamente no patamar. Do segundo andar vinha um barulho alegre de crianças brincando; por cima, o moço do Cruges esfregava a escada com estrondo, assobiando desesperadamente o fado. Um longo minuto arrastou-se, depois outro, infindavel. A velha, d'entre a negrura do lenço, deu um suspirosinho abatido. Lá ao fundo um canario rompera a cantar; e então Carlos, impaciente, puxou o cordão da campainha.

Um criado de suissas ruivas, correctamente abotoado n'um jaquetão de flanella, appareceu correndo, com uma travessa na mão, abafada n'um guardanapo; e ao vêr Carlos ficou tão atarantado, bambaleando á porta, que um pouco de molho de assado escorregou, cahiu sobre o soalho.

— Oh snr. D. Carlos Eduardo, faz favor d'entrar!... Ora esta! Tem a bondade d'esperar um instantinho, que eu abro já a sala... Tome lá, snr.ª Augusta, tome lá, olhe não entorne mais! A senhora diz que lá manda logo o vinho do Porto... Desculpe v. exc.ª, snr. D. Carlos... Por aqui, meu senhor...

Correu um reposteiro de reps vermelho, introduziu Carlos n'uma sala alta, espaçosa, com um papel de ramagens azues, e duas varandas para a rua de S. Francisco; e erguendo á pressa os dois transparentes de paninho branco, perguntava a Carlos se s. exc.ª não se lembrava já do Domingos. Quando elle se voltou, risonho, descendo precipitadamente os canhões das mangas, Carlos reconbeceu-o pelas suissas ruivas. Era com effeito o Domingos, escudeiro excellente, que no começo do inverno estivera no Ramalhete, e se despedira por birras patrioticas, birras ciumentas, com o cozinheiro francez.

— Não o tinha visto bem, Domingos, disse Carlos. O patamar é um pouco escuro... Lembro-me perfeitamente... E então vossê agora aqui, hein? E está contente?

— Eu parece-me que estou muito contente, meu senhor... O snr. Cruges tambem mora cá por cima...

— Bem sei, bem sei...

— Tenha v. exc.ª a paciencia de esperar um instantinho que eu vou dar parte á snr.ª D. Maria Eduarda...

Maria Eduarda! Era a primeira vez que Carlos ouvia o nome d'ella; e pareceu-lhe perfeito, condizendo bem com a sua belleza serena. Maria Eduarda, Carlos Eduardo... Havia uma similitude nos seus nomes. Quem sabe se não presagiava a concordancia dos seus destinos!

Domingos, no entanto, já á porta da sala, com a mão no reposteiro, parou ainda, para dizer n'um tom de confidencia e sorrindo:

— É a governante ingleza que está doente...

— Ah! é a governante?

— Sim, meu senhor, tem uma febresita desde hontem, peso no peito...

— Ah!...

O Domingos deu outro movimento lento ao reposteiro, sem se apressar, contempiando Carlos com admiração:

— E o avôsinho de v. exc.ª passa bem?

— Obrigado, Domingos, passa bem.

— Aquillo é que é um grande senhor!... Não ha, não ha outro assim em Lisboa!

— Obrigado, Domingos, obrigado...

Quando elle finalmente sahiu, Carlos, tirando as luvas, deu uma volta curiosa e lenta pela sala. O soalho fôra esteirado de novo. Ao pé da porta havia um piano antigo de cauda, coberto com um pano alvadio; sobre uma estante ao lado, cheia de partituras, de musicas, de jornaes illustrados, pousava um vaso do Japão onde murchavam tres bellos lirios brancos; todas as cadeiras eram forradas de reps vermelho; e aos pés do sofá estirava-se uma velha pelle de tigre. Como no Hotel Central, esta inlallação summaria de casa alugada recebera retoques de conforto e de gosto: cortinas novas de cretone, combinando com o papel azul da parede, tinham substituido as classicas bambinellas de cassa: um pequeno contador arabe, que Carlos se lembrava de ter visto havia dias no tio Abrahão, viera encher um lado mais desguarnecido da parede: o tapete de pellucia d'uma mesa oval, collocada ao centro, desapparecia sob lindas encadernações de livros, albuns, duas taças japonezas de bronze, um cesto para flôres de porcelana de Dresde, objectos delicados d'arte que não pertenciam decerto á mãi Cruges. E parecia errar alli, acariciando a ordem das coisas e marcando-as com um encanto particular, aquelle indefinido perfume que Carlos já sentira nos quartos do Hotel Central, e em que dominava o jasmim.

Mas o que attrahiu Carlos foi um bonito biombo de linho crú, com ramalhetes bordados, desdobrado ao pé da janella, fazendo um recanto mais resguardado e mais intimo. Havia lá uma cadeirinha baixa de setim escarlate, uma grande almofada para os pés, uma mesa de costura com todo um trabalho de mulher interrompido, numeros de jornaes de modas, um bordado enrolado, mólhos de lã de côres transbordando de um açafate. E, confortavelmente enroscada no macio da cadeira, achava-se ahi, n'esse momento, a famosa cadellinha escosseza, que tantas vezes passára nos sonhos de Carlos, trotando ligeiramente atraz de uma radiante figura pelo Aterro fóra, ou aninhada e adormecida n'um doce regaço...

— Bonjour, Mademoiselle, disse-lhe elle, baixinho, querendo captar-lhe as sympathias.

A cadellinha erguera-se logo bruscamente na cadeira, d'orelhas fitas, dardejando para aquelle estranho, por entre as repas esguedelhadas, dois bellos olhos de azeviche, desconfiados, d'uma penetração quasi humana. Um instante Carlos receou que ella rompesse a ladrar. Mas a cadellinha de repente namorára-se d'elle, deitada já na cadeira. de patas ao ar, descomposta, abandonando o ventresinho ás suas caricias. Carlos ia coçal-a e amimal-a, quando um passo leve pizou a esteira. Voltou-se, viu Maria Eduarda diante de si.

Foi como uma inesperada apparição — e vergou profundamente os hombros, menos a saudal-a, que a esconder a tumultuosa onda de sangue que sentia abrazar-lhe o rosto. Ella, com um vestido simples e justo de sarja preta, um collarinho direito de homem, um botão de rosa e duas folhas verdes no peito, alta e branca, sentou-se logo junto da mesa oval, acabando de desdobrar um pequeno lenço de renda. Obedecendo ao seu gesto risonho, Carlos pousou-se embaraçadamente á borda do sofá de reps. E depois d'um instante de silencio, que lhe pareceu profundo, quasi solemne, a voz de Maria Eduarda ergueu-se, uma voz rica e lenta, d'um tom d'ouro que acariciava.

Através do seu enleio, Carlos percebia vagamente que ella lhe agradecia os cuidados que elle tivera com Rosa: e, de cada vez que o seu olhar se demorava n'ella um instante mais, descobria logo um encanto novo e outra fórma da sua perfeição. Os cabellos não eram louros, como julgára de longe á claridade do sol, mas de dois tons, castanho-claro e castanho-escuro, espessos e ondeando ligeiramente sobre a testa. Na grande luz escura dos seus olhos havia ao mesmo tempo alguma coisa de muito grave e de muilo dôce. Por um geito familiar cruzava ás vezes, ao fallar, as mãos sobre os joelhos. E através da manga justa de sarja, terminando n'um punho branco, elle sentia a belleza, a brancura, o macio, quasi o calor dos seus braços.

Ella calára-se. Carlos, ao levantar a voz, sentiu outra vez o sangue abrazar-lhe o rosto. E, apesar de saber já pelo Domingos que a doente era a governante, só achou, na sua perturbação, esta pergunta timida:

— Não é sua filha que está doente, minha senhora?

— Oh não! graças a Deus!

E Maria Eduarda contou-lhe, justamente como o Domingos, que a governante ingleza havia dois dias se achava incommodada, com difficuldade de respirar, tosse, uma ponta de febre...

— Imaginámos ao principio que era uma constipação passageira; mas hontem á tarde esteva peor, e estou agora impaciente que a veja...

Ergueu-se, foi puxar um enorme cordão de campainha que pendia ao lado do piano. O seu cabello por traz, repuxado para o alto da cabeça, deixava uma pennugem d'ouro frisar-se delicadamente sobre a brancura lactea do pescoço. Entre aquelles moveis de reps, sob o tecto banal d'estuque enxovalhado, toda a sua pessoa parecia a Carlos mais radiante, d'uma belleza mais nobre, e quasi inaccesivel; e pensava que nunca alli ousaria olhal-a tão francamente, com uma tão clara adoração, como quando a encontrava na rua.

— Que linda cadellinha v. exc.ª tem, minha senhora disse elle, quando Maria Eduarda se tornou a sentar, e pondo já n'estas palavras simples, ditas a sorrir, um accento de ternura.

Ella sorriu tambem com um lindo sorriso, que lhe fazia uma covinha no queixo, dava uma doçura mais mimosa ás suas feições sérias. E alegremente, batendo as palmas, chamando para dentro do biombo:

— Niniche! estão-te a fazer elogios, vem agradecer!

Niniche appareceu a hocejar. Carlos achava lindo este nome de Niniche. E era curioso, tinha tido tambem uma galguinha italiana que se chamava Niniche...

N'esse instante a criada entrou — a rapariga magra e sardenta, d'olhar petulante, que Carlos vira já no Hotel Central.

— Melanie vai-lhe ensinar o quarto de miss Sarah, disse Maria Eduarda. Eu não o acompanho, porque ella é tão timida, tem tanto escrupulo em incommodar, que diante de mim é capaz de negar tudo, dizer que não tem nada...

— Perfeitamente, perfeitamente, murmurava Carlos, sorrindo, n'um encanto de tudo.

E pareceu-lhe então que no olhar d'ella alguma coisa brilhára, fugira para elle, de mais vivo, de mais dôce.

Com o seu chapéo na mão, pisando familiarmente aquelle corredor intimo, surprehendendo detalhes de vida domestica, Carlos sentia como a alegria d'uma posse. Por uma porta meio aberta pôde entrevêr uma banheira, e ao lado dependurados grandes roupões turcos de banho. Adiante, sobre uma mesa, estavam alinhadas, e como desencaixotadas recentemente, garrafas d'aguas mineraes de Saint-Galmier e de Vals. Elle deduzia logo d'estas coisas tão simples, tão banaes, evidencias de vida delicada.

Melanie correu um reposteiro de linho crú, fêl-o entrar n'um quarto claro e fresco: e ahi foi encontrar a pobre miss Sarah n'um leitosinho de ferro, sentada, com um laço de sêda azul ao pescoço, e os bandós tão lisos, tão acamados pela escova, como se fosse sahir n'um domingo para a capella presbyteriana. Na mesinha de cabeceira os seus jornaes inglezes estavam escrupulosamente dobrados, junto d'um copo com duas bellas rosas; e tudo no quarto resplandecia de severo arranjo, desde os retratos da familia real d'Inglaterra, expostos sobre a toalha de renda que cobria a commoda, até ás suas botinas bem engraxadas, classificadas, perfiladas n'uma prateleira de pinho.

Apenas Carlos se sentou, ella immediatamente, com duas rosetas de vergonha na face, entre frouxos de tosse, declarou que não tinha nada. Era a senhora, tão boa, tão cautelosa, que a forcára a metter-se na cama... E para ella era um desgosto vêr-se alli ociosa, inutil, agora que Madame estava tão só, n'uma casa sem jardim. Onde havia a menina de brincar? Quem havia de sahir com ella? Ah! Era uma prisão para Madame!...

Carlos consolava-a, tomando-lhe o pulso. Depois, quando elle se ergueu para a auscultar, a pobre miss cobriu-se toda n'um rubor afficto, apertando mais a roupa contra o peito, querendo saber se era absolutamente necessario... Sim, decerto, era neccssario... Achou-lhe o pulmão direito um pouco tomado; e, em quanto a agasalhva, fez-lhe algumas perguntas sobre a sua familia. Ella contou que era de York, filha de um clergyman, e tinha quatorze irmãos: os rapazes estavam na Nova Zelandia, e todos eram d'uma robustez de athletas. Ella sahira a mais fraca; tanto que o pai, vendo que ella aos dezesete annos pesava só oito arrobas, ensinou-lhe logo latim, destinando-a para governante.

Em todo o caso, dizia Carlos, nunca houvera na sua familia doenças de peito? Ella sorriu. Oh! nunca! A mamã ainda vivia. O papá, já muito velho, morrera do couce de uma egua.

Carlos, no entanto, pó de pé, com o chapéo na mão, continuava a observal-a, reflectindo. Então, de repente, sem motivo, ella enterneceu-se, os seus olhos pequeninos ennevoaram-se de agua. E quando ouviu que eram precisos tantos agasalhos, que teria de estar alli no quarto ainda quinze dias, perturbou-se mais, duas lagrimasinhas tímidas quasi lhe fugiram das pestanas. Carlos terminou por lhe afagar paternalmente a mão.

— Oh! Thank you sir! murmurou ella, commovida de todo.

Na sala, Carlos veio encontrar Maria Eduarda sentada junto da mesa, arranjando ramos, com uma grande cesta de flôres pousada ao lado n'uma cadeira, e o regáço cheio de cravos. Uma bella restea de sol, estendida na esteira, vinha morrer-lhe aos pés; e Niniche, deitada alli, reluzia como se fosse feita de fios de prata. Na rua, sob as janellas, um realejo ia tocando, na alegria da linda manhã de sol, a walsa da Madame Angot. Pelo andar de cima tinham recomeçado as correrias de crianças brincando.

— Então? exclamou ella, voltando-se logo, com um mólho de cravos na mão.

Carlos tranquillisou-a. A pobre miss Sarah tinha uma bronchite ligeira, com pouca febre. Em todo o caso necessitava resguardo, toda a cautela...

— Certamente! E ha de tomar algum remedio, não é verdade?

Atirou logo o resto dos cravos do regaço para o cesto, foi abrir uma secretariasinha de pau preto collocada entre as janellas. Ella mesmo arranjou o papel para elle receitar, metteu um bico novo na penna. E estes cuidados perturbavam Carlos como caricias.

— Oh minha senhora!... murmurava elle, um lapis basta...

Quando se sentou, os seus olhos demoraram-se com uma curiosidade enternecida n'esses objectos familiares onde pousava a doçura das mãos d'ella — um sinete d'agatha sobre um velho livro de contas, uma faca de marfim com monogramma de prata ao lado d'uma taçasinha de Saxe cheia d'estaropilhas; e em tudo havia a ordem clara que tão bem condizia com o seu puro perfil. Na rua o realejo calára-se, por cima do tecto já não cavallavam as crianças. E, em quanto escrevia devagar, Carlos sentia-a abafar sobre a esteira o som dos seus passos, mover os seus vasos mais de leve.

— Que bonitas flôres v. exc.ª tem, minha senhora! disse elle, voltando a cabeça, em quanto ia seccando distrahida e lentamente a receita.

De pé, junto do contador arabe, onde pousava um vaso amarello da India, ella arranjava folhas em volta de duas rosas.

— Dão frescura, disse ella. Mas imaginei que em Lisboa havia mais bonitas flôres. Não ha nada que se compare ás flôres de França... Pois não é verdade?

Elle não respondeu logo, esquecido a olhar para ella, pensando na doçura de ficar alli eternamente n'aquella sala de reps vermelho, cheia de claridade e cheia de silencio, a vêl-a pôr folhas verdes em torno de pés de rosa!

— Em Cintra ha lindas flôres, murmurou por fim.

— Oh, Cintra é um encanto! disse ella, sem erguer os olhos do seu ramo. Vale a pena vir a Portugal só por causa de Cintra.

N'esse momento, o reposteiro de reps esvoaçou, e Rosa entrou de dentro, correndo, vestida de branco, com meiasinhas de sêda preta, uma onda negra de cabello a bater-lhe as costas, e trazendo ao collo a sua grande boneca. Ao vêr Carlos parou bruscamente, com os bellos olhos muito abertos para elle, toda encantada, e apertando mais nos braços Cri-cri que vinha em camisa.

— Não conheces? perguntou-lhe a mãi, indo sentar-se outra vez diante do seu cesto de flôres.

Rosa começava já a sorrir, o seu rostosinho cobria-se d'uma linda côr. E assim, toda d'alvo e negro como uma andorinha, tinha um encanto raro, com o seu dôce mimo de fórma, a sua graça ligeira, os seus grandes olhos cheios d'azul, e um ruborzinho de mulher na face. Quando Carlos se adiantou com a mão estendida para renovar o antigo conhecimento — ella ergueu-se na ponta dos pés, estendeu-lhe vivamente a boquinha, fresca como um botão de rosa. Carlos ousou apenas tocar-lhe de leve na testa.

Depois quiz apertar a mão á sua velha amiga Cri-cri. E então, de repente, Rosa recordou-se do que a trouxera alli a correr.

— É o robe-de-chambre, mamã! Não posso achar o robe-de-chambre de Cri-cri... Ainda a não pude vestir... Dize, sabes onde é que está o robe-de-chambre?

— Vejam esta desarranjada murmurava a mãi olhando-a com um sorriso lento e terno. Se Cri-cri tem uma commoda particular, o seu guarda-vestidos, não se lhe deviam perder as coisas... pois não é verdade, snr. Carlos da Maia?

Elle, ainda com a sua receita na mão, sorria tambem, sem dizer nada, todo no enternecimento d'aquella intimidade em que se seutia penetrar dôcemente.

A pequena então veio encostar-se à mãi, roçando-se pelo seu braço, com uma vozinha languida, lenta, e de mimo:

— Anda, dize... Não sejas má... Anda... Onde está o robe-de-chambre? Dize...

Levemente, com a ponta dos dedos, Maria Eduarda arranjou-lhe o pequenino laço de seda branca que lhe pendia no alto cabello. Depois ficou mais séria:

— Está bem, está quieta... Tu sabes que não sou eu que trata dos arranjos da Cri-cri. Devias ter mais ordem... Vai perguntar a Melanie.

E Rosa obedeceu logo, séria também, comprimentando agora Carlos ao passar, com um arzinho senhoril:

— Bonjour, Monsieur...

— É encantadora! murmurou elle.

A mãi sorriu. Tinha acabado de compôr o seu ramo de cravos; — e immediatamente attendeu a Carlos, que pousára a receita sobre a mesa, e sem se apressar, installando-se n'uma poltrona, lhe foi fallando da dieta que devia ter miss Sarah, das colheres de xarope de codeina que se lhe deviam dar de tres em tres horas...

— Pobre Sarah! dizia ella. E é curioso, não é verdade? Veio com o presentimento, quasi com a certeza, que havia de adoecer em Portugal...

— Então vem a detestar Portugal!

— Oh! tem-lhe já horror! Acha muito calor, por toda a parte maus cheiros, a gente hedionda... Tem medo de ser insultada na rua... Emfim é infelicissima, está ardendo por se ir embora...

Carlos ria d'aquellas antipathias saxonias. De resto em muitas coisas a boa miss Sarah tinha talvez razão...

— E v. exc.ª tem-se dado bem em Portugal, minha senhora?

— Ela encolheu os hombros, indecisa.

— Sim... Devo dar-me bem... É o meu paiz.

O seu paiz!... E elle que a julgava brazileira!

— Não, sou portugueza.

E, durante um momento, houve um silencio. Ella tomára de sobre a mesa, abria lentamente um grande leque negro pintado de flôres vermelhas. E Carlos sentia, sem saber porque, uma doçura nova penetrar-lhe no coração. Depois ella fallou da sua viagem que fôra muito agradavel; adorava andar no mar; tinha sido um encanto a manhã da chegada a Lisboa, com um céo azul-ferrete, o mar todo azul tambem, e já um calorzinho de clima dôce... Mas depois, apenas desembarcados, tudo corrra desagradavelmente. Tinham ficado mal alojados no Central. Niniche, uma noite, assustára-os muito com uma indigestão. Em seguida no Porto viera aquelle desastre...

— Sim, disse Carlos, o marido de v. exc.ª, na Praça Nova...

Ella pareceu surprehendida. Como sabia elle? Ah! sim, sabia de certo pelo Damaso...

— São muito amigos, creio eu.

Depois d'uma leve hesitação, que ella comprehendeu, Carlos murmurou:

— Sim... O Damaso vai bastante ao Ramalhete... É de resto um rapaz que eu conheço apenas ha mezes...

Ella abriu os olhos, pasmada.

— O Damaso? Mas elle disse-me que se conheciam desde pequeninos, que eram até parentes...

Carlos encolheu simplesmente os hombros, sorrindo.

— É uma bella illusão... E se isso o faz feliz!...

Ella sorriu tambem, encolhendo tambem ligeiramente os hombros.

— E v. exc.ª, minha senhora, continuou logo Carlos não querendo fallar mais do Damaso, como acha Lisboa?

Gostava bastante, achava muito bonito este tom azul e branco de cidade meridional... Mas, havia tão poucos confortos!... A vida tinha aqui um ar que ella não pudera perceber ainda — se era de simplicidade ou de pobreza.

— Simplicidade, minha senhora. Temos a simplicidade dos selvagens...

Ella riu.

— Não direi isso. Mas supponho que são como os gregos: contentam-se em comer uma azeitona, olhando o céo que é bonito...

Isto pareceu adoravel a Carlos, todo o seu coração fugiu para ella.

Maria Eduarda queixava-se sobretudo das casas, tão faltas de commodidade, tão despidas de gosto, tão desleixadas. Aquella em que vivia fazia a sua desgraça. A cozinha era atroz, as portas não fechavam. Na sala de jantar havia sobre a parede umas pinturas de barquinhos e collinas que lhe tiravam o appetite...

— Além d'isso, acrescentou, é um horror não ter um quintal, um jardim, onde a pequena possa correr, ir brincar...

— Não é facil encontrar assim uma casa nas condições d'esta e com jardim, disse Carlos.

Deu um olhar ás paredes, ao estuque enxovalhado do tecto — e lembrou-lhe de repente a Quinta do Craft, com a sua vista de rio, o ar largo, as frescas ruas de acacias.

Felizmente, Maria Eduarda tomara a casa apenas ao mez, e estava pensando em ir passar à beira-mar o tempo que tivesse de ficar ainda em Portugal.

— De resto, disse ella, foi o que me aconselhou o meu medico em Paris, o dr. Chaplain.

O dr. Chaplain? Justamente, Carlos conhecia muito o dr. Chaplain. Ouvira-lhe as lições, visitára-o até intimamente na sua propriedade de Maisonnettes, ao pé de Saint-Germain. Era um grande mestre, era um espirito bem superior!

— E tão bom coração! disse ella com um claro sorriso, um olhar que brilhou.

E este sentimento commum pareceu de repente aproximal-os mais dôcemente: cada um n'esse instante adorou o dr. Chaplain: e continuaram ainda fallando d'elle prolongadamente, gozando, através d'essa trivial sympathia por um velho clinico, a nascente concordancia dos seus corações.

O bom dr. Chaplain! Que physionomia tão amavel, tão fina!... empre com o seu barretinho de sêda... E sempre com a sua grande flôr na casaca... De resto, o pratico maior que sahira da geração de Trousseau.

— E Madame Chaplain, acrescentou Carlos, é uma pessoa encantadora... Não é verdade?

Mas Maria Eduarda não conhecia Madame Chaplain.

Dentro o relogio ronceiro começára a bater onze horas. E Carlos então ergueu-se, findando a sua fugitiva, inolvidavel, deliciosa visita...

Quando ella lhe estendeu a mão, um pouco de sangue subiu-lhe de novo á face ao tocar aquella palma tão macia e tão fresca. Pediu os seus comprimentos para Mademoiselle Rosa. Depois, á porta, já com o reposteiro na mão, voltou-se ainda, uma vez mais, n'uma ultima saudação, a receber o olhar suave com que ella o seguia...

— Até ámanhã, está claro! exclamou ella de repente, com o seu lindo sorriso.

— Até ámanhã, decerto!

O Domingos estava já no patamar, de casaca, risonho e bem penteado.

— É coisa de cuidado, meu senhor?

— Não é nada, Domingos... Estimei vêl-o por aqui.

— E eu muito a v. exc.ª Até ámanhã, meu senhor.

— Até ámanhã.

Niniche appareceu tambem no patamar. Elle abaixou-se ternamente a afagal-a, e disse-lhe tambem, radiante: — Até ámanhã, Niniche!

— Até ámanhã! Voltando para o Ramalhete, era esta a unica idéa que elle sentia distinctamente através da nevoa luminosa que lhe afogava a alma. Agora o seu dia estava findo: — mas, passadas as longas horas, terminada a longa noite, elle penetraria outra vez n'aquella sala de reps vermelho, onde ella o esperava, com o mesmo vestido de sarja, enrolando ainda folhas verdes em torno de pés de rosa...

Pelo Aterro, por entre a poeira de verão e o ruido das carroças, o que elle via era essa sala, esteirada de novo, fresca, silenciosa e clara: por vezes uma phrase que ella dissera cantava-lhe na memoria, com o tom d'ouro da sua voz; ou luziam-lhe diante dos olhos as pedras dos seus anneis entremettidos pelos pêllos de Niniche. Parecia-lhe mais linda, agora que conhecia o seu sorriso d'uma graça tão delicada; era cheia de intelligencia, era cheia de gosto; e a pobre velha á porta, esse doente a quem ella mandava vinho do Porto, revelavam a sua bondade... E o que o encantava é que não tornaria mais a farejar a cidade como um rafeiro perdido, á busca dos seus olhos negros; agora bastava-lhe subir alguns degraus, abria-se diante d'elle a porta da sua casa: e tudo de repente na vida parecia tornar-se facil, equilibrado, sem duvidas e sem imapciencias.

No seu quarto, no Ramalhete, Baptista entregou-lhe uma carta.

— Trouxe-a a escosseza, já v. exc.ª tinha sahido.

Era da Gouvarinho! Meia folha de papel, tendo simplesmente escripto a lapis — all rigth. Carlos amarrotou-a, furioso. A Gouvarinho!... Não se tornára quasi a lembrar d'ella, desde a vespera, no radiante tumulto em que andára o seu coração. E era no comboio d'essa noite, d'ahi a horas, que deviam ambos partir para Santarem, a amarem-se, escondidos n'uma estalagem! Elle promettera-lh'o, a sério; já ella se preparára decerto, com a atroz cabelleira postiça, com o water-proof de grande roda; tudo estava all right... Achou-a n'esse instante ridicula, reles, estupida... Oh, era claro como a luz que não ia, que nunca iria, jámais! Mas tinha d'apparecer na estação de Santa Apolonia, balbuciar uma desculpa tosca, assistir á sua desconsolação, vêr-lhe os olhos marejados de lagrimas. Que massada!... Teve-lhe odio.

Quando chegou á mesa do almoço Craft e Affonso, já sentados, fallavam justamente do Gouvarinho, e dos artigos que elle continuava gravemente a publicar no Jornal do Commercio.

— Que besta essa! exclamou Carlos n'uma voz que sibilava, desabafando sobre a litteratura politica do marido a colera que lhe davam as importunidades amorosas da mulher.

Affonso e Craft olharam-n'o, pasmados de tanta violencia. E Craft censuroulhe a ingratidão. Porque, realmente, não havia em toda a terra um enthusiasmo como o que aquelle desventuroso homem d'estado tinha por Carlos...

— V. exc.ª não faz idéa, snr. Affonso da Maia. É um culto. É uma idolatria!

Carlos encolhia os hombros, impaciente. E Affonso, já bem disposto para com o homem que assim admirava tão prodigamente o seu neto, murmurou com bondade:

— Coitado, supponho que é inoffensivo...

Craft fez uma ovação ao velho:

— Inoffensivo! Admiravel, snr. Affonso da Maia! Inoffensivo, applicado a um homem d'estado, a um par, a um ministro, a um legislador, é um achado! E é com effeito o que elle é, inoffensivo... E é o que elles são...

— Chablis? murmurou o escudeiro.

— Não, tomo chá.

E acrescentou:

— Aquelle champagne que hontem bebemos nas corridas, por patriotismo, arrasou-me... Tenho de me pôr uma semana a regimen de leite.

Então fallou-se ainda das corridas, dos ganhos de Carlos, do Clifford, e do véo azul do Damaso.

— Ora quem estava hontem muito bem vestida era a Gouvarinbo, disse Craft remexendo o seu chá. Ficava-lhe admiravelmente aquelle branco creme, tocado de tons negros. Uma verdadeira toilette de corridas... C'était un oeillet blanc panaché de noir... Vossê não achou, Carlos?

— Sim, rosnou Carlos, estava bem.

Outra vez a Gouvarinho! Parecia-lhe agora que não haveria na sua vida conversa em que não surgisse a Gouvarinho, e que não haveria caminho na sua vida que o não atravancasse a Gouvarinho! E alli mesmo, á mesa, decidiu comsigo não a tornar a vêr, escrever-lhe um bilhete curto, polido, recusando-se a ir a Santarem, sem razões...

Mas no seu quarto, diante da folha de papel, fumou uma longa cigarrette, sem achar phrase que não fosse pueril ou brutal. Nem tinha a sympathia precisa para lhe dar o banal tratamento de querida: Vinha-lhe até por ella uma indefinida repulsão physica: devia ser intoleravel toda uma noite o seu, cheiro exagerado de verbena; — e lembrava-se que aquella pelle do seu pescoço, que se lhe afigurava outr'ora um setim, tinha um tom pegajoso, um tom amarellado, para além da linha de pós d'arroz. Decidiu não lhe escrever. Iria à noite a Santa Apolonia, e no momento do comboio partir correria á portinhola, a balbuciar fugitivamente uma desculpa; não lhe daria tempo de choramigar, nem de recriminar; um rapido aperto de mão, e adeus, para nunca mais...

Á noite, porém, á hora de ir á estação, que sacrificio em se arrancar aos confortos da sua poltrona, e do seu charuto!... Atirou-se para o coupé desesperado, maldizendo essa tarde no boudoir azul em que, por causa d'uma rosa e d'um certo vestido côr de folha morta que lhe ficava bem, elle se achára cahido com ella n'um sofá...

Ao chegar a Santa Apolonia faltavam, para a partida do expresso, dois minutos. Precipitou-se para a extremidade da sala, já quasi vazia áquella hora, a comprar uma admissão; e ainda ahi esperou uma eternidade, vendo dentro do postigo duas mãos lentas e molles arranjar laboriosamente os patacos d'um troco.

Penetrava emfim na sala d'espera — quando esbarrou com o Damaso, de chapéo desabado e saccola de viagem a tiracollo. Damaso agarrou-lhe as mãos, enternecido:

— Ó menino! pois tiveste o incommodo?... E como soubeste tu que eu partia ?

Carlos não o desilludiu, balbuciando que lh'o dissera o Taveira, que encontrára o Taveira...

— Pois eu estava mais longe d'uma d'estas! exclamou o Damaso. Esta manhã, muito regalado na cama, quando me vem o telegramma... fiquei furioso! Isto é, imagina tu como eu fiquei, um desgosto assim!...

Foi então que Carlos reparou que elle estava carregado de luto, com fumo no chapéo, luvas pretas, polainas pretas, barca preta no lenço... Murmurou, embaraçado:

— O Taveira disse-me que ias, mas não me disse mais nada... Morreu-te alguem?

— Meu tio Guimarães.

— O communista? o de Paris?

— Não, o irmão d'elle, o mais velho, o de Penafiel... Espera ahi que eu volto já, vou alli ao café encher o frasco de cognac. Com a afflição esquecia-me o cognac...

Ainda estavam chegando passageiros, esbaforidos, de guarda-pó, com chapeleiras na mão. Os guardas rolavam pachorrentamente as bagagens. D'uma portinhola, onde se exhibia um cavalheiro barrigudo, com um bonet bordado a retroz, pendia todo um cacho d'amigos politicos, respeitosamente e em silencio. A um canto uma senhora soluçava por baixo do véo.

Carlos, vendo um wagon com a papeleta de reservado imaginou lá a condessa. Um guarda precipitou-se, furioso, como se visse a profanação d'um santuario. Que queria elle, que queria elle d'alli? Não sabia que era o reservado do snr. Carneiro?

— Não sabia.

— Perguntasse, devia saber! ficou o outro a resmungar, ainda tremulo.

Carlos correu ainda outros wagons, onde a gente se apinhava, atabafadamente, na amontoação dos embrulhos; n'um, dois sujeitos, a proposito de lugares, tratavam-se de malcriados; adiante, uma criança esperneava no collo da ama, aos gritos.

— Ó menino, quem diabo andas tu a procurar? exclamou Damaso alegremente, surgindo por traz d'elle, e passando-lhe o braço pela cinta.

— Ninguem... Imaginei que tinha visto o marquez.

Immediatamente Damaso queixou-se d'aquella lugubre massada de ter d'ir a Penafiel!

— E então agora que eu precisava tanto estar em Lisboa! Que tenho andado com uma sorte para mulheres, menino!... Uma sorte damnada!

Uma sineta badalou. Damaso deu logo um abraço terno a Carlos, saltou para o seu wagon, enterrou na cabeça um barretinho de sêda — e depois debruçado da portinhola continuou ainda as confidencias. O que mais o contrariava era deixar aquelle arranjinho da rua de S. Francisco. Que ferro! agora que aquillo ia tão bem, o gajo no Brazil, e ella alli, á mão, a dois passos do Gremio!...

Carlos mal o escutava, distrahido, olhando o grande relogio transparente. De repente Damaso, á portinhola, deu um salto de surpreza:

— Olha os Gouvarinhos!

Carlos deu um salto tambem. O conde, de côco de viagem, de paletot alvadio, sem se apressar, como competia a um director da Companhia, vinha conversando com um empregado superior da estação, agaloado de ouro, que se encarregára da chapeleira de papelão de s. exc.ª E a condessa, com um rico guarda-pó de foulard côr de castanho, um véo cinzento que lhe cobria a face e o chapéo, seguia atraz, com a criada escosseza, trazendo na mão um ramo de rosas.

Carlos correu para elles, foi todo um assombro.

— Por aqui, Maia?

— De viagem, conde?

É verdade. Decidira acompanhar a condessa ao Porto, aos annos do papá... Resolução da ultima hora, quasi iam perdendo o comboio.

— Então temol-o por companheiro, Maia? Teremos esse grande prazer, Maia?

Carlos contou rapidamente que viera apenas apertar a mão ao pobre Damaso, de jornada para Penafiel, por causa da morte do tio.

Debruçado da portinhola, com as mãos de fóra calçadas de negro, o pobre Damaso cstava saudando a senhora condessa, gravemente, funebremente. E o bom Gouvarinho não quiz deixar de lhe ir dar logo o seu shake-hands e o seu pezame.

Sósinho n'esse curto instante com a condessa, Carlos murmurou apenas:

— Que ferro!

— Este maldito homem! exclamou ella, entre dentes, com um olhar que fuzilou através do véo. Tudo tão bem arranjado, e á ultima hora teima em vir!...

Carlos acompanhou-os até ao reservado, n'um outro wagon que se estivera mettendo de novo para s. exc.ª A condessa tomou o lugar do canto junto da portinhola. E como o conde, n'um tom de polidez acida, a aconselhava a que se sentasse antes com o rosto para a machina, ella teve um gesto de aborrecimento, atirou o ramo para o lado desabridamente, enterrou-se com mais força na almofada; e um duro olhar de colera passou entre ambos. Carlos, embaraçado, perguntava:

— Então vão com demora?

O conde respondeu, sorrindo, disfarçando o seu mau humor:

— Sim, talvez duas semanas, umas pequeninas ferias.

— Tres dias, o mais, replicou ella n'uma voz fria e afiada como uma navalha.

O conde não respondeu, lívido.

Todas as portinholas agora estavam fechadas, um silencio cahira sobre a plataforma. O apito da machina varou o ar; e o comprido trem, n'um ruido secco de freios retesados, começou a rolar, com gente ás portinholas, que ainda se debruçava, estendendo a mão para um ultimo aperto. Aqui e além esvoaçava um lenço branco. O olhar da condessa para o lado de Carlos teve a doçura de um beijo, o Damaso gritou saudades para o Ramalhete. O compartimento do correio resvalou, alumiado; e com outro dilacerante silvo o comboio mergulhou na noite...

Carlos, só, dentro do coupé, voltando á Baixa, sentia uma alegria triumphante com aquella partida da condessa, e a inesperada jornada do Damaso. Era como uma dispersão providencial de todos os importunos: e assim se fazia em torno da rua de S. Francisco uma solidão — com todos os seus encantos, e todas as suas cumplicidades. No caes do Sodré deixou a carruagem, subiu a pé pelo Ferregial, veio passar diante das janellas na rua de S. Francisco. Só pôde vêr uma vaga tira de claridade entre as portadas meio cerradas. Mas isto bastava-lhe. Podia agora imaginar com precisão o serão calmo que ella estava passando na larga sala de reps vermelho. Sabia o nome dos livros que ella lia, e as partituras que tinha sobre o piano; e as flôres que espalhavam alli o seu aroma vira-as elle arranjar n'essa manhã. Poria ella um instante o seu pensamento n'elle? Decerto; a doença em casa forçava-a a lembrar as horas do remedio, as explicações que elle dera, e o som da sua voz; e fallando com miss Sarah pronunciaria decerto o seu nome. Duas vezes percorreu a rua de S. Francisco; e recolheu para casa, sob a noite estrellada, devagar, ruminando a doçura d'aquelle grande amor.

Então todos os dias, durante semanas, teve essa hora deliciosa, esplendida, perfeita, «a visita à ingleza».

Saltava do leito, cantando como um canario, e penetrava no seu dia como n'uma acção triumphal. O correio chegava; e invariavelmente lhe trazia uma carta da Gouvarinho, tres folhas de papel d'onde cahia sempre alguma pequena flôr meio murcha. Elle deixava ficar a flôr no tapete: e mal podia dizer o que havia n'aquellas longas linhas cruzadas. Sabia apenas vagamente que, tres dias depois d'ella chegar ao Porto, o pai, o velho Thompson, tivera uma apoplexia. Ella lá estava, d'enfermeira. Depois, levando duas ou tres bellas flôres do jardim embrulhadas n'um papel de sêda, partia para a rua de S. Francisco, sempre no seu coupé — porque o tempo mudára, e os dias seguiam-se, tristonhos, cheios de sudoeste e de chuva.

Á porta o Domingos acolhia-o com um sorriso cada vez mais enternecido. Niniche corria de dentro, a pular d'amizade; elle erguia-a nos braços para a beijar. Esperava um instante na sala, de pé, saudando com o olhar os moveis, os ramos, a clara ordem das coisas; ia examinar no piano a musica que ella tocára essa manhã, ou o livro que deixára interrompido, com a faca de marfim entre as folhas.

Ella entrava. O seu sorriso ao dar-lhe os bons dias, a sua voz d'ouro tinham cada dia para Carlos um encanto novo e mais penetrante. Trazia ordinariamente um vestido escuro e simples: apenas ás vezes uma gravata de rica renda antiga, ou um cinto cuja fivella era cravejada de pedras, avivavam este traje sobrio, quasi severo, que pareria a Carlos o mais bello, e como uma expressão do seu espirito.

Começavam por fallar de miss Sarah, d'aquelle tempo agreste e humido que lhe era tão desfavoravel. Conversando, ainda de pé, ella dava aqui e além um arranjo melhor a um livro, ou ia mover uma cadeira que não estava no seu alinho; tinha o habito inquieto de recompor constantemente, a symetria das coisas; — e, machinalmente, ao passar, sacudia a superficie de moveis já perfeitamente espanejados com as magnificas rendas do seu lenço.

Agora acompanhava-o sempre ao quarto de miss Sarah. Pelo corredor amarello, caminhando ao seu lado, Carlos perturbava-se sentindo a caricia d'esse intimo perfume em que havia jasmim, e que parecia sahir do movimento das suas saias. Ella ás vezes abria familiarmente a porta de um quarto, apenas mobilado com um velho sofá: era alli que Rosa brincava, e que tinha os arranjos de Cri-cri, as carruagens de Cri-cri, a cozinha de Cri-cri. Encontravam-na vestindo e conversando profundamente com a boneca; ou então, ao canto do sofá, com os pésinhos cruzados, immovel, perdida na admiração d'algum livro d'estampas aberto sobre os joelhos. Ella corria, estendia a boquinha a Carlos; e toda a sua pessoa tinha a frescura de uma linda flôr.

No quarto da governante, Maria Eduarda sentava-se aos pés do leito branco; e logo a pobre miss Sarah, ainda cheia de tosse, confusa, verificando a cada instante se o lenço de sêda lhe cobria correctamente o pescoço, affirmava que estava boa. Carlos gracejava com ella, provando-lhe que n'esse feio tempo d'inverno, a felicidade era estar alli na cama, com bons cuidados em redor, alguns romances patheticos, e appetitosa dieta portugueza. Ella voltava os olhos gratos para Madame, com um suspiro. Depois murmurava:

— Oh yes, I am very comfortable!

E enternecia-se.

Logo nos primeiros dias, ao voltar á sala, ria Eduarda tinha-se sentado na sua cadeira escarlate, e, conversando com Carlos, retomára muito naturalmente o seu bordado como na presença familiar de um velho amigo. Com que felicidade profunda elle viu desdobrar-se essa talagarça! Devia ser um faisão de plumagens rutilantes: mas por ora só estava bordado o galho de macieira em que elle pousava, galho fresco de primavera, coberto de florzinhas brancas, como n'um pomar da Normandia.

Carlos, junto da linda secretariasinha de pau preto, occupava a mais velha, a mais commoda das poltronas de reps vermelho, cujas molas rangiam de leve. Entre elles ficava a mesa de costura com as Illustrações ou algum jornal de modas; ás vezes, um instante calado, elle folheava as gravuras, em quanto as lindas mãos de Maria, com brilhos de joias, iam puxando os fios de lã. Aos pés d'ella Niniche dormitava, espreitando-os a espaços, através das repas do focinho, com o seu bello olho grave e negro. E n'esses escuros dias de chuva, cheios de friagem lá fóra e do rumor das goteiras, aquelle canto da janella, com a paz do vagaroso trabalho na talagarça, as vozes lentas e amigas, e ás vezes um dôce silencio, tinha um ar intimo e carinhoso...

Mas no que diziam não havia intimidades. Fallavam de Paris e do seu encanto, de Londres onde ella estivera durante quatro lugubres mezes de inverno, da Italia que era o seu sonho vêr, de livros, de coisas d'arte. Os romances que preferia eram os de Dickens; e agradava-lhe menos Feuillet, por cobrir tudo de pó d'arroz, mesmo as feridas do coração. Apesar de educada n'um convento severo d'Orleans, lêra Michelet e lêra Renan. De resto não era catholica praticante; as igrejas apenas a attrahiam pelos lados graciosos e artisticos do culto, a musica, as luzes, ou os lindos mezes de Maria, em França, na doçura das flôres de maio. Tinha um pensar muito recto e muito são — com um fundo de ternura que a inclinava para tudo o que soffre e é fraco. Assim gostava da Republica por lhe parecer o regimen em que ha mais solicitude pelos humildes. Carlos provava-lhe rindo que ella era socialista.

— Socialista, legitimista, orleanista, dizia ella, qualquer coisa, comtanto que não haja gente que tenha fome!

Mas era isso possivel? Já Jesus, mesmo, que tinha tão dôces illusões, declarára que pobres sempre os haveria...

— Jesus viveu ha muito tempo, Jesus não sabia tudo... Hoje sabe-se mais, os senhores sabem muito mais... É necessario arranjar-se outra sociedade, e depressa, em que não haja miseria. Em Londres, as vezes, por aquellas grandes neves, há criancinhas pelos portaes a tiritar, a gemer de fome... É um horror! E em Paris então! É que se não vê senão o boulevard; mas quanta pobreza, quanta necessidade...

Os seus bellos olhos quasi se enchiam de lagrimas. E cada uma d'estas palavras trazia todas as complexas bondades da sua alma — como n'um só sopro podem vir todos os aromas esparsos de um jardim.

Foi um encanto para Carlos quando Maria o associou ás suas caridades, pedindo-lhe para ir ver a irmã da sua engommadeira que tinha rheumatismo, e o filho da snr.ª Augusta, a velha do patamar, que estava tisico. Carlos cumpria esses encargos com o fervor de acções religiosas. E n'estas piedades achava-lhe semelhanças com o avô. Como Affonso, todo o soffrimento dos animaes a consternava. Um dia viera indignada da Praça da Figueira, quasi com idéas de vingança, por ter visto nas tendas dos gallinheiros aves e coelhos apinhados em cestos, soffrendo durante dias as torturas da immobilidade e a anciedade da fome. Carlos levava estas bellas coleras para o Ramalhete, increpava violentamente o marquez, que era membro da Sociedade protectora dos animaes. O marquez, indignado tambem, jurava justiça, fallava em cadêas, em costa d'Africa... E Carlos, commovido, ficava a pensar quanta larga e distante influencia póde ter, mesmo isolado de tudo, um coração que é justo.

Uma tarde fallaram do Damaso. Ella achava-o insupportavel, com a sua petulancia, os olhos bugalhudos, as perguntas nescias. V. exc.ª acha Nice elegante? V. exc.ª prefere a capella de S. João Baptista a Notre-Dame?...

— E então a insistencia de fallar de pessoas que eu não conheço! A snr.ª condessa de Gouvarinho, e os chás da snr.ª condessa de Gouvarinho, e a frisa da snr.ª condessa de Gouvarinho, e a preferencia que a snr.ª condessa de Gouvarinho tem por elle...! E isto horas! Eu ás vezes tinha medo de adormecer...

Carlos fez-se escarlate. Porque trouxera ella, entre todos, o nome da Gouvarinho? Tranquillisou-se, vendo-a rir simples e limpidamente. Decerto não sabia quem era Gouvarinho. Mas, para sacudir logo d'entre elles esse nome, começou a fallar de Mr. Guimarães, o famoso tio do Damaso, o amigo de Gambetta, o influente da Republica...

— O Damaso tem-me dito que v. exc.ª o conhece muito...

Ella erguera os olhos, com um fugitivo rubor no rosto.

— Mr. Guimarães?... Sim, conheço muito... Ultimamente viamo-nos menos, mas elle era muito amigo da mamã.

E depois d'um silencio, d'um curto sorriso, recomeçando a puxar o seu longo fio de lã:

— Pobre Guimarães, coitado! A sua influencia na Republica é traduzir noticias dos jornaes hespanhoes e italianos para o Rappel, que d'isso é que vive... Se é amigo de Gambetta, não sei, Gambetta tem amigos tão extraordinarios... Mas o Guimarães, aliás bom homem e homem honrado, é um grutesco, uma especie de Calino republicano. E tão pobre, coitado! O Damaso, que é rico, se tivesse decencia, ou o menor sentimento, não o deixava viver assim tão miseravelmente.

— Mas então essas carruagens do tio, esse luxo do tio, de que falla o Damaso...?

Ella encolheu mudamente os hombros: e Carlos sentiu pelo Damaso um asco intoleravel.

Pouco a pouco nas suas conversas foi havendo uma intimidade mais penetrante. Ella quiz saber a idade de Carlos, elle fallou-lhe do avô. E durante essas horas suaves em que ella, silenciosa, ia picando a talagarça, elle contou-lhe a sua vida passada, os planos de carreira, os amigos, e as viagens... Agora ella conhecia a paizagem de Santa Olavia, o reverendo Bonifacio, as excentricidades do Ega. Um dia quiz que Carlos lhe explicasse longamente a idéa do seu livro A medicina antiga e moderna. Approvou, com sympathia, que elle pintasse as figuras dos grandes medicos, bemfeitores da humanidade. Porque se glorificariam só guerreiros e fortes? A vida salva a uma criança parecia-lhe coisa bem mais bella que a batalha de Austerlitz. E estas palavras que dizia com simplicidade, sem mesmo erguer os olhos do seu bordado, cahiam no coração de Carlos e ficavam lá muito tempo, palpitando e brilhando...

Elle tinha-lhe feito assim largamente todas as confissões; — e ainda não sabia nada do seu passado, nem mesmo a terra em que nascera, nem sequer a rua que habitava em Paris. Não lhe ouvira murmurar jamais o nome do marido, nem fallar d'um amigo ou d'uma alegria da sua casa. Parecia não ter em França, onde vivia, nem interesses, nem lar; — e era realmente como a deusa que elle ideára, sem contactos anteriores com a terra, descida da sua nuvem d'oiro. para vir ter alli, n'aquelle andar alugado da rua de S. Francisco, o seu primeiro estremecimento humano.

Logo na primeira semana das visitas de Carlos tinham falado d'affeições. Ella acreditava candidamente que podesse haver, entre uma mulher e um homem, uma amizade pura, immaterial, feita da concordancia amavel de dois espiritos delicados. Carlos jurou que tambem tinha fé n'essas beilas uniões, todas d'estima, rodas de razão comtanto que se lhes misturasse, ao de leve que fosse, uma ponta de ternura... Isso perfumava-as d'um grande encanto — e não lhes diminuia a sinceridade. E, sob estas palavras um pouco diffusas, murmuradas por entre as malhas do bordado e com lentos sorrisos, ficára subtilmente estabelecido que entre elles só deveria haver um sentimento assim, casto, legitimo, cheio de suavidade e sem tormentos.

Que importava a Carlos? Comtanto que podesse passar aquella hora na poltrona de cretone, contemplando-a a bordar, e conversando em coisas interessantes, ou tornadas interessantes pela graça da sua pessoa; comtanto que visse o seu rosto, ligeiramente córado, baixar-se, com a lenta attracção d'uma caricia, sobre as flôres que lhe trazia; comtanto que lhe afagasse a alma a certeza de que o pensamento d'ella o ficava seguindo sympathicamente através do seu dia, mal elle deixava aquella adorada saia de reps vermelho — o seu coração estava satisfeito, esplendidamente.

Não pensava mesmo que aquella ideal amizade, d'intenção casta, era o caminho mais seguro para a trazer, brandamente enganada, aos seus braços ardentes d'homem. No deslumbramento que o tomára ao vêr-se de repente admittido a uma intimidade que julgára impenetravel, — os seus desejos desappareciam: longe d'ella, ás vezes, ainda ousavam ir temerariamente até á esperança d'um beijo, ou d'uma fugitiva caricia com a ponta dos dedos; mas apenas transpunha a sua porta, e recebia o calmo raio do seu olhar negro, cahia em devoção, e julgaria um ultraje bestial roçar sequer as prégas do seu vestido.

Foi aquelle decerto o periodo mais delicado da sua vida. Sentia em si mil coisas finas, novas, d'uma tocante frescura. Nunca imaginára que houvesse tanta felicidade em olhar para as estrellas quando o céo está limpo; ou em descer de manhã ao jardim para escolher uma rosa mais aberta. Tinha na alma um constante sorriso — que os seus labios repetiam. O marquez achava-lhe o ar baboso e abençoador...

Ás vezes, passeando só no seu quarto, perguntara a si mesmo onde o levaria aquelle grande amor. Não sabia. Tinha diante de si os tres mezes em que ella estaria em Lisboa, e em que ninguem mais senão elle occuparia a velha cadeira ao lado do seu bordado. O marido andava longe, separado por legoas de mar incerto. Depois elle era rico, e o mundo era largo...

Conservara sempre as suas grandes idéas de trabalho, querendo que no seu dia só houvesse horas nobres, — e que aquellas que não pertenciam ás puras felicidades do amor, pertencessem ás alegrias fortes do estudo. Ia ao laboratorio, ajuntava algumas linhas ao seu manuscripto. Mas antes da visita á rua de S. Francisco não podia disciplinar o espirito, inquieto, n'um tumulto d'esperanças; e depois de voltar de lá, passava o dia a recapitular o que ella dissera, o que elle respondera, os seus gestos, a graça de certo sorriso... Fumava então cigarrettes, lia os poetas.

Todas as noites no escriptorio d'Affonso se formava a partida de whist. O marquez batia-se ao dominó com o Taveira, enfronhados ambos n'aquelle vicio, com um rancor crescente que os levava a injurias. Depois das corridas, o secretario de Steinbroken começára a vir ao Ramalhete; mas era um inutil, nem cantava sequer como o seu chefe as bailadas da Filandia; cabido no fundo d'uma poltrona, de casaca, de vidro no olho, bamboleando a perna, cofiava silenciosamente os seus longos bigodes tristes.

O amigo que Carlos gostava de vêr entrar era o Cruges — que vinha da rua de S. Francisco, trazia alguma coisa do ar que Maria Eduarda respirava. O maestro sabia que Carlos ia rodas as manhãs ao predio vêr a «miss ingleza»: e muitas vezes, innocentemente, ignorando o interesse de coração com que Carlos o escutava, dava-lhe as ultimas noticias da visinha...

— A visinha lá ficou agora a tocar Mendelhson... Tem execução, tem expressão, a visinha... Ha alli estofo... E entende o seu Choppin.

Se elle não apparecia no Ramalhete, Carlos ia a casa buscal-o: entravam no Gremio, fumavam um charuto n'alguma sala isolada, fallando da visinha: Cruges achava-lhe «um verdadeiro typo de grande dame».

Quasi sempre encontravam o conde de Gouvarinho, que vinha vêr (como elle dizia a faiscar d'ironia) o que se passava «no paiz do snr. Gambetta». Parecera remoçar ultimamente, mais ligeiro nos modos, com uma claridade d'esperança nas lunetas, na fronte erguida. Carlos perguntava-lhe pela condessa. Lá estava no Porto, nos seus deveres de filha...

— E seu sogro?

O conde baixava a face radiante, para murmurar cava e resignadamente: — Mal.

Uma tarde, Carlos conversava com Maria Eduarda, acariciando Niniche que se lhe viera sentar nos joelhos, quando Romão entreabriu discretamente o reposteiro, e baixando a voz, com um ar embaraçado, um ar de cumplicidade, murmurou:

— É o snr. Damaso!...

Ella olhou o Romão, surprehendida d'aquelles modos, e quasi escandalisada.

— Pois bem, mande entrar!

E Damaso rompeu pela sala, carregado de luto, de flôr ao peito, gorducho, risonho, familiar, com o chapeu na mão, trazendo dependurado por um barbante um grande embrulho de papel pardo... Mas ao vêr Carlos alli, intimamente, de cadellinha no collo, estacou assombrado, com o olho esbugalhado, como tonto. Emfim desembaraçou as mãos, veio comprimentar Maria Eduarda quasi de leve, — e voltando-se logo para Carlos, de braços abertos, todo o seu espanto trasbordou ruidosamente:

— Então tu aqui, homem? Isto é que é uma surpreza! Ora quem me diria!... Eu estava mais longe...

Maria Eduarda, incommodada com aquelle alarido, indicou-lhe vivamente uma cadeira, interrompeu um instante o bordado, quiz saber como elle tinha chegado.

— Perfeitamente, minha senhora... Um bocado cançado, como é natural... Venho direitinho de Penafiel... Como v. exc.ª vê — e mostrou o seu luto pesado — acabo de passar por um grande desgosto.

Maria Eduarda murmurou uma palavra de sentimento, vaga e fria. Damaso pousára os olhos no tapete. Vinha da provincia cheio de côr, cheio de sangue; e como cortára a barba (que havia mezes deixára crescer para imitar Carlos) parecia agora mais bochechudo e mais nedio. As côxas roliças estalavam-lhe de gordura dentro da calça de casimira preta.

— E então, perguntou Maria Eduarda, temol-o por cá algum tempo?

Elle deu um puxãosinho á cadeira, mais para junto d'ella, e outra vez risonho:

— Agora, minha senhora, ninguem me arranca de Lisboa! Podem-me morrer... Isto é, credo! teria grande ferro se me morresse alguem. O que quero dizer é que ha de custar a arrancar-me d'aqui!

Carlos continuava muito socegadamente a acariciar os pêllos da Niniche. E houve então um pequeno silencio. Maria Eduarda retomára o bordado. E Damaso, depois de sorrir, de tossir, de dar um geito ao bigode, estendeu a mão para acariciar tambem Niniche sobre os joelhos de Carlos. Mas a cadellinha, que havia momentos o espreitava com o olho desconfiado, ergueu-se, rompeu a ladrar furiosa.

— C'est moi Niniche! dizia Damaso, recuando a cadeira. C'est moi, ami... Alors, Niniche...

Foi necessario que Maria Eduarda reprehendesse severamente Niniche. E, aninhada de novo no collo de Carlos, ella continuou a espreitar Damaso, rosnando, e com rancor.

— Já me não conhece, dizia elle embaçado, é curioso...

— Conhece-o perfeitamente, acudiu Maria Eduarda muito séria. Mas não sei o que o snr. Damaso lhe fez, que ella tem-lhe odio. É sempre este escandalo.

Damaso balbuciava, escarlate:

— Ora essa, minha senhora! O que lhe fiz?... Caricias, sempre caricias...

E então não se conteve, fallou com ironia, amargamente, das amizades novas de Mademoiselle Niniche. Alli estava nos braços d'outro, emquanto que elle, o amigo velho, era deitado ao canto...

Carlos ria.

— Ó Damaso, não a accuses de ingratidão... Pois se a snr.ª D. Maria Eduarda esta a dizer que ella sempre te teve odio...

— Sempre! exclamou Maria.

Damaso sorria tambem, lividamente. Depois, rirando um lenço de barra negra, limpando os beiços e mesmo o suor do pescoço, lembrou a Maria Eduarda como ella o tinha desapontado no dia das corridas... Elle toda a tarde á espera...

— Eram vesperas de partida, disse ella.

— Sim, bem sei, o marido de v. exc.ª... E como vai o snr. Castro Gomes? V. excª já recebeu noticias?

— Não, respondeu ella com o rosto sobre o bordado.

Damaso cumpriu ainda outros deveres. Perguntou por Mademoiselle Rosa. Depois por Cri-cri. Era necessario não esquecer Cri-cri...

— Pois v. exc.ª — continuou elle, cheio subitamente de loquacidade — perdeu, que as corridas estiveram esplendidas... Nós ainda não nos vimos depois das corridas, Carlos. Ah, sim, vimo-nos na estação... Pois não é verdade que estiveram muito chics? Olhe, minha senhora, d'uma coisa póde v. exc.ª estar certa, é que hippodromo mais bonito não ha lá fóra. Uma vista até á barra, que é d'appetite... Até se vêem entrar os navios... Pois não é assim, Carlos?

— Sim, disse Carlos, sorrindo. Não é propriamente um campo de corridas... É verdade que não ha tambem propriamente cavallos de corridas... Verdade seja que não ha jockeys... Ora é verdade que não ha apostas... Mas é verdade tambem que não ha publico...

Maria Eduarda ria, alegremente.

— Mas então?

— Vêem-se entrar os navios, minha senhora...

Damaso protestava, com as orelhas vermelhas. Era realmente querer dizer mal á força... Não senhor, não senhor!... Eram muito boas corridas. Tal qual como lá fóra, as mesmas regras, tudo...

— Até na pesagem, acrescentou elle muito sério, fallamos sempre inglez!

Repetiu ainda que as corridas eram chics. Depois não achou mais nada: — e fallou de Penafiel, onde chovera sempre tanto que elle vira-se forçado a ficar em casa, estupidamente, a lêr...

— Uma massada! Ainda se houvesse alli umas mulheres para ir dar um bocado de cavaco... Mas qual! Uns monstros. E eu, lavradeiras, raparigas de pé descalço, não tolero... Ha gente que gosta... Mas eu, acredite v. exc.ª não tolero...

Carlos corára: mas Maria Eduarda parceia não ter ouvido, occupada a contar attentamente as malhas do seu bordado.

De repente Damaso recordou-se que tinha alli um presentinho para a snr.ª D. Maria Eduarda. Mas não imaginasse que era alguma preciosidade... Verdadeiramente até o presente era para Mademoiselle Rosa.

— Olhe, para não estar com mysterios, sabe o que é? Tenho-o alli. no embrulhosinho de papel pardo... São seis barrilinhos d'ovos molles d'Aveiro. É um dôce muito célebre, mesmo lá fóra. Só o de Aveiro é que tem chic... Pergunte v. exc.ª ao Carlos. Pois não é verdade, Carlos, que é uma delicia, até conhecido lá fóra?

— Ah, certamente, murmurou Carlos, certamente...

Pousára Niniche no chão, erguera-se, fôra buscar o seu chapéo.

— Já?... perguntou-lhe Marla Eduarda, com um sorriso que era só para elle. Até ámanhã, então!

E voltou-se logo para o Damaso, esperando vêl-o erguer-se tambem. Ello conservou-se installado, com um ar de demora, familiar, e bamboleando a perna. Carlos estendeu-lhe dois dedos.

— Au revoir, disse o outro. Recados lá no Ramalhete, hei de apparecer!...

Carlos desceu as escadas furioso.

Alli ficava pois aquelle imbecil impondo a sua pessoa, grosseiramente, tão obtuso que não percebia o enfado d'ella, a sua regelada seccura! E para que ficava? Que outras crassas banalidades tinha ainda a soltar, em calão, e de perna traçada? E de repente lembrou-lhe o que elle lhe dissera na noite do jantar do Ega, á porta do Hotel Central, a respeito da propria Maria Eduarda, e do seu systema com mulheres «que era o atracão». Se aquelle idiota, de repente, abrazado e bestial, ousasse um ultraje? A supposição era insensata, talvez — mas reteve-o no pateo, applicando o ouvido para cima, com idéas ferozes de esperar alli o Damaso, prohibir-lhe de tornar a subir aquella escada, e, á menor reflexão d'elle, esmagar-lhe o craneo nas lages...

Mas sentiu em cima a porta abrir-se, e sahiu vivamente, no receio de ser assim surprehendido á escuta. O coupé do Damaso estacionava na rua. Então veio-lhe uma curiosidade mordente de saber quanto tempo elle ficaria alli com Maria Eduarda. Correu ao Gremio; e apenas abrira uma vidraça — viu logo o Damaso sahir do portão, saltar para o coupé, bater com forca a portinhola. Pareceu-lhe que trazia o ar escorraçado, e subitamente teve dó d'aquelle grutesco...

N'essa noite, depois de jantar, Carlos só no seu quarto fumava, enterrado n'uma poltrona, relendo uma carta do Ega recebida n'essa manhã, — quando appareceu o Damaso. E, sem pousar mesmo o chapéo, logo da porta, exclamou, com o mesmo espanto da manhã:

— Então dize-me cá! Como diabo te vou eu encontrar hoje com a brazileira?... Como a conheceste tu? Como foi isso?

Sem mover a cabeça do espaldar da poltrona, cruzando as mãos sobre os joelhos em cima da carta do Ega, Carlos, agora cheio de bom humor, disse, com uma dôce reprehensão paternal:

— Pois então tu vaes expôr a uma senhora as tuas opiniões lubricas sobre as lavradeiras de Penafiel!

— Não se trata d'isso, sei muito bem o que hei de expôr! exclamou o outro, vermelho. Conta lá, anda... Que diabo! Parece-me que tenho direito a saber... Como a conheceste tu?

Carlos, imperturbavel, cerrando os olhos como para se recordar, começou n'um tom lento e solemne de recitativo:

— Por uma tepida tarde de primavera, quando o sol se afundava em nuvens d'oiro, um mensageiro esfalfado pendurava-se da campainha do Ramalhete. Via-se-lhe na mão uma carta, lacrada com sello heraldico; e a expressão do seu semblante...

Damaso, já zangado, atirou com o chapéo para cima da mesa.

— Parece-me que era mais decente deixar-te d'esses mysterios!

— Mysterios? Tu vens obtuso, Damaso. Pois tu entras n'uma casa onde existe ha quasi um mez uma pessoa gravemente doente, e ficas assombrado, petrificado, ao encontrar lá o medicou! Quem esperavas tu vêr lá? Um photographo?

— Então quem está doente?

Carlos, em poucas palavras, disse-lhe a bronchite da ingleza — emquanto o

Damaso, sentado à beira do sofá, mordendo o charuto sem lume, olhava para elle desconfiado.

— E como soube ella onde tu moravas?

— Como se sabe onde mora o rei; onde é a alfandega; de que lado luz a estrella da tarde; os campos onde foi Troia... Estas coisas que se aprendem nas aulas de instrucção primaria...

O pobre Damaso deu alguns passos pela sala, embezerrado, com as mãos nos bolsos.

— Ella tem agora lá o Romão, o que foi meu criado, murmurou depois d'um silencio. Eu tinha-lh'o recommendado... Ella leva-se muito pelo que eu lhe digo...

— Sim, tem, por uns dias, emquanto o Domingos foi á terra. Vai mandal-o embora, é um imbecil, e tu tinhas-lhe ensinado mas maneiras...

Então Damaso atirou-se para o canto do sofá e confessou que ao entrar na sala, quando dera com os olhos em Carlos, de cadellinha no collo, ficára furioso... Emfim, agora que sabia que era por doença, bem, tudo se explicava... Mas primeiro parecera-lhe que anadava alli tramoia... Só com ella, ainda pensou em lhe perguntar: depois receou que não fosse delicado; e além d'isso ella estava de mau humor...

E acrescentou logo, accendendo o charuto:

— Que apenas tu sahiste, pôz-se melhor, mais á vontade... Rimos muito... Eu fiquei ainda até tarde, quasi duas horas mais; era perto das cinco quando sahi. Outra coisa, ella fallou-te alguma vez de mim?

— Não. É uma pessoa de bom gosto; e sabendo que nos conhecemos, não se atreveria a dizer-me mal de ti. Damaso olhou-o, esgazeado:

— Ora essa!... Mas podia ter dito bem!

— Não; é uma pessoa de bom senso, não se atreveria tambem.

E erguendo-se vivamente, Carlos abraçou Damaso pela cinta, acariciando-o, perguntando-lhe pela herança do titi, e em que amores, em que viagens, em que cavallos de luxo ia gastar os milhões...

Damaso, sob aquellas festas alegres, permanecia frio, amuado, olhando-o de revez.

— Olha que tu, disse elle, parece-me que me vaes sahindo tambem um traste... Não ha a gente fiar-se em ninguem!

— Tudo na terra, meu Damaso, é apparencia e engano!

Seguiram d'alli á sala do bilhar fazer «a partida de reconciliação». E pouco a pouco, sob a influencia que exercia sempre sobre elle o Ramalhete, Damaso foi socegando, risonho já, gozando de novo a sua intimidade com Carlos no meio d'aquelle luxo sério, e tratando-o oulra vez por «menino». Perguntou pelo snr. Affonso da Maia. Quiz saber se o bello marquez tinha apparecido. E o Ega, o grande Ega?...

— Recebi carta d'elle, disse Carlos. Vem ahi, temol-o talvez cá no sabbado.

Foi um espanto para o Damaso.

— Homem! essa é curiosa! E eu encontrei os Cohens, hoje!... Vieram ha dois dias de Southampton... Jógo eu ?

Jogou, falhou a carambola.
— Pois é verdade, encontrei-os hoje, fallei-lhes um instante... E a Rachel vem melhor, vem mais gorda... Trazia uma toilette ingleza com coisas brancas, coisas côr de rosa... Chic a valer, parecia um moranguinho! E então o Ega de volta?... Pois, menino, ainda temos escandalo!

Capítulo II

No sabbado, com effeito, Carlos, recolhendo ao Ramalhete de volta da rua de S. Francisco, encontrou o Ega no seu quarto, mettido n'um fato de cheviotte claro, e com o cabello muito crescido.
— Não faças espalhafato, gritou-lhe elle, que eu estou em Lisboa incognito!
E em seguida aos primeiros abraços declarou que vinha a Lisboa, só por alguns dias, unicamente para comer bem e para conversar bem. E contava com Carlos para lhe fornecer esses requintes, alli, no Ramalhete...
— Ha cá um quarto para mim? Eu por ora estou no Hotel Hespanhol, mas ainda nem mesmo abri a mala... Basta-me uma alcova, com uma mesa de pinho, larga bastante para se escrever uma obra sublime.
Decerto! Havia o quarto em cima, onde elle estivera depois de deixar a Villa Balzac. E mais sumptuoso agora, com um bello leito da Renascença, e uma cópia dos Borrachos de Velasquez.
— Optimo covil para a arte! Velasquez é um dos Santos Padres do naturalismo... A proposito, sabes com quem eu vim? Com a Gouvarinho. O pai Tompson esteve á morte, arribou, depois o conde foi buscal-a. Achei-a magra; mas com um ar ardente; e fallou-me constantemente de ti.
— Ah! murmurou Carlos.
Ega, de monoculo no olho e mãos nos bolsos, contemplava Carlos.
— É verdade. Fallou de ti constantemente, irresistivelmente, immoderadamente! Não me tinhas mandado contar isso... Sempre seguiste o meu conselho, hein? Muito bem feita de corpo, não é verdade? E que tal, no acto d'amor?
Carlos córou, chamou-lhe grosseiro, jurou que nunca tivera com a Gouvarinho senão relações superficiaes. Ia lá ás vezes tomar uma chavena de chá; e à hora do Chiado acontecia-lhe, como a todo o mundo, conversar com o conde sobre as miserias publicas, á esquina do Loreto. Nada mais.
— Tu estás-me a mentir, devasso! dizia o Ega. Mas não importa. Eu hei de descobrir tudo isso com o meu olho de Balzac, na segunda-feira... Porque nós vamos lá jantar na segunda-feira.
— Nós... Nós, quem?
— Nós. Eu e tu, tu e eu. A condessa convidou-me no comboio. E o Gouvarinho, como compete ao individuo d'aquella especie, acrescentou logo que haviamos de ter tambem «o nosso Maia». O Maia d'elle, e o Maia d'ella... Santo accordo! Suavissimo arranjo!
Carlos olhou-o com severidade.

— Tu vens obsceno de Celorico, Ega.

— É o fluo se aprende no seio da Santa Madre Igreja.

Mas tambem Carlos tinha uma novidade que o devia fazer estremecer. O Ega porém já sabia. A chegada dos Cohens, não é verdade? Lêra-o logo n'essa manhã, na Gazeta Illustrada no high-life. Lá se dizia respeitosamente que s. exc.ªs tinham regressado do seu passeio pelo estrangeiro.

— E que impressão te fez? perguntou Carlos rindo.

O outro encolheu brutalmente os hombros:

— Fez-me o effeito de haver um cabrão mais na cidade.

E, como Carlos o accusava outra vez de trazer de Celorico uma lingua immunda, o Ega, um pouco córado, arrependido talvez, lançou-se em considerações criticas, clamando pela necessidade social de dar ás coisas o nome exacto. Para que servia então o grande movimento naturalista do seculo? Se o vicio se perpetuava, é porque a sociedade, indulgente e romanesca, lhe dava nomes que o embellezavam, que o idealisavam... Que escrupulo póde ter uma mulher em beijocar um terceiro entre os lençoes conjugaes, se o mundo chama a isso sentimentalmente um romance, e os poetas o cantam em estrophes d'ouro?

— E a proposito, a tua comedia, o Lodaçal? perguntou Carlos, que entrára um instante para a alcova de banho.

— Abandonei-a, disse o Ega. Era feroz de mais... E além d'isso fazia-me remexer na podridão lisboeta, mergulhar outra vez na sargeta humana... Affigia-me...

Parou diante do grande espelho, deu um olhar descontente ao seu jaquetão claro e ás botas com mau verniz.

— Preciso enfardelar-me de novo, Carlinhos... O Poole naturalmente mandou-te fato de verão, hei de querer examinar esses córtes da alta civilisação... Não ha negal-o, diabo, esta minha linha está chimfrim!

Passou uma escova pelo bigode, e continuou fallando para dentro, para a alcova de banho:

— Pois, menino, eu agora o que necessito é o regimen da Chimera. Vou-me atirar outra vez ás Memorias. Ha de se fazer ahi uma quantidade d'arte colossal n'esse quarto que me destinas, diante de Velasquez... E a proposito, é necessario ir comprimentar o velho Affonso, uma vez que elle me vai dar o pão, o tecto, e a enxerga...

Foram encontrar Affonso da Maia no escriptorio, na sua velha poltrona, com um antigo volume da Illustração franceza aberto sobre os joelhos, mostrando as estampas a um pequeno bonito, muito moreno, d'olho vivo, e cabello encarapinhado. O velho ficou contentíssimo ao saber que o Ega vinha por algum tempo alegrar o Ramalhete com a sua bella phantasia.

— Já não tenho phantasia, snr. Affonso da Maia!

Então esclarecêl-o com a tua clara razão, disse o velho rindo. Estamos cá precisando d'ambas as coisas, John.

Depois apresentou-lhe aquelle pequeno cavalheiro, o snr. Manoelinho, rapazinho amavel da visinhança, filho do Vicente, mestre d'obras; o

Manoelinho vinha ás vezes animar a solidão d'Affonso — e alli folheavam ambos livros d'estampas e tinham conversas philosophicas. Agora, justamente, estava elle muito embaraçado por não lhe saber explicar como é que o general Canrobert (de quem estavam admirando o garbo sobre o seu cavallo empinado) tendo mandado matar gente, muita gente, em batalhas, não era mellido na cadêa...

— Está visto! exclamou o pequeno, esperto e desembaraçado, com as mãos cruzadas atraz das costas. Se mandou matar gente deviam-no ferrar na cadêa!

— Hein, amigo Ega! dizia Affonso rindo. Que se ha de responder a esta bella logica? Olha, filho, agora que estão aqui estes dois senhores que são formados em Coimbra, eu vou estudar esse caso... Vai tu vêr os bonecos alli para cima da mesa... E depois vão sendo horas d'ires lá dentro á Joanna, para merendares.

Carlos, ajudando o pequeno a accommodar-se á mesa com o seu grande volume d'estampas, pensava quanto o avô, com aquelle seu amor por crianças, gostaria de conhecer Rosa!

Affonso no emtanto perguntava tambem ao Ega pela comedia. O quê! Já abandonada? Quando acabaria então o bravo John de fazer bocados incompletos d'obras-primas?... — Ega queixou-se do paiz, da sua indifferença pela arte. Que espirito original não esmoreceria, vendo em torno de si esta espessa massa de burguezes, amodorrada e crassa, desdenhando a intelligencia, incapaz de se interessar por uma idéa nobre, por uma phrase bem feita?

— Não vale a pena, snr. Affonso da Maia. N'este paiz, no meio d'esta prodigiosa imbecilidade nacional, o homem de senso e de gosto deve limitar-se a plantar com cuidado os seus legumes. Olhe o Herculano...

— Pois então, acudiu o velho, planta os teus legumes. É um serviço á alimentação publica. Mas tu nem isso fazes!

Carlos, muito sério, apoiava o Ega.

— A unica coisa a fazer em Portugal, dizia elle, é plantar legumes, emquanto não ha uma revolução que faça subir á superficie alguns dos elementos originaes, fortes, vivos, que isto ainda cerre lá no fundo. E se se vir então que não encerra nada, demittamo-nos logo voluntariamente da nossa posição de paiz para que não temos elementos, passemos a ser uma fertil e estupida provincia hespanhola, e plantemos mais legumes!

O velho escutava com melancolia estas palavras do neto em que sentia como uma decomposição da vontade, e que lhe pareciam ser apenas a glorificação da sua inercia. Terminou por dizer:

— Pois então façam vocês essa revolução. Mas pelo amor de Deus, façam alguma coisa!

— O Carlos já não faz pouco, exclamou Ega, rindo. Passeia a sua pessoa, a sua toilette e o seu phaeton, e por esse facto educa o gosto!

O relogio Luiz xv interrompeu-os — lembrando ao Ega que devia ainda, antes de jantar, ir buscar a sua mala ao Hotel Hespanhol. Depois no corredor confessou a Carlos que, antes d'ir ao Hespanhol, queria correr ao Fillon, ao photographo, vêr se podia tirar um bonito retrato.

— Um retrato?

— Uma surpreza que tem d'ir d'aqui a tres dias para Celorico, para o dia d'annos d'uma creaturinha que me adoçou o exilio.

— Oh Ega!

— É horroroso, mas então? É a filha do padre Corrêa, filha conhecida como tal; além d'isso casada com um proprietario rico da visinhança, reaccionario odioso... De modo que, bem vês, esta dupla peça a pregar á Religião e á Propriedade...

— Ah! n'esse caso... — Ninguem se deve eximir, amigo, aos seus grandes deveres democraticos!

Na segunda-feira seguinte choviscava quando Carlos e Ega, no coupé fechado, partiram para o jantar dos Gouvarinhos. Desde a chegada da condessa Carlos vira-a só uma vez, em casa d'ella; e fôra uma meia hora desagradavel, cheia de malestar, com um ou outro beijo frio, e recriminações infindaveis. Ella queixára-se das cartas d'elle, tão raras, tão seccas. Não se puderam entender sobre os planos d'esse verão, ella devendo ir para Cintra onde já alugára casa, Carlos fallando no dever de acompanhar o avô a Santa Olavia. A condessa achava-o distrahido: elle achou-a exigente. Depois ella sentou-se um instante sobre os seus joelhos e aquelle leve e delicado corpo pareceu a Carlos de um fastidioso peso de bronze.

Por fim a condessa arrancára-lhe a promessa de a ir encontrar, justamente n'essa segunda-feira de manhã, a casa da titi, que estava em Santarem; — porque tinha sempre o appetite perverso e requintado de o apertar nos braços nús, em dias que o devesse receber na sua sala, mais tarde, e com ceremonia. Mas Carlos faltára, — e agora, rodando para casa d'ella, impacientavam-n'o já as queixas que teria de ouvir nos vãos de janella, e as mentiras chôchas que teria de balbuciar...

De repente o Ega, que fumava em silencio, abotoado no seu paletot de verão, bateu no joelho de Carlos, e entre risonho e sério:

— Dize-me uma coisa, se não é um segredo sacrosanto... Quem é essa brazileira com quem tu agora passas todas as tuas manhãs?

Carlos ficou um instante aturdido, com os olhos no Ega.

— Quem te fallou n'isso?

— Foi o Damaso que m'o disse. Isto é, o Damaso que m'o rugiu... Porque foi de dentes rilhados, a dar murros surdos n'um sofá do Gremio, e com uma côr d'apoplexia, que elle me contou tudo...

— Tudo o quê?

— Tudo. Que te apresentára a uma brazileira a quem se atirava, e que tu, aproveitando a sua ausencia, te metteras lá, não sahias de lá...

— Tudo isso é mentira! exclamou o outro, já impaciente.

E Ega, sempre risonho:

— Então «que é a verdade», como perguntava o velho Pilatus ao chamado

Jesus Christo?

— É que ha uma senhora a quem o Damaso suppunha ter inspirado uma paixão, como suppõe sempre, e que, tendo-lhe adoecido a governante ingleza com uma bronchite, me mandou chamar para eu a tratar. Ainda não está melhor, eu vou vêl-a todos os dias. E Madame Gomes, que é o nome da senhora, que nem brazileira é, não podendo tolerar o Damaso, como ninguem o tolera, tem-lhe fechado a sua porta. Esta é a verdade; mas talvez eu arranque as orelhas ao Damaso!

Ega contentou-se em murmurar:

— E ahi está como sc escreve a historia... vá-se lá a gente fiar em Guizot!

Em silencio, até casa da Gouvarinho, Carlos foi ruminando a sua cólera contra o Damaso. Ahi estava pois rasgada por aquelle imbecil a penumbra suave e favoravel em que se abrigára o seu amor! Agora já se pronunciava o nome de Maria Eduarda no Gremio: o que o Damaso dissera ao Ega, repetil-o-hia a outros, na Casa Havaneza, no restaurante Silva, talvez nos lupanares: e assim o interesse supremo da sua vida seria d'ahi por diante constantemente perturbado, estragado, sujo pela tagarellice reles do Damaso!

— Parece-me que temos cá mais gente, disse o Ega, ao penetrarem na ante-camara dos Gouvarinhos, vendo sobre o canapé um paletot cinzento e capas de sonhem.

A condessa esperava-os na salinha ao fundo, chamada «do busto», vestida de preto, com uma tira de velludo em volta do pescoço picada de tres estrellas de diamantes. Uma cesta de esplendidas flôres quasi enchia a mesa, onde se accumulavam tambem romances inglezes, e uma Revista dos Dois Mundos em evidencia, com a faca de marfim entre as folhas. Além da boa D. Maria da Cunha e da baroneza d'Alvim, havia uma outra senhora, que nem Carlos nem Ega conheciam, gorda e vestida d'escarlate; e de pé, conversando baixo com o conde, de mãos atraz das costas, um cavalheiro alto, escaveirado, grave, com uma barba rala, e a commenda da Conceição.

A condessa, um pouco córada, estendeu a Carlos a mão amuada e frouxa: todos os seus sorrisos foram para o Ega. E o conde apoderou-se logo do querido Maia, para o apresentar ao seu amigo o snr. Sousa Netto. O snr. Sousa Netto já tinha o prazer de conhecer muito Carlos da Maia, como um medico distincto, uma honra da Universidade... E era esta a vantagem de Lisboa, disse logo o conde, o conhecerem-se todos de reputação, o poder-se ter assim uma apreciação mais justa dos caracteres. Em Paris, por exemplo, era impossível; por isso havia tanta immoralidade, tanta relaxação...

— Nunca sabe a gente quem mette em casa.

O Ega, entre a condessa e D. Maria, enterrado no divan, mostrando as estrellinhas bordadas das meias, fazia-as rir com a historia do seu exilio em Celorico, onde se distrahia compondo sermões para o abbade: o abbade recitava-os; e os sermões, sob uma fórma mystica, eram de facto affirmações revolucionarias que o santo varão lançava com fervor, esmurrando o pulpito... A senhora de vermelho, sentada defronte, de mãos no regaço, escutava o Ega, com o olhar espantado.

— Imaginei que v. exe.ª tinha ido já para Cintra, veio dizer Carlos á senhora baroneza, sentando-se junto d'ella. V. exc.ª é sempre a primeira...

— Como quer o senhor que se vá para Cintra com um tempo d'estes?

— Com effeito, está infernal...

— E que conta de novo? perguntou ella, abrindo lentamente o seu grande leque preto.

— Creio que não ha nada de novo em Lisboa, minha senhora, desde a morte do snr. D. João VI.

— Agora ha o seu amigo Ega, por exemplo.

— É verdade, ha o Ega... Como o acha v. exc.ª, senhora baroneza?

Ella nem baixou a voz para dizer:

— Olhe, eu como o achei sempre um grande presumido e não gosto d'elle, não posso dizer nada...

— Oh senhora baroneza, que falta de caridade!

O escudeiro annunciára o jantar. A condessa tomou o braço de Carlos, — e, ao atravessar o salão, entre o frouxo murmurio de vozes e o rumor lento das caudas de sêda, pôde dizer-lhe asperamente:

— Esperei meia hora; mas comprehendi logo que estaria entretido com a brazileira...

Na sala de jantar, um pouco sombria, forrada de papel côr de vinho, escurecida ainda por dois antigos paineis de paizagem tristonha, a mesa oval, cercada de cadeiras de carvalho lavrado, resaltava alva e fresca, com um esplendido cesto de rosas entre duas serpentinas douradas. Carlos ficou á direita da condessa, tendo ao lado D. Maria da Cunha, que n'esse dia parecia um pouco mais velha, e sorria com um ar cansado.

— Que tem feito todo este tempo, que ninguem o tem visto? Perguntou-lhe ella, desdobrando o guardanapo.

— Por esse mundo, minha senhora, vagamente...

Defronte de Carlos, o snr. Sousa Netto, que tinha tres enormes coraes no peitilho da camisa, estava já observando, emquanto remexia a sopa, que a senhora condessa, na sua viagem ao Porto, devia ter encontrado nas ruas e nos edificios grandes mudanças... A condessa, infelizmente, mal tinha sahido durante o tempo que estivera no Porto. O conde, esse, é que admirára os progressos da cidade. E especificou-os: elogiou a vista do Palacio de Crystal; lembrou o fecundo antagonismo que existe entre Lisboa e Porto; mais uma vez o comparou ao dualismo da Austria e da Hungria. E através d'estas coisas graves, lançadas d'alto, com superioridade e com peso, a baroneza e a senhora d'escarlate, aos dois lados d'elle, fallavam do convento das Selesias.

Carlos, no emtanto, comendo em silencio a sua sopa, ruminava as palavras da condessa. Tambem ella conhecia já a sua intimidade com a «brazileira». Era evidente pois que já andava alli, diffamante e torpe, a tagarellice do Damaso. E quando o criado lhe offereceu Sauterne, estava decidido a bater no Damaso.

De repente ouviu o seu nome. Do fim da mesa uma voz dizia, pachorrenta e cantada:

— O snr. Maia é que deve saber... O snr. Maia já lá esteve.

Carlos pousou vivamente o copo. Era a senhora d'escarlate que lhe fallava, sorrindo, mostrando uns bonitos dentes sob o buço forte de quarentona pallida. Ninguem lh'a apresentára, elle não sabia quem era. Sorriu tambem, perguntou:

— Onde, minha senhora?

— Na Russia.

— Na Russia?... Não, minha senhora, nunca estive na Russia.

Ella pareceu um pouco desapontada.

— Ah, é que me tinham dito... Não sei já quem me disse, mas era pessoa que sabia...

O conde ao fundo explicava-lhe amavelmente que o amigo Maia estivera apenas na Hollanda.

— Paiz de grande prosperidade, a Hollanda!... Em nada inferior ao nosso... Já conheci mesmo um hollandez que era excessivamente instruido...

A condessa baixára os olhos, partindo vagamente um bocadinho de pão, mais séria de repente, mais secca, como se a voz de Carlos, erguendo-se tão tranquilla ao seu lado, tivesse avivado os seus despeitos. Elle, então, depois de provar devagar o seu Sauterne, voltou-se para ella, muito naturalmente e risonho:

— Veja a senhora condessa! Eu nem tive mesmo idéa d'ir á Russia. Ha assim uma infinidade de coisas que se dizem e que não são exactas... E se se faz uma allusão ironica a ellas, ninguem comprehende a allusão nem a ironia...

A condessa não respondeu logo, dando com o olhar uma ordem muda ao escudeiro. Depois, com um sorriso pallido:

— No fundo de tudo que se diz ha sempre um facto, ou um bocado de facto que é verdadeiro. E isso basta... Pelo menos a mim basta-me...

— A senhora condessa tem então uma credulidade infantil. Estou vendo que acredita que era uma vez uma filha d'um rei que tinha uma estrella na testa...

Mas o conde interpellava-o, o conde queria a opinião do seu amigo Maia. Tratava-se do livro de um inglez, o major Bratt, que atravessára a Africa, e dizia coisas perfidamente desagradaveis para Portugal. O conde via alli só inveja — a inveja que nos têm todas as nações por causa da importancia das nossas colonias, e da nossa vasta influencia na Africa...

— Está claro, dizia o conde, que não temos nem os milhões, nem a marinha dos inglezes. Mas temos grandes glorias; o infante D. Henrique é de primeira ordem; e a tomada d'Ormuz é um primor... E eu que conheço alguma coisa de systemas coloniaes, posso affirmar que não ha hoje colonias nem mais susceptiveis de riqueza, nem mais crentes no progresso, nem mais liberaes que as nossas! Não lhe parece, Maia?

— Sim, talvez, é possível... Ha muita verdade n'isso...

Mas Ega, que estivera um pouco silencioso, entalando de vez em quando o monoculo no olho e sorrindo para a baroneza, pronunciou-se alegremente contra todas essas explorações da Africa, e essas longas missões geographicas... Porque não se deixaria o preto socegado, na calma posse dos seus manipansos? Que mal fazia á ordem das coisas que houvesse selvagens? Pelo contrario, davam ao Universo uma deliciosa quantidade de pittoresco!

Com a mania franceza e burgueza de reduzir todas as regiões e todas as raças ao mesmo typo de civilisação, o mundo ia tornar-se n'uma monotonia abominavel. Dentro em breve um touriste faria enormes sacrificios, despezas sem fim, para ir a Tombuctu — para quê? Para encontrar lá pretos de chapéo alto, a lêr o Jornal dos Debates!

O conde sorria com superioridade. E a boa D. Maria, sahindo do seu vago abatimento, movia o leque, dizia a Carlos, deleitada:

— Este Ega! Este Ega! Que graça! Que chic!

Então Sousa Netto, pousando gravemente o talher, fez ao Ega esta pergunta grave:

V. exc.ª pois é em favor da escravatura?

Ega declarou muito decididamente ao snr. Sousa Netto que era pela escravatura. Os desconfortos da vida, segundo elle, tinham começado com a libertação dos negros. Só podia ser seriamente obedecido, quem era sériamente temido... Por isso ninguem agora lograva ter os seus sapatos bem envernizados, o seu arroz bem cozido, a sua escada bem lavada, desde que não tinha criados pretos em quem fosse licito dar vergastadas... Só houvera duas civilisações em que o homem conseguira viver com razoavel commodidade: a civilisação romana, e a civilisação especial dos plantadores da Nova Orleans. Porque? porque n'uma e n'outra existira a escravatura absoluta, a sério, com o direito de morte!...

Durante um momento o snr. Sousa Netto ficou como desorganisado. Depois passou o guardanapo sobre os beiços, preparou-se, encarou o Ega:

— Então v. exc.ª n'essa idade, com a sua intelligencia, não acredita no Progresso?

— Eu não senhor.

O conde interveio, affavel e risonho:

— O nosso Ega quer fazer simplesmente um paradoxo. E tem razão, tem realmente razão, porque os faz brilhantes...

Estava-se servindo Jambon aux épinards. Durante um momento fallou-se de paradoxos. Segundo o conde, quem os fazia tambem brilhantes e difficeis de sustentar, excessivamente difficeis, era o Barros, o ministro do reino...

— Talento robusto, murmurou respeitosamente Sousa Netto.

— Sim, pujante, disse o conde.

Mas elle agora não fallava tanto do talento do Barros como parlamentar, como homem d'estado. Fallava do seu espirito de sociedade, do seu esprit...

— Ainda este inverno nós lhe ouvimos um paradoxo brilhante! Até foi em casa da snr.ª D. Maria da Cunha... V. exc.ª não se lembra, snr. D. Maria? Esta minha desgraçada memoria! Ó Thereza, lembras-te d'aquelle paradoxo do Barros? Ora sobre que era, meu Deus?... Emfim, um paradoxo muito difficil de sustentar... Esta minha memoria!... Pois não te lembras, Thereza?

A condessa não se lembrava. E emquanto o conde ficava remexendo anciosamente, com a mão na testa, as suas recordações, — a senhora d'escarlate voltou a fallar de pretos, e de escudeiros pretos, e d'uma cozinheira preta que tivera uma tia d'ella, a tia Villar... Depois queixou-se amargamente dos criados modernos: desde que lhe morrera a Joanna, que estava em casa havia quinze annos, não sabia que fazer, andava como tonta, tinha só desgostos. Em seis mezes já vira quatro caras novas. E umas desleixadas, umas pretenciosas, uma immoralidade!... Quasi lhe fugiu um suspiro do peito, e trincando desconsoladamente uma migalhinha de pão:

— Ó baroneza, ainda tens a Vicenta?

— Pois então não havia de ter a Vicenta?... Sempre a Vicenta... A snr.ª D. Vicenta, se faz favor.

A outra contemplou-a um instante, com inveja d'aquella felicidade.

— E é a Vicenta que te penteia?

Sim, era a Vicenta que a penteava. Ia-se fazendo velha, coitada... Mas sempre caturra. Agora andava com a mania de aprender francez. Já sabia verbos. Era de morrer, a Vicenta a dizer j'aime, tu aimes...

— E a senhora baroneza, acudiu o Ega, começou por lhe mandar ensinar os verbos mais necessarios.

Está claro, dizia a baroneza, que aquelle era o mais necessario. Mas na idade da Vicenta já de pouco lhe poderia servir!

— Ah! gritou de repente o conde, deixando quasi cahir o talher. Agora me lembro!

Tinha-se lembrado emfim do soberbo paradoxo do Barros. Dizia o Barros que os cães, quanto mais ensinados... Pois, não, não era isto!

— Esta minha desgraçada memoria!... E era sobre cães. Uma coisa brilhante, philosophica até!

E, por se fallar de cães, a baroneza lembrou-se do Tommy, o galgo da condessa; perguntou por Tommy. Já o não via ha que tempos, esse bravo Tommy! A condessa nem queria que se fallasse no Tommy, coitado! Tinham-lhe nascido umas coisas nos ouvidos, um horror... Mandára-o para o Instituto, lá morrera.

— Está deliciosa esta galantine, disse D. Maria da Cunha, inclinando-se para Carlos.

— Deliciosa.

E a baroneza, do lado, declarou tambem a galantine uma perfeição. Com um olhar ao escudeiro, a condessa fez servir de novo a galantine: e apressou-se a responder ao snr. Sousa Netto, que, a proposito de cães, lhe estava fallando da Sociedade protectora dos animaes. O snr. Sousa Netto approvava-a, considerava-a como um progresso... E, segundo elle, não seria mesmo de mais que o governo lhe désse um subsidio.

— Que eu creio que ella vai prosperando... E merece-o, acredite a senhora condessa que o merece... Estudei essa questão, e de todas as sociedades que ultimamente se têm fundado entre nós, á imitação do que se faz lá fóra, como a Sociedade de Geographia e outras, a Protectora dos animaes parece-me decerto uma das mais uteis.

Voltou-se para o lado, para o Ega:

— V. exc.ª pertence?

— Á Sociedade protectora dos animaes?... Não senhor, pertenço a outra, á de

Geographia. Sou dos protegidos.
A baroneza teve uma das suas alegres risadas. E o conde fez-se extremamente sério: pertencia á Sociedade de Geographia, considerava-a um pilar do Estado, acreditava na sua missão civilisadora, detestava aquellas irreverencias. Mas a condessa e Carlos tinham rido tambem: — e de repente a frialdade que até ahi os conservára ao lado um do outro reservados, n'uma ceremonia affectada, pareceu dissipar-se ao calor d'esse riso trocado, no brilho dos dois olhares encontrando-se irresistivelmente. Servira-se o Champagne, ella tinha uma côrzinha no rosto. O seu pé, sem ella saber como, roçou pelo pé de Carlos; sorriram ainda outra vez; — e, como no resto da mesa se conversava sobre uns concertos classicos que ia haver no Price, Carlos perguntou-lhe, baixo, com uma reprehensão amavel:
— Que tolice foi essa da brazileira?... Quem lhe disse isso?
Ella confessou-lhe logo que fôra o Damaso... O Damaso viera contar-lhe o enthusiasmo de Carlos por essa senhora, e as manhãs inteiras que lá passava, todos os dias, á mesma hora... Emfim o Damaso fizera-lhe claramente entrevêr uma liaison.
Carlos encolheu os hombros. Como podia ella acreditar no Damaso? Devia conhecer-lhe bem a tagarellice, a imbecilidade...
— É perfeitamente verdade que eu vou a casa d'essa senhora, que nem brazileira é, que é tão portugueza como eu; mas é porque ella tem a governante muito doente com uma bronchite, e eu sou o medico da casa. Foi até o Damaso, elle proprio, que lá me levou como medico!
No rosto da condessa espalhava-se um riso, uma claridade vinda do dôce allivio que se fazia no seu coração.
— Mas o Datoaso disse-me que era tão linda!...
Sim, era muito linda. E então? Um medico, por fidelidade ás suas affeições, e para as não inquietar, não podia realmente, antes de penetrar na casa d'uma doente, exigir-lhe um certificado de hediondez!
— Mas que está ella cá a fazer?...
— Está á espera do marido que foi a negocios ao Brazil, e vem ahi... É uma gente muito distincta, e creio que muito rica... Vão-se brevemente embora, de resto, e eu pouco sei d'elles. As minhas visitas são de medico; tenho apenas conversado com ella sobre Paris, sobre Londres, sobre as suas impressões de Portugal...
A condessa bebia estas palavras, deliciosamente, dominada pelo bello olhar com que elle lh'as murmurava: e o seu pé apertava o de Carlos n'uma reconciliação apaixonada, com a força que desejaria pôr n'um abraço — se alli lh'o podesse dar.
A senhora d'escarlate, no emtanto, recomeçara a fallar da Russia. O que a assustava é que o paiz era tão caro, corriam-se tantos perigos por causa da dynamite, e uma constituição fraca devia soffrer muito com a neve nas ruas. E foi então que Carlos percebeu que ella era a esposa de Sousa Netto, e que se tratava d'um filho d'elles, filho unico, despachado segundo secretario para a legação de S. Petersburgo.

— O menino conhece-o? perguntou D. Maria ao ouvido de Carlos, por traz do leque. É um horror d'estupidez... Nem francez sabe! De resto não é peor que os outros... Que a quantidade de mônos, de semsaborões e de tolos que nos representam lá fóra até faz chorar... Pois o menino não acha? Isto é um paiz desgraçado.

— Peor, minha cara senhora, muito peor. Isto é um paiz cursi.

Tinha findado a sobremesa. D. Maria olhou para a condessa com o seu sorriso cansado; a senhora de escarlate calára-se, já preparada, tendo mesmo afastado um pouco a cadeira; e as senhoras ergueram-se, no momento em que o Ega, ainda ácerca da Russia, acabava de contar uma historia ouvida a um polaco, e em que se provava que o Czar era um estupido...

— Liberal todavia, gostando bastante do progresso! murmurou ainda o conde, já de pé.

Os homens, sós, accenderam os seus charutos; o escudeiro serviu o café. Então o snr. Sousa Netto, com a sua chavena na mão, aproximou-se de Carlos para lhe exprimir de novo o prazer que tivera em fazer o seu conhecimento...

— Eu tive tambem em tempos o prazer de conhecer o pai de v. exc.ª... Pedro, creio que era justamente o snr. Pedro da Maia. Começava eu então a minha carreira publica... E o avô de v. exc.ª, bom?

— Muito agradecido a v. exc.ª

Pessoa muito respeitavel... O pai de v. exc.ª era... Emfim, era o que se chama «um elegante». Tive tambem o prazer de conhecer a mãi de v. exc.ª...

E de repente calou-se, embaraçado, levando a chavena aos labios. Depois, lentamente, voltou-se para escutar melhor o Ega, que ao lado discutia com o Gouvarinho sobre mulheres. Era a proposito da secretária da legação da Russia, com quem elle encontrára n'essa manhã o conde conversando ao Calhariz. O Ega achava-a deliciosa, com o seu corpinho nervoso e ondeado, os seus grandes olhos garços... E o conde, que a admirava tambem, gabava-lhe sobretudo o espirito, a instrucção. Isso, segundo o Ega, prejudicava-a: porque o dever da mulher era primeiro ser bella, e depois ser estupida... O conde affirmou logo com exuberancia que não gostava tambem de litteratas: sim, decerto o lugar da mulher era junto do berço, não na bibliotheca...

— No emtanto é agradavel que uma senhora possa conversar sobre coisas amenas, sobre o artigo d'uma Revista, sobre... Por exemplo, quando se publica um livro... Emfim, não direi quando se trata d'um Guizot, ou d'um Jules Simon... Mas, por exemplo, quando se trata d'um Feuillet, d'um... Emfim, uma senhora deve ser prendada. Não lhe parece, Netto?

Netto, grave, murmurou:

— Uma senhora, sobretudo quando ainda é nova, deve ter algumas prendas...

Ega protestou, com calor. Uma mulher com prendas, sobretudo com prendas litterarias, sabendo dizer coisas sobre o snr. Thiers, ou sobre o snr. Zola, é um monstro, um phenomeno que cumpria recolher a uma companhia de cavallinhos, como se soubesse trabalhar nas argolas. A mulher só devia ter duas prendas: cozinhar bem e amar bem.

— V. exc.ª decerto, snr. Sousa Netto, sabe o que diz Proudhon?

Não me recordo textualmente, mas...

Em todo o caso v. exc.ª conhece perfeitamente o seu Proudhon?

O outro, muito seccamente, não gostando decerto d'aquelle interrogatorio, murmurou que Proudhon era um author de muita nomeada.

Mas o Ega insistia, com uma impertinencia perfida:

— V. exc.ª leu evidentemente, como nós todos, as grandes paginas de Proudhon sobre o amor?

O snr. Netto, já vermelho, pousou a chavena sobre a mesa. E quiz ser sarcastico, esmagar aquelle moço, tão litterario, tão audaz.

— Não sabia, disse elle com um sorriso infinitamente superior, que esse philosopho tivesse escripto sobre assumptos escabrosos!

Ega atirou os braços ao ar, consternado:

— Oh snr. Sousa Netto! Então v. exc.ª, um chefe de familia, acha o amor um assumpto escabroso?!

O snr. Netto encordoou. E muito direito, muito digno, fallando do alto da sua consideravel posição burocratica:

— É meu costume, snr. Ega, não entrar nunca em discussões, e acatar rodas as opiniões alheias, mesmo quando ellas sejam absurdas...

E quasi voltou as costas ao Ega, dirigindo-se outra vez a Carlos, desejando saber, n'uma voz ainda um pouco alterada, se elle agora se fixava algum tempo mais em Portugal. Então, durante um momento, acabando os charutos, os dois fallaram de viagens. O snr. Netto lamentava que os seus muitos deveres não lhe permitissem percorrer a Europa. Em pequeno fôra esse o seu ideal; mas agora, com tantas occupações publicas, via-se forçado a não deixar a carteira. E alli estava, sem ter visto sequer Badajoz...

— E v. exc.ª de que gostou mais, de Paris ou de Londres ?

Carlos realmente não sabia, nem se podia comparar... Duas cidades tão differentes, duas civilisações tão originaes...

— Em Londres, observou o conselheiro, tudo carvão...

Sim, dizia Carlos sorrindo, bastante carvão, sobretudo nos fogões, quando havia frio...

O snr. Sonsa Netto murmurou:

— E o frio alli deve ser sempre consideravel... Clima tão ao norte!...

Esteve um momento mamando o charuto, de palpebra cerrada. Depois, fez esta observação sagaz e profunda:

— Povo pratico, povo essencialmente pratico.

— Sim, bastante pratico, disse vagamente Carlos, dando um passo para a sala, onde se sentiam as risadas cantantes da baroneza.

— E diga-me outra coisa, proseguiu o snr. Sousa Netto, com interesse, cheio de curiosidade intelligente. Encontra-se por lá, em Inglaterra, d'esta litteratura amena, como entre nós, folhetinistas, poetas de pulso?...

Carlos deitou a ponta do charuto para o cinzeiro, e respondeu, com descaro:

— Não, não ha d'isso.

— Logo vi, murmurou Sousa Netto. Tudo gente de negocio.

E penetraram na sala. Era o Ega que assim fazia rir a baroneza, sentado defronte d'ella, fallando outra vez de Celorico, contando-lhe uma soirée de Celorico, com detalhes picarescos sobre as authoridades, e sobre um abbade que tinha morto um homem e cantava fados sentimentaes ao piano. A senhora d'escarlate, no sofá ao lado, com os braços cahidos no regaço, pasmava para aquella veia do Ega como para as destrezas d'um palhaço. D. Maria, junto da mesa, folheava com o seu ar cansado uma Illustração; e vendo que Carlos ao entrar procurara com o olhar a condessa, chamou-o, disse-lhe baixo que ella fôra dentro vêr Charlie, o pequeno...

— É verdade, perguntou Carlos, sentando-se ao lado d'ella, que é feito d'elle, d'esse lindo Charlie?

— Diz que tem estado hoje constipado, e um pouco murcho...

— A snr.ª D. Maria tambem me parece hoje um pouco murcha.

— É do tempo. Eu já estou na idade em que o bom humor ou o aborrecimento vêm só das influencias do tempo... Na sua idade vem d'outras coisas. E a proposito d'outras coisas: então a Cohen tambem chegou?

Chegou, disse Carlos, mas não tambem. O tambem. O tambem implica combinação... E a Cohen e o Ega chegaram realmente ambos por acaso... De resto isso é historia antiga, é como os amores de Helena e de Páris.

N'esse instante a condessa voltava de dentro, um pouco afogueada, e trazendo aberto um grande leque negro. Sem se sentar, fallando sobretudo para a mulher do snr. Sousa Netto, queixou-se logo de não ter achado Charlie bem... Estava tão quente, tão inquieto... Tinha quasi medo que fosse sarampo. — E voltando-se vivamente para Carlos, com um sorriso:

— Eu estou com vergonha... Mas se o snr. Carlos da Maia quizesse ter o incommodo de o vir vêr um instante... É odioso, realmente, pedir-lhe logo depois de jantar para examinar um doente...

— Oh senhora condessa! exclamou elle, já de pé.

Seguiu-a. N'uma saleta, ao lado, o conde e o snr. Sousa Netto, enterrados n'um sofá, conversavam fumando.

— Levo o snr. Carlos da Mala para vêr o pequeno...

O conde erguera-se um pouco do sofá, sem comprehender bem. Já ella passara. Carlos seguiu em silencio a sua longa cauda de sêda preta através do bilhar, deserto, com o gaz acceso, ornado de quatro retratos de damas, da familia dos Gouvarinhos, empoadas e sorumbaticas. Ao lado, por traz de um pesado reposteiro de fazenda verde, era um gabinete, com uma velha poltrona, alguns livros n'uma estante envidraçada, e uma escrevaninha onde pousava um candieiro sob o abat-jour de renda côr de rosa. E ahi, bruscamente, ella parou, atirou os braços ao pescoço de Carlos, os seus labios prenderam-se aos d'elle n'um beijo sôfrego, penetrante, completo, findando n'um soluço de desmaio... Elle sentia aquelle lindo corpo estremecer, escorregar-lhe entre os braços, sobre os joelhos sem força.

— Amanhã, em casa da titi, ás onze, murmurou ella quando pôde fallar.

— Pois sim.

Desprendida d'elle, a condessa ficou um momento com as mãos sobre os olhos, deixando desvanecer aquella languida vertigem, que a fizera côr de cêra. Depois, cansada e sorrindo:

— Que doida que eu sou... Vamos vêr Charlie.

O quarto do pequeno era ao fundo do corredor. E ahi, n'uma caminha de ferro, junto do leito maior da criada, Charlie dormia, sereno, fresco, com um bracinho cahido para o lado, os seus lindos caracoes loiros espalhados no travesseiro como uma aureola d'anjo. Carlos tocou-lhe apenas no pulso; e a criada escosseza, que trouxera uma luz de sobre a commoda, disse, sorrindo tranquillamente:

— O menino n'estes ultimos dias tem andado muitissimo bem...

Voltaram. No gabinete, antes de penetrar no bilhar, a condessa, já com a mão no reposteiro, estendeu ainda a Carlos os seus labios insaciaveis. Elle colheu um rapido beijo. E, ao passar na antecamara, onde Sousa Netto e o conde continuavam enfronhados n'uma conversa grave, ella disse ao marido:

— O pequeno está a dormir... O snr. Carlos da Maia achou-o bem.

O conde de Gouvarinho bateu no hombro de Carlos, carinhosamente. E durante um momento a condessa ficou alli conversando, de pé, a deixar-se serenar, pouco a pouco, n'aquella penumbra favoravel, antes de affrontar a luz forte da sala. Depois, por se fallar em hygiene, convidou o snr. Sousa Netto para uma partida de bilhar; mas o snr. Netto, desde Coimbra, desde a Universidade, não pegára n'um taco. E ia-se chamar o Ega quando appareceu Telles da Gama, que chegava do Price. Logo atraz d'elle entrou o conde de Steinbroken. Então o resto da noite passou-se no salão, em redor do piano. O ministro cantou melodias da Filandia. Telles da Gama tocou fados.

Carlos e Ega foram os derradeiros a sahir, depois de um brandy and soda, de que a condessa partilhou, como ingleza forte. E em baixo, no pateo, acabando de abotoar o paletot, Carlos pôde emfim soltar a pergunta que lhe faiscára nos labios toda a noite:

— Ó Ega, quem é aquelle homem, aquelle Sousa Netto, que quiz saber se em Inglaterra havia tambem litteratura?

Ega olhou-o com espanto:

— Pois não adivinhaste? Não deduziste logo? Não viste immediatamente quem n'este paiz é capaz de fazer essa pergunta?

— Não sei... Ha tanta gente capaz...

E o Ega radiante:

— Official superior d'uma grande repartição do Estado!

— De qual? — Ora de qual! De qual ha de ser?... Da Instrucção publica!

Na tarde seguinte, ás cinco horas, Carlos, que se demorára de mais em casa da titi com a condessa, retido pelos seus beijos interminaveis, fez voar o coupé até á rua de S. Francisco, olhando a cada momento o relogio, n'um receio de que Maria Eduarda tivesse sahido por aquelle lindo dia de verão, luminoso e sem calor. Com effeito á porta d'ella estava a carruagem da Companhia; e Carlos galgou as escadas, desesperado com a condessa, sobretudo comsigo mesmo, tão fraco, tão passivo, que assim se deixára retomar por aquelles braços exigentes, cada vez mais pesados, e já incapazes de o commover...

— A senhora chegou agora mesmo, disse-lhe o Domingos, que voltara da terra havia tres dias, e ainda não cessára de lhe sorrir.

Sentada no sofá, de chapéo, tirando as uvas, ella acolheu-o com uma dôce côr no rosto, e uma carinhosa reprehensão:

— Estive á espera mais de meia hora antes de sahir... É uma ingratidão! Imaginei que nos tinha abandonado!

— Porquê? Está peor, miss Sarah?

Ella olhou-o, risonhamente escandalisada. Ora, miss Sarah! Miss Sarah ia seguindo perfeitamente na sua convalescença... Mas agora já não eram as visitas de medico que se esperavam, eram as de amigo; e essa tinha-lhe faltado.

Carlos, sem responder, perturbado, voltou-se para Rosa, que folheava junto da mesa um livro novo d'estampas; e a ternura, a gratidão infinita do seu coração, que não ousava mostrar á mãe, pôl-a toda na longa caricia em que envolveu a filha.

— São historias que a mamã agora comprou, dizia Rosa, séria e presa ao seu livro. Hei de t'as contar depois... São historias de bichos.

Maria Eduarda erguera-se, desapertando lentamente as fitas do chapéo.

— Quer tomar uma chavena de chá comnosco, snr. Carlos da Maia? Eu vinha morrendo por uma chavena de chá... Que lindo dia, não é verdade? Rosa, fica tu a contar o nosso passeio emquanto eu vou tirar o chapéo...

Carlos, só com Rosa, sentou-se junto d'ella, desviando-a do livro, tomando-lhe ambas as mãos.

— Fomos ao Passeio da Estrella, dizia a pequena. Mas a mamã não se queria demorar, porque tu podias ter vindo!

Carlos beijou, uma depois da outra, as duas mãosinhas de Rosa.

— E então que fizeste no Passeio? perguntou elle, depois d'um leve suspiro de felicidade que lhe fugira do peito.

— Andei a correr, havia uns patinhos novos...

— Bonitos?...

A pequena encolheu os hombros:

— Chinfrinzitos.

Chinfrinzitos! Quem lhe tinha ensinado a dizer uma coisa tão feia?

Rosa sorriu. Fôra o Domingos. E o Domingos dizia ainda outras coisas assim, engraçadas... Dizia que a Melanie era uma gaja... O Domingos tinha muita graça.

Então Carlos advertiu-a que uma menina bonita, com tão bonitos vestidos, não devia dizer aquellas palavras... Assim fallava a gente rôta.

— O Domingos não anda rôto, disse Rosa muito séria.

E subitamente, com outra idéa, bateu as palmas, pulou-lhe entre os joelhos, radiante:

— E trouxe-me uns grillos da Praça! O Domingos trouxe-me uns grillos... Se tu soubesses! Niniche tem medo dos grillos! Parece incrivel, hein? Eu nunca vi ninguem mais medrosa...

Esteve um momento a olhar Carlos, e acrescentou, com um ar grave:

— É a mamã que lhe dá tanto mimo. É uma pena!

Maria Eduarda entrava, ageitando ainda de leve o ondeado do cabello: e, ouvindo assim fallar de mimo, quiz saber quem é que ella estragava com mimo... Niniche? Pobre Niniche, coitada, ainda essa manhã fôra castigada!

Então Rosa rompeu a rir, batendo outra vez as mãos:

— Sabes como a mamã a castiga? exclamava ella, puxando a manga de Carlos. Sabes?... Faz-lhe voz grossa... Diz-lhe em inglez: Bad dog! dreadful dog!

Era encantadora assim, imitando a voz severa da mamã, com o dedinho erguido, a ameaçar Niniche. A pobre Niniche, imaginando com effeito que a estavam a reprehender, arrastou-se, vexada, para debaixo do sofá. E foi necessario que Rosa a tranquillisasse, de joelhos sobre a pelle de tigre, jurando-lhe, por entre abraços, que ella nem era mau cão, nem feio cão; fôra só para contar como fazia a mamã...

— Vai-lhe dar agua, que ella deve estar com sêde, disse então Maria Eduarda, indo sentar-se na sua cadeira escarlate. E dize ao Domingos que nos traga o chá.

Rosa e Niniche partiram correndo. Carlos veio occupar, junto da janella, a costumada poltrona de reps. Mas pela primeira vez, desde a sua intimidade, houve entre elles um silencio difficil. Depois ella queixou-se de calor, desenrolando distrahidamente o bordado; e Carlos permanecia mudo, como se para elle, n'esse dia, apenas houvesse encanto, apenas houvesse significação n'uma certa palavra de que os seus labios estavam cheios e que não ousavam murmurar, que quasi receava que fosse adivinhada apesar d'ella suffocar o seu coração.

— Parece que nunca se acaba, esse bordado! disse elle por fim, impaciente de a vêr, tão serena, a occupar-se das suas lãs.

Com a talagarça desdobrada sobre os joelhos, ella respondeu, sem erguer os olhos:

— E para que se ha de acabar? O grande prazer é andal-o a fazer, pois não acha? Uma malha hoje, outra malha ámanhã, torna-se assim uma companhia... Para que se ha de querer chegar logo ao fim das coisas?

Uma sombra passou no rosto de Carlos. N'estas palavras, ditas de leve ácerca do bordado, elle sentia uma desanimadora allusão ao seu amor, — esse amor que lhe fôra enchendo o coração á maneira que a lã cobria aquella talagarça, e que era obra simultanea das mesmas brancas mãos. Queria ella pois conserval-o alli, arrastado como o bordado, sempre acrescentado e sempre incompleto, guardado tambem no cesto da costura, para ser o desafogo da sua solidão?

Disse-lhe então, commovido:

— Não é assim. Ha coisas que só existem quando se completam, e que só então dão a felicidade que se procurava n'ellas.

— É muito complicado isso, murmurou ella, córando. É muito subtil...

— Quer que lh'o diga mais claramente?

N'esse instante Domingos, erguendo o reposteiro, annunciou que estava alli o snr. Damaso...

Maria Eduarda teve um movimento brusco de impaciencia:

— Diga que não recebo!

Fóra, no silencio, sentiram bater a porta. E Carlos ficou inquieto, lembrando-se que o Damaso devia ter visto em baixo, passeando na rua, o seu coupé. Santo Deus! O que elle iria tagarellar agora, com os seus pequeninos rancores, assim humilhado! Quasi lhe pareceu n'esse instante a existencia do Damaso incompativel com a tranquillidade do seu amor.

— Ahi está outro inconveniente d'esta casa, dizia no emtanto Maria Eduarda. Aqui ao lado d'esse Gremio, a dois passos do Chiado, é demasiadamente accessivel aos importunos. Tenho agora de repellir quasi todos os dias este assalto á minha porta! É intoleravel.

E com uma subita idéa, atirando o bordado para o açafate, cruzando as mãos sobre os joelhos:

— Diga-me uma coisa que lhe tenho querido perguntar... Não me seria possivel arranjar por ahi uma casinhola, um cottage, onde eu fosse passar os mezes de verão?... Era tão bom para a pequena! Mas não conheço ninguem, não sei a quem me hei de dirigir...

Carlos lembrou-se logo da bonita casa do Craft, nos Olivaes — como já n'outra occasião em que ella mostrára desejos d'ir para o campo. Justamente, n'esses ultimos tempos, Craft voltára a fallar, e mais decidido, no antigo plano de vender a quinta, e desfazer-se das suas collecções. Que deliciosa vivenda para ella, artistica e campestre, condizendo tão bem com os seus gostos! Uma tentação atravessou-o, irresistivel.

— Eu sei com effeito d'uma casa... E tão bem situada, que lhe convinha tanto!...

— Que se aluga?

Carlos não hesitou:

— Sim, é possivel arranjar-se...

— Isso era um encanto!

Ella tinha dito — «era um encanto». E isto decidiu-o logo, parecendo-lhe desamoravel e mesquinho o ter-lhe suggerido uma esperança, e não lh'a realisar com fervor.

O Domingos entrára com o taboleiro do chá. E emquanto o collocava sobre uma pequena mesa, defronte de Maria Eduarda, ao pé da janella, Carlos, erguendo-se, dando alguns passos pela sala, pensava em começar immediatamente negociações com o Craft, comprar-lhe as collecções, alugar-lhe a casa por um anno, e offerecel-a a Maria Eduarda para os mezes de verão. E não considerava, n'esse instante, nem as difficuldades, nem o dinheiro. Via só a alegria d'ella passeando com a pequena, entre as bellas arvores do jardim. E como Maria Eduarda deveria ser mais gramdemente formosa no meio d'esses moveis da Renascença, severos e nobres!

— Muito assucar? perguntou ella.

— Não... Perfeitamente, basta.

Viera sentar-se na sua velha poltrona; e, recebendo a chavena de porcelana ordinaria com um filetesinho azul, recordava o magnifico serviço que tinha o Craft, de velho Wedgewood, oiro e côr de fogo. Pobre senhora! tão delicada, e alli enterrada entre aquelles reps, maculando a graça das suas mãos nas coisas reles da mãi Cruges!

— E onde é essa casa? perguntou Maria Eduarda.

— Nos Olivaes, muito perto d'aqui, vai-se lá n'uma hora de carruagem...

Explicou-lhe detalhadamcnte o sitio,— acrescentando, com os olhos n'ella, e com um sorriso inquieto:

— Estou aqui a preparar lenha para me queimar!... Porque se fôr para lá installar-se, e depois vier o calor, quem é que a torna a vêr?

Ella pareceu surprehendida:

— Mas que lhe custa, a si, que tem cavallos, que tem carruagens, que não tem quasi nada que fazer?...

Assim ella achava natural que elle continuasse nos Olivaes as suas visitas de Lisboa! E pareceu-lhe logo impossivel renunciar ao encanto d'esta intimidade, tão largamente offerecida, e decerto mais dôce na solidão d'aldêa. Quando acabou a sua chavena de chá — era como se a casa, os moveis, as arvores fossem já seus, fossem já d'ella. E teve alli um momento delicioso, descrevendo-lhe a quietação da quinta, a entrada por uma rua d'acacias, e a belleza da sala de jantar com duas janellas abrindo sobre o rio...

Ella escutava-o, encantada:

— Oh! isso era o meu sonho! Vou ficar agora toda alterada, cheia d'esperanças... Quando poderei ter uma resposta?

Carlos olhou o relogio. Era já tarde para ir aos Olivaes. Mas logo na manhã seguinte cedo, ia fallar com o dono da casa, seu amigo...

— Quanto incommodo por minha causa! disse ella. Realmente! como lhe hei de eu agradecer?...

Calou-se; mas os seus bellos olhos ficaram um instante pousados nos de Carlos, como esquecidos, e deixando fugir irresistivelmente um pouco do segredo que ella retinha no seu coração.

Elle murmurou:

— Por mais que eu fizesse, ficaria bem pago de tudo se me olhasse outra vez assim.

Uma onda de sangue cobriu toda a face de Maria Eduarda.

— Não diga isso...

— E que necessidade ha que eu lh'o diga? Pois não sabe perfeitamente que a adoro, que a adoro, que a adoro!

Ella ergueu-se bruscamente, elle tambem: — e assim ficaram, mudos, cheios d'anciedade, trespassando-se com os olhos, como se se tivesse feito uma grande alteração no Universo, e elles esperassem, suspensos, o desfecho supremo dos seus destinos... E foi ella que fallou, a custo, quasi desfallecida, estendendo para elle, como se o quizesse afastar, as mãos inquietas e tremulas:

— Escute! Sabe bem o que eu sinto por si, mas escute... Antes que seja tarde ha uma coisa que lhe quero dizer...

Carlos via-a assim tremer, via-a toda pallida... E nem a escutára, nem a comprehendcra. Sentia apenas, n'um deslumbramento, que o amor comprimido até ahi no seu coração irrompera por fim, triumphante, e embatendo no coração d'ella, através do apparente marmore do seu peito, fizera de lá resaltar uma chamma igual... Só via que ella tremia, só via que ella o amava... E, com a gravidade forte d'um acto de posse, tomou-lhe lentamente as mãos, que ella lhe abandonou, submissa de repente, já sem força, e vencida. E beijava-lh'as ora uma ora outra, e as palmas, e os dedos, devagar, murmurando apenas:

— Meu amor! meu amor! meu amor!

Maria Eduarda cahira pouco a pouco sobre a cadeira; e, sem retirar as mãos, erguendo para elle os olhos cheios de paixão, ennevoados de lagrimas, balbuciou ainda, debilmente, n'uma derradeira supplicação:

— Ha uma coisa que eu lhe queria dizer!...

Carlos estava já ajoelhado aos seus pés.

— Eu sei o que é! exclamou, ardentemente, junto do rosto d'ella, sem a deixar fallar mais, certo de que adivinhára o seu pensamento. Escusa de dizer, sei perfeitamente. É o que eu tenho pensado tantas vezes! É que um amor como o nosso não póde viver nas condições em que vivem outros amores vulgares... É que desde que eu lhe digo que a amo, é como se lhe pedisse para ser minha esposa diante de Deus...

Ella recuava o rosto, olhando-o angustiosamente, e como se não comprehendesse. E Carlos continuava mais baixo, com as mãos d'ella presas, penetrando-a toda da emoção que o fazia tremer:

— Sempre que pensava em si, era já com esta esperança d'uma existencia toda nossa, longe d'aqui, longe de todos, tendo quebrado todos os laços presentes, pondo a nossa paixão acima de todas as ficções humanas, indo ser felizes para algum canto do mundo, solitariamente e para sempre... Levamos Rosa, está claro, sei que não se póde separar d'ella... E assim viveríamos sós, todos tres, n'um encanto!

— Meu Deus! Fugirmos? murmurou ella, assombrada.

Carlos erguera-se.

— E que podemos fazer? Que outra coisa podemos nós fazer, digna do nosso amor?

Maria não respondeu, immovel, a face erguida para elle, branca de cera. E pouco a pouco uma idéa parecia surgir n'ella, inesperada e perturbadora, revolvendo todo o seu sêr. Os seus olhos alargavam-se, anciosos e refulgentes.

Carlos ia fallar-lhe... Um leve rumor de passos na esteira da sala deteve-o. Era o Domingos que vinha recolher a bandeja do chá: e durante um momento, quasi interminavel, houve entre aquelles dois sêres, sacudidos por um ardente vendaval de paixão, a caseira passagera d'um criado arrumando chavenas vazias. Maria Eduarda, bruscamente, refugiou-se detraz das bambinellas de cretone com o rosto contra a vidraça. Carlos foi sentar-se no sofá, a folhear ao acaso uma Illustração, que lhe tremia nas mãos. E não pensava em nada, nem sabia onde estava... Ainda na vespera, havia ainda instantes, conversando com ella, dizia ceremoniosamente «minha cara senhora»: depois houvera um olhar; e agora deviam fugir ambos, e ella tornára-se o cuidado supremo da sua vida, e a esposa secreta do seu coração.

— V. exc.ª quer mais algumna coisa? perguntou Domingos.

Maria Eduarda respondeu sem se voltar:

— Não.

O Domingos sahiu, a porta ficou cerrada. Ella então atravessou a sala, veio para Carlos, que a esperava no sofá, com os braços estendidos. E era como se obedecesse só ao impulso da sua ternura, calmadas já todas as incertezas. Mas hesitou de novo diante d'aquella paixão, tão prompta a apoderar-se de todo o seu sêr, e mumurou, quasi triste:

— Mas conhece-me tão pouco!... Conhece-me tão pouco, para irmos assim ambos, quebrando por tudo, crear um destino que é irreparavel...

Carlos tomou-lhe as mãos, fazendo-a sentar ao seu lado, brandamente:

— O bastante para a adorar acima de tudo, e sem querer mais nada na vida!

Um instante Maria Eduarda ficou pensativa, como recolhida no fundo do seu coração, escutando-lhe as derradeiras agitações. Depois soltou um longo suspiro.

— Pois seja assim! Seja assim... Havia uma coisa que eu lhe queria dizer, mas não importa... É melhor assim!...

E que outra coisa podiam fazer? perguntava Carlos radiante. Era a unica solução digna, séria... E nada os podia embaraçar; amavam-se, confiavam absolutamente um no outro; elle era rico, o mundo era largo...

E ella repetia, mais firme agora, já decidida, e como se aquella resolução a cada momento se cravasse mais fundo na sua alma, penetrando-a toda e para sempre:

— Pois seja assim! É melhor assim!

Um momento ficaram calados, olhando-se arrebatadamente.

— Dize-me ao menos que és feliz, murmurou Carlos.

Ella lançou-lhe os braços ao pescoço: e os seus labios uniram-se n'um beijo profundo, infinito, quasi immaterial pelo seu extasi. Depois Maria Eduarda descerrou lentamente as palpebras, e disse-lhe, muito baixo:

— Adeus, deixa-me só, vai. Elle tomou o chapéo, e sahiu.

No dia seguinte Craft, que havia uma semana não ia ao Ramalhete, passeava na quinta antes d'almoço — quando appareceu Carlos. Apertaram as mãos, fallavam um instante do Ega, da chegada dos Cohens. Depois, Carlos, fazendo um gesto largo que abrangia a quinta, a casa, todo o horisonte, perguntou rindo:

— Você quer-me vender tudo isto, Craft?

O outro respondeu, sem pestanejar, e com as mãos nas algibeiras:

— A la disposicion de ustêd...

E alli mesmo concluiram a negociação, passeando n'uma ruasinha de buxo por entre os geranios em flôr.

Craft cedia a Carlos todos os seus moveis antigos e modernos por duas mil e quinhentas libras, pagas em prestações: só reservava algumas raras peças do tempo de Luiz XV, que deviam fazer parte d'essa nova collecção que planeava, homogenea, e toda do seculo XVIII. E como Carlos não tinha no Ramalhete lugar para este vasto bric-à-brac, Craft alugava-lhe por um anno a casa dos Olivaes, com a quinta.

Depois foram almoçar. Carlos nem por um momento pensou na larga despeza que fazia, só para offerecer uma residencia de verão, por dois curtos mezes — a quem se contentaria com um simples cottage, entre arvores de quintal. Pelo contrario! quando repercorreu as salas do Craft, já com olhos de dono, achou tudo mesquinho, pensou em obras, em retoques de gosto.

Com que alegria, ao deixar os Olivaes, correu á rua de S. Francisco, a annunciar a Maria Eduarda que lhe arranjára emfim definitivamente uma linda casa no campo! Rosa, que da varanda o vira apear-se, veio ao seu encontro ao patamar: elle ergueu-a nos braços, entrou assim na sala, com ella ao collo, em triumpho. E não se conteve; foi á pequena que deu logo «a grande novidade», annunciando-lhe que ia ter duas vaccas, e uma cabra, e flôres, e arvores para se balouçar...

— Onde é? Dize, onde é? exclamava Rosa, com os lindos olhos resplandecentes, e a facesinha cheia de riso.

— D'aqui muito longe... Vai-se n'uma carruagem... Vêem-se passar os barcos no rio... E entra-se por um grande portão onde ha um cão de fila.

Maria Eduarda appareceu, com Niniche ao collo.

— Mamã, mamã! gritou Rosa correndo para ella, dependurando-se-lhe do vestido. Diz que vou ter duas cabrinhas, e um balouço... É verdade? Dize, deixa vêr, onde é? Dize... E vamos já para lá?

Maria e Carlos apertaram a mão, com um longo olhar, sem uma palavra. E logo junto da mesa, com Rosa encostada aos seus joelhos, Carlos contou a sua ida aos Olivaes... O dono da casa estava prompto a alugar, já, n'uma semana... E assim se achava ella de repente com uma vivenda pittoresca, mobilada n'um bello estylo, deliciosamente saudavel...

Maria Eduarda parecia surprehendida, quasi desconfiada.

— Ha de ser necessario levar roupas de cama, roupas de mesa...

— Mas ha tudo! exclamou Carlos alegremente, ha quasi tudo! É tal qual como n'um conto de fadas... As luzes estão accêsas, as jarras estão cheias de flôres... É só tomar uma carruagem e chegar.

— Sómente, é necessario saber o que esse paraíso me vae custar...

Carlos fez-se vermelho. Não previra que se fallasse em dinheiro — e que ella quereria decerto pagar a casa que habitasse... Então preferiu confessar-lhe tudo. Disse-lhe como o Craft, havia quasi um anno, andava desejando desfazer-se das suas collecções, e alugar a quinta: o avô e elle tinham repetidamente pensado em adquirir grande parte dos moveis e das faianças, para acabar de mobilar o Ramalhete, e ornamentar mais Santa Olavia; e elle emfim decidira-se a fazer essa compra desde que entrevira a felicidade de lhe poder offerecer, por alguns mezes de verão, uma residencia graciosa, e tão confortavel...

— Rosa, vai lá para dentro, disse Maria Eduarda, depois de um momento de silencio... Miss Sarah está á tua espera.

Depois, olhando para Carlos, muito séria:

— De sorte que, se eu não mostrasse desejos de ir para o campo, não tinha feito essa despeza...

— Tinha feito a mesma despeza... Tinha tambem alugado a casa por seis mezes ou por um anno... Onde possuia eu agora de repente um sitio para metter as coisas do Craft? O que não fazia talvez era comprar conjuntamente roupas de cama, roupas de mesa, mobilias dos quartos dos criados, etc...

E acrescentou, rindo:

— Ora se me quizer indemnisar d'isso podemos debater esse negocio...

Ella baixou os olhos, reflectindo, lentamente.

— Em todo o caso seu avô e os seus amigos devem saber d'aqui a dias que me vou installar n'essa casa... E devem comprehender que a comprou para que eu lá me installasse...

Carlos procurou o seu olhar que permanecia pensativo, desviado d'elle. E isto inquietou-o — o vêl-a assim retrahir-se áquella absoluta communhão d'interesses em que a queria envolver, como esposa do seu coração.

— Não approva então o que fiz? Seja franca...

— Decerto... Como não hei de eu approvar tudo quanto faz, tudo quanto vem de si? Mas...

Elle acudiu, apoderando-se das suas mãos, sentindo-se triumphar:

— Não ha mas! O avô e os meus amigos sabem que eu tenho uma casa no campo, inutil por algum tempo, e que a aluguei a uma senhora. De resto, se quizer, metteremos n'isto tudo o meu procurador... Minha cara amiga, se fosse possivel que a nossa affeição se passasse fóra do mundo, distante de todos os olhares, ao abrigo de todas as suspeitas, seria delicioso... Mas não pode ser!... Alguem tem de saber sempre alguma coisa; quando não seja senão o cocheiro que me leva todos os dias a sua casa, quando não seja senão o criado que me abre todos os dias a sua porta... Ha sempre alguem que surprehende o encontro de dois olhares; ha sempre alguem que adivinha d'onde se vem a certas horas... Os deuses antigamente arranjavam essas coisas melhor, tinham uma nuvem que os tornava invisiveis. Nós não somos deuses, felizmente...

Ella sorriu.

— Quantas palavras para converter uma convertida! E tudo ficou harmonisado n'um grande beijo.

Affonso da Maia approvou plenamente a compra das collecções do Craft. «É um valor, disse elle ao Villaça, e acabamos d'encher com boa arte Santa-Olavia e o Ramalhete.»

Mas o Ega indignou-se, chegou a fallar em «desvario», despeitado por essa transacção secreta para que não fôra consultado. O que o irritava sobretudo era vêr, n'esta acquisição inesperada de uma casa de campo, outro symptoma do grave e do fundo segredo que presentia na vida de Carlos: e havia já duas semanas que elle habitava o Ramalhete e Carlos ainda não lhe fizera uma confidencia!... Desde a sua ligação de rapazes em Coimbra, nos Paços de Cella, fôra elle o confessor secular de Carlos: mesmo em viagem, Carlos não tinha uma aventura banal d'hotel, de que não mandasse ao Ega «um relatorio». O romance com a Gouvarinho, de que Carlos ao principio tentára, frouxamente, guardar um mysterio delicado, já o conhecia todo, já lêra as cartas da Gouvarinho, já passára pela casa da titi...

Mas do outro segredo não sabia nada — e considerava-se ultrajado. Via rodas as manhãs Carlos partir para a rua de S. Francisco, levando flôres; via-o chegar de lá, como elle dizia, «besuntado d'extasi»; via-lhe os silencios repassados de felicidade, e esse indefinido ar, ao mesmo tempo sério e ligeiro, risonho e superior, do homem profundamente amado... E não sabia nada.

Justamente alguns dias depois, estando ambos sós, a fallar de planos de verão, Carlos alludiu aos Olivaes, com enthusiasmo, relembrando algumas das preciosidades do Craft, o dôce socego da casa, a clara vista do Tejo... Aquillo realmente fôra obter por uma mão cheia de libras um pedaço do paraiso...

Era á noite, no quarto de Carlos, já tarde. E o Ega, que passeara com as mãos nas algibeiras do robe-de-chambre, encolheu os hombros, impaciente, farto d'aquelles louvores eternos a casinhola do Craft.

— Essa concepção do paraiso, exclamou elle, parece-me d'um estofador da rua Augusta! Como natureza, couves gallegas; como decoração, os velhos cretones do gabinete, desbotados já por tres barrelas... Um quarto de dormir lugubre como uma capella de santuario... Um salão confuso como o armazem d'um cara-de-pau, e onde não é possivel conversar... A não ser o armario hollandez, e um ou outro prato, tudo aquillo é um lixo archeologico... Jesus! o que eu odeio bric-à-brac!

Carlos, no fundo da sua poltrona, disse tranquillamente, e como reflectindo:

— Com effeito esses cretones são medonhos... Mas eu vou mandar remobilar, tornar aquillo mais habitavel.

Ega estacou no meio do quarto, com o monoculo a faiscar sobre Carlos.

— Habitavel? Vaes ter hospedes?

— Vou alugar.

— Vaes alugar! A quem?

E o silencio de Carlos, que soprava o fumo da cigarrette com os olhos no tecto, enfureceu Ega. Comprimentou quasi até ao chão, disse sarcasticamente:

— Peço perdão. A pergunta foi brutal. Tive agora o ar de querer arrombar uma gaveta fechada... O aluguel d'um predio é sempre um d'esses delicados segredos de sentimento e de honra em que não deve roçar nem a aza da imaginação... Fui rude... Irra! Fui bestialmente rude!

Carlos continuava calado. Comprehendia bem o Ega — e quasi sentia um remorso d'aquella sua rigida reserva. Mas era como um pudor que o enleava, lhe impedia de pronunciar sequer o nome de Maria Eduarda. Todas as suas outras aventuras as contára ao Ega; e essas confidencias constituiam talvez mesmo o prazer mais solido que ellas lhe davam. Isto, porém, não era «uma aventura». Ao seu amor misturava-se alguma coisa de religioso; e, como os verdadeiros devotos, repugnava-lhe conversar sobre a sua fé... Todavia, ao mesmo tempo, sentia uma tentação de fallar d'ella ao Ega, e de tornar vivas, e como visiveis aos seus proprios olhos, dando-lhes o contorno das palavras e o seu relevo, as coisas divinas e confusas que lhe enchiam o coração. Além d'isso, Ega não saberia tudo, mais tarde ou mais cedo, pela tagarellice alheia? Antes lh'o dissesse elle, fraternalmente. Mas hesitou ainda, accendeu outra cigarrette. Justamente o Ega tomára o seu castiçal, e começava a: accendel-o a uma serpentina, devagar e com um ar amuado.

— Não sejas tolo, não te vás deitar, senta-te ahi, disse Carlos.

E contou-lhe tudo miudamente, diffusamente, desde o primeiro encontro, á entrada do Hotel Central, no dia do jantar ao Cohen.

Ega escutava-o, sem uma palavra, enterrado no fundo do sofá. Suppuzera um romancesinho, d'esses que nascem e morrem entre um beijo e um bocejo: e agora, só pelo modo como Carlos fallava d'aquelle grande amor, elle sentia-o profundo, absorvente, eterno, e para bem ou para mal tornando-se d'ahi por diante, e para sempre, o seu irreparavel destino. Imaginára uma brazileira polida por Paris, bonita e futil, que tendo o marido longe, no Brazil, e um formoso rapaz ao lado, no sofá, obedecia simplesmente e alegremente á disposição das coisas: e sahia-lhe uma creatura cheia de caracter, cheia de paixão, capaz de sacrificios, capaz de heroismos. Como sempre, diante d'estas coisas patheticas, murchava-lhe a veia, faltava-lhe a phrase; e quando Carlos se calou, o bom Ega teve esta pergunta chôcha:

— Então estás decidido a safar-te com ella?

— A safar-me, não; a ir viver com ella longe d'aqui, decididissimo!

Ega ficou um momento a olhar para Carlos como para um phenomeno prodigioso, e murmurou:

— É d'arromba!

Mas que outra coisa podiam elles fazer? D'ahi a tres mezes talvez, Castro Gomes chegava do Brazil. Ora nem Carlos, nem ella, aceitariam nunca uma d'essas situações atrozes e reles em que a mulher é do amante e do marido, a horas diversas... Só lhes restava uma solução digna, decente, seria — fugir.

Ega, depois de um silencio, disse pensativamente:

— Para o marido é que não é talvez divertido perder assim, de uma vez, a mulher, a filha, e a cadellinha...

Carlos ergueu-se, deu alguns passos pelo quarto. Sim, tambem elle já pensára n'isso... E não sentia remorsos — mesmo quando os podesse haver no absoluto egoismo da paixão... Elle não conhecia intimamente Castro Gomes: mas tinha podido adivinhar o typo, reconstruil-o, pelo que lhe dissera o Damaso, e por algumas conversas com miss Sarah. Castro Gomes não era um esposo a sério: era um dandy, um futil, um gommeux, um homem de sport e de cocottes... Casára com uma mulher bella, saciára a paixão, e recomeçára a sua vida de club e de bastidores... Bastava olhar para elle, para a sua toilette, para os seus modos — e comprehendia-se logo a trivialidade d'aquelle caracter...

— Que tal é como homem? perguntou Ega.

— Um brazileirito trigueiro, com um ar espartilhado... Um rastaquouère, o verdadeiro typosinho do Café de la Paix... É possivel que sinta, quando isto vier a succeder, um certo ardor na vaidade ferida... Mas é um coração que se ha de consolar facilmente nas Folies Bergères.

Ega não dizia nada. Mas pensava que um homem de club, e mesmo consolavel nas Folies Bergères, póde todavia amar muito sua filha... Depois, atravessado por uma outra idéa, acrescentou:

— E teu avô?

Carlos encolheu os hombros:

— O avô tem de se affligir um pouco para eu poder ser profundamente feliz; como eu teria de ser desgraçado toda a minha vida se quizesse poupar ao avô essa contrariedade... O mundo é assim, Ega... E eu, n'esse ponto, não estou decidido a fazer sacrificios.

Ega esfregou lentamente as mãos, com os olhos no chão, repetindo a mesma palavra, a unica que lhe suggeria todo o seu espirito perante aquellas coisas vehementes:

— É d'arromba!

Capítulo III

Carlos, que almoçára cedo, estava para sahir no coupé, e já de chapéo — quando Baptista veio dizer que o snr. Ega, desejando fallar-lhe n'uma coisa grave, lhe pedia para esperar um instante. O snr. Ega ficára a fazer a barba.

Carlos pensou logo que se tratava da Cohen. Havia duas semanas que ella chegára a Lisboa, Ega ainda a não vira, e fallava d'ella raramente. Mas Carlos sentia-o nervoso e desassocegado. Todas as manhãs o pobre Ega mostrava um desapontamento ao receber o correio, que só lhe trazia algum jornal cintado, ou cartas de Celorico. Á noite percorria dois, tres theatros, já quasi vazios n'aquelle começo de verão; e ao recolher era outra desconsolação, quando os criados lhe affirmavam, com certeza, que não viera carta alguma para s. exc.ª Decerto Ega não se resignava a perder Rachel, anciava por a encontrar; e roía-o o despeito de que ella, de qualquer modo, lhe não tivesse mostrado que no seu coração permanecia ao menos a saudade das antigas felicidades... Justamente na vespera Ega apparecera á hora do jantar, transtornado: cruzára-se com o Cohen na rua do Ouro, e parecera-lhe que «esse canalha» lhe atirára de lado um olhar atrevido, sacudindo a bengala; o Ega jurava que se «esse canalha» ousasse outra vez fital-o, espedaçava-o, sem piedade, publicamente, a uma esquina da Baixa.

Na ante-camara o relogio bateu dez horas, Carlos impaciente ia a subir ao quarto do Ega. Mas n'esse instante o correio chegava, com a Revista dos Dois

Mundos, e uma carta para Carlos. Era da Gouvarinho. Carlos acabava de a lêr — quando o Ega appareceu, de jaquetão, e em chinelas.

— Tenho a fallar-te n'uma coisa grave, menino.

— Lê isto primeiro, disse o outro, passando-lhe a carta da Gouvarinho.

A Gouvarinho, n'um tom amargo, queixava-se que, já por duas vezes, Carlos faltára ao rendez-vous em casa da titi, sem lhe ter sequer escripto uma palavra; ella vira n'isto uma offensa, uma brutalidade; e vinha agora intimal-o, «em nome de todos os sacrificios que por elle fizera», a que apparecesse na rua de S. Marçal, domingo ao meio dia, para terem uma explicação definitiva antes d'ella partir para Cintra.

— Excellente occasião d'acabar! exclamou Ega, entregando a carta a Carlos, depois de respirar o perfume do papel. Não vás, nem respondas... Ella parte para Cintra, tu para Santa Olavia, não vos vêdes mais, e assim finda o romance. Finda como todas as coisas grandes, como o Imperio Romano, e como o Rheno, por dispersão, insensivelmente...

— É o que eu vou fazer, disse Carlos, começando a calçar as luvas. Jesus! Que mulher massadora!

— E que desavergonhada! Chamar a essas coisas «sacrificios!...» Arrasta-te duas vezes por semana a casa da titi, regala-se lá de extravagancias, bebe champagne, fuma cigarrettes, sobe ao setimo céo, delira, e depois põe dolorosamente os olhos no chão, e chama a isso «sacrificios...» Só com um chicote!...

Carlos encolheu os hombros, com resignação, como se nas condessas de Gouvarinho, e no mundo, só houvesse incoherencia e dólo.

— E que é isso que tu me tinhas a dizer?

Ega então tomou um ar grave. Escolheu lentamente na caixa uma cigarrette, abotoou devagar o jaquetão.

— Tu não tens visto o Damaso?

— Nunca mais me appareceu, disse Carlos. Creio que está amuado... Eu sempre que o encontro, aceno-lhe de longe amigavelmente com dois dedos...

— Devia ser antes com a bengala. O Damaso anda ahi, por toda a parte, fallando de ti e d'essa senhora, tua amiga... A ti chama-te pulha, a ella peor ainda. É a velha historia; diz que te apresentou, que te metteste de dentro, e como para essa senhora é uma questão de dinheiro, e tu és o mais rico, ella lhe passou o pé.. Vês d'ahi a infamiasinha. E isto tagarellado pelo Gremio, pela Casa Havaneza, com detalhes torpes, envolvendo sempre a questão de dinheiro. Tudo isto é atroz. Trata de lhe pôr cobro.

Carlos, muito pallido, disse simplesmente:

— Ha de se fazer justiça.

Desceu, indignado. Aquella torpe insinuação sobre «dinheiro» parecia-lhe poder ser castigada só com a morte. E um instante mesmo, com a mão no fecho da portinhola do coupé, pensou em correr a casa do Datoaso, tomar um desforço brutal.

Mas eram quasi onze horas, e elle tinha d'ir aos Olivaes. No dia seguinte, sabbado, dia bello entre todos e solemne para o seu coração, Maria Eduarda devia emfim visitar a quinta do Craft: e ficára combinado, na vespera, que passariam lá as horas do calor, até tarde, sós, n'aquella casa solitaria e sem criados, escondida entre as arvores. Elle pedira-lh'o assim, hesitante e a tremer: ella consentira logo, sorrindo e naturalmente. N'essa manhã elle mandára aos Olivaes dois criados para arejar as salas, espanejar, encher tudo de flôres. Agora ia lá, como um devoto, vêr se estava bem enfeitado o sacrario da sua deusa... E era através d'estes deliciosos cuidados, em plena ventura, que lhe apparecia outra vez, suja e empanando o brilho do seu amor, a tagarellice do Damaso!

Até aos Olivaes, não cessou de ruminar coisas vagas e violentas que faria para aniquilar o Damaso. No seu amor não haveria paz, emquanto aquelle villão o andasse commentando sordidamente pelas esquinas das ruas. Era necessario enxovalhal-o de tal modo, com tal publicidade, que elle não ousasse mais mostrar em Lisboa a face bochechuda, a face vil... Quando o coupé parou á porta da quinta, Carlos decidira dar bengaladas no Damaso, uma tarde, no Chiado, com apparato...

Mas depois, ao regressar da quinta, vinha já mais calmo. Pisára a linda rua d'acacias que os pés d'ella pisariam na manhã seguinte: dera um longo olhar ao leito que seria o leito d'ella, rico, alçado sobre um estrado, envolto em cortinados de brocatel côr d'ouro, com um esplendor sério d'altar profano... D'ahi a poucas horas, encontrar-se-hiam sós n'aquella casa muda e ignorada do mundo; depois, todo o verão os seus amores viveriam escondidos n'esse fresco retiro d'aldêa; e d'ahi a tres mezes estariam longe, na Italia, á beira d'um claro lago, entre as flôres d'Isola Bella... No meio d'estas voluptuosidades magnificas, que lhe podia importar o Damaso, gorducho e reles, palrando em calão nos bilhares do Gremio! Quando chegou á rua de S. Francisco resolvera, se visse o Damaso, continuar a acenar-lhe, de leve, com a ponta dos dedos.

Maria Eduarda fôra passear a Belem com Rosa deixando-lhe um bilhete, em que lhe pedia para vir á noite faire un bout de causerie. Carlos desceu as escadas, devagar, guardando esse bocadinho de papel na carteira como uma dôce reliquia; e sahia o portão, no momento em que o Alencar desembocava defronte, da travessa da Parreirinha, todo de preto, moroso e pensativo. Ao avistar Carlos, parou de braços abertos; depois vivamente, como recordando-se, ergueu os olhos para o primeiro andar.

Não se tinham visto desde as corridas, o poeta abraçou com effusão o seu Carlos. E fallou logo de si, copiosamente. Estivera outra vez em Cintra, em Collares com o seu velho Carvalhosa: e o que se lembrára do rico dia passado com Carlos e com o maestro em Sitiaes!... Cintra uma belleza. Elle, um pouco constipado. E apesar da companhia do Carvalhosa, tão erudito e tão profundo, apesar da excellente musica da mulher, da Julinha (que para elle era como uma irmã), tinha-se aborrecido. Questão de velhice...

— Com effeito, disse Carlos, pareces-me um pouco murcho... Falta-te o teu ar aureolado.

O poeta encolheu os hombros.

— O Evangelho lá o diz bem claro... Ou é a Biblia que o diz...? Não; é S. Paulo...

S. Paulo ou Santo Agostinho?... Emfim a authoridade não faz ao caso. N'um d'esses santos livros se affirma que este mundo é um valle de lagrimas...

— Em que a gente se ri bastante, disse Carlos alegremente.

O poeta tornou a encolher os hombros. Lagrimas ou risos, que importava?... Tudo era sentir, tudo era viver! Ainda na vespera elle dissera isso mesmo em casa dos Cohens...

E de repente, estacando no meio da rua, tocando no braço de Carlos:

— E agora por fallar nos Cohens, dize-me uma coisa com franqueza, meu rapaz. Eu sei que tu és intimo do Ega, e, que diabo, ninguem lhe admira mais o talento do que eu!... Mas, realmente, tu approvas que elle, apenas soube da chegada dos Cohens, se viesse metter em Lisboa? Depois do que houve!...

Carlos afiançou ao poeta que o Ega só no dia mesmo da chegada, horas depois, soubera pela Gazeta Illustrada a vinda dos Cohens... E de resto se não podessem habitar, conjuntas na mesma cidade, as pessoas entre as quaes tivesse havido attritos desagradaveis, as sociedades humanas tinham de se desfazer...

Alencar não respondeu, caminhando ao lado de Carlos, com a cabeça baixa. Depois parou de novo, franzindo a testa:

— Outra coisa em que te quero fallar. Houve entre ti e o Damaso alguma péga? Eu pergunto-te isto porque n'outro dia, lá em casa dos Cohens, elle veio com uns ditos, umas insinuações... Eu declarei-lhe logo: «Damaso, Carlos da Maia, filho de Pedro da Maia, é como se fosse meu irmão.» E o Damaso calou-se... Calou-se, porque me conhece, e sabe que eu n'estas coisas de lealdade e de coração sou uma fera!

Carlos disse simplesmente:

— Não, não ha nada, não sei nada... Nem sequer tenho visto o Damaso.

— Pois é verdade, continuou Alencar tomando o braço de Carlos, lembrei-me muito de ti em Cintra. Até fiz lá um coisita que me não sahiu má, e que te dediquei... Um simples soneto, uma paizagem, um quadrosinho de Cintra ao pôr do sol. Quiz provar ahi a esses da Idéa Nova, que, sendo necessario, tambem por cá se sabe cinzelar o verso moderno e dar o traço realista. Ora espera ahi, eu te digo, se me lembrar. A coisa chama-se — Na estrada dos Capuchos...

Tinham parado á esquina do Seixas; e o poeta tossira já de leve, antes de recitar, — quando justamente lhes appareceu o Ega, vindo de baixo, vestido de campo, com uma bella rosa branca no jaquetão de flanella azul.

Alencar e elle não se encontravam desde a fatal soirée dos Cohens. E ao passo que o Ega conservava um resentimento feroz contra o poeta vendo n'elle o inventor d'essa perfida lenda da «carta obscena»— Alencar odiava-o pela certeza secreta de que elle fôra o amante amado da sua divina Rachel. Ambos se fizeram pallidos; o aperto de mão que deram foi incerto e regelado; e ficaram calados, todos tres, emquanto Ega nervoso levava uma eternidade a accender o charuto no lume de Carlos. Mas foi elle que fallou, por entre uma fumaça, affectando uma superioridade amavel:

— Acho-te com boa côr, Alencar!

O poeta foi amavel tambem, um pouco d'alto, passando os dedos no bigode:

— Vai-se andando. E tu que fazes? Quando nos dás essas Memorias homem?

— Estou á espera que o paiz aprenda a lêr.

— Tens que esperar! Pede ao teu amigo Gouvarinho que apresse isso, elle occupa-se da Instrucção publica... Olha, alli o tens tu, grave e ôco como uma columna do Diario do Governo...

O poeta apontava com a bengala para o outro lado da rua, por onde o Gouvarinho descia, muito devagar, a conversar com o Cohen; e ao lado d'elles, de chapéo branco, de collete branco, o Damaso deitava olhares pelo Chiado, risonho, ovante, barrigudo, como um conquistador nos seus dominios. Já aquelle arzinho gordo de tranquillo triumpho irritou Carlos. Mas quando o Damaso parou defronte, no outro passeio, todo de costas para elle, ostentando rir alto com o Gouvarinho, não se conteve, atravessou a rua.

Foi breve, e foi cruel: sacudiu a mão do Gouvarinho, saudou de leve o Cohen: e sem baixar a voz, disse ao Damaso friamente:

— Ouve lá. Se continúas a fallar de mim e de pessoas das minhas relações, do modo como tens fallado, e que não me convém, arranco-te as orelhas.

O conde acudiu, mettendo-se entre elles:

— Maia, por quem é! Aqui no Chiado...

— Não é nada, Gouvarinho, disse Carlos detendo-o, muito sério e muito sereno. É apenas um aviso a este imbecil.

— Eu não quero questões, eu não quero questões!... balbuciou o Damaso, livido, enfiando para dentro d'uma tabacaria.

E Carlos voltou, com socego, para junto dos seus amigos, depois de ter saudado o Cohen e sacudir a mão ao Gouvarinho.

Vinha apenas um pouco pallido: mais perturbado estava o Ega, que julgára vêr de novo, n'um olhar do Cohen, uma provocação intoleravel. Só o Alencar não reparára em nada: continuava a discursar sobre coisas litterarias, explicando ao Ega as concessões que se podiam fazer ao naturalismo...

— Fiquei aqui a dizer ao Ega... É evidente que quando se trata de paizagem é necessario copiar a realidade... Não se póde descrever um castanheiro a priori, como se descreveria uma alma... E lá isso faço eu... Ahi está esse soneto de Cintra que eu te dediquei, Carlos. É realista, está claro que é, realista... Pudéra, se é paizagem! Ora eu vol-o digo... Ia justamente dizel-o, quando tu appareceste, Ega... Mas vejam lá vocês se isto os massa...

Qual massava! E até, para o escutarem melhor, penetraram na rua de S. Francisco, mais silenciosa. Ahi, dando um passo lento, depois outro, o poeta murmurou a sua ecloga. Era em Cintra, ao pôr do sol: uma ingleza, de cabellos soltos, toda de branco, desce n'um burrinho por uma vereda que domina um vale; as aves cantam de leve, ha borboletas em torno das madresilvas; então a ingleza pára, deixa o burrinho, olha enlevada o céo, os arvoredos, a paz das casas; — e ahi, no ultimo terceto, vinha «a nota realista» de que se ufanava o Alencar:

Ella olha a flôr dormente, a nuvem casta,
Emquanto o fumo dos casae se eleva

E ao lado o burro, pensativo, pasta.

— Ahi têm vocês o traço, a nota naturalista... Ao lado o burro, pensativo, pasta... Eis ahi a realidade, está-se a vêr o burro pensativo... Não ha nada mais pensativo que um burro... E são estas pequeninas coisas da natureza que é necessario observar... Já vêem votos que se póde fazer realismo, e do bom, sem vir logo com obscenidades... Vocês que lhes parece o soneto?

Ambos o elogiaram profundamente — Carlos arrependido de não ter completado a humilhação do Damaso, dando-lhe bengaladas; Ega pensando que decerto, n'uma d'essas tardes, no Chiado, teria de esbofetear o Cohen.

Como elles recolhiam ao Ramalhete, Alencar, já desanuviado, foi acompanhal-os pelo Aterro. E fallou sempre, contando o plano de um romance historico, em que elle queria pintar a grande figura d'Affonso d'Albuquerque, mas por um lado mais humano, mais intimo: Affonso d'Albuquerque namorado: Affonso d'Albuquerque, só, de noite, na pôpa do seu galeão, diante d'Ormuz incendiada, beijando uma flôr secca, entre soluços. Alencar achava isto sublime.

Depois de jantar, Carlos vestia-se para ir á rua de S. Francisco — quando o Baptista veio dizer que o snr. Telles da Gama lhe desejava fallar com urgencia. Não o querendo receber, alli, em mangas de camisa, mandou-o entrar para o gabinete escarlate e preto. E veio d'ahi a um instante encontrar Telles da Gama admirando as bellas faianças hollandezas.

— Você, Maia, tem isto lindissimo, exclamou elle logo. Eu pello-me por porcelanas... Hei de voltar um dia d'estes, com mais vagar, vêr tudo isto, de dia... Mas hoje venho com pressa, venho com uma missão... Você não adivinha?

Carlos não adivinhava.

E o outro, recuando um passo, com uma gravidade em que transparecia um sorriso:

— Eu venho aqui perguntar-lhe da parte do Damaso, se você hoje, n'aquillo que lhe disse, tinha tenção de o offender. É, só isto... A minha missão é apenas esta: perguntar-lhe se você tinha intenço de o offender.

Carlos olhou-o, muito sério:

— O quê!? Se tinha intenção de offender o Damaso quando o ameacei de lhe arrancar as orelhas? De modo nenhum: tinha só intenção de lhe arrancar as orelhas!

Telles da Gama saudou, rasgadamente:

— Foi isso mesmo o que eu respondi ao Damaso: que você não tinha senão essa intenção. Em todo o caso, desde este momento, a minha missão está finda... Como você tem isto bonito!... O que é aquelle prato grande, majolica?

— Não, um velho Nevers. Veja você ao pé... É Thetis conduzindo as armas d'Achilles... É esplendido; e é muito raro... Veja você esse Deft, com as duas tulipas amarellas... É um encanto!

Telles da Gama dava um olhar lento a todas estas preciosidades, tomando o chapéo de sobre o sofá.

— Lindissimo tudo isto!... Então só intenção de lhe arrancar as orelhas?

nenhuma de o offender?...
— Nenhuma de o offender, toda de lhe arrancar as orelhas... Fume você um charuto.
— Não, obrigado...
— Calice de cognac?
— Não! abstenção total de bebidas e aguas ardentes... Pois adeus, meu bom Maia!
— Adeus, meu bom Telles...
Ao outro dia, por uma radiante manhã de julho, Carlos saltava do coupé, com um mólho de chaves, diante do portão da quinta do Craft. Maria Eduarda devia chegar ás dez horas, só, na sua carruagem da Companhia. O hortelão, dispensado por dois dias, fôra a Villa Franca; não havia ainda criados na casa; as janellas estavam fechadas. E pesava alli, envolvendo a estrada e a vivenda, um d'esses altos e graves silencios d'aldêa, em que se sente, dormente no ar, o zumbir dos moscardos.
Logo depois do portão, penetrava-se n'uma fresca rua d'acacias, onde cheirava bem. A um lado, por entre a ramagem, apparecia o kiosque, com tecto de madeira, pintado de vermelho, que fôra o capricho de Craft, e que elle mobilára á japoneza. E ao fundo era a casa, caiada de novo, com janellas de peitoril, persianas verdes, e a portinha ao centro sobre tres degraus, flanqueados por vasos de louça azul cheios de cravos.
Só o metter a chave devagar e com uma inutil cautela na fechadura d'aquella morada discreta foi para Carlos um prazer. Abriu as janellas: e a larga luz que entrava pareceu-lhe trazer uma doçura rara, e uma alegria maior que a dos outros dias, como preparada especialmente pelo bom Deus para alumiar a festa do seu coração. Correu logo á sala de jantar, a verificar se, na mesa posta para o lunch, se conservavam ainda viçosas as flôres que lá deixára na vespera. Depois voltou ao coupé a tirar o caixote de gelo, que trouxera de Lisboa, embrulhado em flanella, entre serradura. Na estrada, silenciosa por ora, ia só passando uma saloia montada na sua egua.
Mas apenas accommodára o gelo — sentiu fóra o ruido lento da carruagem. Veio para o gabinete forrado de cretones, que abria sobre o corredor; e ficou alli, espreitando da porta, mas escondido, por causa do cocheiro da Conpanhia. D'ahi a um instante viu-a emfim chegar, pela rua de acacias, alta e bella, vestida de preto, e com um meio-véo espesso como uma mascara. Os seus pésinhos subiram os tres degraus de pedra. Elle sentiu a sua voz inquieta perguntar de leve:
— Êtes-vous là?
Appareceu — e ficaram um instante, á porta do gabinete, apertando sofregamente as mãos, sem fallar, commovidos, deslumbrados.
— Que linda manhã! disse ella por fim, rindo e toda vermelha.
— Linda manhã, linda! repetia Carlos, contemplando-a, enlevado.
Maria Eduarda resvalára sobre uma cadeira, junto da porta, n'um cansaço delicioso, deixando calmar o alvoroço do seu coração.
— É muito confortavel, é encantador tudo isto, dizia ella olhando lentamente

em redor os cretones do gabinete, o divan turco coberto com um tapete de Brousse, a estante envidraçada cheia de livros. Vou ficar aqui adoravelmente...

— Mas ainda nem lhe agradeci o ter vindo, murmurou Carlos, esquecido a olhar para ella. Ainda nem lhe beijei a mão...

Maria Eduarda começou atirar o véo, depois as luvas, fallando da estrada. Achara-a longa, fatigante. Mas que lhe importava? Apenas se accommodasse n'aquelle fresco ninho nunca mais voltava a Lisboa!

Atirou o chapéo para cima do divan — ergueu-se, toda alegre e luminosa.

— Vamos vêr a casa, estou morta por vêr essas maravilhas do seu amigo Craft!... É Craft que se chama? Craft quer dizer industria!

— Mas ainda nem sequer lhe beijei a mão! tornou Carlos, sorrindo e supplicante.

Ella estendeu-lhe os labios, e ficou presa nos seus braços.

E Carlos, beijando-lhe devagar os olhos, o cabello, dizia-lhe quanto era feliz e quanto a sentia agora mais sua entre estes velhos muros de quinta que a separavam do resto do mundo...

Ella deixava-se beijar, séria e grave:

— E é verdade isso? É realmente verdade?...

Se era verdade! Carlos teve um suspiro quasi triste:

— Que lhe hei de eu responder? Tenho de lhe repetir essa coisa antiga que já Hamlet disse: que duvide de tudo, que duvide do sol, mas que não duvide de mim...

Maria Eduarda desprendeu-se, lentamente e perturbada.

— Vamos vêr a casa, disse ella.

Começaram pelo segundo andar. A escada era escura e feia: mas os quartos em cima, alegres, esteirados de novo, forrados de papeis claros, abriam sobre o rio e sobre os campos.

— Os seus aposentos, disse Carlos, hão de ser em baixo, está visto, entre as coisas ricas... Mas Rosa e miss Sarah ficam aqui esplendidamente. Não lhe parece?

E ella percorria os quartos, devagar, examinando a accommodação dos armarios, palpando a elasticidade dos colxões, attenta, cuidadosa, toda no desvelo de alojar bem a sua gente. Por vezes mesmo exigia uma alteração. E era realmente como se aquelle homem que a seguia, enternecido e radiante, fosse apenas um velho senhorio.

— O quarto com as duas janellas, ao fundo do corredor, seria o melhor para Rosa. Mas a pequena não póde dormir n'aquelle enorme leito de pau preto...

— Muda-se!

— Sim, póde mudar-se... E falta uma sala larga para ella brincar, ás horas do calor... Se não houvesse o tabique entre os dois quartos pequenos...

— Deita-se abaixo

Elle esfregava as mãos, encantado, prompto a refundir toda a casa; e ella não recusava nada, para conforto mais perfeito dos seus.

Desceram á sala de jantar. E ahi, diante da famosa chaminé de carvalho lavrado, flanqueada á maneira de cariatides pelas duas negras figuras de Nubios, com olhos rutilantes de crystal, Maria Eduarda começou a achar o gosto do Craft excentrico, quasi exotico... Tambem Carlos não lhe dizia que Craft tivesse o gosto correcto d'um atheniense. Era um saxonio batido d'um raio de sol meridional: mas havia muito talento na sua excentricidade...

— Oh, a vista é que é deliciosa! exclamou ella chegando-se á janella.

Junto do peitoril crescia um pé de margaridas, e ao lado outro de baunilha que perfumava o ar. Adiante estendia-se um tapete de relva, mal aparada, um pouco amarellada já pelo calor de julho; e entre duas grandes arvores que lhe faziam sombra, havia alli, para os vagares da sésta, um largo banco de cortiça. Um renque de arbustos cerrados parecia fechar a quinta d'aquelle lado como uma sebe. Depois a collina descia, com outras quintarolas, casas que se não viam, e uma chaminé de fabrica; e lá no fundo o rio rebrilhava, vidrado de azul, mudo e cheio de sol, até ás montanhas d'além-Tejo, azuladas tambem na faiscação clara do céo de verão.

— Isto é encantador! repetia ella.

— É um paraiso! Pois não lhe dizia eu? É necessario pôr um nome a esta casa... Como se ha de chamar? Villa-Marie? Não. Château-Rose... Tambem não, crédo! Parece o nome d'um vinho. O melhor é baptisal-a definitivamente com o nome que nós lhe davamos. Nós chamavamos-lhe a Tóca.

Maria Eduarda achou originalissimo o nome de Tóca. Devia-se até pintar em letras vermelhas sobre o portão.

— Justamente, e com uma divisa de bicho, disse Carlos rindo. Uma divisa de bicho egoista na sua felicidade e no seu buraco: Não me mexam!

Mas ella parára, com um lindo riso de surpreza, diante da mesa posta, cheia de fruta, com as duas cadeiras já chegadas, e os crystaes brilhando entre as flôres.

— São as bodas de Canná!

Os olhos de Carlos resplandeceram.

— São as nossas!

Maria Eduarda fez-se muito vermelha; e baixou o rosto a escolher um morango, depois a escolher uma rosa.

— Quer uma gota de champagne? exclamou Carlos. Com um pouco de gelo? Nós temos gelo, temos tudo! Não nos falta nada, nem a benção de Deus... Uma gotinha de champagne, vá!

Ella aceitou: beberam pelo mesmo copo; outra vez os seus labios se encontraram, apaixonadamente.

Carlos accendeu uma cigarrette, continuaram a percorrer a casa. A cozinha agradou-lhe muito, arranjada á ingleza, toda em azulejos. No corredor Maria Eduarda demorou-se diante de uma panoplia de tourada, com uma cabeça negra de touro, espadas e garrochas, mantos de sêda vermelha, conservando nas suas pregas uma graça ligeira, e ao lado o cartaz amarello de la corrida, com o nome de Lagartijo. Isto encantou-a como um quente lampejo de festa e de sol peninsular...

Mas depois o quarto que devia ser o seu, quando Carlos lh'o foi mostrar, desagradou-lhe com o seu luxo estridente e sensual. Era uma alcova, recebendo a claridade d'uma sala forrada de tapeçarias, onde desmaiavam na trama de lá os amores de Venus e Marte: da porta de communicação, arredondada em arco de capella, pendia uma pesada lampada da Renascença, de ferro forjado: e, áquella hora, batida por uma larga facha de sol, a alcova resplandecia como o interior de um tabernaculo profanado, convertido em retiro lascivo de serralho... Era toda forrada, paredes e tectos, de um brocado amarello, côr de botão d'ouro; um tapete de velludo do mesmo tom rico fazia um pavimento d'ouro vivo sobre que poderiam correr nús os pés ardentes d'uma deusa amorosa — e o leito de docel, alçado sobre um estrado, coberto com uma colcha de setim amarello bordada a flôres d'ouro, envolto em solemnes cortinas tambem amarellas de velho brocatel, — enchia a alcova, esplendido e severo, e como erguido para as voluptuosidades grandiosas de uma paixão tragica do tempo de Lucrecia ou de Romeu. E era alli que o bom Craft, com um lenço de sêda da India amarrado na cabeça, resonava as suas sete horas, pacata e solitariamente.

Mas Maria Eduarda não gostou d'estes amarellos excessivos. Depois impressionou-se, ao reparar n'um painel antigo, defumado, resultando em negro do fundo de todo aquelle ouro — onde apenas se distinguia uma cabeça degolada, livida, gelada no seu sangue, dentro d'um prato de cobre. E para maior excentricidade, a um canto, de cima de uma columna de carvalho, uma enorme coruja empalhada fixava no leito d'amor, com um ar de meditação sinistra, os seus dois olhos redondos e agourentos... Maria Eduarda achava impossível ter alli sonhos suaves.

Carlos agarrou logo na columna e no mocho, atirou-os para um canto do corredor; e propoz-lhe mudar aquelles brocados, forrar a alcova de um setim côr de rosa e risonho.

— Não, venho-me a acostumar a todos esses duros... Sómente aquelle quadro, com a cabeça, e com o sangue... Jesus, que horror!

— Reparando bem, disse Carlos, creio que é o nosso velho amigo S. João Baptista.

Para desfazer essa impressão desconsolada levou-a ao salão nobre, onde Craft concentrára as suas preciosidades. Maria Eduarda, porém, ainda descontente, achou-lhe um ar atulhado e frio de museu.

— É para vêr de pé, e de passagem... Não se póde ficar aqui sentado, a conversar.

— Mas esta é materia-prima! exclamou Carlos. Com isto depois faz-se uma sala adoravel... Para que serve o nosso genio decorativo?... Olhe o armario, veja que centro! Que belleza!

Enchendo quasi a parede do fundo, o famoso armario, o «movel divino» do Craft, obra de talha do tempo da Liga Hanseatica, luxuoso e sombrio, tinha uma magestade architectural: na base quatro guerreiros, armados como Marte, flanqueavam as portas, mostrando cada uma em baixo-relevo o assalto de uma cidade ou as tendas de um acampamento; a peça superior era guardada aos quatro cantos pelos quatro evangelistas, João, Marcos, Lucas e

Matheus, imagens rigidas, envolvidas n'essas roupagens violentas que um vento de prophecia parece agitar: depois na cornija erguia-se um trophéo agricola com mólhos d'espigas, fouces, cachos d'uvas e rabiças d'arados; e, á sombra d'estas coisas de labor e fartura, dois Faunos, recostados em symetria, indifferentes aos heroes e aos santos, tocavam n'um desafio bucolico a frauta de quatro tubos.

— Então, hein? dizia Carlos. Que movel! É todo um poema da Renascença, Faunos e Apostolos, guerras e georgicas... Que se póde metter dentro d'este armario? Eu se tivesse cartas suas era aqui que as depositava, como n'um altar-mór.

Ella não respondeu, sorrindo, caminhando devagar entre essas coisas do passado, d'uma belleza fria, e exhalando a indefinida tristeza de um luxo morto: finos moveis da Renascença italiana, exilados dos seus palacios de marmore, com embutidos de Cornalina e agatha que punham um brilho suave de joia sobre a negrura dos ebanos ou setim das madeiras côr de rosa; cofres nupciaes, longos como bahús, onde se guardavam os presentes dos Papas e dos Principes, pintados a purpura e ouro, com graças de miniatura; contadores hespanhoes impertigados, revestidos de ferro brunido e de velludo vermelho, e com interiores mysteriosos, em fórma de capella, cheios de nichos, de claustros de tartaruga... Aqui e além, sobre a pintura verde-escura das paredes, resplandecia uma colcha de setim toda recamada de flôres e d'aves d'ouro; ou sobre um bocado de tapete do Oriente de tons severos, com versículos do Alcorão, desdobrava-se a pastoral gentil d'um minuete em Cythera sobre a sêda de um leque aberto...

Maria Eduarda terminou por se sentar, cansada, n'uma poltrona Luiz xv, ampla e nobre, feita para a magestade das anquinhas, recoberta de tapeçaria de Beauvais, d'onde parecia exhalar-se ainda um vago aroma d'empoado.

Carlos triumphava, vendo a admiração de Maria. Então, ainda considerava uma extravagancia aquella compra, feita n'um rasgo de enthusiasmo?

— Não, ha aqui coisas adoraveis... Nem eu sei se me atreverei a viver uma vida pacata de aldêa no meio de todas estas raridades...

— Não diga isso, exclamava Carlos rindo, que eu pégo fogo a tudo!

Mas o que lhe agradou mais foram as bellas faianças, toda uma arte immortal e fragil espalhada por sobre o marmore das consolas. Uma sobretudo attrahiu-a, uma esplendida taça persa, d'um desenho raro, com um renque de negros cyprestes, cada um abrigando uma flôr de côr viva: e aquillo fazia lembrar breves sorrisos reapparecendo entre longas tristezas. Depois eram as apparatosas majolicas, de tons estridentes e desencontrados, cheias de grandes personagens, Carlos V passando o Elba, Alexandre coroando Roxane; os lindos Nevers, ingenuos e sérios; os Marselhas, onde se abre voluptuosamente, como uma nudez que se mostra, uma grossa rosa vermelha; os Derby, com as suas rendas de ouro sobre o azul-ferrete de céo tropical; os Wedgewood, côr de leite e côr de rosa, com transparencias fugitivas de concha na agua...

— Só um instante mais, exclamou Carlos vendo-a outra vez sentar-se, é necessario saudar o genio tutelar da casa!

Era ao centro, sobre uma larga peanha, um idolo japonez de bronze, um deus bestial, nú, pellado, obeso, de papeira, faceto e banhado de riso, com o ventre óvante, distendido na indigestão de todo um universo — e as duas perninhas bambas, molles e flaccidas como as pelles mortas d'um feto. E este monstro triumphava, encanchado sobre um animal fabuloso, de pés humanos, que dobrava para a terra o pescoço submisso, mostrando no focinho e no olho obliquo todo o surdo resentimento da sua humilhação...

— E pensarmos, dizia Carlos, que gerações inteiras vieram ajoelhar-se diante d'este ratão, rezar-lhe, beijar-lhe o embigo, offerecer-lhe riquezas, morrer por elle...

— O amor que se tem por um monstro, disse Maria, é mais meritorio, não é verdade?

— Por isso não acha talvez meritorio o amor que se tem por si...

Sentaram-se ao pé da janella, n'um divan baixo e largo, cheio de almofadas, cercado por um biombo de sêda branca, que fazia entre aquelle luxo do passado um fôfo recanto de conforto moderno: e como ella se queixava um pouco de calor, Carlos abriu a janella. Junto do peitotil crescia tambem um grande pé de margaridas; adiante, n'um velho vaso de pedra, pousado sobre a relva, vermelhejava a flôr d'um cacto; e dos ramos de uma nogueira cahia uma fina frescura.

Maria Eduarda veio encostar-se á janella, Carlos seguiu-a; e ficaram alli juntos, calados, profundamente felizes, penetrados pela doçura d'aquella solidão. Um passaro cantou de leve no ramo da arvore; depois calou-se. Ella quiz saber o nome de uma povoação que branquejava ao longe ao sol na collina azulada. Carlos não se lembrava. Depois brincando, colheu uma margarida, para a interrogar: Elle m'aime, un peu, beaucoup... Ella arrancou-lh'a das mãos.

— Para que precisa perguntar ás flôres?

— Porque ainda m'o não disse claramente, absolutamente, como eu quero que m'o diga...

Abraçou-a pela cinta, sorriam um ao outro. Então Carlos, com os olhos mergulhados nos d'ella, disse-lhe baixínho e implorando:

— Ainda não vimos a saleta de banho...

Maria Eduarda deixou-se levar assim enlaçada pelo salão, depois através da sala de tapeçarias onde Marte e Venus se amavam entre os bosques. Os banhos eram ao lado, com um pavimento de azulejo, avivado por um velho tapete vermelho da Caramania. Elle, tendo-a sempre abraçada, pousou-lhe no pescoço um beijo longo e lento. Ella abandonou-se mais, os seus olhos cerraram-se, pesados e vencidos. Penetraram na alcova quente e côr d'ouro: Carlos ao passar desprendeu as cortinas do arco de capella, feitas de uma sêda leve que coava para dentro uma claridade loura: e um instante ficaram immoveis, sós emfim, desatado o abraço, sem se tocarem, como suspensos e suffocados pela abundancia da sua felicidade.

— Aquella horrivel cabeça! murmurou ella. Carlos arrancou a coberta do leito, escondeu a tela sinistra. E então todo o rumor se extinguiu, a solitaria casa ficou adormecida entre as arvores, n'uma demorada sésta, sob a calma de julho...

Os annos de Affonso da Maia foram justamente no dia seguinte, domingo. Quasi todos os amigos da casa tinham jantado no Ramalhete; e tomára-se o café no escriptorio d'Affonso, onde as janellas se conservavam abertas. A noite estava tepida, estrellada e serenissima. Craft, Sequeira e o Taveira passeavam fumando no terraço. Ao canto d'um sofá Cruges escutava religiosamente Steinbroken que lhe contava, com gravidade, os progressos da musica na Filandia. E em redor de Affonso, estendido na sua velha poltrona, de cachimbo na mão, fallava-se do campo.

Ao jantar Affonso annunciára a intenção de ir visitar, para o meado do mez, as velhas arvores de Santa Olavia; e combinára-se logo uma grande romaria de amizade ás margens do Douro. Craft e Sequeira acompanhavam Affonso. O marquez promettera uma visita para agosto «na companhia melodiosa», dizia elle, do amigo Steinbroken. D. Diogo hesitava, com receio da longa jornada, da humidade da aldêa. E agora tratava-se de persuadir Ega a ir tambem, com Carlos — quando Carlos acabasse emfim de reunir esses materiaes do seu livro que o retinham em Lisboa «á banca do labor...» Mas o Ega resistiu. O campo, dizia elle, era bom para os selvagens. O homem, á maneira que se civilisa, afasta-se da natureza; e a realisação do progresso, o paraíso na Terra, que presagiam os Idealistas, concebia-o elle como uma vasta cidade occupando totalmente o Globo, toda de casas, toda de pedra, e tendo apenas aqui e além um bosquesinho sagrado de roseiras, onde se fossem colher os ramalhetes para perfumar o altar da Justiça...

— E o milho? A bella fruta? A hortaliçasinha? perguntava Villaça, rindo com malicia.

Imaginava então Villaça, replicava o outro, que d'aqui a seculos ainda se comeriam hortaliças? O habito dos vegetaes era um resto da rude animalidade do homem. Com os tempos o sêr civilisado e completo vinha a alimentar-se unicamente de productos artificiaes, em frasquinhos e em pilulas, feitos nos laboratorios do Estado...

— O campo, disse então D. Diogo, passando gravemente os dedos pelos bigodes, tem certa vantagem para a sociedade, para se fazer um bonito pic-nic, para uma burficada, para uma partida de croquet... Sem campo não ha sociedade.

— Sim, rosnou o Ega, como uma sala em que tambem ha arvores ainda se admitte...

Enterrado n'uma poltrona, fumando languidamente, Carlos sorria em silencio. Todo o jantar estivera assim calado, sorrindo esparsamente a tudo, com um ar luminoso e de deliciosa lassidão. E então o marquez, que já duas vezes, dirigindo-se a elle, encontrára a mesma abstracção radiosa, impacientou-se:

— Homem, falle, diga alguma coisa!... Você está hoje com um ar extraordinario, um arzinho de beato que se regalou de papar o Santissimo!

Todos em redor, com sympathia, se affirmaram em Carlos: Villaça achava-lhe agora melhor cara, côr d'alegria: D. Diogo, com um ar entendido, sentindo mulher, invejou-lhe os annos, invejou-lhe o vigor. E Affonso reenchendo o cachimbo olhava o neto, enternecido.

Carlos ergueu-se immediatamente, fugindo áquelle exame affectuoso.

— Com effeito, disse elle, espreguiçando-se de leve, tenho estado hoje languido e mono... É o começo do verão... Mas é necessario sacudir-me... Quer você fazer uma partida de bilhar, ó marquez?

— Vá lá, homem. Se isso o resuscita...

Foram, Ega seguiu-os. E apenas no corredor o marquez parando, e como recordando-se, perguntou sela rebuço ao Ega noticias dos Cohens. Tinham-se encontrado? Estava tudo acabado? Para o marquez, uma flôr de lealdade, não havia segredos: Ega contou-lhe que o romance findára, e agora o Cohen, quando o cruzava, baixava prudentemente os olhos...

— Eu perguntei isto, disse o marquez, porque já vi a Cohen duas vezes...

— Onde? foi a exclamação sôfrega do Ega.

— No Price, e sempre com o Damaso. A ultima vez foi já esta semana. E lá estava o Damaso, muito chegadinho, palrando muito... Depois veio sentar-se um bocado ao pé de mim, e sempre d'olho n'ella... E ella de lá, com aquelle ar de lambisgoia, de luneta n'elle... Não havia que duvidar, era um namoro... Aquelle Cohen é um predestinado.

Ega fez-se livido, torceu nervosamente o bigode, terminou por dizer:

— O Damaso é muito intimo d'elles... Mas talvez se atire, não duvido... São dignos um do outro.

No bilhar, emquanto os dois carambolavam preguiçosamente, elle não cessou de passear, n'uma agitação, trincando o charuto apagado. De repente estacou em frente do marquez, com os olhos chammejantes:

— Quando é que você a viu ultimamente no Price, essa torpe iliba d'Israel?

— Terça-feira, creio eu.

O Ega recomeçou a passear, sombrio.

N'esse instante Baptista, apparecendo á porta do bilhar, chamau Carlos em silencio, com um leve olhar. Carlos veio, surprehendido.

— É um cocheiro de praça, murmurou Baptista. Diz que está alli uma senhora dentro d'uma carruagem que lhe quer fallar.

— Que senhora?

Baptista encolheu os hombros. Carlos, de taco na mão, olhava para elle, aterrado. Uma senhora! Era decerto Maria... Que teria suceedido, santo Deus, para ella vir n'uma tipoia, ás nove da noite, ao Ramalhete!

Mandou Baptista, a correr, buscar-lhe um chapéo baixo; e assim mesmo, de casaca, sem paletot, desceu n'uma grande anciedade. No peristyllo topou com Eusebiosinho que chegava, e sacudia cuidadosamente com o lenço a poeira dos botins. Nem fallou ao Eusebiosinho. Correu ao coupé, parado á porta particular dos seus quartos, mudo, fechado, mysterioso, aterrador...

Abriu a pertinhola. Do canto da velha traquitana, um vulto negro, abafado n'uma mantilha de renda, debruçou-se, perturbado, balbuciou:

— É só um instante! Quero-lhe fallar!

Que allivio! Era a Gouvarinho! Então, na sua indignação, Carlos foi brutal.

— Que diabo de tolice é esta? Que quer?

Ia bater com a portinhola; ella empurrou-a para fóra, desesperada; e não se conteve, desabafou logo alli, diante do cocheiro, que mexia tranquillamente na fivela d'um tirante.

— De quem é a culpa? Para que me trata d'este modo?... É só um instante, entre, tenho de lhe fallar!...

Carlos saltou para dentro, furioso:

— Dá uma volta pelo Aterro, gritou ao cocheiro. Devagar!

O velho calhambeque desceu a calçada; e durante um momento, na escuridão, recuando um do outro no assento estreito, tiveram as mesmas palavras, bruscas e colericas, através do barulho das vidraças.

— Que imprudencia! que tolice!...

— E de quem é a culpa? De quem é a culpa?

Depois, na rampa de Santos, o coupé rolou mais silenciosamente no macadam. Carlos então, arrependido da sua dureza, voltou-se para ella, e com brandura, quasi no tom carinhoso d'outr'ora, reprehendeu-a por aquella imprudencia... Pois não era melhor ter-lhe escripto?

— Para quê? exclamou ella. Para não me responder? Para não fazer caso das minhas cartas, como se fossem as de um importuno a pedir-lhe uma esmola!...

Suffocava, arrancou a mantilha da cabeça. No vagaroso rolar do coupé, sem ruido, ao longo do rio, Carlos sentia a respiração d'ella, tumultuosa e cheia d'angustia. E não dizia nada, immovel, n'um infinito mal-estar, entrevendo confusamente, através do vidro embaciado, na sombra triste do rio adormecido, as mastreações vagas de falúas. A parelha parecia ir adormecendo; e as queixas d'ella desenrolavam-se, profundas, mordentes, repassadas d'amargura.

— Peço-lhe que venha a Santa Isabel, não vem... Escrevo-lhe, não me responde... Quero ter uma explicação franca comsigo, não apparece... Nada, nem um bilhete, nem uma palavra, nem um aceno... Um desprezo brutal, um desprezo grosseiro... Eu nem devia ter vindo... Mas não pude, não pude!... Quiz saber o que lhe tinha feito. O que é isto? Que lhe fiz eu?

Carlos percebia os olhos d'ella, faiscantes sob a nevoa de lagrimas retidas, supplicando e procurando os seus. E sem coragem sequer de a fitar, murmurou, torturado:

— Realmente, minha amiga... As coisas fallam bem por si, não são necessarias explicações.

— São! É necessario saber se isto é uma coisa passageira, um amuo, ou se é uma coisa definitiva, um rompimento

Elle agitava-se no seu canto, sem achar uma maneira suave, affectuosa ainda, de lhe dizer que todo o seu desejo d'ella findára. Terminou por afirmar que não era um amuo. Os seus sentimentos tinham sido sempre elevados, não cahiria agora na pieguice de ter um amuo...

— Então é um rompimento?...

— Não, tambem não... Um rompimento absoluto, para sempre, não...

— Então é um amuo? Porquê?

Carlos não respondeu. Ella, perdida, sacudiu-o pelo braço.

— Mas falle! Diga alguma coisa, santo Deus! Não seja cobarde, tenha a coragem de dizer o que é!

Sim, ella tinha razão... Era uma cobardia, era uma indignidade, continuar alli, gôchemente, dissimulado na sombra, a balbuciar coisas mesquinhas. Quiz ser claro, quiz ser forte.

— Pois bem, ahi está. Eu entendi que as nossas relações deviam ser alteradas...

E outra vez hesitou, a verdade amolleceu-lhe nos labios, sentindo aquella mulher ao seu lado a tremer d'agonia.

— Alteradas, quero dizer... Podiamos transformar um capricho apaixonado, que não podia durar, n'uma amizade agradavel, e mais nobre...

E pouco a pouco as palavras voltavam-lhe faceis, habeis, persuasivas, através do rumor lento das rodas. Onde os podia levar aquella ligação? Ao resultado costumado. A que a um dia se descobrisse tudo, e o seu bello romance acabasse no escandalo e na vergonha; ou a que, envolvendo-os por muito tempo o segredo, elle viesse a descahir na banalidade d'uma união quasi conjugal, sem interesse e sem requinte. De resto era certo que, continuando a encontrarem-se, aqui, em Cintra, n'outros sitios, a sociedadesinha curiosa e mexeriqueira viria a perceber a sua affeição. E havia por acaso nada mais horroroso, para quem tem orgulho e delicadeza d'alma, do que uns amores que todo o publico conhece, até os cocheiros de praça? Não... O bom senso, o bom gosto mesmo, tudo indicava a necessidade d'uma separação. Ella mesmo mais tarde lhe seria grata... Decerto, esta primeira interrupção d'um habito dôce era desagradavel, e elle estava bem longe de se sentir feliz. Fôra por isso que não tivera a coragem de lhe escrever... Emfim deviam ser fortes, e não se vêrem pelo menos durante alguns mezes... Depois, pouco a pouco, o que era capricho fragil, cheio de inquietação, tornar-se-hia uma boa amizade, bem segura e bem duradoura.

Calou-se; e então, no silencio, sentiu que ella, cahida para o canto do coupé, como uma coisa miseravel e meio morta, encolhida no seu véo, estara chorando baixo.

Foi um momento intoleravel. Ella chorava sem violencia, mansamente, com um chôro lento, que parecia não dever findar. E Carlos só achava esta palavra banal e desenxabida:

— Que tolice, que tolice!

Vinham rodando ao comprido das casas, por diante da fabrica do gaz. Um americano passou alumiado, com senhoras vestidas de claro. N'aquella noite de verão e d'estrellas, havia gente vagueando tranquillamente entre as arvores. Ella continuava a chorar.

Aquelle pranto triste, lento, correndo a seu lado, começou a commovel-o; e ao mesmo tempo quasi lhe queria mal por ella não reter essas lagrimas infindaveis que laceravam o seu coração... E elle que estava tão tranquillo, no Ramalhete, na sua poltrona, sorrindo a tudo, n'uma deliciosa lassidão!

Tomou-lhe a mão, querendo calmal-a, apiedado, e já impaciente.

— Realmente não tem razão. É absurdo... Tudo isto é para seu bem...

Ella leve emfim um movimemto, enxugou os olhos, assoou-se doloridamente por entre longos soluços... E de repente, n'um arranque de paixão, atirou-lhe os braços ao pescoço, prendendo-se a elle com desespero, esmagando-o contra o seu seio.

— Oh meu amor, não me deixes, não me deixes! Se tu soubesses! És a única felicidade que eu tenho na vida... Eu morro, eu mato-me!... Que te fiz eu? Ninguem sabe do nosso amor... E que soubesse! Por ti sacrifico tudo, vida, honra,tudo! tudo!...

Molhava-lhe a face com o resto das suas lagrimas; e elle abandonava-se, sentindo aquelle corpo sem collete, quente e como nú, subir-lhe para os joelhos, collar-se ao seu, n'um furor de o repossuir, com beijos sôfregos, furiosos, que o suffocavam... Subitamente a tipoia parou. E um momento ficaram assim — Carlos immovel, ella cahida sobre elle e arquejando.

Mas a tipoia não continuava. Então Carlos desprendeu um braço, desceu o vidro; e viu que estavam defronte do Ramalhete. O homem obedecendo á ordem, dera a volta pelo Aterro, devagar, subira a rampa, retrocedera á porta da casa. Durante um instante Carlos teve a tentação de descer, acabar alli bruscamente aquelle longo tormento. Mas pareceu-lhe uma brutalidade. E desesperado, detestando-a, berrou ao cocheiro:

— Outra vez ao Aterro, anda sempre!...

A tipoia deu na rua estreita uma volta resignada, tornou a rolar; de novo as pedras da calçada fizeram tilintir os vidros; de novo, mais suavemente, desceram a rampa de Santos.

Ella recomeçára os seus beijos. Mas tinham perdido a chamma que um instante os fizera quasi irresistiveis. Agora Carlos sentia só uma fadiga, um desejo infinito de voltar ao seu quarto, ao repouso de que ella o arrancára para o torturar com estas recriminações, estes ardores entre lagrimas... E de repente, emquanto a condessa balbuciava, como tonta, pendurada do seu pescoço, — elle viu surgir n'alma, viva e resplandecente, a imagem de Maria Eduarda, tranquilla áquella hora na sua sala de reps vermelho, fazendo serão, confiando n'elle, pensando n'elle, relembrando as felicidades da vespera, quando a Toca, cheia de seus amores, dormia, branca entre as arvores... Teve então horror á Gouvarinho; brutalmente, sem piedade, repelliu-a para o canto do coupé.

— Basta! Tudo isto é absurdo... As nossas relações estão acabadas, não temos mais nada que nos dizer!

Ella ficou um instante como atordoada. Depois estremeceu, teve um riso nervoso, reppelliu-o tambem, phreneticamente, pisando-lhe o braço.

— Pois bem! Vai, deixa-me! Vai para a outra, para a brazileira! Eu conheço-a, é uma aventureira que tem o marido arruinado, e precisa quem lhe pague as modistas!...

Elle voltou-se, com os punhos fechados, como para a espancar; e na tipoia escura, onde já havia um vago cheiro de verbena, os olhos d'ambos, sem se vêrem, dardejavam o odio que os enchia... Carlos bateu raivosamente no vidro. A tipoia não parou. E a Gouvarinho, do outro lado, furiosa, magoando os dedos, procurava descer a vidraça.

— É melhor que sáia! dizia ella suffocada. Tenho horror de me achar aqui, ao seu lado! Tenho horror! Cocheiro! cocheiro!

O calhambeque parou. Carlos pulou para fóra, fechou d'estalo a portinhola; e sem uma palavra, sem erguer o chapéo, virou costas, abalou a grandes passadas para o Ramalhete, tremulo ainda, cheio d'idéas de rancor, sob a paz da noite estrellada.

Capítulo IV

Foi n'um sabbado que Affonso da Maia partiu para Santa Olavia. Cedo n'esse mesmo dia, Maria Eduarda, que o escolhera por ser de boa estreia, installára-se nos Olivaes. E Carlos, voltando de Santa Apolonia, onde fôra acompanhar o avô, com o Ega, dizia-lhe alegremente:

— Então aqui ficamos nós sós a torrar, na cidade de marmore e de lixo...

— Antes isso, respondeu o Ega, que andar de sapatos brancos, a scismar, por entre a poeirada de Cintra!

Mas no domingo, quando Carlos recolheu ao Ramalhete ao anoitecer — Baptista annunciou que o snr. Ega tinha partido n'esse momento para Cintra, levando apenas livros e umas escovas embrulhadas n'um jornal... O snr. Ega tinha deixado uma carta. E tinha dito: «Baptista, vou pastar.»

A carta, a lapis, n'uma larga folha d'almasso, dizia: «Assaltou-me de «repente, amigo, juntamente com um horror á caliça de Lisboa, uma saudade «infinita da natureza e do verde. A porção d'animalidade que ainda resta no meu «sêr civilisado e recivilisado precisa urgentemente d'espolinhar-se na relva, beber «no fio dos regatos, e dormir balançada n'um ramo de castanheiro. O solicito «Baptista que me remetta ámanhã pelo omnibus a mala com que eu não quiz «sobrecarregar a tipoia do Mulato. Eu demoro-me apenas tres ou quatro «dias. O tempo de cavaquear um bocado com o Absoluto no alto dos «Capuchos, e vêr o que estão fazendo os myosotis junto á meiga fonte dos Amores...»

— Pedante! rosnou Carlos, indignado com o abandono ingrato em que o deixava o Ega. E atirando a carta:

— Baptista! O snr. Ega diz ahi que lhe mandem uma caixa de charutos, dos Imperiales. Manda-lhe antes dos Flôr de Cuba. Os Imperiales são um veneno. Esse animal nem fumar sabe!

Depois de jantar Carlos percorreu o Figaro, folheou um volume de Byron, bateu carambolas solitarias no bilhar, assobiou malagueñas no terrasso — e terminou por sahir, sem destino, para os lados do Aterro. O Ramalhete entristecia-o, assim mudo, apagado, todo aberto ao calor da noite. Mas insensivelmente, fumando, achou-se na rua de S. Francisco. As janellas de Maria Eduarda estavam tambem abertas e negras. Subiu ao andar do Cruges. O menino Victorino não estava em casa...

Amaldiçoando o Ega, entrou no Gremio. Encontrou o Taveira, de paletot ao hombro, lendo os telegrammas. Não havia nada novo por essa velha Europa; apenas mais uns Nihilistas enforcados; e elle Taveira ia ao Price...

— Vem tu tambem d'ahi, Carlinhos! Tens lá uma mulher bonita que se mette na agua com cobras e crocodilos... Eu pello-me por estas mulheres de bichos!... Que esta é difficil, traz um chulo... Mas eu já lhe escrevi: e ella faz-me um bocado d'olho de dentro da tina.

Arrastou Carlos: e pelo Chiado abaixo fallou-lhe logo do Damaso. Não tornára a ver essa flôr? Pois essa flôr andava apregoando por toda a parte que o Maia, depois do caso do Chiado, lhe dera por um amigo explicações humildes, covardes... Terrivel, aquelle Damaso! Tinha figura, interior, e natureza de pélla! Com quanto mais força se atirava ao chão, mais elle resaltava para o ar, triumphante!...

— Em todo o caso é uma rez traiçoeira, e deves ter cautela com elle...

Carlos encolheu os hombros, rindo.

Não, não, dizia o Taveira muito sério, eu conheço o meu Damaso. Quando foi da nossa péga, em casa da Lola Gorda, elle portou-se como um poltrão, mas depois ia-me atrapalhando a vida... É capaz de tudo... Antes d'hontem estava eu a cear no Silva, elle veio sentar-se um bocado ao pé de mim, e começou logo com umas coisas a teu respeito, umas ameaças...

— Ameaças! Que disse elle?

— Diz que te das ares de espadachim e de valentão, mas has de encontrar dentro em pouco quem te ensine... Que se está ahi preparando um escandalo monumental... Que se não admirará de te vêr brevemente com uma boa bala na cabeça...

— Uma bala?

— Assim o disse. Tu ris, mas eu é que sei... Eu, se fosse a ti, ia-me ao Damaso e dizia-lhe: «Damasosinho, flôr, fique avisado que, d'ora em diante, cada vez que me succeder uma coisa desagradavel, venho aqui e parto-lhe uma costella; tome as suas medidas...»

Tinham chegado ao Price. Uma multidão de domingo, alegre e pasmada, apinhava-se até ás ultimas bancadas onde havia rapazes, em mangas de camisa, com litros de vinho; e eram grossas, fartas risadas, com os requebros do palhaço, rebocado de cáio e vermelhão, que tocava nos pésinhos d'uma voltigeuse e lambia os dedos, d'olhos em alvo, n'um gosto de mel... Descançando na sella larga de xairel dourado, a creatura, magrinha e séria, com flôres nas tranças, dava a volta devagar, ao passo d'um cavallo branco, que mordia o freio, levado á mão por um estribeiro; e pela arena o palhaço lambão e nescio acompanhava-a, com as mãos ambas apertadas ao coração, n'uma supplica babosa, rebolando languidamente os quadris dentro das vastas pantalonas, picadas de lantejoulas. Um dos escudeiros, de calça listrada d'ouro, empurrava-o, n'um arremedo de ciumes; e o palhaço cahia, estatelado, com um estoiro de nadegas, entre os risos das crianças e os rantantans da charanga. O calor suffocava; e as fumaraças de charuto, subindo sem cessar, faziam uma neva onde tremiam as chammas largas do gaz. Carlos, incommodado, abalou.

— Espera ao menos para vêr a mulher dos crocodilos! gritou ainda o Taveira.

— Não posso, cheira mal, morro!

Mas á porta, de repente, foi detido pelos braços abertos do Alencar, que chegava — com outro sujeito, velho e alto, de barbas brancas, todo vestido de luto. O poeta ficou pasmado de vêr alli o de seu Carlos. Fazia-o no seu solar Santa de Olavia! Vira até nos papeis publicos...

— Não, disse Carlos, o avô é que foi hontem... Eu não me sinto ainda em disposição do ir communicar com a natureza...

Alencar riu, levemente afogueado, com um brilho de genebra no olho cavo. Ao lado, grave, o ancião de barbas calçava as suas luvas pretas.

— Pois eu é o contrario! exclamava o poeta. Estou precisado d'um banho de pantheismo! A bella natureza! O prado! O bosque!... De modo que talvez me mimoseie com Cintra, para a semana. Estão lá os Cohens, alugaram uma casita muito bonita, logo adiante do Victor...

Os Cohens! Carlos comprehendeu então a fuga do Ega e a «sua saudade do verde.»

— Ouve lá, dizia-lhe o poeta baixo, e puxando-o pela manga, para o lado. Tu não conheces este meu amigo? Pois foi muito de teu pai, fizemos muita troça juntos... Não era nenhum personagem, era apenas um alquilador de cavallos... Mas tu sabes, cá em Portugal, sobretudo n'esses tempos, havia muita bonhomia, o fidalgo dava-se com o arrieiro... Mas, que diabo, tu deves conhecel-o! É o tio do Damaso!

Carlos não se recordava.

— O Guimarães, o que está em Paris!

— Ah, o communista!

— Sim, muito republicano, homem de idéas humanitarias, amigo do Gambetta, escreve no Rappel... Homem interessante!... Veio ahi por causa d'umas terras que herdou do irmão, d'esse outro tio do Damaso que morreu ha mezes... E demora-se, creio eu... Pois jantamos hoje juntos, beberam-se uns liquidos, e até estivemos a fallar de teu pai... Queres tu que eu t'o apresente?

Carlos hesitou. Seria melhor n'outra occasião mais intima, quando podessem fumar um charuto tranquillo, e conversar do passado...

— Valeu! Has de gostar d'elle. Conhece muito Victor Hugo, detesta a padraria... Espírito largo, espirito muito largo!

O poeta sacudiu ardentemente as duas mãos de Carlos. O snr. Guimarães ergueu de leve o seu chapéo, carregado de crepe.

Todo o caminho, até ao Ramalhete, Carlos foi pensando em seu pai e n'esse passado, assim rememorado e estranhamente resurgido pela presença d'aquelle patriarcha, antigo alquilador, que fizera com elle tantas troças! E isto trazia conjuntamente outra idéa, que n'esses ultimos dias já o atravessára, pertinaz e torturante, dando-lhe, no meio da sua radiante felicidade, um sombrio arripio de dôr... Carlos pensava no avô.

Estava agora decidido que Maria Eduarda e elle partiriam para Italia, nos fins de outubro. Castro Gomes, na sua ultima carta do Brazil, sêcca e pretenciosa, fallava «em apparecer por Lisboa, com as elegancias do frio, lá para meado de novembro»; e era necessario antes d'isso que estivessem já longe, entre as verduras d'Isola Bella, escondidos no seu amor e separados por elle do mundo como pelos muros d'um claustro. Tudo isto era facil, considerado quasi legitimo pelo seu coração, e enchia a sua vida d'esplendor... Somente havia n'isto um espinho — o avô!

Sim, o avô! Elle partia com Maria, elle entrava na ventura absoluta; mas ia destruir de uma vez e para sempre a alegria d'Affonso, e a nobre paz que lhe tornava tão bella a velhice. Homem de outras eras, austero e puro, como uma d'essas fortes almas que nunca desfalleceram — o avô, n'esta franca, viril, rasgada solução d'um amor indominavel, só veria libertinagem! Para elle nada significava o esponsal natural das almas, acima e fóra das ficções civis; e nunca comprehenderia essa subtil ideologia sentimental, com que elles, como todos os transviados, procuravam azular o seu erro. Para Affonso haveria apenas um homem que leva a mulher d'outro, leva a filha d'outro, dispersa uma família, apaga um lar, e se atola para sempre na concubinagem: todas as subtilezas da paixão, por mais finas, por mais fortes, quebrar-se-hiam, como bolas de sabão, contra as tres ou quatro idéas fundamentaes de Dever, de Justiça, de Sociedade, de Familia, duras como blocos de marmore, sobre que assentára a sua vida quasi durante um seculo... E seria para elle como o horror d'uma fatalidade! Já a mulher de seu filho fugira com um homem, deixando atraz de si um cadaver; seu neto agora fugia tambem, arrebatando a familia d'outro: é a historia da sua casa tornava-se assim uma repetição d'adulterios, de fugas, de dispersões, sob o bruto aguilhão da carne!... Depois as esperanças que Affonso fundára n'elle — consideral-as-hia tombadas, mortas no lodo! Elle passava a ser para sempre, na imaginação angustiada do avô, um foragido, um inutilisado, tendo partido todas as raízes que o prendiam ao seu sólo, tendo abdicado toda a acção que o elevaria no seu paiz, vivendo por hoteis de refugio, fallando linguas estranhas, entre uma familia equivoca crescida em torno d'elle como as plantas de uma ruina... Sombrio tormento, implacavel e sempre presente, que consumiria os derradeiros anhos do pobre avô!... Mas, que podia elle fazer? Já o dissera ao Ega. A vida é assim! Elle não tinha o heroismo nem a santidade que tornam facil o sacrificio... E depois os dissabores do avô, de que provinham? De preconceitos. E a sua felicidade, justo Deus, tinha direitos mais largos, fundados na natureza!...

Chegára ao fim do Aterro. O rio silencioso fundia-se na escuridão. Por alli entraria em breve do Brazil, o outro — que nas suas cartas se esquecia de mandar um beijo a sua filha! Ah, se elle não voltasse! Uma onda providencial podia leval-o... Tudo se tornaria tão facil, perfeito e limpido! De que servia na vida esse resequido? Era como um saco vazio que cahisse ao mar! Ah, se elle morresse!... E esquecia-se, enlevado n'uma visão em que a imagem de Maria o chamava, o esperava, livre, serena, sorrindo e coberta de luto...

No seu quarto, Baptista, vendo-o atirar-se para uma poltrona com um suspiro de fadiga, de desconsolação, — disse, depois de tossir risonhamente, e dando mais luz ao candieiro:

— Isto agora, sem o snr. Ega, parece um bocadinho mais só...

— Está só, está triste, murmurou Carlos. É necessario sacudirmo-nos... Eu já te disse que talvez fossemos viajar este inverno...

O menino não lhe tinha dito nada.

— Pois talvez vamos a Italia... Appetece-te voltar a Italia?

Baptista reflectiu.

— Eu, da outra vez não vi o Papa... E antes de morrer não se me dava de vêr o Papa...

— Pois sim, ha de se arranjar isso, has de vêr o Papa.

Baptista, depois d'um silencio, perguntou, lançando um olhar ao espelho:

— Para vêr o Papa vai-se de casaca, creio eu?

— Sim, recommendo-te a casaca... O que tu devias ter, para esses casos, era um habito de Christo... Hei de vêr se te arranjo um habito de Christo.

Baptista ficou um instante assombrado. Depois fez-se escarlate, d'emoção:

— Muito agradecido a v. exc.ª Ha por ahi gente que o tem, ainda talvez com menos merecimentos que eu... Dizem que até ha barbeiros... — Tens razão, replicou Carlos muito sério. Era uma vergonha. O que hei de vêr se te arranjo com effeito é a commenda da Conceição.

Todas as manhãs, agora, Carlos percorria o poeirento caminho dos Olivaes. Para poupar aos seus cavallos a soalheira ia na tipoia do Mulato, o batedor favorito do Ega — que recolhia a parelha na velha cavalhariça da Toca, e, até á hora em que Carlos voltava ao Ramalhete, vadiava pelas tabernas.

Ordinariamente ao meio dia, ao acabar de almoçar, Maria Eduarda, ouvindo rodar o trem na estrada silenciosa, vinha esperar Carlos á porta da casa, no topo dos degraus ornados de vasos e resguardados por um fresco toldo de fazenda côr de rosa. Na quinta usava sempre vestidos claros; ás vezes trazia, á antiga moda hespanhola, uma flôr entre os cabellos; o forte e fresco ar do campo avivava com um brilho mais quente o mate eburneo do seu rosto; — e assim, simples e radiante, entre sol e verdura, ella deslumbrava Carlos cada dia com um encanto inesperado e maior. Cerrando o portão d'entrada, que rangia nos gonzos, Carlos sentia-se logo envolvido n'um «extraordinario conforto moral», como elle dizia, em que todo o seu sêr se movia mais facilmente, fluidamente, n'uma permanente impressão de harmonia e doçura... Mas o seu primeiro beijo era para Rosa, que corria pela rua de acacias ao seu encontro, com uma onda de cabello negro a bater-lhe os hombros, e Niniche ao lado, pulando e ladrando de alegria. Elle erguia Rosa ao collo. Maria de longe sorria-lhes, sob o toldo côr de rosa. Em redor tudo era luminoso, familiar e cheio de paz.

A casa dentro resplandecia com um arranjo mais delicado. Já se podia usar o salão nobre, que perdera o seu ar rigido de museu, exhalando a tristeza d'um luxo morto: as flôres que Maria punha nos vasos, um jornal esquecido, as lãs de um bordado, o simples roçar dos seus frescos vestidos, tinham communicado já um subtil calor de vida e de conchego aos mais impertigados contadores do tempo de Carlos V, revestidos de ferro brunido: — e era alli que elles ficavam conversando emquanto não chegava a hora das lições de Rosa.

A essa hora apparecia miss Sarah, séria e recolhida — sempre de preto, com uma ferradura de prata em broche sobre o collarinho direito de homem. Recuperára as suas côres fortes de boneca, e as pestanas baixas tinham uma timidez mais virginal sob o liso dos bandós puritanos. Gordinha, com o peito de pomba farta estalando dentro do corpete severo, mostrava-se toda contente da vida calma e lenta de aldêa. Mas aquellas terras trigueiras d'olivedo não lhe pareciam campo: «é muito sêcco, é muito duro,» dizia ella, com uma indefinida saudade dos verdes molhados da sua Inglaterra, e dos céos de nevoa, cinzentos e vagos.

Davam duas horas; e começavam logo nos quartos de cima as longas lições de Rosa. Carlos e Maria iam então refugiar-se n'uma intimidade mais livre, no kiosque japonez, que uma phantasia de Craft, o seu amor do Japão, construira ao pé da rua d'acacias, aproveitando a sombra e o retiro bucolico de dois velhos castanheiros. Maria affeiçoara-se áquelle recanto, chamava-lhe o seu pensadoiro. Era todo de madeira, com uma só janellinha redonda, e um telhado agudo á japoneza, onde roçavam os ramos — tão leve que através d'elle nos momentos de silencio se sentiam piar as aves. Craft forrára-o todo de esteiras finas da India; uma mesa de xarão, algumas faianças do Japão, ornavam-no sobriamente; o tecto não se via, occulto por uma colcha de sêda amarella, suspensa pelos quatro cantos, em laços, como o rico docel de uma tenda; — e todo o ligeiro kiosque parceia ter sido armado só com o fim d'abrigar um divan baixo e fôfo, d'uma languidez de serralho, profundo para todos os sonhos, amplo para todas as preguiças...

Elles entravam, Carlos com algum livro que escolhera na presença de miss Sarah, Maria Eduarda com um bordado ou uma costura. Mas bordado e livro cahiam logo no chão — e os seus labios, os seus braços uniam-se arrebatadamente. Ella escorregava sobre o divan: Carlos ajoelhava n'uma almofada, tremulo, impaciente depois da forçada reserva diante de Rosa e diante de Sarah — e alli ficava, abraçado á sua cintura, balbuciando mil coisas pueris e ardentes, por entre longos beijos que os deixavam frouxos, com os olhos cerrados, n'uma doçura de desmaio. Ella queria saber o que elle tinha feito durante a longa, longa noite de separação. E Carlos nada tinha a contar senão que pensára n'ella, que sonhára com ella... Depois era um silencio: os pardaes piaram, as pombas arrulhavam por cima do leve telhado : e Niniche, que os acompanhava sempre, seguia os seus murmurios, os seus silencios, enroscada a um canto, com um olho negro, reluzindo desconfiadamente por entre as repas prateadas.

Fóra, por aquelles dias de calma, sem aragem, a quinta sêcca, d'um verde empoeirado, dormia com as folhagens immoveis, sob o peso do sol. Da casa branca, através das persianas fechadas, vinha apenas o som amodorrado das escalas que Rosa fazia no piano. E no kiosque havia tambem um silencio satisfeito e pleno — sómente quebrado por algum dôce suspiro de lassidão que sahia do divan, d'entre as almofadas de sêda, ou algum beijo mais longo e d'um remate mais profundo... Era Niniche que os tirava d'aquelle suave entorpecimento, farta de estar alli quieta, encerrada entre as madeiras quentes, n'um ar molle já repassado d'esse aroma indefinido em que havia jasmim.

Lenta, e passando as mãos no rosto Maria erguia-se — mas para cahir logo aos pés de Carlos, no seu reconhecimento infinito... Meu Deus, o que lhe custava então esse momento de separação! Para que havia de ser assim? Parecia tão pouco natural, esposos como eram, que ella ficasse alli toda a noite, sósinha, com o seu desejo d'elle, e elle fosse, sem as suas carícias, dormir solitariamente ao Ramalhete!... E ainda se demoravam muito tempo, n'uma mudez d'extasi, em que os olhos humidos, trespassando-se, continuavam o beijo insaciado que morrera nos seus labios cançados. Era Niniche que os fazia sahir por fim trotando impacientemente da porta para o divan, rosnando, ameaçando ladrar.

Muitas vezes ao recolherem Maria tinha uma inquietação. Que pensaria miss Sarah d'esta sésta assim enclausurada, sem um rumor, com a janella do pavilhão cerrada? Melanie, desde pequena ao serviço de Maria, era uma confidente: o bom Domingos, um imbecil, não contava: mas miss Sarah?... Maria confessava sorrindo que se sentia um pouco humilhada, ao encontrar depois á mesa os candidos olhos da ingleza sob os seus bandós virginaes... Está claro! se a boa miss tivesse a ousadia de resmungar ou franzir de leve a testa, recebia logo seccamente a sua passagem no Royal Mail para Southampton! Rosa não a lamentaria, Rosa não lhe tinha affeição. Mas, emfim, era tão séria, admirava tanto a senhora! Ella não gostava de perder a admiração d'uma rapariga tão séria. E assim decidiram despedir miss Sarah, régiamente paga, e substituil-a, mais tarde, em Italia, por uma governante allemã, para quem elles fossem como casados, «Monsieur et Madame...»

Mas pouco a pouco o desejo d'uma felicidade mais intima, mais completa, foi crescendo n'elles. Não lhes bastava já essa curta manhã no divan com os passaros cantando por cima, a quinta cheia de sol, tudo acordado em redor: appeteciam o longo contentamento d'uma longa noite, quando os seus braços se podessem enlaçar sem encontrar o estofo dos vestidos, e tudo dormisse em torno, os campos, a gente e a luz... De resto era bem facil! A sala de tapeçarias, communicando com a alcova de Maria, abriu sobre o jardim por uma porta envidraçada; a governante, os criados, subiam ás dez horas para os seus quartos no andar alto; a casa adormecia profundamente; Carlos tinha uma chave do portão; e o unico cão, Niniche, era o confidente fiel dos seus beijos...

Maria desejava essa noite tão ardentemente como elle. Uma tarde ao escurecer, voltando d'um fresco passeio nos campos, experimentaram ambos essa dupla chave — que Carlos já promettia mandar dourar: e elle ficou surprehendido ao vêr que o velho portão, que ouvira sempre ranger abominavelmente, rolava agora nos gonzos com um silencio oleoso.

Veio n'essa mesma noite — tendo deixado na villa para o levar ao amanhecer a caleche do Mulato, um batedor discreto, que elle cevava de gorgetas. O céo, molle e abafado, não tinha uma estrella; e sobre o mar lampejava a espaços, mudamente, a lividez d'um relampago. Caminhando com inuteis cautelas rente do muro Carlos sentia, n'esta proximidade d'uma posse tão desejada, uma melancolia, cerrada de anciedade, que vagamente o acobardava. Abriu quasi a tremer o portão: e mal déra alguns passos estacou, ouvindo ao fundo Niniche ladrar furiosamente. Mas tudo emmudeceu; e da janella do canto, sobre o jardim, surgiu uma claridade que o socegou. Foi encontrar Maria, com um roupão de rendas, junto da porta envidraçada, suffocando quasi entre os braços Niniche que ainda rosnava. Estava toda medrosa, n'uma impaciencia de o sentir ao seu lado: e não quiz recolher logo: um momento ficaram alli, sentados nos degraus, com Niniche que aquietára e lambia Carlos. Tudo em redor era como uma infinita mancha de tinta; só lá em baixo, perdida e mortiça, surdia da treva alguma luzinha vacillando no alto d'um mastro. Maria, conchegada a Carlos, refugiada n'elle, deu um longo suspiro: e os seus olhos mergulhavam inquietos n'aquella mudez negra, onde os arbustos familiares do jardim, toda a quinta, parecia perder a realidade, sumida, diluida na sombra.

— Porque não havemos de partir já para a Italia? perguntou ella de repente, procurando a mão de Carlos. Se tem de ser, porque não ha de ser já?... Escusavamos de ter estes segredos, estes sustos!

— Sustos de que, meu amor? Estamos aqui tão seguros como na Italia, como na China... De resto podemos partir mais depressa, se quizeres... Dize tu um dia, marca um dia!

Ella não respondeu, deixando cahir dôcemente a cabeça sobre o hombro de Carlos. Elle acrescentou, devagar:

— Em todo o caso, comprehendes bem, preciso primeiro ir a Santa Olavia, vêr o avô...

Os olhos de Maria perdiam-se outra vez na escuridão como recebendo d'ella o presagio d'um futuro, onde tudo seria confuso e escuro tambem.

— Tu tens Santa Olavia, tens teu avô, tens os teus amigos... Eu não tenho ninguem!

Carlos estreitou-a a si, enternecido.

— Não tens ninguem! Isso dito a mim! Nem chega a ser injustiça, nem chega a ser ingratidão! É nervoso; e é tambem o que os inglezes chamam a «impudente adulteração d'um facto.»

Ella ficára aninhada no peito de Carlos, como desfallecida.

— Não sei porque, queria morrer...

Um largo brilho de relampago alumiou o rio. Maria teve medo, entraram na alcova. Os mólhos de velas de duas serpentinas, batendo os damascos e os setins amarellos, embebiam o ar tepido, onde errava um perfume, n'uma refulgencia ardente de sacrario: e as bretanhas, as rendas do leito já aberto punham uma casta alvura de neve fresca n'esse luxo amoroso e côr de chamma. Fóra, para os lados do mar, um trovão rolou lento e surdo. Mas Maria já o não ouviu, cahida nos braços de Carlos. Nunca o desejára, nunca o adorára tanto! Os seus beijos anciosos pareciam tender mais longe que a carne, trespassal-o, querer sorver-lhe a vontade e a alma: — e toda a noite, entre esses brocados radiantes, com os cabellos soltos, divina na sua nudez, ella lhe appareceu realmente como a Deusa que elle sempre imaginára, que o arrebatava emfim, apertado ao seu seio immortal, e com elle pairava n'uma celebração d'amor, muito alto, sobre nuvens de ouro...

Quando sahiu, ao amanhecer, chovia. Foi encontrar o Mulato a dormir n'uma taberna, bebedo. Teve de o meter dentro do carro; e foi elle que governou até ao Ramalhete, embrulhado n'uma manta do taberneiro, encharcado, cantarolando, esplendidamente feliz.

Passados dias, passeando com Maria nos arredores da Toca, Carlos reparou n'uma casita, á beira da estrada, com escriptos: e veio-lhe logo a idéa de a alugar, para evitar aquella desagradavel partida de madrugada com o Mulato estremunhado, borracho, despedaçando o trem pelas calçadas. Visitaram-na: havia um quarto largo, que com tapete e cortinas podia dar um refugio confortavel. Tomou-a logo — e Baptista veio ao outro dia, com moveis n'uma carroça, arranjar este novo ninho. Maria disse, quasi triste:

— Mais outra casa!

— Esta, exclamou Carlos rindo, é a ultima! Não, é a penultima... Temos ainda a outra, a nossa, a verdadeira, lá longe, não sei onde...

Começaram a encontrar-se todas as noites. Ás nove e meia, pontualmente, Carlos deixava a Toca, com o seu charuto accêso: e Domingos, adiante, de lanterna, vinha fechar o portão, tirar a chave. Elle recolhia devagar á sua «choupana» onde o servia um criadito, filho do jardineiro do Ramalhete. Sobre um tapete solto, deitado no velho soalho, havia apenas, além do leito, uma mesa, um sofá de riscadinho, duas cadeiras de palha; e Carlos entretinha as horas que o separavam ainda de Maria, escrevendo para Santa Olavia e sobretudo ao Ega, que se eternisava em Cintra.

Recebera duas cartas d'elle, fallando quasi sómente do Damaso. O Damaso apparecia em toda a parte com a Cohen; o Damaso tornára-se grutesco em Cintra, n'uma corrida de burros; o Damaso arvorára capacete e véo em Sitiaes; o Damaso era uma besta iramundo; o Datmaso, no pateo do Victor, de perna traçada, dizia familiarmente «a Rachel»; era um dever de moralidade publica dar bengaladas no Damaso!... Carlos encolhia os hombros, achando estes ciumes indignos do coração do Ega. E então por quem! Por aquella lambisgoia d'Israel, melada e mollenga, sovada a bengala! «Se com effeito, escrevera elle ao Ega, ella desceu de ti até ao Damaso, tens só a fazer como se fosse um charuto que te cahisse á lama: não o pódes naturalmente levantar: deves deixar fumal-o em paz ao garoto que o apanhou: enfurecer-te com o garoto ou com o charuto, é d'imbecil.» Mas ordinariamente, quando respondia, fallava só ao Ega dos Olivaes, dos seus passeios com Maria, das conversas d'ella, do encanto d'ella, da superioridade d'ella... Ao avô não achava que dizer; nas dez linhas que lhe destinava, descrevia o calor, recommendava-lhe que não se fatigasse, mandava saudades para os hospedes, e dava-lhe recados do Manoelzinho— que elle nunca via.

Quando não tinha que escrever, estirava-se no sofá, com um livro aberto, os olhos no ponteiro do relogio. Á meia noite sahia, encafuado n'um gabão d'Aveiro, e de varapau. Os seus passos resoavam, solitarios na mudez dos campos, com uma indefinida melancolia de segredo e de culpa...

N'uma d'essas noites, de grande calor, Carlos cançado adormeceu no sofá: e só despertou, em sobresalto, quando o relogio na parede dava tristemente duas horas. Que desespero! Ahi ficava perdida a sua noite de amor! E Maria decerto á espera, angustiada, imaginando desastres!... Agarrou o cajado, abalou, correndo pela estrada. Depois, ao abrir subtilmente o portão da quinta, pensou que Maria teria adormecido: Niniche podia ladrar: os seus passos, entre as acacias, abafaram-se, mais cautelosos. E de repente sentiu ao lado, sob as ramagens, vindo do chão, d'entre a herva, um resfolgar ardente d'homem, a que se misturavam beijos. Parou, varado: e o seu impeto logo foi esmagar a cacete aquelles dois animaes, enroscados na relva, sujando brutamente o poetico retiro dos seus amores. Uma alvura de saia moveu-se no escuro: uma voz soluçava, desfalecida — oh yes, oh yes... Era a ingleza!

Oh santo Deus, era a ingleza, era miss Sarah! Apagando os passos, atordoado, Carlos escoou-se pelo portão, cerrou-o mansamente, foi esperar adiante, n'um recanto do muro, sob as ramarias d'uma faia, sumido na sombra. E tremia de indignação. Era preciso contar immediatamente a Maria aquelle grande horror! Não queria que ella consentisse um momento mais essa impura fêmea, junto de Rosa, roçando a candidez do seu anjo... Oh, era pavorosa uma tal hypocrisia, assim astuta e methodica, sem se desconcertar jámais! Havia dias apenas, vira a creatura desviar os olhos d'uma gravura d'Illustração, onde dois castos pastores se beijavam n'um arvoredo bucolico! E agora rugia, estirada na herva!

Na estrada escura, do lado do portão, brilhou um lume de cigarro. Um homem passou, forte e pesado, com uma manta aos hombros. Parecia um jornaleiro. A boa miss Sarah não escolhera! Bem lavada, toda correcta, com os seus bandós puritanos, aceitava um qualquer, rude e sujo, desde que era um macho! E assim os embaíra, mezes, com aquellas suas duas existencias, tão separadas, tão completas! De dia virginal, severa, córando sempre, com a Biblia no cesto da costura: á noite a pequena adormecia, todos os seus deveres sérios acabavam, a santa transformava-se em cabra, chale aos hombros, e lá ia para a relva, com qualquer!... Que bello romance para o Ega!

Voltou; tornou a abrir devagarinho o portão: de novo subiu, amollecendo os passos, a sombria rua d'acacias. Mas agora ia sentindo uma hesitação em contar a Maria aquelle horror. A seu pezar pensava que tambem Maria o esperava, com o leito aberto, no silencio da casa adormecida; e que tambem elle penetrava alli, as escondidas, como o homem da manta... De certo era bem differente! Toda a immensuravel differença que vai do divino ao bestial... E todavia receava despertar os melindrosos escrupulos de Maria, mostrando-lhe, parallelo ao seu amor cheio de requintes e passado entre brocados côr d'ouro, aquelle outro rude amor, secreto e illegitimo como o d'ella, e arrastado brutamente na relva... Era como mostrar-lhe um reflexo da sua propria culpa, um pouco esfumada, mais grosseira, mas parecida nos seus contornos, lamentavelmente parecida... Não, não diria nada. E a pequena?...

Oh, nas suas relações com Rosa a creatura continuaria a ser, como sempre, a puritana laboriosa, grave e cheia d'ordem.

A porta envidraçada sobre o jardim tinha ainda luz: elle atirou aos vidros uma pouca de terra solta, depois bateu de leve. Maria appareceu, mal embrulhada n'um roupão, juntando os cabellos que se tinham desenrolado, e meia adormecida.

— Porque vieste tão tarde? Carlos beijou longamente os seus bellos olhos pesados, quasi cerrados.

— Adormeci estupidamente, a lêr... Depois, quando entrei pareceu-me ouvir passos na quinta, andei a rebuscar... Era imaginação, tudo deserto.

— Precisavamos ter um cão de fila, murmurou ella, espreguiçando-se.

Sentada á beira do leito, com os braços cahidos e adormentados, sorria da sua preguiça.

— Estás tão fatigada, filha! queres tu que me vá embora ?...

Ella puxou-o para o seu seio perfumado e quente.

— Je veux que tu m'aimes beaucoup, beaucoup, et longtemps...

Ao outro dia Carlos não fôra a Lisboa, e appareceu cedo na Toca. Melanie, que andava espanejando o kiosque, disse-lhe que Madame, um pouco cançada, tinha justamente tomado o seu chocolate na cama. Elle entrou no salão: defronte da janella aberta, sentada no banco de cortiça, miss Sarah costurava, á sombra das arvores.

— Good morning, disse-lhe Carlos, chegando-se ao peitoril, todo curioso de a observar.

— Good morning, sir, respondeu ella com o seu ar modesto e tímido.

Carlos fallou do calor. Miss Sarah já áquella hora o achava intoleravel. Felizmente a vista do rio, lá em baixo, refrescava...

Sobretudo a noite passada, insistiu Carlos accendendo a cigarrette, fôra tão abafada! Elle mal pudera dormir. E ella?

Oh, ella dormira d'um somno só. Carlos quiz saber se tivera bonitos sonhos.

— Oh yes, sir. — Oh yes! mas agora um yes pudico, sem gemidos, com os olhos baixos. E tão correcta, tão pregada, fresca como se nunca tivesse servido!... Positivamente era extraordinaria! E Carlos, torcendo o bigode, pensava que ella devia ter um seiosinho bem alvo e bem redondinho!

Assim ia passando o verão nos Olivaes. No começo de setembro, Carlos soube por uma carta do avô que Craft devia chegar a Lisboa, n'um sabbado, ao Hotel Central: e correu lá cedo, logo n'essa manhã, a ouvir as novidades de Santa Olavia. Achou Craft já a pé, diante do espelho, fazendo a barba. A um canto do sofá, Eusebiosinho, que viera na vespera á noite de Cintra e estava tambem no Hotel, limpava as unhas com um canivete, em silencio, coberto de negro.

Craft vinha encantado com Santa Olavia. Nem comprehendia como Affonso, beirão forte, tolerava a rua de S. Francisco, e o quintalejo abafado do Ramalhete. Tinha-se passado régiamente! O avô, cheio de saude, d'uma hospitalidade que lembrava Abrahão e a Biblia. O Sequeira optimo comendo tanto que ficava inutil depois de jantar, a estoirar e a gemer no fundo d'uma poltrona. Lá conhecera o velho Travassos, que fallava sempre com os olhos cheios de lagrimas do «talento do seu caro collega Carlos.» E o marquez esplendido, com abraços de primo a todos os fidalgotes de Lamego, e apaixonado por uma barqueira... De resto soberbos jantares, alguns tiros aos coelhos, uma romaria, danças de raparigas no adro, guitarradas, esfolhadas, todo o dôce idyllio portuguez...

— Mas a respeito de Santa Olavia temos a fallar mais sériamente, disse por fim Craft, entrando na alcova, a ensaboar a cabeça.

— E tu, perguntou então Carlos, voltando-se para o Eusebiosinho. Tens estado em Cintra, hein? Que se faz lá?... O Ega?

O outro ergueu-se guardando o canivete, ageitando as lunetas.

— Lá está no Victor, muito engraçado, comprou um burro... Lá está o Damaso tambem... Mas esse pouco se vê, não larga os Cohens... Emfim tem-se passado menos mal, com bastante calor...

— Tu estavas outra vez com a mesma prostituta, a Lola?

Eusebiosinho fez-se escarlate. Credo! estava no Victor, muito sério! O Palma é que lá tinha apparecido com uma rapariga portugueza... Tinha agora um jornal, A Corneta do Diabo.

— A Corneta...?

— Sim, do Diabo, disse o Eusebiosinho. É um jornal de pilherias, de picuinhas... Elle já existia, chamava-se o Apito; mas agora passou para o Palma; elle vae-lhe augmentar o formato, e metter-lhe mais chalaça...

— Emfim, disse Carlos, qualquer coisa sebacea e immunda como elle...

Craft reappareceu, enxugando a cabeça. E emquanto se vestia, fallou de uma viagem que agora o tentava, que estivera planeando em Santa Olavia. Como já não tinha a Toca, e a sua casa ao pé do Porto necessitava longas obras, ia passar o inverno ao Egypto, subindo o Nilo, em communicação espiritual com a antiguidade Pharaonica. Depois talvez se adiantasse até Bagdad, a vêr o Euphrates, e os sitios de Babylonia...

— Por isso eu lhe vi alli, na mesa, exclamou Carlos, um livro, Ninive e Babylonia... Que diabo, você gosta d'isso? Eu tenho horror a raças e a civilisações defuntas... Não me interessa senão a Vida.

— É que você é um sensual, disse Craft. E a proposito de sensualidade e de Babylonia, quer vir você almoçar ao Bragança? Eu tenho de lá encontrar um inglez, o meu homem das minas... Mas havemos d'ir pela rua do Ouro, que quero trepar um instante á caverna do meu procurador... E a caminho, que é meio dia!

Deixaram o Eusebiosinho, em baixo na sala, ageitando as suas lugubres lunetas negras diante dos telegrammas. E apenas sahira o pateo, Craft travou do braço de Carlos, e disse-lhe que as coisas sérias a respeito de Santa Olavia — era o visivel, profundo desgosto do avô por elle não ter lá apparecido.

— Seu avô não me disse nada, mas eu sei que elle está muitissimo magoado com você. Não ha desculpa, são umas horas de viagem... Você sabe como elle o adora... Que diabo! Est modus in rebus.

— Com effeito, murmurou Carlos. Eu devia ter lá ido... Que quer você, amigo?... Emfim acabou-se, é necessario fazer um esforço!... Talvez parta para a semana com o Ega.

— Sim, homem, dê-lhe esse alegrão... Esteja lá umas semanas...

— Est modus in rebus. Hei de vêr se lá estou uns dias.

A caverna do procurador era defronte do Monte-Pio. Carlos esperava, havia momentos, dando por diante das lojas uma volta lenta — quando de repente avistou Melanie, a sahir o portão do Monte-Pio, com uma matrona gorda, de chapéo rôxo. Surprehendido, atravessou a rua. Ella estacou como apanhada, fazendo-se toda vermelha; e nem deixou vir a pergunta; balbuciou logo que Madame lhe déra licença para vir a Lisboa, e ella andava acompanhando aquella amiga... Uma velha caleche, de parelha branca, estava encalhada alli, contra o passeio. Melanie saltou para dentro, á pressa. A traquitana rodou aos solavancos para o Terreiro do Paço.

Carlos via-a desapparecer, pasmado. E Craft, que voltára, olhando tambem, reconheceu no lamentavel calhambeque a caleche do Torto, dos Olivaes, onde elle ás vezes costumava vir «janotar a Lisboa».

— Era alguem lá da Toca? perguntou.

Uma criada, disse Carlos, ainda espantado d'aquelle estranho embaraço de Melanie.

E mal tinham dado alguns passos, Carlos, parando, baixando a voz no rumor da rua:

— Ouça lá! O Eusebiosinho disse-lhe alguma coisa a meu respeito, Craft?

O outro confessou que Eusebiosinho, apenas lhe apparecera no quarto, rompera logo, mascando as palavras, a informal-o da mysteriosa vida de Carlos nos Olivaes...

— Mas eu fil-o calar, acrescentou Craft, declarando-lhe que era tão pouco curioso que nem mesmo quizera lêr nunca a Historia Romana... Em todo o caso você deve ir a Santa Olavia.

Carlos, com effeito, logo n'essa noite fallou a Maria da visita que devia ao avô. Ella, muito séria, aconselhou-lh'a tambem, arrependida de o ter retido assim, egoisticamente e tanto tempo, longe dos outros que o amavam.

— Mas ouve, querido, não é por muito tempo, não?

— Por dois ou tres dias, quando muito. E naturalmente, trago até o avô. Não está lá a fazer nada, e eu não estou para a massada de voltar lá...

Maria então lançou-lhe os braços ao pescoço, e baixo, timidamente, confessou-lhe um grande desejo que tinha... Era vêr o Ramalhete! Queria visitar os quartos d'elle, o jardim, todos esses recantos, onde tantas vezes elle pensara n'ella, e se desesperára, sentindo-a distante e inaccessivel...

— Dize, queres? Mas é necessario que seja antes de vir teu avô. Queres?

— Acho um encanto! Ha só um perigo. É eu não te deixar sahir mais e ficar a devorar-te na minha caverna.

— Prouvera a Deus!

Combinaram então que ella fosse jantar ao Ramalhete, no dia da partida de Carlos para Santa Olavia. Á noitinha levava-o no coupé a Santa Apolonia; depois seguia para os Olivaes.

Foi no sabbado. Carlos veio muito cedo para o Ramalhete: e o seu coração batia com a deliciosa perturbação d'um primeiro encontro, quando sentiu parar a carruagem de Maria e os seus vestidos escuros roçarem o velludo côr de cereja que forrava a escada discreta dos seus quartos. O beijo que trocaram, na ante-camara, teve a profunda doçura d'um primeiro beijo!

Ella foi logo ao toucador tirar o chapéo, dar um geito ao cabello. Elle não cessava de a beijar; abraçava-a pela cinta; e com os rostos juntos sorriam para o espelho, enlevados no brilho da sua mocidade. Depois, impaciente, curiosa, ella percorreu os quartos, miudamente, até á alcova de banho; leu os títulos dos livros, respirou o perfume dos frascos, abriu os cortinados de sêda do leito... Sobre uma commoda Luiz XV havia uma salva de prata, transbordando de retratos que Carlos se esquecera de esconder, a coronella d'hussards d'amazona, madame Rughel decotada, outras ainda. Ella mergulhou as mãos, com um sorriso triste, na profusão d'aquellas recordacões... Carlos, rindo, pediu-lhe que não olhasse «esses enganos do seu coração».

Porque não? dizia Maria, séria. Sabia bem que elle não descera das nuvens, puro como um seraphim. Havia sempre photographias no passado d'um homem. De resto tinha a certeza que nunca amára as outras como a sabia amar a ella.

— Até é uma profanação fallar em amor quando se trata d'essas coisas d'acaso, murmurou Carlos. São quartos de estalagem onde se dorme uma vez...

No emtanto Maria considerava longamente a photograptfia da coronella d'hussards. Parecia-lhe bem linda! Quem era? Uma franceza?

— Não, de Vienna. Mulher d'um correspondente meu, homem de negocios... Gente tranquilla, que vivia no campo...

— Ah, Viennense... Dizem que tem um grande encanto as mulheres de Vienna!

Carlos tirou-lhe a photographia da mão. Para que haviam de fallar d'outras mulheres? Existia em todo o vasto mundo uma mulher unica, e elle tinha-a alli abraçada sobre o seu coração.

Foram então percorrer todo o Ramalhete, até ao terraço. Ella gostou sobretudo do escriptorio d'Affonso, com os seus damascos de camara de prelado, a sua feição severa de paz estudiosa.

— Não sei porque, murmurou dando um olhar lento ás estantes pesadas e ao Christo na cruz, não sei porque, mas teu avô faz-me medo!

Carlos riu. Que tonteria! O avô se a conhecesse, fazia-lhe logo a côrte rasgadamente... O avô era um santo! E um lindo velho!

— Teve paixões?

— Não sei, talvez... Mas creio que o avô foi sempre um puritano.

Desceram ao jardim, que lhe agradou tambem, quieto e burguez, com a sua cascatasinha chorando n'um rythmo dôce. Sentaram-se um instante sob o velho cedro, junto a uma mesa rustica de pedra, onde estavam entalhadas letras mal distinctas e uma data antiga; o chalrar das aves nos ramos pareceu a Maria mais dôce que o de todas as outras aves que ouvira; depois arranjou um ramo para levar como relíquia.

Mesmo em cabello foram vêr defronte as cocheiras: o guarda-portão ficou de boné na mão, embasbacado para aquella senhora tão linda, tão loira, a primeira que via entrar no Ramalhete! Maria acariciou os cavallos, e fez uma festa grata e mais longa á Tunante, que tantas vezes levára Carlos á rua de S. Francisco. Elle via n'estas simples coisas as graças incomparaveis d'uma esposa perfeita.

Recolheram pela escada particular de Carlos — que Maria achava «mysteriosa» com aquelles velludos grossos côr de cereja, forrando-a como um cofre, e abafando todo o rumor de saias. Carlos jurou que nunca alli passára outro vestido — a não ser o do Ega, uma vez, mascarado de varina.

Depois deixou-a no quarto, um momento para ir dar ordens ao Baptista: mas quando voltou encontrou-a a um canto do sofá, tão descahida, tão desanimada, que lhe arrebatou as mãos, cheio d'inquietação.

— Que tens, amor? Estás doente?

Ella ergueu lentamente os olhos que brilhavam n'uma nevoa de lagrimas.

Pensar que tu vaes deixar por mim esta linda casa, o teu conforto, a tua paz, os teus amigos... É uma tristeza, tenho remorsos!

Carlos ajoelhára ao seu lado, sorrindo dos seus escrupulos, chamando-lhe tonta, seccando-lhe n'um beijo as lagrimas que rolavam... Considerava-se ella então valendo menos que a cascata do jardim e alguns tapetes usados?...

— O que eu tenho pena é de te sacrificar tão pouco, minha querida Maria, quando tu sacrificas tanto!

Ella encolheu os hombros, amargamente.

— Eu!

Passou-lhe as mãos entre os cabellos, puxou-o brandamente para o seu seio — e dizia, baixo, como fallando ao seu proprio coração, calmando-lhe as incertezas e as duvidas:

— Não, com effeito, nada vale no mundo senão o nosso amor! Nada mais vale! Se elle é verdadeiro, se é profundo, tudo mais é vão, nada mais importa...

A sua voz morreu entre os beijos de Carlos, que a levava abraçada para o leito — onde tentas vezes desesperava d'ella como d'uma deusa intangivel.

Ás cinco horas pensaram em jantar. A mesa fôra posta n'uma saleta que Carlos quizera em tempo revestir de colxas de setim cor de perola e botão d'ouro. Mas não estava ainda arranjada; as paredes conservavam o seu papel verde-escuro; e Carlos puzera alli ultimamente o retrato de seu pai — uma teia banal, representando um moço pallido, de grandes olhos, com luvas de camurça amarella e um chicote na mão.

Era Baptista que os servia, já com um fato claro de viagem. A mesa, redonda e pequena, parecia uma cesta de flôres; o champagne gelava dentro dos baldes de prata; no aparador a travessa d'arroz dôce tinha as iniciaes de Maria.

Aquelles lindos cuidados fizeram-na sorrir, enternecida. Depois reparou no retrato de Pedro da Maia: e interressou-se, ficou a contemplar aquella face descórada, que o tempo fizera livida, e onde pareciam mais tristes os grandes olhos d'arabe, negros e languidos.

— Quem é? perguntou.

— É meu pai.

Ella examinou-o mais de perto, erguendo uma vela. Não achava que Carlos se parecesse com elle. E voltando-se muito séria, emquanto Carlos desarrolhava com veneração uma garrafa de velho Chambertin:

— Sabes tu com quem te pareces ás vezes?... É extraordinario, mas é verdade. Pareces-te com minha mãi!

Carlos riu, encantado d'uma parecença que os aproximava mais, e que o lisonjeava.

— Tens razão, disse ella, que a mamã era formosa... Pois é verdade, ha um não sei quê na testa, no nariz... Mas sobretudo certos geitos, uma maneira de sorrir... Outra maneira que tu tens de ficar assim um pouco vago, esquecido... Tenho pensado n'isto muitas vezes...

Baptista entrava com uma terrina de louça do Japão. E Carlos, alegremente, annunciou um jantar á portugueza. Mr. Antoine, o chef francez, fôra com o avô. Ficára a Michaela, outra cozinheira de casa, que elle achava magnifica, e que conservava a tradição da antiga cozinha freiratica do tempo do snr. D. João V.

— Assim, para começar, minha querida Maria, ahi tens tu um caldo de gallinha, como só se comia em Odivellas, na cella da madre Paula, em noites de noivado mystico...

E o jantar foi encantador. Quando Baptista se retirava, elles apertavam-se rapidamente a mão por cima das flôres. Nunca Carlos a achára tão linda, tão perfeita: os seus olhos pareciam-lhe irradiar uma ternura maior: na singela rosa que lhe ornava o peito via a superioridade do seu gosto. E o mesmo desejo invadiu-os a ambos, de ficarem alli eternamente, n'aquelle quarto de rapaz, com jantarinhos portuguezes á moda de D. João V, servidos pelo Baptista de jaquetão.

— Estou com uma vontade de perder o comboio! disse Carlos como implorando a sua approvação.

— Não, deves ir... é necessario não sermos egoistas... Sómente não te descuides, manda-me todos os dias um grande telegramma... Que os telegraphos foram unicamente inventados para quem se ama e está longe, como dizia a mamã.

Então Carlos gracejou de novo sobre a sua parecença com a mãi d'ella. E baixando-se a remexer a garrafa de champagne dentro do gelo:

— É curioso não m'o teres dito antes... Tambem tu nunca me fallaste de tua mãi...

Um pouco de sangue roseou a face de Maria Eduarda. Oh, nunca fallára da mamã, porque nunca viera a proposito...

— De resto não havia coisas muito interessantes a contar, acrescentou. A mamã era uma senhora da ilha da Madeira, não tinha fortuna, casou...

— Casou em Paris?

— Não, casou na Madeira com um austriaco que fôra lá acompanhar um irmão tisico... Era um homem muito distincto, viu a mamã, que era

lindíssima, gostaram um do outro, et voilà...
Dissera isto sem erguer os olhos do prato, lentamente, cortando uma aza de frango.
— Mas então, exclamou Carlos, se teu pai era austriaco, meu amor, tu és tambem austriaca... És talvez uma d'essas viennenses que tu dizes que tem um tão grande encanto...
Sim, talvez, segundo essas coisas dos codigos, era austriaca. Mas nunca conhecera o pai, vivera sempre com a mamã, fallára sempre portuguez, considerava-se portugueza. Nunca estivera na Austria, nem sabia mesmo allemão...
— Não tiveste irmãos?
— Sim, tive, uma irmãsinha que morreu em pequena... Mas não me lembra. Tenho em Paris o retrato d'ella... Bem linda!
N'esse momento em baixo, na calçada, uma carruagem, a trote largo, estacou. Carlos, surprehendido, correu á janella com o guardanapo na mão.
— É o Ega! exclamou. É aquelle velhaco que chega de Cintra!
Maria erguera-se, inquieta. E um momento, de pé, ambos se olharam, hesitando... Mas o Ega era como um irmão de Carlos. Elle esperava só que o Ega recolhesse de Cintra para o levar á Toca. Melhor seria que o encontro se désse alli, natural, franco e simples...
— Baptista! gritou Carlos, sem vacillar mais. Dize ao snr. Ega que estou a jantar, que entre para aqui.
Maria sentára-se, vermelha, dando um geito rapido aos ganchos do cabello, arranjado á pressa, um pouco desmanchado.
A porta abriu-se, — e o Ega parou, assombrado, intimidado, de chapéo branco, de guarda-sol branco, e com um embrulho de papel pardo na mão.
— Maria, disse Carlos, aqui tens emfim o meu grande amigo Ega.
E ao Ega disse simplesmente:
— Maria Eduarda.
Ega ia largar atarantadamente o embrulho para apertar a mão que Maria Eduarda lhe estendia, córada e sorrindo. Mas o papel pardo, mal atado, desfez-se; e uma provisão fresca de queijadas de Cintra rolou, esmagando-se, sobre as flôres do tapete. Então todo o embaraço findou através d'uma risada alegre — emquanto o Ega, desolado, abria os braços sobre as ruinas do seu dôce.
— Tu já jantaste? perguntou Carlos.
Não, não tinha jantado. E via já alli uns ovos molles nacionaes, que o encantavam, enfastiado como vinha da horrivel cozinha do Victor. Oh, que cozinha! Pratos lugubres, traduzidos do francez em calão, como as comedias do Gymnasio!
— Então avança! exclamou Carlos. Depressa, Baptista!... Traze o caldo de gallinha! Oh, ainda temos tempo!... Tu sabes que vou hoje para Santa Olavia?
Está claro que sabia, recebera a carta d'elle, e por isso viera... Mas não podia jantar ainda, assim coberto do pó da estrada, e com um jaquetão de bucolica...

— Dize que me guardem o caldo, Baptista! Olha, dize que me guardem tudo, que eu trago uma fome de pastor da Arcadia!...

O Baptista servira o café. E a carruagem da senhora, que os devia levar a Santa Apolonia, esperava já á porta com a maleta. Mas Ega agora queria conversar, affirmou que tinham tempo, tirou o relogio. Estava parado. E elle declarou logo que no campo se regulava pelo sol, como as flôres e como as aves...

— Fica agora em Lisboa? perguntou-lhe Maria Eduarda.

— Não, minha senhora, só o tempo de cumprir o meu dever de cidadão, subindo duas ou tres vezes o Chiado... Depois volto para a relva. Cintra começa a ser interessante para mim, agora que não está ninguem... Cintra, de verão, com burguezes, parece-me um idyllio com nodoas de sebo.

Mas Baptista offerecia a Carlos a chartreuse — dizendo que s. exc.ª não se devia demorar se não tencionava perder o comboio, de proposito. Maria ergueu-se logo para ir dentro pôr o chapéo. E os dois amigos, sós, ficaram um momento calados, emquanto Carlos accendia devagar o charuto.

— Tu quanto tempo te demoras? perguntou por fim o Ega.

— Tres ou quatro dias. E tu não voltes para Cintra antes que eu chegue, precisamos communicar... Que diabo tens tu feito lá?

O outro encolheu os hombros.

— Tenho sorvido ar puro, colhido florinhas, murmurado de vez em quando «que lindo que isto é!» etc.

Depois, debruçado sobre a mesa, picando com um palito uma azeitona:

— De resto, nada... O Damaso lá está! Sempre com a Cohen, como te mandei dizer... Está claro que não ha nada entre elles, aquillo é só para mim, para me irritar... É um canalha aquelle Damaso! Eu só quero um pretexto. Esgano-o!

Deu um puxão forte aos punhos, com uma côr de cólera no rosto queimado:

— Eu, está claro, fallo-lhe, aperto-lhe a mão, chamo-lhe «amigo Damaso», etc. Mas só quero um pretexto! É necessario aniquilar aquelle animal. É um dever de moralidade, d'aceio publico, de gosto varrer aquella bola de lama humana!

— Quem esteve por lá mais? perguntou Carlos.

— Que te interesse?... A Gouvarinho. Mas vi-a uma só vez. Apparecia pouco, coitada, agora que andava de luto.

— De luto?

— Por ti.

Calou-se. Maria entrava, com o véu descido, acabando de apertar as luvas. Então Carlos, suspirando, resignado, estendeu os braços ao Baptista para elle lhe vestir um casaco leve de jornada. Ega ajudava, pedindo um abraço filial para Affonso, e recados para o gordo Sequeira.

Foi acompanhal-os a baixo, em cabello: e fechou elle a portinhola, promettendo a Maria Eduarda uma visita á Toca, apenas Carlos voltasse d'esses penhascos do Douro...

— Não vás para Cintra antes de eu voltar! gritou-lhe ainda Carlos. E a Michaela que tome conta em ti!

— All right, all right, dizia o Ega. Boa jornada! Criado de v. exc.ª, minha senhora... Até á Toca! O coupé partiu. Ega subiu ao seu quarto, onde outro criado lhe estava preparando o banho. Na saleta deserta, entre as flôres e os restos do jantar, as velas continuavam a arder solitarias, fazendo resaltar no painel escuro a pallidez de Pedro da Maia, e a melancolia dos seus olhos.

No sabbado seguinte, perto das duas horas, Carlos e Ega, ainda á mesa do almoço, acabavam os seus charutos, fallando de Santa Olavia. Carlos chegára de lá essa madrugada, só. O avô decidira ficar entre as suas velhas arvores até ao fim do outono que ia tão luminoso e tão macio...

Carlos fôra-o encontrar muito alegre, muito forte — apesar de ter sido obrigado, por causa d'um toque de rheumatismo, a abandonar emfim o seu culto da agua fria. E esta macissa, resplandecente saude do velho fôra um allivio para o coração de Carlos: parecia-lhe assim mais facil, menos ingrata, a sua partida com Maria para Italia, em outubro. Além d'isso achára um truc, como elle dizia ao Ega, para realisar o supremo desejo da sua vida sem magoar o avô, sem lhe turbar a paz da velhice. Era um truc, simples. Consistia em partir elle só para Madrid, no começo d'uma certa «viagem d'estudo», para que já preparára o avô em Santa Olavia. Maria ficava na Toca, durante um mez. Depois tomava o paquete para Bordeus: e era ahi que Carlos se reunia com ella, a começarem essa existencia de felicidade e romance que as flôres da Italia deviam perfumar... Na primavera elle voltava a Lisboa, deixando Maria installada no seu ninho: e então, pouco a pouco, ia revelando ao avô aquella ligação, a que o prendia a honra, e que o forçaria agora a viver regularmente longos mezes n'uma outra terra que se tornára a patria do seu coração. E que havia de dizer o avô ? Aceitar esse romance, a que não veria os lados desagradaveis, esbatido assim pela distancia e pela nevoa da paixão. Seria para Affonso uma vaga e mal sabida coisa d'amor que se passava em Italia... Poderia lamental-a apenas por lhe levar pontualmente todos os annos o neto para longe; e cada anno se consolaria pensando na curta duração dos idyllios humanos. De resto Carlos contava com essa larga benevolencia que amollece as almas mais rígidas quando apenas alguns passos as separam do tumulo... Emfim o seu truc parecia-lhe bom. Ega, em resumo, approvou o truc.

Depois, mais alegremente, fallaram da instailação d'esse amor. Carlos permanecia na sua idéa romantica um cottage á beira d'um lago. Mas Ega não approvava o lago. Ter todos os dias diante dos olhos uma agua sempre mansa e sempre azul, parcia-lhe perigoso para a durabilidade da paixão. Na quietação continua d'uma paizagem igual, dois amantes solitarios, dizia elle, não sendo botanicos nem pescando á linha, vêem-se forçados a viver exclusivamente do desejo um do outro, e a tirar d'ahi todas as suas idéas, sensações, occupações, gracejos e silencios... E, que diabo, o mais forte sentimento não póde dar para tanto! Dois amantes, cuja unica profissão é amarem-se, deviam procurar uma cidade, uma vasta cidade, tumultuosa e creadora, onde o homem tenha durante o dia os clubs, o cavaco, os museus, as idéas, o sorriso d'outras mulheres — e a mulher tenha as ruas, as compras, os theatros, a attenção d'outros homens; de sorte que á noite, quando se reunam, não tendo passado o infindavel dia a observarem-se um no outro e a si proprios, trazendo cada um a vibração da vida forte que atravessaram — achem um encanto novo e verdadeiro no conchego da sua solidão, e um sabor sempre renovado na repetição dos seus beijos...

— Eu, continuava Ega, erguendo-se, se levasse para longe uma mulher, não era para um lago, nem para a Suissa, nem para os montes da Sicilia; era para Paris, para o boulevard dos Italianos, alli á esquina do Vaudeville, com janellas deitando para a grande vida, a um passo do Figaro, do Louvre, da Philosophia e da blague... Aqui tens tu a minha doutrina!... E ahi temos nós o amigo Baptista com o correio.

Não era o correio. Era apenas um bilhete que o Baptista trazia n'uma salva: e vinha tão perturbado que annunciou «um sujeito, alli fóra, na antecamara, n'uma carruagem, á espera...»

Carlos olhou o bilhete, empallideceu terrivelmente. E ficou a reviral-o, lento e como atordoado, entre os dedos que tremiam... Depois, em silencio, atirou-o ao Ega por cima da mesa.

— Caramba! murmurou Ega, assombrado.

Era Castro Gomes!

Bruscamente Carlos erguera-se, decidido.

— Manda entrar... Para o salão grande!

Baptista apontou para o jaquetão de flanella com que Carlos tinha almoçado, e perguntou baixo se s. exc.ª queria uma sobrecasaca.

— Traze.

Sós, Ega e Carlos olharam-se um instante, anciosamente.

— Não é um desafio, está claro, balbuciou Ega.

Carlos não respondeu. Examinava outra vez o bilhete: o homem chamava-se Joaquim Alvares de Castro Gomes: por baixo tinha escripto a lapis «Hotel Bragança»... Baptista voltára com a sobrecasaca: e Carlos, abotoando-a devagar, sahiu sem outra mais palavra ao Ega, que ficára de pé junto da mesa, limpando estupidamente as mãos ao guardanapo.

No salão nobre, forrado de brocados côr de musgo d'outono, Castro Gomes examinava curiosamente, com um joelho apoiado á borda do sofá, a esplendida tela de Constable, o retrato da condessa de Runa, bella e forte no seu vestido de velludo escarlate de caçadora ingleza. Ao rumor dos passos de Carlos sobre o tapete, voltou-se, de chapéo branco na mão, sorrindo, pedindo perdão de estar assim a pasmar familiarmente para aquelle soberbo Constable... Com um gesto rigido, Carlos, muito pallido, indicou-lhe o sofá. Saudando e risonho Castro Gomes sentou-se vagarosamente. No peito da sobrecasaca muito justa trazia um botão de rosas, os seus sapatos de verniz resplandeciam sob as polainas de linho; no rosto chupado, queimado, a barba negra, terminava em bico; os cabellos rareavam-lhe na risca; e mesmo a sorrir tinha um ar de seccura, de fadiga.

— Eu possuo tambem em Paris um Constable muito chic, disse elle, sem embaraço, n'um tom arrastado, cheio de rr, que o sutaque brazileiro adocicava. Mas é apenas uma pequena paizagem, com duas figurinhas. É um pintor que não me diverte, a dizer a verdade... Todavia da muito tom a uma galeria. É necessario tel-o.

Carlos, defronte n'uma cadeira, com os punhos fortemente fechados sobre os joelhos, conservava a immobilidade d'um marmore. E, perante aquelle modo affavel, uma idéa ia-o atravessando, lacerante, angustiosa, pondo-lhe já nos olhos largos que não tirava de sobre o outro, uma irreprimivel chamma de cólera. Carlos Gomes decerto não sabia nada! Chegára, desembarcára, correra aos Olivaes, dormira nos Olivaes! Era o marido, era novo, tivera-a já nos braços — a ella! E agora alli estava, tranquillo, de flôr ao peito, fallando de Constable! O unico desejo de Carlos, n'esse instante, era que aquelle homem o insultasse.

No emtanto Castro Gomes, amavelmente, desculpava-se de se apresentar assim, sem o conhecer, sem ao menos ter pedido por um bilhete uma entrevista...

— O motivo porém que me traz é tão urgente, que cheguei esta manhã ás dez horas do Rio de Janeiro, ou antes do Lazareto, e estou aqui!... E esta mesma noite, se puder, parto para Madrid.

Fez-se um allivio infinito no coração de Carlos. Ainda não vira então Maria Eduarda, aquelles seccos labios não a tinham tocado! E sahiu emfim da sua rigidez de marmore, teve um movimento attento, aproximando de leve a cadeira.

Castro Gomes no emtanto, tendo pousado o chapéo, tirára do bolso interior da sobrecasaca uma carteira com um largo monogramma de ouro; e, vagaroso, procurava entre os papeis uma carta... Depois, com ella na mão, muito tranquillamente:

— Eu recebi no Rio de Janeiro, antes de partir, este escripto anonymo... Mas não creia v. exc.ª que foi elle que me levou a atravessar á pressa o Atlantico. Seria o maior dos ridiculos... E desejo tambem afirmar-lhe que todo o conteudo d'elle me deixou perfeitamente indiferente... Aqui o tem. Quer v. exc.ª lêl-o, ou quer que eu leia?

Carlos murmurou com um esforço:

— Leia v. exc.ª

Castro Gomes desdobrou o papel, e revirou-o um instante entre os dedos.

— Como v. exc.ª vê, é a carta anonyma em todo o seu horror: papel de mercearia, pautadinho de azul; calligraphia reles; tinta reles; cheiro reles. Um documento odioso. E aqui está como elle se exprime: «Um homem «que teve a honra de apertar a mão de v. exc.ª» Eu dispensava a honra... «que teve a hora de apertar a mão de v. exc.ª e d'apreciar o seu «cavalheirismo, julga dever prevenil-o que sua mulher é, á vista de toda a «Lisboa, a amante d'um rapaz muito conhecido aqui, Carlos Eduardo da «Maia, que vive n'uma casa ás Janelas Verdes, chamada o Ramalhete. Este «heroe, que é muito rico, comprou expressamente uma quinta nos Olivaes, «onde installou a mulher de v. exc.ª e onde a vai vêr todos os dias, ficando «ás vezes, com escandalo da visinhança, até de madrugada. Assim o nome «honrado de v. exc.ª anda pelas lamas da capital. » É tudo o que diz a carta; e eu só devo acrescentar, porque o sei, que tudo quanto ella diz é incontestavelmente exacto... O snr. Carlos da Maia é pois publicamente, com conhecimento de toda a Lisboa, o amante d'essa senhora.

Carlos ergueu-se, muito sereno. E abrindo de leve os braços, n'uma aceitação inteira de todas as responsabilidades:

— Não tenho então nada a dizer a v. exc.ª senão que estou ás suas ordens!...

Uma fugitiva onda de sangue avivou a pallidez morena de Castro Gomes. Dobrou a carta, guardou-a com todo o vagar na carteira. Depois, sorrindo friamente:

— Perdão... O snr. Carlos da Maia sabe, tão bem como eu, que se isto tivesse de ter uma solução, violenta, eu não viria aqui pessoalmente, a sua casa, lêr-lhe este papel... A coisa é inteiramente outra.

Carlos recahira na cadeira, assombrado. E agora a lentidão adocicada d'aquella voz ia-se-lhe tornando intoleravel. Um confuso terror do que viria d'esses labios, que sorriam com uma pallidez impertinente, quasi fazia estalar o seu pobre coração. E era um desejo brutal de lhe gritar que acabasse, que o matasse, ou que sahisse d'aquella sala, onde a sua presença era uma inutilidade ou uma torpeza!...

O outro passou os dedos no bigode, e proseguiu, devagar, arranjando as suas palavras com cuidado e com precisão:

— O meu caso é este, snr. Carlos da Maia. Ha pessoas em Lisboa que me não conhecem decerto, mas que sabem a esta hora que existe algures, em Paris, no Brazil ou no inferno, um certo Castro Gomes, que tem uma mulher bonita, e que a mulher d'esse Castro Gomes tem em Lisboa um amante. Isto é desagradavel, sobretudo por ser falso. E v. exc.ª comprehende que eu não devo continuar a arrastar por mais tempo a fama de marido infeliz, visto que a não mereço, e que a não posso legalmente ter... É por isso que aqui venho, muito francamente, de gentleman para gentleman, dizer-lhe, como tenho tenção de dizer a outros, que aquella senhora não é minha mulher.

Durante um momento Castro Gomes esperou a voz de Carlos da Maia. Mas elle conservava uma face muda, impenetravel, onde apenas os olhos brilhavam angustiosamente na lividez que a cobrira. Por fim, com um esforço, baixou de leve a cabeça, como acolhendo placidamente aquella revelação, que tornava outra qualquer palavra entre elles desnecessaria e vã.

Mas Castro Gomes encolhera de leve os hombros, com uma languida resignação, como quem attribue tudo á malicia dos Destinos.

— São as ridiculas scenas da vida... O snr. Carlos da Maia está d'ahi a vêr as coisas. É a velha, a classica historia... Ha tres annos que eu vivo com essa senhora; quando tive o inverno passado d'ir ao Brazil, trouxe-a a Lisboa para não vir sósinho. Fômos para o hotel Central. V. exc.ª comprehende perfeitamente que eu não fui fazer confidencias ao gerente do estabelecimento. Aquella senhora vinha commigo, dormia commigo, portanto, para todos os effeitos do hotel, era minha mulher. Como mulher de Castro Gomes ficou no Central; como mulher de Castro Gomes alugou depois uma casa na rua de S. Francisco; como mulher de Castro Gomes tomou emfim um amante... Deu-se sempre como mulher de Castro Gomes, mesmo nas circumstancias mais particularmente desagradaveis para Castro Gomes... E, meu Deus! não podemos realmente condemnal-a muito... Achava-se por acaso revestida d'uma excellente posição social e d'um nome puro, seria mais que humano que o seu amor da verdade a levasse, apenas conhecia alguem, a declarar que posição e nome eram de emprestimo e ella era apenas «Fulana de tal, amigada...» De resto, sejamos justos, ella não era moralmente obrigada a dar semelhantes explicações ao tendeiro que lhe vendia a manteiga, ou á matrona que lhe alugava a casa: nem mesmo, penso eu, a ninguem, a não ser a um pai que lhe quizesse apresentar sua filha, sahida do convento... Demais a mais sou eu que tenho um pouco a culpa; muitas vezes, em coisas relativamente delicadas lhe deixei usar o meu nome. Foi, por exemplo, com o nome de Castro Gomes que ella tomou a governante ingleza. As inglezas são tão exigentes!... Aquella, sobretudo, uma rapariga tão séria... Emfim tudo isso passou... O que importa agora é que eu lhe retiro solemnemente o nome que lhe emprestára; e ella fica apenas com o seu, que é Madame Mac-Gren.

Carlos ergueu-se, livido. E com as mãos fincadas nas costas da cadeira tão fortemente, que quasi lhe esgaçava o estofo:

— Mais nada, creio eu?

Castro Gomes mordeu de leve os beiços perante este remate brutal que o despediu.

— Mais nada, disse elle tomando o chapéo e levantando-se muito vagarosamente. Devo apenas acrescentar, para evitar a v. exc.ª suspeitas injustas, que aquella senhora não é uma menina que eu tivesse seduzido, e a quem recuse uma reparação. A pequerruchinha que alli anda não é minha filha... Eu conheço a mãi sómente ha tres annos... Vinha dos braços d'um qualquer, passou para os meus... Posso pois dizer, sem injuria, que era uma mulher que eu pagava.

Completára com esta palavra a humilhação do outro. Estava deliciosamente desforrado. Carlos, mudo, abrira o reposteiro da sala, n'uma sacudidella brusca. E, diante d'esta nova rudeza que revelava só mortificação, Castro Gomes foi perfeito: saudou, sorriu, murmurou:

— Parto esta noite mesmo para Madrid, e levo o pezar de ter feito o conhecimento de v. exc.ª por um motivo tão desagradavel... Tão desagradavel para mim.

Os seus passos desafogados e leves perderam-se na ante-camara, entre as tapeçarias. Depois em baixo uma portinhola bateu, uma carruagem rodou na calçada...

Carlos ficára cahido n'uma cadeira, junto da porta, com a cabeça entre as mãos. E de todas aquellas palavras de Castro Gomes, que ainda lhe resoavam em redor, adocicadas e lentas, só lhe restava o sentimento atordoado de uma coisa muito bella, resplandecendo muito alto, e que cahia de repente, se fazia em pedaços na lama, salpicando-o todo de nodoas intoleraveis... Não soffria: era simplesmente um assombro de todo o seu sêr perante este fim immundo d'um sonho divino... Unira a sua alma arrebatadamente a outra alma nobre e perfeita, longe nas alturas, entre nuvens d'ouro; de repente uma voz passava, cheia de rr; as duas almas rolavam, batiam n'um charco; e elle achava-se tendo nos braços uma mulher que não conhecia, e que se chamava Mac-Gren!

Mac-Gren! era a Mac-Gren!

Ergueu-se, com os punhos fechados; e veio-lhe uma revolta furiosa de todo o seu orgulho contra essa ingenuidade que o trouxera mezes timido, tremulo, ancioso, seguindo á maneira d'uma estrella aquella mulher, que qualquer em Paris, com mil francos no bolso, poderia ter sobre um sofá, facil e núa! Era horrivel! E recordava agora, afogueado de vergonha, a emoção religiosa com que entrava na sala de reps vermelho da rua de S. Francisco: o encanto enternecido com que via aquellas mãos, que elle julgava as mais castas da terra, puxarem os fios de lã no bordado, n'um constante trabalho de mãi laboriosa e recolhida; a veneração espiritual com que se afastava da orla do seu vestido, igual para elle á tunica d'uma Virgem cujas pregas rigidas nem a mais rude bestialidade ousaria desmanchar de leve! Oh imbecil, imbecil!... E todo esse tempo ella sorria comsigo d'aquella simpleza de provinciano do Douro! Oh! tinha vergonha agora das flôres apaixonadas que lhe trouxera! Tinha vergonha das «excellencias» que lhe déra!

E seria tão facil, desde o primeiro dia no Aterro, ter percebido que aquella deusa, descida das nuvens, estava amigada com um brazileiro! Mas quê! a sua paixão absurda de romantico puzera-lhe logo, entre os olhos e as coisas flagrantes e reveladoras, uma d'essas nevoas douradas que dão ás montanhas mais rugosas e negras um brilho polido de pedra preciosa! Porque escolhera ella precisamente para seu medico, na sua casa e na sua intimidade, o homem que na rua a fitára com um fulgor de desejo na face? Porque é que nas suas longas conversas, nas manhãs da rua de S. Franrisco, não fallára jámais de Paris, dos seus amigos e das coisas da sua casa? Porque é que ao fim de dois mezes, sem preparação, sem todas essas progressivas evidencias do amor que cresce e desabrocha como uma flôr, se lhe abandonára de chofre, toda prompta, apenas elle lhe disse o primeiro «amo-te»?... Porque lhe aceitára uma casa já mobilada, com a facilidade com que lhe aceitava os ramos? E outras coisas ainda, pequeninas, mas que não teriam escapado ao mais simples: joias brutaes, d'um luxo grosseiro de cocotte: o livro da Explicação de sonhos, á cabeceira da cama; a sua familiaridade com Melanie... E agora até o ardor dos seus beijos lhe parecia vir menos da sinceridade da paixão — que da sciencia da voluptuosidade!... Mas tudo acabára, providencialmente! A mulher que elle amára e as suas seducções esvaíam-se de repente no ar como um sonho, radiante e impuro, de que aquelle brazileiro o viera acordar por caridade! Esta mulher era apenas a Mac-Gren... O seu amor fôra, desde que a vira, como o proprio sangue das suas veias; e escoava-se agora todo através da ferida incuravel e que nunca mais fecharia, feita no seu orgulho!

Ega appareceu á porta do salão, ainda pallido:

— Então?

Toda a cólera de Carlos fez explosão:

— Extraordinario, Ega, extraordinario! A coisa mais abjecta, a coisa mais immunda!

— O homem pediu-te dinheiro?

— Peor!

— E, passeando arrebatadamente, Carlos desabafou, contou tudo, sem reticencias, com as mesmas palavras cruas do outro, — que assim repetidas e avivadas pelos seus labios, lhe descobriam motivos novos de humilhação e de nojo.

— Já por acaso sucedeu a alguem coisa mais horrivel? exclamou por fim, cruzando violentamente os braços diante do Ega, que se abatera no sofá, assombrado. Pódes tu conceber um caso mais sordido? E bem mais burlesco? É para estalar o coração. E é para rebentar a rir. Estupendo! Ahi, nesse sofá, ahi onde tu estás, o homemzinho, muito amavel, de flôr ao peito, a dizer: «Olhe que aquella creatura não é minha mulher, é uma creatura que eu pago...» Comprehendes isto bem! Aquelle sujeito paga-a... Quanto é o beijo? Cem francos. Ahi estão cem francos... É de morrer!

E recomeçou no seu passeio, desvairado, desabafando mais, recontando tudo, sempre com as palavras do Castro Gomes, que elle deformava ainda n'uma brutalidade maior...

— Que te parece, Ega? Dize lá. Que fazias tu? É horrível, heim?

Ega, que limpava pensativamente o vidro do monoculo, hesitou, terminou por dizer que, considerando as coisas com superioridade, como homens do seu tempo e «do seu mundo», ellas não offereciam nem motivos de cólera, nem motivos de dôr...

— Então não comprehendes nada! gritou Carlos, não percebes o meu caso!

Sim, sim, Ega comprehendia claramente que era horrivel para um homem, no momento em que ia ligar com adoração o seu destino ao d'uma mulher, saber que outros a tinham tido a tanto por noite... Mas isso mesmo simplificava e amenisava as coisas. O que fôra um drama complicado tornava-se uma distracção bonançosa. Ficava Carlos, desde logo, alliviado do remorso de ter desorganisado uma familia: já não tinha de se exilar, a esconder o seu erro, n'um buraco florido da Italia; já o não prendia a honra para sempre a uma mulher a quem talvez não o prenderia para sempre o amor. Tudo isto, que diabo! eram ,vantagens.

— E a dignidade d'ella! exclamou Carlos.

Sim, mas a diminuição de dignidade e pureza não era na verdade grande, porque antes da visita de Castro Gomes já ella era uma mulher que foge do seu marido — o que, sem mesmo usar termos austeros, nem é muito puro nem muito digno... Decerto, tudo isso era uma humilhação irritante — não superior todavia á d'um homem que tem uma Madona que contempla com religião, suppondo-a de Raphael, e que descobre um dia que a tela divina foi fabricada na Bahia por um sujeito chamado Castro Gomes! Mas o resultado intimo e social parecia-lhe ser este: Carlos até ahi tivera uma bella amante com inconvenientes, e agora tinha sem inconvenientes uma bella amante...

— O que tu deves fazer, meu caro Carlos...

— O que eu vou fazer é escrever-lhe uma carta, remettendo-lhe o preço de dois mezes que dormi com ella...

— Brutalidade romantica!... Isso já vem na Dama das Camelias... Sobretudo é não vêr com boa philosophia as nuances.

O outro atalhou, impaciente:

— Bem, Ega, não fallemos mais n'isso... Eu estou horrivelmente nervoso!... Até logo. Tu jantas em casa, não é verdade? Bem, até logo.

Sahia atirando a porta, quando Ega agora tranquillo, disse, erguendo-se muito lentamente do sofá:

— O homemzinho foi para lá.

Carlos voltou-se, com os olhos chammejantes:

— Foi para os Olivaes? Foi ter com ella?

Sim, pelo menos mandára a tipoia á quinta do Craft. Ega, para conhecer esse snr. Castro Gomes, fôra metter-se no cubiculo do guarda-portão. E vira-o descer, accender um charuto... Era com effeito um d'esses rastaquouèros que, n'esse infeliz Paris que tudo tolera, veem ao Café de la Paix às duas horas para tomar a sua groseille, tesos e embrutecidos... E fôra o guarda-portão que lhe dissera que o sujeito parecia muito alegre e mandára o cocheiro bater para os Olivaes...

Carlos parecia aniquilado:

— Tudo isso é nojento!... No fim talvez até se entendam ambos... Estou como tu dizias aqui há tempos: «Cahiu-me a alma a uma latrina, preciso um banho por dentro!»

Ega murmurou melancolicamente: — Essa necessidade de banhos moraes está-se tornando com effeito tão frequente!... Devia haver na cidade um estabelecimento para elles.

Carlos, no seu quarto, passeava diante da mesa onde a folha branca de papel, em que ia escrever a Maria Eduarda, já tinha a data d'esse dia, depois — Minha senhora, n'uma letra que elle se esforçára por traçar firme e serena: — e não achava outra palavra. Estava bem decidido a mandar-lhe um cheque de duzentas libras, paga esplendidamente ultrajante das semanas que passára no seu leito. Mas queria juntar duas linhas regeladas, impassiveis, que a ferissem mais que o dinheiro: não encontrava senão phrases de grande cólera, revelando um grande amor.

Olhava a folha branca: e a banal expressão Minha senhora dava-lhe uma saudade dilacerante por aquella a quem na vespera ainda dizia «minha adorada», pela mulher que se não chamava ainda Mac-Gren, que era perfeita, e que uma paixão indomavel, superior á razão, entontecera e vencera. E o seu amor por essa Maria Eduarda, nobre e amante, que se transformára na Mac-Gren, amigada e falsa, era agora maior infinitamente, desesperado por ser irrealisavel — como o que se tem por uma morta e que palpita mais ardente junto da frialdade da cova. Oh! se ella pudesse resurgir outra vez, limpa, clara, do lodo em que afundára, outra vez Maria Eduarda, com o seu casto bordado!... De que amor mais delicado a cercaria, para a compensar das affeições domesticas que ella deixasse de merecer! Que veneração maior lhe consagraria — para supprir o respeito que o mundo superficial e affectado lhe retirasse! E ella tinha tudo para reter amor e respeito — tinha a belleza, a graça, a intelligencia, a alegria, a maternidade, a bondade, um incomparavel gosto... E com todas estas qualidades dôces e fortes — era apenas uma intrujona!

Mas porque? porque? Porque entrára ella n'esta longa fraude, tramada dia a dia, mentindo em tudo, desde o pudor que fingia até ao nome que usava!

Apertava a cabeça entre as mãos, achava a vida intoleravel. Se ella mentia — onde havia então a verdade? Se ella o trahia assim, com aquelles olhos claros, o universo podia bem ser todo uma immensa traição muda. Punha-se um mólho de rosas n'um vaso, exhalava-se d'elle a peste! Caminhava-se para uma relva fresca, ella escondia um lamaçal! E para que, para que mentira ella? Se, desde o primeiro dia em que o vira, tremulo e rendido, a contemplar o seu bordado como se contempla uma acção de santidade — lhe tivesse dito que não era esposa do snr. Castro Gomes, mas só amante do snr. Castro Gomes — teria a sua paixão sido menos viva, menos profunda? Não era a estola do padre que dava belleza ao seu corpo e valor ás suas caricias... Para que fôra então essa mentira tenebrosa e descarada — que lhe fazia suppôr agora que eram imposturas os seus mesmos beijos, imposturas os seus mesmos suspiros!... E com este longo embuste o levava a expatriar-se, dando a sua vida inteira por um corpo por que outros davam apenas um punhado de libras! E por esta mulher, tarifada ás horas como as caleches da Companhia, elle ia amarguarar a velhice do avô, estragar irreparavelmente o seu destino, cortar a sua livre acção de homem!

Mas porque? Porque fôra esta farça banal, arrastada por todos os palcos de opera comica, da cocotte que se finge senhora? Porque o fizera ella, com aquelle fallar honesto, o puro perfil e a doçura de mãi? Por interesse? Não. Castro Gomes era mais rico do que elle, mais largamente lhe podia satisfazer o appetite mundano de toilettes, de carruagens... Sentia ella que Castro Gomes a ia aabandonar, e queria ter ao lado aberta e prompta outra bolsa rica? Então mais simples teria sido dizer-lhe: «eu sou livre, gósto de ti, toma-me livremente, como eu me dou.» Não! Havia alli alguma coisa secreta, tortuosa, impenetravel... O que daria por a conhecer!

E então pouco a pouco foi surgindo n'elle o desejo de ir aos Olivaes... Sim, não lhe bastaria desforrar-se arrogantemente, atirando-lhe ao regaço um cheque embrulhado n'uma insolencia! O que precisava, para sua plena tranquillidade, era arrancar do fundo d'aquella turva alma o segredo d'aquella torpe farça... Só isso amansaria o seu incomparavel tormento. Queria entrar outra vez na tóca, vêr como era aquella outra mulher que se chamava Mac-Gren, e ouvir as suas palavras. Oh! iria sem violencia, sem recriminações, muito calmo, sorrindo! Só para que ella lhe dissesse qual fôra a razão d'aquella mentira tão laboriosa, tão vã... Só para lhe perguntar serenamente: «Minha rica senhora para quer foi toda esta intrujice?» E depois vêl-a chorar... Sim, tinha esta anciedade cheia d'amor de a vêr chorar. A agonia que elle sentira no salão côr de musgo do outono, emquanto o outro arrastava os rr, queria vêl-a repetida n'esse seio, onde elle atá ahi dormira tão dôcemente, esquecido de tudo, e que era bello, tão divinamente bello!...

Bruscamente, decidido, deu um puxão á campainha. Baptista appareceu todo abotoado na sua sobrecasaca, com um ar resoluto, como armado e prompto a ser util n'aquella crise que adivinhava...

— Baptista, corre ao hotel Central e pergunta se já entrou o snr. Castro Gomes!... Não, escuta... Põe-te á porta do Central, e espera até que entre aquelle sujeito que aqui esteve... Não, é melhor perguntar!... Emfim, certifica-te de que o sujeito ou voltou ou está no hotel. E apenas estejas bem certo d'isso, volta aqui, á desfilada, n'uma tipoia... Um batedor seguro, que é para me levar depois aos Olivaes!...

Immediatamente, dada esta ordem, serenou. Era já um allivio immenso não ter de escrever a carta, e achar palavras acerbas que a deviam dilacerar. Rasgou o papel devagar. Depois fez o cheque de duzentas libras, ao portador. Elle mesmo lh'o levaria... Oh, decerto, não lh'o atirava romanticamente ao regaço... Deixal-o-hia sobre uma mesa, sobrescriptado a Madame Mac-Gren... E de repente sentiu uma compaixão por ella. Via-a já, abrindo o enveloppe com duas grandes lagrimas, lentas, caladas, a rolarem-lhe na face... E os seus proprios olhos se humedeceram.

N'esse momento Ega, de fóra, perguntou se era importuno.

— Entra! gritou.

E continuou passeando, calado, com as mãos nos bolsos: o outro, em silencio tambem, foi encostar-se á janella sobre o jardim.

— Preciso escrever ao avô a dizer-lhe que cheguei, murmurou Carlos por fim, parando junto da mesa.

— Dá-lhe recados meus.

Carlos sentára-se, tomára languidamente a penna: mas bem depressa a arremessou: cruzou as mãos por detraz da cabeça no espaldar da cadeira, cerrou os olhos, como exhausto.

— Sabes uma coisa que me parece certa? disse de repente o Ega da janella. Quem escreveu a carta anonyma ao Castro Gomes foi o Damaso!

Carlos olhou para elle:

— Achas?... Sim, talvez... Com effeito quem havia de ser?

— Não foi mais ninguem, menino. foi o Damaso!

Carlos então recordou o que lhe contára o Taveira — as allusões mysteriosas do Damaso a um escandalo que se estava armando, uma bala que elle devia receber na cabeça... O Damaso, portanto, tinha como certa a vinda do brazileiro, depois um duello...

— É necessario esmagar esse infame! exclamou Ega, subitamente furioso. Não ha segurança, não ha paz na nossa vida emquanto esse bandido viver!...

Carlos não respondeu. E o outro proseguia, transtornado, já todo pallido, deixando transbordar odios cada dia accumulados:

— Eu não o mato porque não tenho um pretexto!... Se tivesse um pretexto, uma insolencia d'elle, um olhar atrevido, era meu, esborrachava-o!... Mas tu precisas fazer alguma coisa, isto não póde ficar assim! Não póde! É necessario sangue... Vê tu que infamia, uma carta anonyma!... Temos a nossa paz, a nossa felicidade, tudo exposto constantemente aos ataques do snr. Damaso. Não póde ser. Eu o que tenho pena é de não ter um pretexto! Mas tenl-o tu, aproveita, e esmaga-o!

Carlos encolheu vagamente os hombros:

— Merecia chicotadas, com effeito... Mas elle realmente só tem sido velhaco commigo por causa das minhas relações com essa senhora; e como isso é um caso acabado, tudo o que se prende com elle finda tambem. Parce sepultis... E no fim era elle que tinha razão, quando dizia que ella era uma intrujona...

Atirou uma punhada á mesa, ergueu-se, e com um sorriso amargo, n'um tedio infinito de tudo:

— Era elle, era o snr. Damaso Salcede que tinha razão!...

Toda a sua cólera revivera, mais aspera, a esta idéa. Olhou o relogio. Tinha pressa de a vêr, tinha pressa de a injuriar!...

— Escreveste-lhe? perguntou o Ega.

— Não, vou lá eu mesmo.

Ega pareceu espantado. Depois recomeçou a passear, calado, com os olhos no tapete.

Ia escurecendo quando Baptista voltou. Vira o snr. Castro Gomes apear-se no hotel e mandar descer as suas bagagens: — e a tipoia, para levar o menino aos Olivaes, esperava em baixo.

— Bem, adeus! disse Carlos procurando atarantadamente um par de luvas.

— Não jantas?

— Não.

D'ahi a pouco rodava pela estrada dos Olivaes. Já se accendera o gaz. E inquieto, no estreito assento, accendendo nervosamente cigarettes que não fumava, soffria já a perturbação d'aquelle encontro difficil e doloroso... Nem sabia mesmo como a havia de tratar, se por «minha senhora», se por «minha boa amiga», com uma superior indifferença. E ao mesmo tempo sentia por ella uma compaixão indefinida, que o amollecia. Diante d'estes seus modos regelados, via-a já toda pallida, a tremer, com os olhos cheios d'agua. E estas lagrimas que appetecera, agora que estava tão perto de as vêr correr, enchiam-no só de commoção e de dó... Durante um momento mesmo pensou em retroceder. Por fim seria muito mais digno escrever-lhe duas linhas altivas, sacudindo-a de si para sempre e seccamente! Poderia não lhe mandar o cheque, — affronta brutal d'homem rico. Apesar d'embusteira era mulher, cheia de nervos, cheia de phantasia, e amára-o talvez com desinteresse... Mas uma carta era mais digno. E agora acudiam-lhe as palavras que lhe deveria ter dirigido, incisivas e precisas. Sim, devia-lhe ter dito — que se estava prompto a dar a sua vida a uma mulher que se lhe abandonára por paixão, estava decidido a não sacrificar nem os seus vagares a uma mulher que lhe cedera por profissão. Era mais simples, era terminante... E depois não a via, não teria de supportar a tortura das explicações e das lagrimas.

Então veio-lhe uma fraqueza. Bateu nos vidros para fazer parar, reflectir um instante, mais calmamente, no silencio das rodas. O cocheiro não ouviu: o trote largo da parelha continuou batendo a estrada escura. E Carlos deixou seguir, outra vez hesitante. Depois, á maneira que reconhecia, esbatidos na sombra, aquelles sitios onde tantas vezes passára com o coração em festa, quando a sua paixão estava em flôr, uma cólera nova voltava — menos contra a pessoa de Maria Eduarda, que contra essa mentira que fôra obra d'ella, e que vinha estragar irremediavelmente o encanto divino da sua vida. Era essa mentira que agora odiava — vendo-a como uma coisa material e tangivel, de um peso enorme, feia e côr de ferro, esmagando-lhe o coração. Oh! Se não fosse essa coisa pequenina e inolvidavel que estava entre elles, como um indestructivel bloco de granito, poderia abrir-lhe novamente os seus braços, senão com a mesma crença pelo menos com o mesmo ardor! Esposa do outro ou amante do outro — no fim que importava? Não era por faltar aos beijos que lhe dera esse a consagração d'um padre, rosnada em latim — que a sua pelle estava mais polluida por elles, ou tinha a menos frescura? Mas havia a mentira, a mentira inicial, dita no primeiro dia em que fôra á rua de S. Francisco, e que como um fermento podre ficava estragando tudo d'ahi por diante, dôces conversas, silencios, passeios, sestas no calor da quinta, murmurios de beijos morrendo entre os cortinados côr d'ouro... Tudo manchado, tudo contaminado por aquella mentira primeira que ella dissera sorrindo, com os seus tranquillos olhos limpidos...

Abafava. Ia a descer a vidraça que faltava a correia — quando a tipoia parou de repente, na estrada solitaria... Abriu a portinhola. Uma mulher com um chale pela cabeça fallava ao cocheiro.

— Melanie!

— Ah, monsieur!

Carlos saltou precipitadamente. Era já proximo da quinta, na volta d'estrada, onde o muro fazia um recanto sob uma faia, defronte de sebes de piteiras resguardando campos d'olivedo. Carlos gritou ao cocheiro que seguisse e esperasse no portão da quinta. E ficou alli, no escuro, com Melanie encolhida no seu chale.

Que estava ella alli a fazer? Melanie parecia transtornada: contou que vinha procurar á villa uma carruagem, porque a senhora queria ir a Lisboa, ao Ramalhete... Ella julgára a tipoia vazia.

E apertava as mãos, dando as graças, com um immenso allivio. Ah! que felicidade, que felicidade ter elle vindo!... A senhora estava afflicta, nem jantára, perdida de chôro. O snr. Castro Gomes apparecera lá inesperadamente... A senhora, coitadinha, queria morrer!

Então Carlos, caminhando rente ao muro, interrogou Melanie. Como viera o outro? que dissera? como se despedira?... Melanie não ouvira nada. O Snr. Castro Gomes e a senhora tinham conversado sós no pavilhão japonez. Á sahida é que vira o snr. Castro Gomes dizer adeus a madame, muito socegado, muito amavel, rindo, fallando de Niniche... A senhora, essa, parecia como morta, tão pallida! Quando o outro partiu, ia tendo um desmaio.

Estavam proximo do portão da Toca. Carlos retrocedeu, respirando fortemente, com o chapéo na mão. E agora todo o seu orgulho se ia sumindo sob a violencia da sua anciedade. Queria saber! E perguntava, deixava Melanie nas coisas dolorosas da sua paixão... Dites toujours, Melanie, dites! Sabia a senhora que Castro Gomes estivera com elle no Ramalhete, lhe confessára tudo?...

Claramente que sabia, por isso chorava — dizia Melanie. Ah, ella bem repetira á senhora que era melhor contar a verdade! Era muito amiga d'ella, servia-a desde pequena, vira nascer a menina... E tinha-lh'o dito, até já nos Olivaes!

Carlos curvava a cabeça na escuridão do muro. Melanie tinha-lh'o dito! Assim ella e a criada discutiam ambas, acamaradadas, o embuste em que andava presa a sua vida! E aquellas revelações de Melanie, que suspirava com o chale sobre o rosto, abatiam os ultimos pedaços d'esse sonho, que elle erguera tão alto, entre nuvens d'ouro. Nada restava. Tudo jazia em estilhaços, no lodo immundo.

Um momento, com o coração cheio de fadiga, pensou em voltar a Lisboa. Mas para além d'aquelle negro muro estava ella, perdida de chôro, querendo morrer... E lentamente recomeçou a caminhar para o portão.

E agora, sem resistencia nenhuma do orgulho, fazia perguntas mais intimas a Melanie. Porque é que Maria Eduarda não lhe dissera a verdade?

Melanie encolheu os hombros. Não sabia: nem a senhora sabia! Estivera no Central como madame Gomes; alugára a casa da rua de S. Francisco como madame Gomes; recebera-o como madame Gomes... E assim se deixára ir, insensivelmente, conversando com elle, gostando d'elle, vindo para os Olivaes... E depois era tarde, já não se atrevera a confessar, toda enterrada assim na mentira, com medo do desgosto...

Mas, exclamava Carlos, nunca imaginára ella que fatalmente tudo se descobriria um dia?

— Je ne sais pas, monsieur, je ne sais pas, murmurou Melanie quasi a chorar.

Depois eram outras curiosidades. Ella não esperava Castro Gomes? não suppunha que elle voltasse? não costumava fallar d'elle?...

— Oh non, monsieur, oh non!

Madame, desde que o senhor começára a ir todos os dias á rua de S. Francisco, considerára-se para sempre desligada do snr. Castro Gomes, nem fallava n'elle, nem queria que se fallasse... Antes d'isso a menina chamava sempre ao snr. Castro Gomes petit ami. Agora não lhe chamava nada. Tinham-lhe dito que já não havia petit ami...

— Ella escrevia-lhe ainda, dizia Carlos, eu sei que ella lhe escrevia...

Sim, Melanie julgava que sim... Mas cartas indifferentes. A senhora levára o seu escrupulo a ponto de que, desde que viera para os Olivaes, nunca mais gastara um ceitil das quantias que lhe mandava o snr. Castro Gomes. As letras para receber dinheiro conservava-as intactas, entregara-lh'as n'essa tarde... Não se lembrava elle de a ter encontrado uma manhã á porta do Monte-Pio? Pois bem! Fôra lá, com uma amiga franceza, empenhar uma pulseira de brilhantes da senhora. A senhora vivia agora das suas joias; tinha já outras no prégo.

Carlos parára, commovido. Mas então para que tinha ella mentido?

— Je ne sais pas, dizia Melanie, je ne sais pas... Mais elle vous aime bien, allez!

Estavam defronte do portão. A tipoia esperava. E, ao fundo da rua d'acacias, a porta da casa aberta deixava passar a luz do corredor, frouxa e triste. Carlos julgou vêr mesmo a figura de Maria Eduarda, embrulhada n'uma capa escura, de chapéo, atravessar n'essa claridade... Ouvira decerto rodar a carruagem.

Que afflicta paciencia seria a sua!

— Vai-lhe dizer que vim, Melanie, vai! murmurou Carlos.

A rapariga correu. E elle, caminhando devagar sob as acacias, sentia no sombrio silencio as pancadas desordenandas do seu coração. Subiu os tres degraus de pedra — que lhe pareciam já d'uma casa estranha. Dentro, o corredor estava deserto, com a sua lampada mourisca alumiando as panoplias de touros... Alli ficou. Melanie, com o chale na mão, veio dizer-lhe que a senhora estava na sala das tapeçarias...

Carlos entrou.

Lá estava, ainda de capa, esperando de pé, palida, com toda a alma concentrada nos olhos que refulgiam entre as lagrimas. E correu para elle, arrebatou-lhe as mãos, sem poder fallar, soluçando, tremendo toda.

Na sua terrivel perturbação, Carlos achava só esta palavra, melancolicamente estupida:

— Não sei porque chora, não sei, não há razão para chorar...

Ella pôde emfim balbuciar:

— Escuta-me, pelo amor de Deus! não digas nada, deixa contar-te... Eu ia lá, tinha mandado Melanie por uma carruagem. Ia vêr-te... Nunca tive a coragem de te dizer! Fiz mal, foi horrivel... Mas escuta, não digas nada ainda, perdôa, que eu não tenho culpa!

De novo os soluços a suffocaram. E cahiu ao canto do sofá, n'um chôro brusco e nervoso, que a sacudiu toda, lhe fazia rolar sobre os hombros os cabellos mal atados.

Carlos ficára diante d'ella, immovel. O seu coração parecia parado de surpreza e de duvida, sem força para desafogar. Apenas agora sentia quanto baixo e brutal deixar-lhe o cheque — que tinha alli na carteira e que o enchia de vergonha... Ella ergueu o rosto, todo molhado, murmurou com um grande esforço:

— Escuta-me!... Nem sei como hei de dizer... Oh, são tantas coisas, são tantas coisas!... Tu não te vaes já embora, senta-te, escuta...

Carlos puxou uma cadeira, lentamente.

— Não, aqui ao pé de mim... Para eu ter mais coragem... Por quem és, tem pena, faze-me isso!

Elle cedeu á supplicação humilde e enternecedora dos seus olhos arrazados d'agua: e sentou-se ao outro canto do sofá, afastado d'ella, n'uma desconsolação infinita. Então, muito baixo, enrouquecida pelo chôro, sem o olhar, e como n'um confessionario — Maria começou a fallar do seu passado, desmanchadamente, hesitando, balbuciando, entre grandes soluços que a afogavam, e pudores amargos que lhe faziam enterrar nas mãos a face afflicta.

A culpa não fôra d'ella! não fôra d'ella! Elle devia ter perguntado áquelle homem que sabia toda a sua vida... Fôra sua mãi... Era horroroso dizel-o, mas fôra por causa d'ella que conhecera e que fugira com o primeiro homem, o outro, um irlandez... E tinha vivido com elle quatro annos, como sua esposa, tão fiel, tão retirada de tudo e só occupada da sua casa, que elle ia casar com ella! Mas morrera na guerra com os allemães, na batalha de Saint-Privat. E ella ficára com Rosa, com a mãi já doente, sem recursos, depois de vender tudo... Ao principio trabalhára... Em Londres tinha procurado dar lições de piano... Tudo falhára, dois dias vivera sem lume, de peixe salgado, vendo Rosa com fome! com fome! Ah, elle não podia perceber o que isto era!... Quasi fôra por caridade que as tinha repatriado para Paris... E ahi conhecera Castro Gomes. Era horrivel, mas que havia d'ella fazer! Estava perdida...

Lentamente escorregára do sofá, cahira aos pés de Carlos. E elle permanecia immovel, mudo, com o coração rasgado por angustias differentes: era uma compaixão tremula por todas aquellas miserias soffridas, dôr de mãi, trabalho procurado, fome, que lh'a tornavam confusamente mais querida; e era o horror d'esse outro homem, o irlandez, que surgia agora, e que lh'a tornava de repente mais maculada...

Ella continuava fallando de Castro Gomes. Vivera tres annos com elle, honestamente, sem um desvio, sem um pensamento mau. O seu desejo era estar quieta em casa. Elle é que a forçava a andar em ceias, em noitadas...

E Carlos não podia ouvir mais, torturado. Repeliu-lhe as mãos, que procuravam as suas. Queria fugir, queria findar!...

— Oh não, não me mandes embora! gritou ella prendendo-se a elle anciosamente. Eu sei que não mereço nada! Sou uma desgraçada... Mas não tive coragem, meu amor! Tu és homem, não comprehendes estas coisas... Olha para mim! porque não olhas para mim? Um instante só, não voltes o rosto, tem pena de mim...

Não! elle não queria olhar. Temia aquellas lagrimas, o rosto cheio d'agonia. Ao calor do seio que arquejava sobre os seus joelhos, já tudo n'elle começava a oscillar, orgulhos, despeitos, dignidade, ciume... E então, sem saber, a seu pezar, as suas mãos apertaram as d'ella. Ella cobriu-lhe logo de beijos os dedos, as mangas, arrebatadamente: e anciosa implorava do fundo da sua miseria um instante de misericordia.

Oh, dize que me perdôas! Tu és tão bom! Uma palavra só... Dize só que não me odeias, e depois deixo-te ir... Mas dize primeiro... Olha ao menos para mim como d'antes, uma só vez!...

E eram agora os seus labios que procuravam os d'elle. Então a fraqueza em que sentia afundar-se todo o seu sêr encheu Carlos de cólera, contra si e contra ella. Sacudiu-a brutalmente, gritou:

— Mas porque não me disseste, porque não me disseste? Eu tinha-te amado do mesmo modo! Para que mentiste, tu?

Largára-a, prostrada no chão. E de pé, deixava cahir sobre ella a sua queixa desesperada:

— É a tua mentira que nos separa, a tua horrivel mentira, a tua mentira sómente!

Ella ergueu-se pouco a pouco, mal se sustendo, e com uma pallidez de desmaio.

— Mas eu queria dizer-t'o, murmurou muito baixo, muito quebrado diante d'elle, deixando cahir os braços. Eu queria dizer-t'o... Não te lembras, n'aquelle dia em que vieste tarde, quando eu fallei da casa de campo, e que tu pela primeira vez declaraste que gostavas de mim? Eu disse-te logo: «ha uma coisa que te quero contar...» Tu nem me deixaste acabar. Imaginavas o que era, que eu queria ser só tua, longe de tudo... E disseste então que haviamos d'ir, com Rosa, ser felizes para algum canto do mundo... Não te lembras?... Foi então que me veio uma tentação! Era não dizer nada, deixar-me levar, e depois, mais tarde, annos depois, quando te tivesse provado bem que boa mulher eu era, digna da tua estima, confessar-te tudo e dizer-te: «agora, se queres, manda-me embora.» Oh! foi mal feito, bem sei... Mas foi uma tentação, não resisti... Se tu não fallasses em fugirmos, tinha-te dito tudo... Mas mal fallaste em fugirmos, vi uma outra vida, uma grande esperança, nem sei que! E além d'isso adiava aquella horrivel confissão! Emfim, nem posso explicar, era como o céo que se abria, via-me comtigo n'uma casa nossa... Foi uma tentação!... E depois era horrivel, no momento em que tu me querias tanto, ir dizer-te «não faças tudo isso por mim, olha que eu sou uma desgraçada, nem marido tenho...» Que te hei de explicar mais? Não me resignava a perder o teu respeito. Era tão bom ser assim estimada... Emfim foi um mal, foi um grande mal... E agora ahi está, vejo-me perdida, tudo acabou!

Atirou-se para o chão, como uma creatura vencida e finda, escondendo a face no sofá. E Carlos, indo lentamente ao fundo da sala, voltando bruscamente até junto d'ella, tinha só a mesma recriminação, a mentira, a mentira, pertinaz e de cada dia... Só os soluços d'ella lhe respondiam.

— Porque não me disseste ao menos depois, aqui nos Olivaes, quando sabias que tu eras tudo para mim?...

Ella ergueu a cabeça fatigada:

— Que queres tu? Tive medo que o teu amor mudasse, que fosse d'outro modo... Via-te já a tratar-me sem respeito. Via-te a entrar por ahi dentro de chapéo na cabeça, a perder a affeição á pequena, a querer pagar as despezas da casa... Depois tinha remorsos, ia adiando. Dizia «hoje não, um dia só mais de felicidade, ámanhã será...» E assim ia indo! Emfim, nem eu sei, um horror!

Houve um silencio. E então Carlos sentiu á porta Niniche que queria entrar e que gania baixinho e doloridamente. Abriu. A cadellinha correu, pulou para o sofá, onde Maria permanecia soluçando, enrodilhando a um canto: procurava lamber-lhe as mãos, inquieta: depois ficou plantada junto d'ella, como a guarda-l'a, desconfiada, seguindo, com os seus vivos olhos d'azeviche, Carlos que recomeçára a passear sombriamente.

Um ai mais longo e mais triste de Maria fel-o parar. Esteve um momento olhando para aquella dôr humilhada... Todo abalado, com os labios a tremer, murmurou:

— Mesmo que te pudesse perdoar, como te poderia acreditar agora nunca mais? Ha esta mentira horrivel sempre entre nós a separar-nos! Não teria um unico dia de confiança e de paz...

— Nunca te menti senão n'uma coisa, e por amor de ti! disse ella gravemente do fundo da sua prostração.

— Não, mentiste em tudo! Tudo era falso, falso o teu casamento, falso o teu nome, falsa a tua vida toda... Nunca mais te poderia acreditar... Como havia de ser, se agora mesmo quasi que nem acredito no motivo das tuas lagrimas?

Uma indignação ergueu-a, direita e soberba. Os seus olhos de repente seccos rebrilharam, revoltados e largos, no marmore da sua pallidez.

— Que queres tu dizer? Que estas lagrimas tem outro motivo, estas supplicas são fingidas? Que finjo tudo para te reter, para não te perder, ter outro homem, agora que estou abandonada?...

Elle balbuciou:

— Não, não! Não é isso!

— E eu? exclamou ella, caminho para elle, dominando-o, magnifica e com um esplendor de verdade na face. E eu? porque hei de eu acreditar n'essa grande paixão que me juravas? O que é que tu amavas então em mim? Dize lá! Era a mulher d'outro, o nome, o requinte do adulterio, as toilletes?... Ou era eu propria, o meu corpo, a minha alma e o meu amor por ti?... Eu sou a mesma, olha bem para mim!... Estes braços são os mesmos, este peito é o mesmo... Só uma coisa é differente: a minha paixão! Essa é maior, desgraçadamente, infinitamente maior.

— Oh! se isso fosse verdade! gritou Carlos, apertando as mãos.

N'um instante Maria estava cahida a seus pés, com os braços abertos para elle.

— Juro-t'o por alma de minha filha, por alma de Rosa! Amo-te, adoro-te doidamente, absurdamente, até á morte!

Carlos tremia. Todo o seu sêr pendia para ella; e era um impulso irresistivel de se deixar cahir sobre aquelle seio que arfava a seus pés, ainda que elle fosse o abysmo da sua vida inteira... Mas outra vez a idéia da mentira passou, regeladora. E afastou-se d'ella, levando os punhos á cabeça, n'um desespero, revoltado contra aquella coisa pequenina e indestructivel que não queria sumir-se, e que se interpunha como uma barra de ferro entre elle e a sua felicidade divina!

Ella ficára ajoelhada, immovel, com os olhos esgazeados para o tapete. Depois, no silencio estofado da sala, a sua voz ergueu-se dolente e tremula:

— Tens razão, acabou-se! Tu não me acreditas, tudo se acabou!... É melhor que te vás embora... Ninguem me torna a acreditar... Acabou tudo para mim, não tenho ninguem mais no mundo... Ámanhã sáio d'aqui, deixo-te tudo... Has de me dar tempo para arranjar... Depois, que hei de fazer, vou-me embora!

E não pôde mais, tombou para o chão, com os braços estirados, perdida de chôro.

Carlos voltou-se, ferido no coração. Com o seu vestido escuro, para alli cahida e abandonada, parecia já uma pobre creatura, arremessada para fóra de todo o lar, sósinha a um canto, entre a inclemencia do mundo... Então respeitos humanos, orgulho, dignidade humana, tudo n'elle foi levado como por um grande vento de piedade. Viu só, offuscando todas as fragilidades, a sua belleza, a sua dôr, a sua alma sublimemente amante. Um delirio generoso, de grandiosa bondade, misturou-se á sua paixão. E, debruçando-se, disse-lhe baixo, com os braços abertos:

— Maria, queres casar commigo?

Ella ergueu a cabeça, sem comprehender, com os olhos desvairados. Mas Carlos tinha os braços abertos; e estava esperando para a fechar dentro d'elles outra vez, como sua e para sempre... Então levantou-se, tropeçando nos vestidos, veio cahir sobre o peito d'elle, cobrindo-o de beijos, entre soluços e risos, tonta, n'um deslumbramento:

— Casar comtigo, comtigo? Oh Carlos... E viver sempre, sempre comtigo?... Oh meu amor, meu amor! E tratar de ti, e servir-te, e adorar-te, e ser só tua? E a pobre Rosa tambem... Não, não cases commigo, não é possivel, não valho nada! Mas se tu queres, porque não?... Vamos para longe, juntos, e Rosa e eu sobre o teu coração! E has de ser nosso amigo, meu e d'ella, que não temos ninguem no mundo... Oh! meu Deus, meu Deus!...

Empallideceu, escorregando pesadamente entre os braços d'elle, desmaiada: e os seus longos cabellos desprendidos rojavam o chão, tocados pelas luz de tons d'ouro.

Capítulo V

Maria Eduarda e Carlos, que ficára essa noite nos Olivaes na sua casinhola, acabavam de almoçar. O Domingos servira o café, e antes de sahir deixára ao lado de Carlos a caixa de cigarettes e o Figaro. As duas janellas estavam abertas. Nem uma folha se movia no ar pesado da manhã encoberta, entristecida ainda por um dobre lento de sinos que morria ao longe nos campos. No banco de cortiça, sob as arvores, miss Sarah costurava preguiçosamente; Rosa ao lado brincava na relva. E Carlos, que viera n'uma intimidade conjugal, com uma simples camisa de sêda e um jaquetão de flanella, chegou então a cadeira para junto de Maria, tomou-lhe a mão, brincando-lhe com os anneis, n'uma lenta caricia:

— Vamos a saber, meu amor... Decidiste, por fim? Quando queres partir?

N'essa noite, entre os seus primeiros beijos de noiva, ella mostrára o desejo enternecido de não alterar o plano da Italia e d'um ninho romantico entre as flôres d'Isola-bella: sómente agora não iam esconder a inquietação d'uma felicidade culpada, mas gozar o repouso d'uma felicidade legitima. E, depois de todas as incertezas e tormentos que o tinham agitado desde o dia em que cruzára Maria Eduarda no Aterro, Carlos anhelava tambem pelo momento de se installar emfim no conforto d'um amor sem duvidas e sem sobresaltos:

— Eu por mim abalava ámanhã. Estou sôfrego de paz. Estou até sôfrego de preguiça... Mas tu, dize, quando queres?

Maria não respondeu; apenas o seu olhar sorriu, reconhecido e apaixonado. Depois, sem retirar a mão que a longa caricia de Carlos ainda prendia, chamou Rosa através da janella.

— Mamã, espera, já vou! Passa-me umas migalhas... Andam aqui uns pardaes que ainda não almoçaram...

— Não, vem cá.

Quando ella appareceu á porta, toda de branco, córada, com uma das ultimas rosas de verão mettida no cinto — Maria quil-a mais perto, entre elles, encostada aos seus joelhos. E, arranjando-lhe a fita solta do cabello, perguntou, muito séria, muito commovida, se ella gostaria que Carlos viesse viver ver com ellas de todo e ficar alli na Toca. Os olhos da pequena encheram-se de surpreza e de riso:

— O quê! estar sempre, sempre aqui, mesmo de noite, toda a noite?... E ter aqui as suas malas, as suas coisas?...

Ambos murmuraram — «sim».

Rosa então pulou, bateu as palmas, radiante, querendo que Carlos fosse já, já, buscar as suas malas e as suas coisas...

— Escuta, disse-lhe ainda Maria gravemente, retendo-a sobre os joelhos. E gostavas que elle fosse como o papá, e que ,andasse sempre comnosco, e que lhe obedecessemos ambas, e que gostassemos muito d'elle ?

Rosa ergueu para a mãe uma facesinha compenetrada, onde todo o sorriso se apagára.

— Mas eu não posso gostar mais d'elle do que gósto!...

Ambos a beijaram, n'um enternecimento que lhes humedecia os olhos. E Maria Eduarda, pela primeira vez diante de Rosa debruçando-se sobre ella, beijou de leve a testa de Carlos. A pequena ficou pasmada para o seu amigo, depois para a mãi. E pareceu comprehender tudo; escorregou dos joelhos de Maria, veio encostar-se a Carlos com uma meiguice humilde:

— Queres que te chame papá, só a ti?

— Só a mim, disse elle, fechando-a toda nos braços.

E assim obtiveram o consentimento de Rosa que fugiu, atirando a porta, com as mãos cheias de bolos para os pardaes.

Carlos levantou-se, tomou a cabeça de Maria entre as mãos, e contemplando-a profundamente, até á alma, murmurou n'um enlevo:

— És perfeita!

Ella desprendeu-se, com melancolia, d'aquella adoração que a perturbava.

— Escuta... Tenho ainda muito, muito que te dizer, infelizmente. Vamos para o nosso kiosque... Tu não tens nada que fazer, não? E que tenhas, hoje és meu... Vou já ter comtigo. Leva as tuas cigarettes.

Nos degraus do jardim, Carlos parou a olhar, a sentir a doçura velada do céo cinzento... E a vida pareceu-lhe adoravel, d'uma poesia fina e triste,assim envolta n'aquella nevoa macia onde nada resplandecia e nada cantava, e que tão favoravel era para que dois corações, desinteressados do mundo e em desharmonia com elle, se abandonassem juntos ao contínuo encanto de estremecerem juntos na mudez e na sombra.

— Vamos ter chuva, tio André, disse elle, passando junto do velho jardineiro que aparava o buxo.

O tio André, atarantado, arrancou o chapéo. Ah! uma gota d'agua era bem necessaria, depois da estiagem! O torrãosinho já estava com sêde! E em casa todos bons? A senhora? A menina?

— Tudo bom, tio André, obrigado.

E no seu desejo de vêr todos em torno de si felizes como elle e como a terra sequiosa que ia ser consolada — Carlos metteu uma libra na mão do tio André, que ficou deslumbrado, sem ousar fechar os dedos sobre aquelle ouro extraordinario que reluziu.

Quando Maria entrou no kiosque trazia um cofre de sandalo. Atirou-o para o divan: fez sentar Carlos ao lado, bem confortavel, entre almofadas: accendeu-lhe uma cigarrete. Depois agachou-se aos seus pés, sobre o tapete, como na humildade de uma confissão.

— Estás bem assim? Queres que o Domingos te traga agua e cognac?... Não? Então ouve agora, quero-te contar tudo...

Era toda a sua existencia que ella desejava contar. Pensára mesmo em lh'a escrever n'uma carta interminavel, como nos romances. Mas decidira antes tagarellar alli uma manhã inteira, aninhada aos seus pés.

— Estás bem, não estás?

Carlos esperava, commovido. Sabia que aquelles labios amados iam fazer revelações pungentes para o seu coração e amargas para o seu orgulho. Mas a confidencia da sua vida completava a posse da sua pessoa: quando a conhecesse toda no seu passado sentil-a-hia mais sua inteiramente. E no fundo tinha uma curiosidade insaciavel d'essas coisas que o deviam pungir e que o deviam humilhar.

— Sim, conta... Depois esquecemos tudo e para sempre. Mas agora dize, conta... Onde nasceste tu por fim?

Nascera em Vienna: mas pouco se recordava dos tempos de criança, quasi nada sabia do papá, a não ser a sua grande nobreza e a sua grande belleza. Tivera uma irmãsinha que morrera de dois annos e que se chamava Heloisa. A mamã, mais tarde, quando ella era já rapariga, não tolerava que lhe perguntassem pelo passado; e dizia sempre que remexer a memoria das coisas antigas prejudicava tanto como sacudir uma garrafa de vinho velho... De Vienna apenas recordava confusamente largos passeios d'arvores, militares vestidos de branco, e uma casa espelhada e dourada onde se dançava: ás vezes durante tempos ella ficava lá só com o avô, um velhinho triste e timido, mettido pelos cantos, que lhe contara historias de navios. Depois tinham ido a Inglaterra: mas lembrava-se sómente de ter atravessado um grande rumor de ruas, n'um dia de chuva, embrulhada em pelles, sobre os joelhos d'um escudeiro. As suas primeiras memorias mais nitidas datavam de Paris; a mamã, já viuva, andava de luto pelo avô; e ella tinha uma aia italiana que a levava todas as manhãs, com um arco e com uma pélla, brincar aos Campos Elyseos. A noite costumava vêr a mamã decotada, n'um quarto cheio de setins e de luzes; e um homem louro, um pouco brusco, que fumava sempre estirado pelos sofás, trazia-lhe de vez em quando uma boneca, e chamava-lhe mademoiselle Triste-coeur por causa do seu arzinho sisudo. Emfim a mamã mettera-a n'um convento ao pé de Tours — porque n'essa idade, apesar de cantar já ao piano as walsas da Belle Helène, ainda não sabia soletrar. Fôra nos jardins do convento, onde havia lindos lilazes, que a mamã se separára d'ella n'uma paixão de lagrimas; e ao lado esperava, para a consolar decerto, um sujeito muito grave, de bigodes encerados, a quem a

Madre Superiora fallara com veneração.

A mamã ao principio vinha vêl-a todos os mezes, demorando-se em Tours dois, tres dias; trazia-lhe uma profusão de presentes, bonecas, bonbons, lenços bordados, vestidos ricos, que lhe não permittia usar a regra severa do convento. Davam então passeios de carruagem pelos arredores de Tours: e havia sempre officiaes a cavallo, que escoltavam a caleche — e tratavam a mamã por tu.. No convento as mestras, a Madre Superiora não gostavam d'estas sahidas — nem mesmo que a mamã viesse acordar os corredores devotos com as suas risadas e o ruido das suas sêdas; ao mesmo tempo pareciam temel-a; chamavam-lhe Madame la Comtesse. A mamã era muito amiga do general que commandava em Tours, e visitava o bispo. Monsenhor, quando vinha ao convento, fazia-lhe uma festinha especial na face e alludia risonhamente a son excellente mère. Depois a mamã começou a apparecer menos em Tours. Esteve um anno longe, quasi sem escrever, viajando na Allemanha; voltou um dia, magra e coberta de luto, e ficou toda a manhã abraçada a ella a chorar.

Mas na visita seguinte vinha mais moça, mais brilhante, mais ligeira, com dois grandes galgos brancos, annunciando uma romagem poetica á Terra Santa e a todo o remoto Oriente. Ella tinha então quasi dezeseis annos: pela sua applicação, os seus modos dôces e graves, ganhára a affeição da Madre Superiora — que ás vezes, olhando-a com tristeza, acariciando-lhe o cabello cahido em duas tranças segundo a regra, lhe mostrava o desejo de a conservar sempre ao seu lado. Le monde, dizia ella, ne vous sera bon à rien, mon enfant!... Um dia, porém, appareceu para a levar para Paris, para a mamã, uma Madame de Chavigny, fidalga pobre, de caracoes brancos, que era como uma estampa de severidade e de virtude.

O que ella chorára ao deixar o convento! Mais choraria se soubesse o que ía encontrar em Paris!

A casa da mamã, no Parc Monceaux, era na realidade uma casa de jogo — mas recoberta de um luxo sério e fino. Os escudeiros tinham meias de sêda; os convidados, com grandes nomes no Nobiliario de França, conversavam de corridas, das Tulherias, dos discursos do Senado; e as mesas de jogo armavam-se depois como uma distracção mais picante. Ella recolhia sempre ao seu quarto ás dez horas: Madame de Chavigny, que ficára como sua dama de companhia, ia com ella cedo ao Bois n'um coupé estufo de douairière. Pouco a pouco, porém, este grande verniz começou a estalar. A pobre mamã cahira sob o jugo d'um Mr. de Trevernnes, homem perigoso pela sua seducção pessoal e por uma desoladora falta de honra e de senso. A casa descahiu rapidamente n'uma bohemia mal dourada e ruidosa. Quando ella madrugava, com os seus habitos saudaveis do convento, encontrava paletots d'homens por cima dos sofás: no marmore das consoles restavam pontas de charuto entre nodoas de champagne; e n'algum quarto mais retirado ainda tinia o dinheiro d'um baccarat talhado á claridade do sol. Depois uma noite, estando deitada, sentira de repente gritos, uma debandada brusca na escada; veio encontrar a mamã estirada no tapete, desmaiada; ella dissera-lhe apenas mais tarde, alagada em lagrimas, «que tinha havido uma desgraça»...

Mudaram então para um terceiro andar da Chaussée-d'Antin. Ahi começou a apparecer uma gente desconhecida e suspeita. Eram Valachos de grandes bigodes, Peruanos com diamantes falsos, e condes romanos que escondiam para dentro das mangas os punhos enxovalhados... Por vezes entre esta malta vinha algum gentleman que não tirava o paletot, como n'um café-concerto. Um d'esses foi um irlandez, muito moço, Mac-Gren... Madame de Champigny deixára-as desde que faltára o coupé severo, acolchoado de setim; e ella, só com a mãi, insensivelmente, fatalmente, fôra-se misturando a essa vida tresnoitada de grogs e de baccarat.

A mamã chamava a Mac-Gren o «bébé». Era com effeito uma criança estouvada e feliz. Namorára-se d'ella logo com o ardor, a effusão, o impeto d'um irlandez; e prometteu-lhe fazel-a sua esposa apenas se emancipasse — porque Mac-Gren, menor ainda, vivia sobretudo das liberalidades de uma avó excentrica e rica que o adorava, e que habitava a Provença n'uma vasta quinta onde tinha feras em jaulas... E no entanto induzia-a sem cessar a fugir com elle, desesperado de a vêr entre aquelles Valachos que cheiravam a genebra. O seu desejo era leval-a para Fontainebleau, para um cottage com trepadeiras de que fallava sempre, e esperar ahi tranquillamente a maioridade que lhe traria duas mil libras de renda. Decerto, era uma situação falsa: mas preferivel a permanecer n'aquelle meio depravado e brutal onde ella a cada instante córava... A esse tempo a mamã parcela ir perdendo todo o senso, desarranjada de nervos, quasi irresponsavel. As difficuldades crescentes estonteavam-n'a; brigava com as criadas; bebia champagne «pour s'étourdir». Para satisfazer as exigencias de Mr. de Trevernnes empenhára as suas joias, e quasi todos os dias chorava com ciumes d'elle. Por fim houve uma penhora: uma noite tiveram d'enfardelar á pressa roupa n'um sacco, e ir dormir a um hotel. E, peor, peor que tudo! Mr. de Trevernnes começava a olhar para ella d'um modo que a assustava...

— Minha pobre Maria! murmurou Carlos, pallido, agarrando-lhe as mãos.

Ella permaneceu um momento suffocada, com o rosto cahido nos joelhos d'elle. Depois limpando as lagrimas que a ennevoavam:

— Ahi estão as cartas de Mac-Gren, n'esse cofre... Tenho-as guardado sempre para me justificar a mim mesma, se me é possível... Pede-me em todas que vá para Fontainebleau; chama-me sua esposa; jura que apenas juntos iremos ajoelhar-nos diante da avó, obter a sua indulgencia... Mil promessas! E era sincero... Que queres que te diga? A mamã uma manhã partiu com uma sucia para Baden. Fiquei em Paris só, n'um hotel... Tinha um palpite, um terror que Trevernnes apparecia... E eu só! Estava tão transtornada que pensei em comprar um rewolver... Mas quem veio foi Mac-Gren.

E partira com elle, sem precipitação, como sua esposa, levando todas as suas malas. A mamã de volta de Baden correu a Fontainebleau, desvairada e tragica, amaldiçoando Mac-Gren, ameaçando-o com a prisão de Mazas, querendo esbofeteal-o; depois rompeu a chorar. Mac-Gren, como um bébé, agarrou-se a ella aos beijos, chorando tambem. A mamã terminou por os apertar a ambos contra o coração, já rendida, perdoando tudo, chamando-lhes «filhos da sua alma». Passou o dia em Fontainebleau, radiante, contando «a patuscada de Baden», já com o plano de vir installar-se no cottage, viver junto d'elles n'uma felicidade calma e nobre de avósinha... Era em maio; Mac-Gren, á noite, deitou um «fogo preso» no jardim.

Começou um anno quieto e facil. O seu unico desejo era que a mamã vivesse com elles socegadamente. Diante das suas supplicas ella ficava pensativa, dizia: «Tens razão, veremos!» Depois remergulhava no torvelinho de Paris, d'onde resurgia uma manhã, n'um fiacre, estremunhada e afflicta, com uma rica pelliça sobre uma velha saia, a pedir-lhe cem francos... Por fim nascera Rosa. Toda a sua anciedade desde então fôra legitimar a sua união. Mas Mac-Gren adiava, levianamente, com um medo pueril da avó. Era um perfeito bébé! Entretinha as manhãs a caçar passaros com visco! E ao mesmo tempo terrivelmente teimoso: ella pouco a pouco perdera-lhe todo o respeito. No começo da primavera a mamã um dia appareceu em Fontainebleau com as suas malas, succumbida, enojada da vida. Rompera emfim com Trevernnes. Mas quasi immediatamente se consolou: e começou d'ahi a adorar Mac-Gren com uma tão larga effusão de caricias, e achando-o tão lindo, que era ás vezes embaraçadora. Os dois passavam o dia, com copinhos de cognac, jogando o bezigue.

De repente rebentou a guerra com a Prussia. Mac-Gren enthusiasmado, e apesar das supplicas d'ellas, corrêra a alistar-se no batalhão de Zuavos de Charette; a avó de resto approvára este rasgo d'amor pela França, e fizera-lhe n'uma carta em verso, em que celebrava Jeanne d'Arc, uma larga remessa de dinheiro. Por esse tempo Rosa teve o garrotilho. Ella, sem lhe largar o leito, mal attendia ás noticias da guerra. Sabia apenas confusamente das primeiras batalhas perdidas na fronteira. Uma manhã a mamã rompeu-lhe no quarto, estonteada, em camisa: o exercito capitulara em Sédan, o imperador estava prisioneiro! «É o fim de tudo, é o fim de tudo!» dizia a mamã espavorida. Ella veio a Paris procurar noticias de Mac-Gren: na rua Royale teve de se refugiar n'um portão, diante do tumulto d'um povo em delirio, acclamando, cantando a Marselheza, em torno de uma caleche onde ia um homem, pallido como cera, com um cache-nez escarlate ao pescoço. E um sujeito ao lado, aterrado, disse-lhe que o povo fôra buscar Rochefort á prisão e que estava, proclamada a Republica.

Nada soubera de Mac-Gren. Começaram então dias d'infinito sobresalto. Felizmente Rosa convalescia. Mas a pobre mamã causava dó, envelhecida de repente, sombria, prostrada n'uma cadeira, murmurando apenas: «É o fim de tudo, é o fim de tudo!» E parecia na verdade o fim da França. Cada dia uma batalha perdida; regimentos presos, apinhados em wagons de gado, internados a todo o vapor para os presidios d'Allemanha; os prussianos marchando sobre Paris... Não podiam permanecer em Fontainebleau; o duro inverno começava; e com o que venderam á pressa, com o dinheiro que Mac-Gren deixara, partiram para Londres.

Fôra uma exigencia da mamã. E em Londres ella, desorientada na enorme e estranha cidade, doente tambem, deixára-se levar pelas tontas idéas da mãe. Tomaram uma casa mobilada, muito cara, nos bairros de luxo, ao pé de Mayfair. A mamã fallava em organisar alli o centro de resistencia dos bonapartistas refugiados; no fundo, a desgraçada pensava em crear uma casa de jogo em Londres. Mas ai! eram outros tempos... Os imperialistas, sem imperio, não jogavam já o baccarat. E ellas em breve, sem rendimentos, gastando sempre, tinham-se achado com aquella dispendiosa casa, tres criados, contas colossaes e uma nota de cinco libras no fundo d'uma gaveta. E Mac-Gren mettido dentro de Paris, com meio milhão de prussianos em redor. Foi necessario vender todas as joias, vestidos, até as pelliças. Alugaram então, no bairro pobre de Soho, tres quartos mal mobilados. Era o lodging de Londres em toda a sua suja, solitaria tristeza; uma criadita unica, enfarruscada como um trapo; alguns carvões humidos fumegando mal na chaminé; e para jantar um pouco de carneiro frio e cerveja da esquina. Por fim faltára mesmo o escasso shilling para pagar o lodging. A mamã não sahia do catre, doente, succumbida, chorando. Ella ás vezes ao anoitecer, escondida n'um water-proof, levava ao prégo embrulhos de roupa (até roupa branca, até camisas!) para que ao menos não faltasse a Rosa a sua chicara de leite. As cartas que a mamã escrevia a alguns antigos companheiros de ceias na Maison d'Or ficavam sem resposta: outras traziam, embrulhada n'um bocado de papel, alguma meia-libra que tinha o pavoroso sabor d'uma esmola. Uma noite, um sabbado de grande nevoeiro, indo empenhar um chambre de rendas da mamã, perdera-se, errára na vasta Londres n'uma treva amarelada, a tiritar de frio, quasi com fome, perseguida por dois brutos que empestavam a alcool. Para lhes fugir atirou-se para dentro d'um cab que a levou a casa. Mas não tinha um penny para pagar ao cocheiro; e a patrôa roncava no seu cacifro, bebeda. O homem resmungou; ella, succumbida, alli mesmo na porta rompeu a chorar. Então o cocheiro desceu da almofada, commovido, offereceu-se para a levar de graça ao prégo, onde ajustariam as suas contas. Foi; o pobre homem só aceitou um schilling; até mesmo suppondo-a franceza grunhiu blasphemias contra os prussianos, e teimou em lhe offerecer uma bebida.

Ella no emtanto procurava uma occupação qualquer costura, bordados, traducções, cópias de manuscriptos... Não achava nada. N'aquelle duro inverno o trabalho escasseava em Londres; surgira uma multidão de francezes, pobres como ella, luctando pelo pão... A mamã não cessava de chorar; e havia alguma coisa mais terrivel que as suas lagrimas — eram as suas allusões constantes á facilidade de se ter em Londres dinheiro, conforto e luxo, quando se é nova e se é bonita...

— Que te parece esta vida, meu amor? exclamou ella, apertando as mãos amargamente.

Carlos beijou-a em silencio, com os olhos humedecidos.

— Emfim tudo passou, continuou Maria Eduarda. Fez-se a paz, o cêrco acabou. Paris estava de novo aberto... Sómente a difficuldade era voltar.

— Como voltaste?

Um dia por acaso, em Regent-Street, encontrára um amigo de Mac-Gren, outro irlandez, que muitas vezes jantára com elles em Fontainebleau. Veio vêl-as a Soho; diante d'aquella miseria, do bule de chá aguado, dos ossos de carneiro requentando sobre tres brazas mortas, começou, como bom irlandez, por accusar o governo d'Inglaterra e jurar uma desforra de sangue. Depois offereceu, com os beiços já a tremer, toda a sua dedicação. O pobre rapaz batia tambem o lagedo n'uma lucta tormentosa pela vida. Mas era irlandez; e partiu logo generosamente, armado de todos os seus ardis, a conquistar através de Londres o pouco que ellas necessitavam para recolher a França. Com effeito appareceu n'essa mesma noite, derreado e triumphante, brandindo tres notas de banco e uma garrafa de champagne. A mamã ao vêr, depois de tantos mezes de chá preto, a garrafa de Clicquot encarapuçada de ouro — quasi desmaiou, de enternecimento. Enfardelaram os trapos. Ao partirem, na estação de Charing-Cross, o irlandez levou-a para um canto, e engasgado, torcendo os bigodes, disse-lhe que Mac-Gren tinha morrido na batalha de Saint-Privat...

— Para que te hei de eu contar o resto? Em Paris recomecei a procurar trabalho. Mas tudo estava ainda em confusão... Quasi immediatamente veio a Communa... Pódes acreditar que muitas vezes tivemos fome. Mas emfim já não era Londres, nem o inverno, nem o exilio. Estavamos em Paris, soffriamos de companhia com amigos d'outros tempos. Já não parecia tão terrivel... Com todas estas privações a pobre Rosa começava a definhar... Era um supplicio vêl-a perder as côres, tristinha, mal vestida, mettida n'uma trapeira... A mamã já se queixava da doença de coração que a matou... O trabalho que eu encontrava, mal pago, dava-nos apenas para a renda da casa, e para não morrer absolutamente de necessidade... Principiei a adoecer de anciedade, de desespero. Luctei ainda. A mamã fazia dó. E Rosa morria se não tivesse outro regimen, bom ar, algum conforto... Conheci então Castro Gomes em casa d'uma antiga amiga da mamã, que não perdera nada com a guerra, nem com os prussianos, e que me dava trabalhos de costura... E o resto sábel-o... Nem eu me lembro... Fui levada... Via ás vezes Rosa, coitadinha, embrulhada n'um chale, muito quietinha ao seu canto, depois de rapada a sua magra tigela de sopas, e ainda com fome...

Não pôde continuar; rompeu a chorar, cahida sobre os joelhos de Carlos. E elle na sua emoção só lhe podia dizer, passando-lhe as mãos tremulas pelos cabellos, que a havia de desforrar bem de todas as miserias passadas...

— Escuta ainda, murmurou ella, limpando as lagrimas. Ha só uma coisa mais que te quero dizer. E é a santa verdade, juro-te pela alma de Rosa! É que n'estas duas relações que tive o meu coração conservou-se adormecido... Dormiu sempre, sempre, sem sentir nada, sem desejar nada, até que te vi... E ainda te quero dizer outra coisa...

Um momento hesitou, coberta de rubor. Passára os braços em torno de Carlos, pendurada toda d'elle, com os olhos mergulhados nos seus. E foi mais baixo que balbuciou na derradeira, na absoluta confissão de todo o seu sêr:

— Além de ter o coração adormecido, o meu corpo permaneceu sempre frio, frio como um marmore... Elle estreitou-a a si arrebatadamente: e os seus labios ficaram collados muito tempo, em silencio, completando, n'uma emoção nova e quasi virginal, a communhão perfeita das suas almas.

D'ahi a dias Carlos e Ega vinham n'uma victoria, pela estrada dos Olivaes, em caminho da Toca.

Toda essa manhã, no Ramalhete, Carlos estivera emfim contando ao Ega o impulso de paixão que o lançára de novo e para sempre, como esposo, nos braços de Maria; e, na confiança absoluta que o prendia ao Ega, revelára-lhe mesmo miudamente a historia d'ella, dolorosa e justificadora. Depois, ao acalmar o calor, propoz que fossem comer as sopas á Toca. Ega deu uma volta pelo quarto, hesitando. Por fim começou a passar devagar a escova pelo paletot, murmurando, como durante as longas confidencias de Carlos: «É prodigioso!... Que estranha coisa, a vida!»

E agora pela estrada, na aragem doce do rio, Carlos fallava ainda de Maria, da vida na Toca deixando escapar do coração muito cheio o interminavel cantico da sua felicidade.

— É facto, Egasinho, conheço quasi a felicidade perfeita!

— E cá na Toca ainda ninguem sabe nada?

Ninguem — a não ser Melanie, a confidente — suspeitava a profunda alteração que se fizera nas suas relações: e tinham assentado que miss Sarah e o Domingos, primeiras testemunhas da sua amizade, seriam régiamente recompensados e despedidos quando em fins de outubro elles partissem para Italia.

— E ides então casar a Roma?...

— Sim... Em qualquer logar onde haja um altar e uma estola. Isso não falta em Italia... E é então, Ega, que reapparece o espinho de toda esta felicidade. É por isso que eu disse «quasi.» O terrivel espinho, o avô! — É verdade, o velho Affonso. Tu não tens idéa como lhe has de fazer conhecer esse caso?...

Carlos não tinha idéa nenhuma. Sentia só que lhe faltava absolutamente a coragem de dizer ao avô: «esta mulher, com quem vou casar, teve na sua vida estes erros»... E além d'isso, já reflectira, era inutil. O avô nunca comprehenderia os motivos complicados, fataes, inilludiveis que tinham arrastado Maria. Se lh'os contasse miudamente o avô veria alli um romance confuso e fragil, antipathico á sua natureza forte e candida. A fealdade das culpas feril-o-hia, exclusivamente; e não lhe deixaria apreciar, com serenidade, a irresistibilidade das causas. Para perceber este caso d'um caracter nobre apanhado dentro d'uma implacavel rede de fatalidades, seria necessario um espirito mais ductil, mais mundano que o do avô... O velho Affonso era um bloco de granito: não se podiam esperar d'elle as subtis discriminações d'um casuista moderno. Da existencia de Maria só veria o facto tangivel: — cahira successivamente nos braços de dois homens. E d'ahi decorreria toda a sua attitude de chefe de familia. Para que havia elle pois de fazer ao velho uma confissão, que necessariamente originaria um conflicto de sentimentos e uma irreparavel separação domestica?...

— Pois não te parece, Ega?

— Falla mais baixo, olha o cocheiro.

— Não percebe bem o portuguez, sobretudo o nosso estylo... Pois não te parece?

Ega raspava phosphoros na sola para accender o charuto. E resmungava:

— Sim, o velho Affonso é granitico...

Por isso Carlos concebera outro plano, mais sagaz: consistia em esconder ao avô o passado de Maria — e fazer-lhe conhecer a pessoa de Maria. Casavam secretamente em Italia. Regressavam: ella para a rua de S. Francisco, elle filialmente para o Ramalhete. Depois Carlos levava o avô a casa da sua boa amiga, que conhecera em Italia, M. de Mac-Gren. Para o prender logo lá estavam os encantos de Maria, todas as graças d'um interior delicado e sério, jantarinhos perfeitos, idéas justas, Chopin, Beethoven, etc. E, para completar a conquista de quem tão enternecidamente adorava crianças, lá estava Rosa... Emfim, quando o avô estivesse namorado de Maria, da pequena, de tudo — elle, uma manhã, dizia-lhe francamente: «Esta creatura superior e adoravel teve uma quéda no seu passado; mas eu casei com ella; e, sendo tal como é, não fiz bem, apesar de tudo, em a escolher para minha esposa?» E o avô, perante esta terrível irremediabilidade do facto consummado, com toda a sua indulgencia de velho enternecido a defender Maria — seria o primeiro a pensar que, se esse casamento não era o melhor segundo as regras do mundo, era decerto o melhor segundo os interesses do coração...

— Pois não te parece, Ega?

Ega, absorvido, sacudia a cinza do charuto. E pensava que Carlos, em resumo, adoptára para com o avô a complicada combinação que Maria Eduarda tentára para com elle — e imitava sem o sentir os subtis raciocinios d'ella.

— E acabou-se, continuava Carlos. Se elle na sua indulgencia aceitar tudo, bravo! dá-se uma grande festa no Ramalhete... Senão, foi-se! passaremos a viver cada um para seu lado, fazendo ambos prevalecer a superioridade de duas coisas excellentes: o avô as tradições do sangue, eu os direitos do coração.

E, vendo o Ega ainda silencioso:

— Que te parece? Dize lá. Tu andas tão falto de idéas, homem!

O outro sacudiu a cabeça, como despertando.

— Queres que te diga o que me parece, com franqueza? Que diabo, nós somos dois homens fallando como homens!... Então aqui está: teu avô tem quasi oitenta annos, tu tens vinte e sete ou o quer que seja... É doloroso dizel-o, ninguem o diz com mais dôr que eu, mas teu avô ha de morrer... Pois bem, espera até lá. Não cases. Suppõe que ella tem um pae muito velho, teimoso e caturra, que detesta o snr. Carlos da Maia e a sua barba em bico. Espera; continua a vir á Toca, na tipoia do Mulato; e deixa teu avô acabar a sua velhice calma, sem desillusões e sem desgostos...

Carlos torcia o bigode, mudo, enterrado no fundo da victoria. Nunca, n'esses dias de inquietação, lhe acudira idéa tão sensata, tão facil! Sim, era isso, esperar! Que melhor dever do que poupar ao pobre avô toda a dôr?... Maria de certo, como mulher, estava desejando anciosamente a conversão do amante no marido pelo laço d'estola que tudo purifica e nenhuma força desata. Mas ella mesma preferiria uma consagração legal — que não fosse assim precipitada, dissimulada... Depois, tão recta e generosa, comprehenderia bem a obrigação suprema de não mortificar aquelle santo velho. De resto, não conhecia ella a sua lealdade solida e pura como um diamante? Recebera a sua palavra: desde esse momento estavam casados, não diante do sacrario e nos registos da sacristia — mas diante da honra e na inabalavel communhão dos seus corações...

— Tens razão! gritou por fim, batendo no joelho do Ega. Tens immensamente razão! Essa idéa é genial! Devo esperar... E emquanto espero?...

— Como, emquanto esperas? acudiu Ega, rindo. Que diabo! Isso não é commigo!

E mais sério:

— Emquanto esperas tens esse metal vil que faz a existencia nobre. Installas tua mulher, porque desde hoje é tua mulher, aqui nos Olivaes ou n'outro sitio, com o gosto, o conforto e a dignidade que competem a tua mulher... E deixas-te ir! Nada impede que façaes essa viagem nupcial á Italia... Voltas, continúas a fumar a tua cigarette e a deixar-te ir. Este é o bom senso: é assim que pensaria o grande Sancho Pansa... Que diabo tens tu n'aquelle embrulho que cheira tão bem?

— Um ananaz... Pois é isso, querido: esperar, deixar-me ir. É uma idéa!

Uma idéa! e a mais grata ao temperamento de Carlos. Para que iria com effeito enredar-se n'uma meada de amarguras domesticas, por um excesso de cavalheirismo romantico? Maria confiava n'elle; era rico, era moço; o mundo abria-se ante elles facil e cheio de indulgencias. Não tinha senão a deixar-se ir.

— Tens razão, Ega ! E Maria é a primeira a achar isto cheio de senso e d'opportunismo. Eu tenho uma certa pena em adiar a installação da minha vida e do meu home. Mas, acabou-se! Antes de tudo que o avô seja feliz... E para celebrar o advento d'esta idéa, Deus queira que Maria nos tenha um bom jantar!

Agora, ao aproximar-se da Toca, Ega ia receando o primeiro encontro com Maria Eduarda. Incommodava-o esse enleio, esse rubor que ella não poderia occultar — certa que, como confidente de Carlos, elle conhecia a sua vida, as suas miserias, as suas relações com Castro Gomes. Por isso hesitára em vir á Toca. Mas tambem, não apparecer mais a Maria Eduarda seria marcar com um relevo quasi offensivo o desejo caridoso de não molestar o seu pudor... Por isso decidira «dar o mergulho d'uma vez». Quem, senão elle, deveria ser o mais apressado em estender a mão á noiva de Carlos?... Além d'isso tinha uma infinita curiosidade de vêr no seu interior, á sua mesa, essa creatura tão bella, com a sua graça nobre de Deusa moderna! Mas saltou da victoria muito embaraçado.

Por fim tudo se passou com uma facilidade risonha. Maria bordava, sentada nos degraus do jardim. Teve um sobresalto, córou toda, com effeito, ao avistar o Ega que procurava atarantadamente o monoculo: o aperto de mão que trocaram foi mudo e timido: mas Carlos, alegremente, desembrulhára o ananaz — e na admiração d'elle todo o constrangimento se dissipou.

— Oh! é magnifico!

— Que côr, que luxo de tons!

— E que aroma! Veio perfumando toda a estrada.

Ega não voltára á Toca desde a noite fatal da soirée dos Cohens em que elle alli tanto bebera e delirára tanto. E lembrou logo a Carlos a jornada na velha traquitana, debaixo d'um temporal, o grog do Craft, a ceia de perú...

— Já aqui soffri muito, minha senhora, vestido de Mephistopheles!...

— Por causa de Margarida?

— Por quem se ha de soffrer n'este apaixonado mundo, minha senhora, senão por Margarida ou por Fausto?

Mas Carlos quiz que elle admirasse os esplendores novos da Toca. E foi já com familiaridade que Maria o levou pelas salas, lamentando que só viesse assim á Toca no fim do verão e no fim das flôres. Ega extasiou-se ruidosamente. Emfim, perdera a Toca o seu ar regelado e triste de museu! Já alli se podia palrar livremente!

— Isto é um barbaro, Maria! exclamava Carlos radiante. Tem horror á arte! É um Ibero, é um Semita...

Semita? Ega prezava-se de ser um luminoso Aryano! E por isso mesmo não podia viver n'uma casa, em que cada cadeira tinha a solemnidade sorumbatica de antepassados com cabelleira...

— Mas, dizia Maria rindo, rodas estas lindas coisas do seculo dezoito lembram antes a ligeireza, o espirito, a graça de maneiras...

— V. exc.ª acha? acudiu Ega. A mim todos esses dourados, esses enramalhetados, esses rococós lembram-me uma vivacidade estouvada e sirigaita... Nada! nós vivemos n'uma Democracia! E não ha para exprimir a alegria simples, sólida e bonacheirona da Democracia, como largas poltronas de marroquim, e o mogno envernizado!...

Assim n'uma risonha, ligeira discussão sobre bric-à-brac, desceram ao jardim. Miss Sarah passeava entre o buxo, de olhos baixos, com um livro fechado na mão. Ega, que conhecia já os seus ardores nocturnos, cravou-lhe sôfregamente o monoculo; e emquanto Maria se abaixára a cortar um geranio, exprimiu a Carlos n'um gesto mudo a sua admiração por aquelle beicinho escarlate, aquelle seiosinho redondo de rola farta... Depois, ao fundo, junto do caramanchão, encontraram Rosa que se balouçava. Ega pareceu deslumbrado com a sua belleza, a sua frescura mate de camelia branca. Pediu-lhe um beijo. Ella exigiu primeiro, muito séria, que ella tirasse o vidro do olho.

— Mas é para te vêr melhor! é para te vêr melhor!...

— Então porque não trazes um em cada olho? Assim só me vês metade...

Encantadora! Encantadora! murmurava Ega. No fundo achava a pequena espevitada e impudente. Maria resplandecia.

E o jantar alargou mais esta intimidade risonha. Carlos, logo á sopa, fallando-se de campo e d'um chalet que elle desejava construir em Cintra, nos Capuchos, dissera — «quando nos casarmos». E Ega alludiu a esse futuro do modo mais grato ao coração de Maria. Agora que Carlos se installava para sempre n'uma felicidade estavel (dizia elle) era necessario trabalhar! E relembrou então a sua velha idéa do Cenaculo, representado por uma Revista que dirigisse a litteratura, educasse o gosto, elevasse a política, fizesse a civilisação, remoçasse o carunchoso Portugal... Carlos, pelo seu espirito, pela sua fortuna (até pela sua figura, ajuntava o Ega rindo) devia tomar a direcção d'este movimento. E que profunda alegria para o velho Affonso da Maia!

Maria escutava, presa e séria. Sentia bem quanto Carlos, com uma vida toda de intelligencia e de actividade, rehabilitaria supremamente aquella união mostrando-lhe a influencia fecunda e purificadora.

— Tem razão, tem bem razão! exclamava ella com ardor.

— Sem contar, acrescentava o Ega, que o paiz precisa de nós! Como muito bem diz o nosso querido e imbecilissimo Gouvarinho, o paiz não tem pessoal... Como ha de tel-o, se nós, que possuimos as aptidões, nos contentamos em governar os nossos dog-carts e escrever a vida intima dos atomos? Sou eu, minha senhora, sou eu que ando a escrever essa biographia d'um atomo!... No fim, este dilettantismo é absurdo. Clamamos por ahi, em botequins e livros, «que o paiz é uma choldra». Mas que diabo! Porque é que não trabalhamos para o refundir, o refazer ao nosso gosto e pelo molde perfeito das nossas idéas?... V. exc.ª não conhece este paiz, minha senhora. É admiravel! É uma pouca de cera inerte de primeira qualidade. A questão toda está em quem a trabalha. Até aqui a cera tem estado em mãos brutas, banaes, toscas, reles, rotineiras... É necessario pôl-a em mãos d'artistas, nas nossas. Vamos fazer disto um bijou!...

Carlos ria, preparando n'uma travessa o ananaz com sumo de laranja e vinho da Madeira. Mas Maria não queria que elle risse. A idéa do Ega parecia-lhe superior, inspirada n'um alto dever. Quasi tinha remorsos, dizia ella, d'aquella preguiça de Carlos. E agora, que ia ser cerrado de affeição serena, queria-o vêr trabalhar, mostrar-se, dominar...

— Com effeito, disse o Ega recostado e sorrindo, a era do romance findou. E agora...

Mas o Domingos servia o ananaz. E o Ega provou e rompeu em clamores de enthusiasmo. Oh que maravilha! Oh que delicia!

— Como fazes tu isto? Com Madeira...

— E genio! exclamou Carlos. Delicioso, não é verdade? Ora digam-me se tudo o que eu pudesse fazer pela civilisação valeria este prato de ananaz! É para estas coisas que eu vivo! Eu não nasci para fazer civilisação...

— Nasceste, acudiu o Ega, para colher as flôres d'essa planta da civilisação que a multidão rega com o seu suor! No fundo tambem eu, menino!

Não, não! Maria não queria que fallassem assim!

— Esses ditos estragam tudo. E o snr. Ega, em logar de corromper Carlos, devia inspiral-o...

Ega protestou requebrando o olho, já languido. Se Carlos necessitava uma musa inspiradota e benefica não podia ser elle, bicho com barbas e bacharel em leis... A musa estava toute trouvée!

— Ah, com effeito!... Quantas paginas bellas, quantas nobres idéas se náo podem produzir n'um paraiso d'estes!...

E o seu gesto molle e acariciador indicava a Toca, a quietação dos arvoredos, a belleza de Maria. Depois na sala, emquanto Maria tocava um nocturno de

Chopin e Carlos e elle acabavam os charutos á porta do jardim vendo nascer a lua — Ega declarou que, desde o começo do jantar, estava com idéas de casar!... Realmente não havia nada como o casamento, o interior, o ninho...

— Quando penso, menino, murmurou elle mordendo sombriamente o charuto, que quasi todo um anno da minha vida foi dado áquella israelita devassa que gosta de levar bordoada...

— Que faz ella em Cintra? perguntou Carlos.

— Ensopa-se na crapula. Não ha a menor duvida que dá todo o seu coração ao Damaso... Tu sabes o que n'estes casos significa o termo coracão... Viste já immundicie igual? É simplesmente obscena!

— E tu adóral-a, disse Carlos.

O outro não respondeu. Depois, dentro, n'um odio repentino da bohemia e do romantismo, entoou louvores sonoros á família, ao trabalho, aos altos deveres humanos — bebendo copinhos de cognac. Á meia noite, ao sahir, tropeçou duas vezes na rua d'acacias, já vago, citando Proudhon. E quando Carlos o ajudou a subir para a victoria, que elle quiz descoberta para ir communicando com a lua, Ega ainda lhe agarrou o braço para lhe fallar da Revista, d'um forte vento de espiritualidade e de virtude viril que se devia fazer soprar sobre o paiz... Por fim, já estirado no assento, tirando o chapéo á aragem da noite: — E outra coisa, Carlinhos. Vê se me arranjas a ingleza... Ha vicios deliciosos n'aquellas pestanas baixas... Vê se m'a arranjas... Vá lá, bate lá, cocheiro! Caramba, que belleza de noite!

Carlos ficára encantado com este primeiro jantar d'amizade na Toca. Elle tencionava não apresentar Maria aos seus intimos senão depois de casado e á volta de Italia. Mas agora a «união legal» estava já no seu pensamento adiada, remota, quasi dispersa no vago. Como dizia o Ega, devia esperar, deixar-se ir... E no emtanto, Maria e elle não poderiam isolar-se alli todo um longo inverno, sem o calor sociavel d'alguns amigos em redor. Por isso uma manhã, encontrando o Cruges, que fôra o visinho de Maria e outr'ora lhe dava noticias da «lady ingleza», pediu-lhe para vir jantar á Toca no domingo.

O maestro appareceu n'uma tipóia, á tardinha, de laço branco e de casaca: e os fatos claros de campo com que encontrou Carlos e Ega começaram logo a enchel-o de mal-estar. Toda a mulher, além das Lolas e Conchas, o atarantava, o emmudecia: Maria, «com o seu porte de grande-dame», como elle dizia, intimidou-o a tal ponto que ficou diante d'ella, sem uma palavra, escarlate, torcendo o forro das algibeiras. Antes de jantar, por lembrança de Carlos, foram-lhe mostrar a quinta. O pobre maestro, roçando a casaca mal feita pela folhagem dos arbustos, fazia esforços anciosos por murmurar algum elogio «á belleza do sitio»; mas escapavam-lhe então inexplicavelmente coisas reles, em calão: «vista catita»! «é pitada»! Depois ficava furioso, coberto de suor, sem comprehender como se lhe babavam dos labios esses ditos abominaveis, tão contrarios ao seu gosto fino d'artista. Quando se sentou á mesa soffria um negrissimo accesso de spleen e mudez! Nem uma controversia que Maria arranjára caridosamente para elle sobre Wagner e Verdi pôde descerrar-lhe os labios empedernidos. Carlos ainda tentou envolvel-o na alegria da mesa — contando a ida a Cintra, quando elle procurava Maria na Lawrence, e em vez d'ella achára uma matrona obesa, de bigode, de cãosinho ao collo, ralhando com o homem em hespanhol. Mas a cada exclamação de Carlos — «Lembras-te, Cruges?», «Não é verdade, Cruges?» — o maestro, rubro, grunhia apenas um sim avaro. Terminou por estar alli, ao lado de Maria, como um trambolho funebre. Estragou o jantar. Combinára-se para depois do café um passeio pelos arredores, n'um break. E Carlos já tomára as guias, Maria na almofada acabava de abotoar as luvas — quando Ega, que receava a friagem da tarde, saltou do break, correu a buscar o paletot. N'esse mesmo momento sentiram um trote de cavallo na estrada — e appareceu o marquez.

Foi uma surpreza para Carlos, que o não vira durante esse verão. O marquez parou logo, tirando profundamente, ao vêr Maria, o seu largo chapéo desabado.

— Imaginava-o pela Gollegã! exclamou Carlos. Foi até o Cruges que me disse... Quando chegou vossê?

Chegára na vespera. La fôra ao Ramalhete; tudo deserto. Agora vinha aos Olivaes vêr um dos Vargas que tinha casado, se installára alli perto, a passar o noivado...

— Quem, o gordo, o das corridas?

— Não, o magro, o das regatas.

Carlos, debruçado da almofada, examinava a egoasita do marquez, pequena, bem estampada, d'um baio escuro e bonito.

— Isso é novo?

— Uma facasita do Darque... Quer-m'a vossê comprar? Sou já um pouco pesado para ella, e isto mette-se a um dog-cart...

— Dê lá uma volta.

O marquez deu a volta, bem posto na sella, avantajando a egoa. Carlos achou-lhe «boas acções». Maria murmurou — «Muito bonita, uma cabeça fina...» Então Carlos apresentou o marquez de Souzella a madame Mac-Gren. Elle chegou a egoa á roda, descoberto, para apertar a mão a Maria: e á espera do Ega que se eternisava lá dentro, ficaram fallando do verão, de Santa Olavia, dos Olivaes, da Toca... Ha que tempos o marquez alli não passava! A ultima vez fôra victima da excentricidade do Craft...

— Imagine v. exc.ª, disse elle a Maria Eduarda, que esse Craft me convida a almoçar. Venho, e o hortelão diz-me que o snr. Craft, criado e cozinheiro, tudo partira para o Porto; mas que o snr. Craft deixára um cartaz na sala... Vou á sala, e vejo dependurado ao pescoço d'um idolo japonez uma folha de papel com estas palavras pouco mais ou menos: «O deus Tchi tem a honra de convidar o snr. marquez, em nome de seu amo ausente, a passar á sala de jantar onde encontrará, n'um aparador, queijo e vinho, que é o almoço que basta ao homem forte.» E foi com effeito o meu almoço... Para não estar só, partilhei-o com o hortelão.

— Espero que se tivesse vingado! exclamou Maria rindo.

— Póde crêr, minha senhora... Convidei-o a jantar, e quando elle appareceu, vindo d'aqui da Toca, o meu guarda-portão disse-lhe que o snr. marquez fôra para longe, e que não havia nem pão nem queijo... Resultado: o Craft mandou-me uma duzia de magnificas garrafas de Chambertin. Esse deus Tchi nunca mais o tornei a vêr...

O deus Tchi la estava, obeso e medonho. E, muito naturalmente, Carlos convidou o marquez a revisitar n'essa noite, á volta da casa do Vargas, o seu velho amigo Tchi.

O marquez veio, ás dez horas — e foi um serão encantador. Conseguiu sacudir logo a melancolia do Cruges, arrastando-o com mão de ferro para o piano; Maria cantou; palrou-se com graça; e aquelle escondrijo d'amor ficou alumiado até tarde, na sua primeira festa de amizade.

Estas reuniões alegres foram ao principio, como dizia o Ega, dominicaes: mas o outono arrefecia, bem depressa se despiriam as arvores da Toca, e Carlos accumulou-as duas vezes por semana, nos velhos dias feriados da Universidade, domingos e quintas. Tinha descoberto uma admiravel cozinheira alsaciana, educada nas grandes tradições, que servira o bispo de Strasburgo, e a quem as extravagancias d'um filho e outras desgraças tinham arrojado a Lisboa. Maria, de resto, punha na composição dos seus jantares uma sciencia delicada: o dia de vir á Toca era considerado pelo marquez «dia de civilisação».

A mesa resplandecia; e as tapeçarias representando massas d'arvoredos punham em redor como a sombra escura d'um retiro silvestre onde por um capricho se tivessem accendido candelabros de prata. Os vinhos sahiam da frasqueira preciosa do Ramalhete. De todas as coisas da terra e do céo se grulhava com phantasia — menos de «politica portugueza», considerada conversa indecorosa entre pessoas de gosto.

Rosa apparecia ao café, exhalando do seu sorriso, dos bracinhos nús, dos vestidos brancos tufados sobre as meias de sêda preta, um bom aroma de flôr. O marquez adorava-a, disputando-a ao Ega, que a pedira a Maria em casamento e lhe andava compondo havia tempo um soneto. Ella preferia o marquez: achava o Ega «muito...» — e completava o seu pensamento com um gestosinho do dedo ondeado no ar, como a exprimir que o Ega «era muito retorcido».

— Ahi está! exclamava elle. Porque eu sou mais civilisado que o outro! É a simplicidade não comprehendendo o requinte.

— Não, desgraçado! exclamavam do lado. É porque és impresso!... É a natureza repellindo a convenção!...

Bebia-se á saude de Maria: ella sorria, feliz entre os seus novos amigos, divinamente bella, quasi sempre de escuro, com um curto decote onde resplandecia o incomparavel esplendor do seu collo.

Depois organisaram-se solemnidades. N'um domingo, em que os sinos repicavam e a distancia foguetes esfuziavam no ar — Ega lamentou que os seus austeros principios philosophicos o impedissem de festejar tambem aquelle santo d'aldeia, que fôra decerto em vida um caturra encantador, cheio d'illusões e doçura... Mas de resto, acrescentou, não teria sido n'um dia assim, fino e secco, sob um grande céo cheio de sol, que se feriu a batalha das

Thermopylas? Porque não se atiraria uma girandola de foguetes em honra de Leonidas e dos trezentos? E atirou-se a girandola pela eterna gloria de Sparta. Depois celebraram-se outras datas historicas. O anniversario da descoberta da Venus de Milo foi commemorado com um balão que ardeu. N'outra occasião o marquez trouxe de Lisboa, apinhados n'uma tipoia, fadistas famosos, o Pintado, o Vira-vira e o Gago: e depois de jantar, até tarde, com o luar sobre o rio, cinco guitarras choraram os ais mais tristes dos fados de Portugal.

Quando estavam sós, Carlos e Maria passavam as suas manhãs no kiosque japonez — affeiçoados áquelle primeiro retiro dos seus amores, pequeno e apertado, onde os seus corações batiam mais perto um do outro. Em logar das esteiras de palha Carlos revestira-o com as suas formosas colchas da India, côr de palha e côr de perola. Um dos maiores cuidados d'elle, agora, era embellezar a Toca: nunca voltava de Lisboa sem trazer alguma figurinha de Saxe, um marfim, uma faiança, como noivo feliz que aperfeiçôa o seu ninho.

Maria no emtanto não cessava de lembrar os planos intellectuaes do Ega: queria que elle trabalhasse, ganhasse um nome: seria isso o orgulho intimo d'ella, e sobretudo a alegria suprema do avô. Para a contentar (mais que para satisfazer as suas necessidades de espirito) Carlos recomeçára a compôr alguns dos seus artigos de medicina litteraria para a Gazeta Medica. Trabalhava no kiosque, de manhã. Trouxera para lá rascunhos, livros, o seu famoso manuscripto da Medicina antiga e moderna. E por fim achára um grande encanto em estar alli, com um leve casaco de sêda, as suas cigarettes ao lado, um fresco murmurio de arvoredo em redor — cinzelando as suas phrases, emquanto ella ao lado bordava silenciosa. As suas idéas surgiam com mais originalidade, a sua fórma ganhava em colorido, n'aquelle estreito kiosque assetinado que ella perfumava com a sua presença. Maria respeitava este trabalho como coisa nobre e sagrada. De manhã, ella mesma espanejava os livros do leve pó que a aragem soprava pela janella; dispunha o papel branco, punha cuidadosamente pennas novas; e andava bordando uma almofada de pennas e setim para que o trabalhador estivesse mais confortavel na sua vasta cadeira de couro lavrado.

Um dia offerecera-se a passar a limpo um artigo. Carlos, enthusiasmado com a letra d'ella, quasi comparavel á lendaria letra do Damaso, occupava-a agora incessantemente como copista, sentindo mais amor por um trabalho a que ella se associava. Quantos cuidados se dava a dôce creatura! Tinha para isso um papel especial, d'um tom macio de marfim: e, com o dedinho no ar, ia desenrolando as pesadas considerações de Carlos sobre o Vitalismo e o Transformismo na graça delicada d'uma renda... Um beijo pagava-a de tudo.

As vezes Carlos dava lições a Rosa — ora de historia, contando-lh'a familiarmente como um conto de fadas; ora de geographia, interessando-a pelas terras onde vivem gentes negras, e pelos velhos rios que correm entre as ruinas dos santuarios. Isto era o prazer mais alto de Maria. Séria, muda, cheia de religião, escutava aquelle sêr bem-amado ensinando sua filha. Deixava escapar das mãos o trabalho — e o interesse de Carlos, a enlevada attenção de Rosa sentada aos pés d'elle, bebendo aquellas bellas historias de

Joanna d'Arc ou das caravellas que foram á India, fazia resplandecer nos seus olhos uma nevoa de lagrimas felizes...

Desde o meado d'outubro Affonso da Maia fallava da sua partida de Santa Olavia, retardada apenas por algumas obras que começára na parte velha da casa e nas cocheiras: porque ultimamente invadira-o a paixão de edificar — sentindo-se remoçar, como elle dizia, no contacto das madeiras novas e no cheiro vivo das tintas. Carlos e Maria pensavam tambem em abandonar os Olivaes. Carlos não poderia por dever domestico permanecer alli installado desde que o avô recolhesse ao Ramalhete. Além d'isso aquelle fim d'outono ia escuro e agreste; e a Toca era agora pouco bucolica, com a quinta desfolhada e alagada, uma nevoa sobre o rio, e um fogão unico no gabinete de cretones — além da sumptuosa chaminé da sala de jantar, que, por entre os seus Nubios d'olhos de crystal, solfava uma fumaraça odiosa quando o Domingos a tentava accender.

N'uma d'essas manhãs, Carlos, que ficára até tarde com Maria, e depois no seu delgado casebre mal pudera dormir com um temporal de vento e agua desencadeado de madrugada — ergueu-se ás nove horas, veio á Toca. As janellas do quarto de Maria conservavam-se ainda cerradas; a manhã clareára; a quinta lavada, meio despida, no ar fino e azul, tinha uma linda e silenciosa graça d'inverno. Carlos passeava, olhando os vasos onde os chrysanthemos floriam, quando retiniu a sineta do portão. Era o toque do carteiro. Justamente elle escrevera dias antes ao Cruges, perguntando se estaria desoccupado para os primeiros frios de dezembro o andar da rua de S. Francisco: e, esperando carta do maestro, foi abrir, acompanhado por Niniche. Mas o correio, n'essa manhã, consistia apenas n'uma carta do Ega e dois numeros de jornal cintados — um para elle, outro para «Madame Castro Gomes, na quinta do snr. Craft, aos Olivaes».

Caminhando sob as acacias, Carlos abriu a carta do Ega. Era da vespera, com a data «á noite, á pressa». E dizia: «— Lê, n'esse trapo que te «mando, esse superior pedaço de prosa que lembra Tacito. Mas não te «assustes; eu supprimi, mediante pecunia, toda a tiragem, com excepção «de dois numeros mais que foram, um para a Toca, outro (oh «logica suprema dos habitos constitucionaes!) para o Paço, para o chefe do «Estado!... Mas esse mesmo não chegará ao seu destino. Em todo o caso «desconfio de que esgôto sahiu esse enxurro e precisamos providenciar! «Vem já! Espero-te até ás duas. E, como Iago dizia a Cassio — mette dinheiro na bolsa.»

Inquieto, Carlos descintou o jornal. Chamava-se a Corneta do Diabo: e na impressão, no papel, na abundancia dos italicos, no typo gasto, todo elle revelava immundicie e malandrice. Logo na primeira pagina duas cruzes a lapis marcavam um artigo que Carlos, n'um relance, viu salpicado com o seu nome. E leu isto: «— Ora viva, sô Maia! «Então já se não vai ao consultorio, nem se vêem os doentes do bairro, «sô janota? — Esta piada era botada no Chiado, á porta da «Havaneza, ao Maia, ao Maia dos cavallos inglezes, um tal Maia do «Ramalhete, que abarrota por ahi de catita; e o pai Paulino que «tem olho e que passava n'essa occasião ouviu a seguinte «cornetada: — É que o sô Maia acha que é mais «quente viver nas fraldas d'uma brazileira casada, que nem é «brazileira nem é casada, e a quem o papalvo poz casa, ahi para o lado dos «Olivaes, para estar ao fresco! Sempre os ha n'este mundo!... Pensa «o homem que botou conquista; e cá a rapaziada de gosto ri-se, porque o «que a gaja lhe quer não são os lindos olhos, são as lindas louras... «O simplorio, que bate ahi pilecas bifes, que nem que fosse o «marquez, o verdadeiro Marquez, imaginava que se estava «abiscoitando com uma senhora do chic, e do boulevard de Paris, e «casada, e titular!... E no fim (não, esta é para a gente deixar estoirar o «bandulho a rir!) no fim descobre-se que a typa era uma cocotte «safada, que trouxe para ahi um brazileiro já farto d'ella para a «passar cá, aos bellos lusitanos... E cahiu a espiga ao Maia! Pobre palerma! «Ainda assim o sô Maia só apanhou os restos d'outro, porque a «typa já antes d'elle se enfeitar, tinha pandegado á larga, «ahi para a rua de S. Francisco com um rapaz da fina, que se safou «tambem, porque cá como nós só aprecia a bella hespanhola. Mas «não obsta a que o sô Maia seja traste! — Pois se assim é, dissemos «nós, cautelinha, porque o diabo cá tem a sua Corneta preparada «para cornetear por esse mundo as façanhas do Maia das «conquistas. Ora viva,sô Maia!»

Carlos ficou immovel entre as acacias, com o jornal na mão, no espanto furioso e mudo d'um homem que subitamente recebe na face uma grossa chapada de lôdo! Não era a cólera de vêr o seu amor assim aviltado na publicidade chula d'um jornal sordido: era o horror de sentir aquellas phrases em calão, pandilhas, afadistadas, como só Lisboa as póde crear, pingando fetidamente, á maneira de sebo, sobre si, sobre Maria, sobre o esplendor da sua paixão... Sentia-se todo emporcalhado. E uma unica idéa surgiu através da sua confusão matar o bruto que escrevera aquillo.

Matal-o! Ega sustára a tiragem da folha, Ega pois conhecia o folliculario. Nada importava que aquelles numeros, que tinha na mão, fossem os unicos impressos. Recebera lama na face. Que a injuria fosse espalhada nas praças n'uma profusa publicidade ou lhe fosse atirada só a elle escondidamente n'um papel unico, era igual... Quem tanto ousára tinha de cahir, esmagado!

Decidiu ir logo ao Ramalhete. O Domingos à janella da cozinha areava pratas, assobiando. Mas quando Carlos lhe fallou de ir buscar um calhambeque aos Olivaes, o bom Domingos consultou o relogio:

— V. exc.ª tem às onze horas a caleche do Torto que a senhora mandou cá estar para ir a Lisboa...

Carlos, com effeito, recordou-se que Maria na vespera planeára ir á Aline e aos livreiros. Uma contrariedade, justamente n'esse dia em que elle precisava ficar livre — elle e a sua bengala! Mas Melanie, passando então com um jarro d'agua quente, disse que a senhora ainda se não vestira, que talvez nem fosse a Lisboa... E Carlos recomeçou a passear, no tapete de relva, entre as nogueiras.

Sentou-se por fim no banco de cortiça, descintou a Corneta sobrescriptada para Maria, releu lentamente a prosa immunda: e, n'esse numero que lhe fôra destinado a ella, todo aquelle calão lhe pareceu mais ultrajante, intoleravel, punível só com sangue. Era monstruoso, na verdade, que sobre uma mulher, quieta, innoffensiva no silencio da sua casa, alguem ousasse tão brutalmente arremessar esse lôdo ás mãos cheias! E a sua indignação alargava-se do folliculario que babára aquillo — até á sociedade que, na sua decomposição, produzira o folliculario. Decerto toda a cidade soffria a sua vermina... Mas só Lisboa, só a horrivel Lisboa, com o seu apodrecimento moral, o seu rebaixamento social, a perda inteira do bom-senso, o desvio profundo do bom gosto, a sua pulhice e o seu calão, podia produzir uma Corneta do Diabo.

E, no meio d'esta alta cólera de moralista, uma dôr perpassava, precisa e dilacerante. Sim, toda a sociedade de Lisboa fazia um monturo sordido n'este canto do mundo — mas, em summa, havia no artigo da Corneta uma calumnia? Não. Era o passado de Maria, que ella arrancára de si como um vestido rôto e sujo, que elle mesmo enterrára muito fundo, deitando-lhe por cima o seu amor e o seu nome — e que alguem desenterrava para o mostrar bem alto ao sol, com as suas manchas e os seus rasgões... E isto agora ameaçava para sempre a sua vida como um terror sobre ella suspenso. Debalde elle perdoára, debalde elle esquecera. O mundo em redor sabia. E a todo o tempo o interesse ou a perversidade podefiam refazer o artigo da Corneta.

Ergueu-se, abalado. E então alli, sob essas arvores desfolhadas, onde durante o verão, quando ellas se enchiam de sombra e de murmurio, elle passeára com Maria, esposa eleita da sua vida — Carlos perguntou pela vez primeira a si mesmo se a honra domestica, a honra social, a pureza dos homens de quem descendia, a dignidade dos homens que d'elle descendessem lhe permittiam em verdade casar com ella...

Dedicar-lhe toda a sua affeição, toda a sua fortuna, certamente! Mas casar... E se tivesse um filho? O seu filho, já homem, altivo e puro, poderia um dia lêr n'uma Corneta do Diabo que sua mãi fôra amante d'um brazileiro, depois de ser amante d'um irlandez. E se seu filho lhe viesse gritar, n'uma bella indignação, «é uma calumnia?» — elle teria de baixar a cabeça, marmurar — «é uma verdade!» E seu filho veria para sempre collada a si aquella mãi de quem o mundo ignorava os martyrios e os encantos — mas de quem conhecia cruelmente os erros.

E ella mesma! Se elle appellasse para a sua razão, alta e tão recta, mostrando-lhe as zombarias e as affrontas de que uma vil Corneta do Diabo poderia um dia trespassar o filho que d'elles nascesse — ella mesma o desligaria alegremente do seu voto, contente em entrar no Ramalhete pela escadinha secreta forrada de velludo côr de cereja, comtanto que em cima a esperasse um amor constante e forte... Nunca ella tornára, em todo o verão, a alludir a uma união differente d'essa em que os seus corações viviam tão lealmente, tão confortavelmente. Não, Maria não era uma devota, preoccupada «do peccado mortal»! Que lhe podia importar a estola banal do padre?...

Sim; mas elle que lhe pedira essa consagração na hora mais commovida do seu longo amor, iria dizer-lhe agora — «foi uma criancice, não pensemos mais n'isso, desculpa?» Não; nem o seu coração o desejava! Antes pendia todo para ella... Pendia todo para ella, n'um enternecimento mais generoso e mais quente — emquanto a sua razão assim arengava, cautelosa e austera. Elle tinha n'aquella alma o seu culto perfeito, n'aquelles braços a sua voluptuosidade magnifica; fóra d'alli não havia felicidade; a unica sabedoria era prender-se a ella pelo derradeiro elo, o mais forte, o seu nome, embora as Cornetas do Diabo atroassem todo o ar. E assim affrontaria o mundo n'uma soberba revolta, affirmando a omnipotencia, o reino unico da Paixão... Mas primeiro mataria o folliculario! — Passeava, esmagava a relva. E todos os seus pensamentos se resolviam por fim em furia contra o infame que babára sobre o seu amor, e durante um instante introduzia na sua vida tanta incerteza e tanto tormento!

Maria ao lado abriu a janella. Estava vestida d'escuro para sahir; e bastou o brilho terno do seu sorriso, aquelles hombros a que o estofo justo modelava a belleza cheia e quente — para que Carlos detestasse logo as duvidas desleaes e covardes, a que se abandonára um momento sob as arvores desfolhadas... Correu para ella. O beijo que lhe deu, lento e mudo, teve a humildade d'um perdão que se implora.

— Que tens tu, que estás tão sério?

Elle sorriu. Sério, no sentido de solemne, não estava. Talvez seccado. Recebera uma carta do Ega, uma das eternas complicações do Ega. E precisava ir a Lisboa, ficar lá naturalmente toda a noite...

— Toda a noite? exclamou ella com um desapontamento, pousando-lhe as mãos sobre os hombros.

— Sim, é bem possivel, um horror! Nos negocios do Ega ha fatalmente o inesperado... Tu com effeito vaes a Lisboa?

— Agora, com mais razão... Se me queres.

— O dia esta bonito... Mas ha de fazer frio na estrada.

Maria justamente gostava d'esses dias d'inverno, cheios de sol, com um arzinho vivo e arripiado. Tornavam-n'a mais leve, mais esperta.

— Bem, bem, disse Carlos atirando o cigarro. Vamos ao almoço, minha filha... O pobre Ega deve estar a uivar de impaciencia.

Emquanto Maria correra a apressar o Domingos — Carlos, através da relva humida, foi ainda lentamente até ao renque baixo d'arbustos que d'aquelle lado fechava a Toca como uma sebe. Ahi a colina descia, com quintarolas, muros brancos, olivedos, uma grande chaminé de fabrica que fumegava: para além era o azul fino e frio do rio: depois os montes, d'um azul mais carregado, com a casaria branca da povoação aninhada á beira da agua, nitida e suave na transparencia do ar macio. Parou um momento, olhando. E aquella aldeia de que nunca soubera o nome, tão quieta e feliz na luz, deu a Carlos um desejo repentino de socego e de obscuridade, n'um canto assim do mundo, á beira d'agua, onde ninguem o conhecesse nem houvesse Cornetas do Diabo, e elle pudesse ter a paz d'um simples e d'um pobre debaixo de quatro telhas, no seio de quem amava...

Maria gritou por elle da janella da sala de jantar, onde se debruçára a apanhar uma das ultimas rosas trepadeiras que ainda floriam.

— Que lindo tempo para viajar, Maria! — disse Carlos chegando, através da relva.

— Lisboa é tambem muito linda, agora, havendo sol...

— Pois sim, mas o Chiado, a coscovilhice, os politiquetes, as gazetas, todos os horrores... A mim está-me positivamente a appetecer uma cubata na Africa!

O almoço, por fim, foi demorado. Ia bater uma hora quando a caleche do Torto começou a rolar na estrada, ainda encharcada da chuva da noite. Logo adiante da villa, na descida, cruzaram um coupé que trepava n'um trote esfalfado. Maria julgou avistar n'elle de relance o chapéo branco e o monoculo do Ega... Pararam. E era com effeito o Ega, que reconhecera tambem a caleche da Toca, vinha já saltitando as lamas com longas pernadas de cegonha, chamando por Carlos.

Ao vêr Maria ficou atrapalhado:

— Que bella surpreza! Eu ia para lá... Vi o dia tão bonito disse commigo...

— Bem, paga a tua tipoia, vem comnosco! atalhou Carlos que trespassava o Ega, com os olhos inquietos, querendo adivinhar o motivo d'aquella brusca chegada aos Olivaes.

Quando entrou para a caleche, tendo pago o batedor, Ega, embaraçado, sem poder desabafar diante de Maria sobre o caso da Corneta, começou, sob os olhos de Carlos que o não deixavam, a fallar do inverno, das inundações do Riba-Tejo... Maria lêra. Uma desgraça, duas crianças afogadas nos berços, gados perdidos, uma grande miseria! Por fim Carlos não se conteve:

— Eu lá recebi a tua carta...

Ega acudiu:

— Arranja-se tudo! Está tudo combinado! E com effeito eu não vim senão por um sentimento bucolico...

Muito discretamente Maria olhára para o rio. Ega fez então um gesto rapido com os dedos significando «dinheiro, só questão de dinheiro». Carlos socegou: e Ega voltou a fallar dos inundados do Riba-Tejo e do sarau litterario e artistico que em beneficio d'elles se «ia commetter» no salão da Trindade... Era uma vasta solenidade oficial. Tenores do parlamento, rouxinoes da litteratura, pianistas ornados com o habito de S. Thiago, todo o pessoal canoro e sentimental do constitucionalismo ia entrar em fogo. Os reis assistiam, já se teciam grinaldas de camelias para pendurar na sala. Elle, apesar de demagogo, fôra convidado para lêr um episodio das Memorias d'um Atomo: recusára-se, por modestia, por não encontrar nas Memorias nada tão suficientemente palerma que agradasse á capital. Mas lembrára o Cruges; e o maestro ia ribombar ou arrulhar uma das suas Meditações. Além d'isso havia uma poesia social pelo Alencar. Emfim, tudo prenunciava uma immensa orgia...

— E a snr.ª D. Maria, acrescentou elle, devia ir!... É summamente pittoresco. Tinha v. exc.ª occasião de vêr todo o Portugal romantico e liberal, à la besogne, engravatado de branco, dando tudo que tem n'alma!

— Com effeito devias ir, disse Carlos, rindo. Demais a mais se o Cruges toca, se o Alencar recita, é uma festa nossa...

— Pois está claro! gritou Ega, procurando o monoculo, já excitado. Ha duas coisas que é necessario vêr em Lisboa... Uma procissão do Senhor dos Passos e um sarau poetico!

Rolavam então pelo largo do Pelourinho. Carlos gritou ao cocheiro que parasse no começo da rua do Alecrim: elles apeavam-se e tomavam de lá o americano para o Ramalhete.

Mas a tipoia estacou antes da calçada, rente ao passeio, em frente d'uma loja de alfaiate. E n'esse instante achava-se ahi parado, calçando as suas luvas pretas, um velho alto, de longas barbas d'apostolo, todo vestido de luto. Ao vêr Maria, que se inclinára á portinhola, o homem pareceu assombrado; depois, com uma leve côr na face larga e pallida, fitou gravemente o chapéo, um immenso chapéo de abas recurvas, á moda de 1830, carregado de crepe.

— Quem é? perguntou Carlos.

— É o tio do Damaso, o Guimarães, disse Maria, que córára tambem. É, curioso, elle aqui!

Ah, sim! o famoso Mr. Guimarães, o do Rappel, o intimo de Gambetta! Carlos recordava-se de ter já encontrado aquelle patriarcha no Price com o Alencar. Comprimentou-o tambem; o outro ergueu de novo com uma gravidade maior o seu sombrio chapéo de carbonario. Ega entalára vivamente o monoculo para examinar esse lendario tio do Damaso, que ajudava a governar a França: e depois de se despedirem de Maria, quando a caleche já subia a rua do Alecrim e elles atravessavam para o Hotel Central, ainda se voltou seduzido por aquelles modos, aquellas barbas austeras de revolucionario...

— Bom typo! E que magnifico chapéo, hein! D'onde diabo o conhece a snr.ª D. Maria?

— De Paris... Este Mr. Guimarães era muito da mãi d'ella. A Maria já me tinha fallado n'elle. É um pobre diabo. Nem amigo de Gambetta, nem coisa nenhuma... Traduz noticias dos jornaes hespanhoes para o Rappel, e morre de fome...

— Mas então, o Damaso?

— O Damaso é um trapalhão. Vamos nós ao nosso caso... Essa immundicie que me mandaste, a Corneta Dize lá.

Seguindo devagar pelo Aterro, Ega contou a historia da immundicie. Fôra na vespera á tarde que recebera no Ramalhete a Corneta?. Elle já conhecia o papelucho, já privára mesmo com o proprietario e redactor — o Palma, chamado Palma Cavallão para se distinguir d'outro benemerito chamado Palma Cavallinho. Comprehendeu logo que se a prosa era do Palma a inspiração era alheia. O Palma nada sabia de Carlos, nem de Maria, nem da casa da rua de S. Francisco, nem da Toca... Não era natural que escrevesse por deleite intellectual um documento que só lhe podia render desgostos e bengaladas. O artigo, pois, fôra-lhe simplesmente encommendado e pago. No terreno do dinheiro vence sempre quem tem mais dinheiro. Por este solido principio correra a procurar o Palma Cavallão no seu antro.

— Tambem lhe conheces o antro? perguntou Carlos, com horror.

Tanto não... Fui perguntar á secretaria da Justiça a um sujeito que esteve associado com elle n'um negocio de Almanachs religiosos...

Fôra pois ao antro. E encontrára as coisas dispostas pelas mãos habeis d'uma Providencia amiga. Primeiramente, depois de imprimir cinco ou seis numeros, a machina, esfalfada na pratica d'aquellas maroteiras, desmanchára-se. Além d'isso o bom Palma estava furioso com o cavalheiro que lhe encommendára o artigo, por divergencia na seriissima questão de pecunia. De sorte que apenas elle propôz comprar a tiragem do jornal — o jornalista estendeu logo a mão larga, d'unhas roídas, tremendo de reconhecimento e de esperança. Dera-lhe cinco libras que tinha, e a promessa de mais dez...

— É caro, mas que queres? continuou o Ega. Deixei-me atarantar, não regateei bastante... E emquanto a dizer quem é o cavalheiro que encommendou o artigo, o Palma, coitado, affirma que tem uma rapariga hespanhola a sustentar, que o senhorio lhe levantou o aluguer da casa, que Lisboa está carissima, que a litteratura n'este desgraçado paiz...

— Quanto quer elle?

— Cem mil reis. Mas, ameaçando-o com a policia, talvez desça a quarenta.

— Promette os cem, promette tudo, comtanto que eu tenha o nome... Quem te parece que seja?

Ega encolheu os hombros, deu um risco lento no chão com a bengala. E mais lentamente ainda foi considerando que o inspirador da Corneta devia ser alguem familiar com Castro Gomes; alguem frequentador da rua de S. Francisco; alguem conhecedor da Toca; alguem que tinha, por ciume ou vingança, um desejo ferrenho de magoar Carlos; alguem que sabia a historia de Maria; e emfim alguem que era um covarde...

— Estás a descrever o Damaso! exclamou Carlos, pallido e parando.

Ega encolheu de novo os hombros, tornou a riscar o chão:

— Talvez não... Quem sabe! Emfim, nós vamos averigual-o com certeza, porque, para terminar a negociação, fiquei de me ir encontrar com o Palma ás tres horas no Lisbonense... E o melhor é vires tambem. Trazes tu dinheiro?

— Se fôr o Damaso, mato-o! murmurou Carlos.

E não trazia sufficiente dinheiro. Tomaram uma tipoia para correr ao escriptorio do Villaça. O procurador fôra a Mafra, a um baptisado. Carlos teve de ir pedir cem mil reis ao velho Cortez, alfaiate do avô. Quando perto das quatro horas se apearam á entrada do Lisbonense, no largo de Santa Justa, o Palma no portal, com um jaquetão de velludo coçado e calça de casimira clara collado á côxa, accendia um cigarro. Estendeu logo rasgadamente a mão a Carlos — que lhe não tocou. E Palma Cavallão, sem se offender, com a mão abandonada no ar, declarou que ia justamente sahir, cançado já de esperar em cima diante d'um grog frio. De resto sentia que o snr. Maia se incommodasse em vir alli...

— Eu arranjava cá o negociosinho com o amigo Ega... Em todo o caso, se os senhores querem, vamos lá p'ra cima para um gabinete, que se está mais á vontade, e toma-se outra bebida.

Subindo a escada lobrega, Carlos recordava-se de ter já visto aquella luneta de vidros grossos, aquella cara balofa côr de cidra... Sim, fôra em Cintra, com o Eusebiosinho e duas hespanholas, n'esse dia em que elle farejára pelas estradas silenciosas, como um cão abandonado, procurando Maria!... Isto tornou-lhe mais odioso o snr. Palma. Em cima entraram n'um cubiculo, com uma janella gradeada por onde resvalava uma luz suja de saguão. Na toalha da mesa, salpicada de gordura e vinho, alguns pratos rodeavam um galheteiro que tinha moscas no azeite. O snr. Palma bateu as palmas, mandou vir genebra. Depois dando um grande puxão ás calças:

— Pois eu espero que me acho aqui entre cavalheiros. Como eu já disse cá ao amigo Ega, em todo este negocio...

Carlos atalhou-o, tocando muito significativamente com a ponteira da bengala na borda da mesa.

— Vamos ao ponto essencial... Quanto quer o snr. Palma por me dizer quem lhe encommendou o artigo da Corneta?

— Dizer quem o encommendou, e proval-o! acudiu o Ega, que examinava na parede uma gravura onde havia mulheres núas á beira d'agua. Não nos basta o nome... O amigo Palma, está claro, é de toda a confiança... Mas emfim, que diabo, não é natural que nós acreditassemos se o amigo nos dissesse que tinha sido o snr. D. Luiz de Bragança!

Palma encolheu os hombros. Está visto que havia de dar provas. Elle podia ter outros defeitos, trapalhão não! Em negoçios era todo franqueza e lisura... E, se se entendessem, alli as entregava logo, essas provas que lhe estavam enchendo o bolsinho, pimponas e d'escachar! Tinha a carta do amigo que lhe encommendára a piada: a lista das pessoas a quem se devia mandar a Corneta: o rascunho do artigo a lapis...

— Quer cem mil reis por tudo isso? perguntou Carlos.

O Palma ficou um momento indeciso, ageitando as lunetas com os dedos molles. Mas o criado veio trazer a garrafa da genebra: e então o redactor da Corneta offereceu a «bebida» rasgadamente, puxou mesmo cadeiras para aquelles cavalheiros abancarem. Ambos recusaram — Carlos de pé junto da mesa onde terminára por pousar a bengala, Ega passando a outra gravura onde dois frades se emborrachavam. Depois, quando o criado sahiu, Ega acercou-se, tocou com bonhomia no hombro do jornalista:

— Cem mil reis são uma linda somma, Palma amigo! E olhe que se lhe offerecem por delicadeza comsigo. Porque artiguinhos como este da Corneta apresentados na Boa-Hora, levam á grilheta!... Está claro, este caso é outro, vossê não teve intenção d'offender; mas levam á grilheta!... Foi assim que o Severino marchou para a Africa. Alli no porãosinho d'um navio, com ração de marujo e chibatadas. Desagradavel, muito desagradavel. Por isso eu quiz que tratassemos isto aqui, entre cavalheiros, e em amizade.

Palma, com a cabeça baixa, desfazia torrões de assucar dentro do copo de genebra. E suspirou, findou por dizer, um pouco murcho, que era por ser entre cavalheiros, e com amizade, que aceitava os cem mil reis...

Immediatamente Carlos tirou da algibeira das calças um punhado de libras, que começou a deixar cahir em silencio uma a uma dentro d'um prato. E Palma Cavallão, agitado com o tinir do ouro, desabotoou logo o jaquetão, sacou uma carteira onde reluzia um pesado monogramma de prata sob uma enorme corôa de visconde. Os dedos tremiam-lhe; por fim desdobrou, estendeu tres papeis sobre a mesa. Ega, que esperava, com o monoculo sôfrego, teve um brado de triumpho. Reconhecera a letra do Damaso!

Carlos examinou os papeis lentamente. Era uma carta do Damaso ao Palma, curta e em calão, remettendo o artigo, recommendando-lhe «que o apimentasse». Era o rascunho do artigo, laboriosamente trabalhado pelo Damaso, com entrelinhas. Era a lista, escripta pelo Damaso, das pessoas que deviam receber a Corneta: vinha lá a Gouvarinho, o ministro do Brazil, D. Maria da Cunha, El-Rei, todos os amigos do Ramalhete, o Cohen, varias authoridades, e a Fancelli prima-donna...

Palma no emtanto, nervoso, rufava com os dedos sobre a toalha, junto ao prato onde reluziam as libras. E foi o Ega que o animou, depois de relancear os olhos aos documentos por cima do hombro de Carlos:

— Recolha o bago, amigo Palma! Negocios são negocios, e o baguinho está ahi a arrefecer!

Então, ao palpar o ouro, Palma Cavallão commoveu-se. Palavra, caramba, se soubesse que se tratava d'um cavalheiro como o snr. Maia não tinha aceitado o artigo! Mas então!... Fôra o Eusebio Silveira, rapaz amigo, que lhe viera fallar. Depois o Salcede. E ambos com muitas lérias, e que era uma brincadeira, e que o Maia não se importava, e isto e aquillo, e muita promessa... Emfim deixára-se tentar. E tanto o Salcede como o Silveira se tinham portado pulhamente.

— Foi uma sorte que se escangalhasse a machina! Senão estava agora entalado, irra! E tinha desgosto, palavra, caramba, tinha desgosto! Mas acabou-se! O mal não foi grande, e sempre se fez alguma coisa pela porca da vida.

Vivamente, com um olhar, recontára o dinheiro na palma da mão: depois esvaziou a genebra, d'um trago consolado e ruidoso. Carlos guardára as cartas do Damaso, levantava já o fecho da porta. Mas voltou-se ainda, n'uma derradeira averiguação:

— Então esse meu amigo Eusebio Silveira tambem se metteu no negocio?...

O snr. Palma, muito lealmente, afiançou que o Eusebio lhe fallára apenas em nome do Damaso!

— O Eusebio, coitado, veio só como embaixador... Que o Damaso e eu não vamos muito na mesma bola. Ficámos exquisitos, desde uma péga em casa da Biscainha. Aqui p'ra nós, eu prometti-lhe dois estalos na cara, e elle embuchou. Passados tempos tornámos a fallar, quando eu fazia o High-life na Verdade. Elle veio-me pedir com bons modos, em nome do conde de Landim, para eu dar umas piadas catitas sobre um baile d'annos... Depois, quando o Damaso fez tambem annos, eu dei outra piadita. Elle pagou a ceia, ficámos mais calhados... Mas é traste... E lá o Eusebiosinho, coitado, veio só d'embaixador.

Sem uma palavra, sem um aceno ao Palma, Carlos virou as costas, deixou o cubiculo. O redactor da Corneta ainda baixou a cabeça para a porta; depois, sem se offender, voltou alegremente á genebra, dando outro puxão ás calças. Ega no emtanto accendia devagar o charuto.

— Vossê agora é que redige o jornal todo, Palma?

— O Silvestre, tambem...

— Que Silvestre?

— O que está com a Pingada. Vossê não conhece, creio eu. Um rapazola magro, que não é feio... Semsaborão, escreve uma palhada... Mas sabe coisas da sociedade. Esteve um tempo com a viscondessa de Gabellas, que elle chama a sua cabelluda... Que o Silvestre ás vezes tem graça! E sabe, sabe coisas da sociedade, assim maroteiras de fidalgos, amigações, pulhices... Vossê nunca leu nada d'elle? Chôcho. Tenho sempre de lhe arranjar o estylo... N'este numero é que havia um folhetimzito meu, catita, cá á moderna, como eu gósto, alli com a piadinha realista a bater... Emfim fica para outra vez. E outra coisa, Ega, olhe que lhe agradeço. Quando quizer, eu e a Corneta ás ordens!

Ega estendeu-lhe a mão:

— Obrigado, digno Palma! E adiós!

— Pues vaya usted con Dios, Don Juanito! exclamou logo o benemerito homem com infinito salero.

Em baixo Carlos esperava, dentro do coupé.

— E agora? perguntou Ega, á portinhola.

— Agora salta para dentro e vamos liquidar com o Damaso...

Carlos já esboçára summariamente o plano d'essa liquidação. Queria mandar desafiar o Damaso como author comprovado d'um artigo de jornal que o injuriava. O duello devia ser á espada ou ao florete, um d'esses ferros cujo lampejo, na sala d'armas do Ramalhete, fazia empallidecer o Damaso. Se contra toda a verosimilhança elle se batesse, Carlos fazia-lhe algures, entre a bochecha e o ventre, um furo que o cravasse mezes na cama. Senão a unica explicação que Carlos aceitaria do snr. Salcede seria um documento em que elle escrevesse esta coisa simples: «Eu abaixo assignado declaro que sou um infame.» E para estes serviços Carlos contava com o Ega.

— Agradeço! agradeço! Vamos a isso! exclamava o Ega esfregando as mãos, faiscando de jubilo.

No emtanto, dizia elle, a etiqueta funebre reclamava outro padrinho; e lembrou o Cruges, moço passivo e malleavel. Mas era impossivel encontrar o maestro, porque invariavelmente a criada affirmava que o menino Victorino não estava em casa... Decidiram ir ao Gremio, mandar de lá um bilhete chamando o Cruges — «para um caso urgente d'amizade e d'arte».

— Com quê, dizia o Ega continuando a esfregar as mãos emquanto a tipoia trotava para a rua de S. Francisco, com quê, demolir o nosso Damaso?

— Sim, é necessario acabar com esta perseguição. Chega a ser ridiculo... E com uma estocada, ou com a carta, temos esse biltre aniquilado por algum tempo. Eu preferia a estocada. Senão deixo-te a ti arranjar os termos d'uma carta forte...

— Has de ter uma boa carta! disse o Ega com um sorriso de ferocidade.

No Gremio, depois de redigirem o bilhete ao Cruges, vieram esperar por elle na sala das Illustrações. O conde de Gouvarinho e Steinbroken conversavam de pé, no vão d'uma janella. E foi uma surpreza. O ministro da Filandia abriu os braços para o cher Maia, que elle não vira desde a partida d'Affonso para Santa Olavia. Gouvarinho acolheu o Ega risonhamente, reatando uma certa camaradagem que entre elles se formára n'esse verão, em Cintra: mas o aperto de mão a Carlos foi sêcco e curto. Já dias antes, tendo-se encontrado no Loreto, o Gouvarinho murmurára de leve e de passagem «um como está, Maia?» em que se sentia arrefecimento. Ah! ja não eram essas effusões, essas palmadas enternecidas pelos hombros, dos tempos em que Carlos e a condessa fumavam cigarettes na cama da titi em Santa Isabel. Agora que Carlos abandonára a snr.ª condessa de Gouvarinho, a rua de S. Marçal e o commodo sofá em que ella cahia com um rumor de saias amarrotadas — o marido amuava, como abandonado tambem.

— Tenho tido saudade das nossas bellas discussões em Cintra! disse elle, dando ao Ega a palmada carinhosa nas costas que outr'ora pertencia ao Maia. Tivemol-as de primeira ordem!

Eram realmente «pégas tremendas» no pateo do Victor sobre litteratura, sobre religião, sobre moral... Uma noite mesmo tinham-se zangado por causa da divindade de Jesus.

— É verdade! acudiu o Ega. Vossê n'essa noite parecia ter ás costas uma opa de irmão do Senhor dos Passos!

O conde sorriu. Irmão do Senhor dos Passos não, graças a Deus! Ninguem melhor do que elle sabia que n'esses sublimes episodios do Evangelho reinava bastante lenda... Mas emfim eram lendas que serviam para consolar a alma humana. É o que elle objectára n'essa noite ao amigo Ega... Sentiam-se a philosophia e o racionalismo capazes de consolar a mãi que chora? Não. Então...

—Em todo o caso, tivemol-as brilhantes! concluiu elle olhando o relogio. E, eu confesso, uma discussão elevada sobre religião, sobre metaphysica, encanta-me... Se a politica me deixasse vagares dedicava-me á philosophia... Nasci para isso, para aprofundar problemas.

Steinbroken no emtanto, esticado na sua sobre-casaca azul, com um raminho d'alecrim ao peito, tomára as mãos de Carlos:

— Mais vous êtes encore devenu plus fort!... Et Affonso da Maia, toujours dans ses terres?... Est-ce qu'on ne va pas le voir un peu cet hiver?

E immediatamente lamentou não ter visitado Santa Olavia. Mas quê! a familia real installára-se em Cintra; elle fôra forçado a acompanhal-a, fazer a sua côrte... Depois necessitára ir de fugida a Inglaterra d'onde acabava de chegar, havia dias.

Sim, Carlos sabia, vira na Gazeta Illustrada...

— Vous avez lu ça? Oh oui, on a été très aimable, très aimable pour moi à la Gazette...

Tinham-lhe annunciado a partida, depois a chegada, com palavras de amizade particularmente bem escolhidas. Nem podia deixar de ser, dada esta affeição sincera que liga Portugal e a Filandia... «Mais enfin on avait été charmant, charmant!...»

— Seulement— ajuntou elle, sorrindo com finura e voltando-se tambem para o Gouvarinho — on a fait une petite erreur... On a dit que j'étais venu de Southampton par le Royal Mail... Ce n'est pas vrai, non! Je me suis embarqué à Bordeaux dans les Messageries. J'ai même pensé à écrire à Mr. Pinto, redacteur de la Gazette, qui est un charmant garçon... Puis, j'ai reflechi, je me suis dit: «Mon Dieu, on va croire que je veux donner une leçon d'exactitude à la Gazette c'est très grave... » Alors, voilà, très prudemment, j'ai gardé le silence... Mais enfin c'est une erreur: je me suis embarqué à Bordeaux.

Ega murmurou que a Historia se encarregaria um dia de rectificar esse facto. O ministro sorria modestamente, fazendo um gesto em que parecia desejar, por polidez, quc a Historia se não incommodasse. E então o Gouvarinho, que accendêra o charuto, espreitára outra vez o relogio, perguntou se os amigos tinham ouvido alguma coisa do ministerio e da crise.

Foi uma surpreza para ambos, que não tinham lido os jornaes... Mas, exclamou logo o Ega, crise porquê, assim em pleno remanso, com as camaras fechadas, tudo contente, um tão lindo tempo d'outono?

O Gouvarinho encolheu os hombros com reserva. Houvera na vespera, á noitinha, uma reunião de ministros; n'essa manhã o presidente do conselho fôra ao paço, fardado, determinado a «largar o poder»... Não sabia mais. Não conferenciára com os seus amigos, nem mesmo fôra ao seu Centro. Como n'outras occasiões de crise, conservára-se retirado, calado, esperando... Alli estivera toda a manhã, com o seu charuto, e a Revista dos Dois Mundos.

Isto parecia a Carlos uma abstenção pouco patriotica...

— Porque emfim, Gouvarinho, se os seus amigos subirem...

— Exactamente por isso, acudiu o conde com uma côr viva na face, não desejo pôr-me em evidencia... Tenho o meu orgulho, talvez motivos para o ter... Se a minha experiencia, a minha palavra, o meu nome são necessarios, os meus correligionarios sabem onde eu estou, venham pedir-m'os...

Calou-se, trincando nervosamente o charuto. E Steinbroken, perante estas coisas politicas, começou logo a retrahir-se para o fundo da janella, limpando os vidros da luneta, recolhido, já impenetravel, no grande recato neutral que competia á Filandia. Ega no emtanto não sahia do seu espanto. Mas porque cahia, porque cahia assim um governo com maioria nas camaras, socego no paiz, o apoio do exercito, a benção da Igreja, a protecção do Comptoir d'Escompte?...

O Gouvarinho correu devagar os dedos pela pera, e murmurou esta razão:

— O ministerio estava gasto.

— Como uma vela de sebo? exclamou Ega, rindo.

O conde hesitou. Como uma vela de sebo não diria... Sebo subentendia obtusidade... Ora n'este ministerio sobrava o talento. Incontestavelmente havia lá talentos pujantes...

— Essa é outra! gritou Ega atirando os braços ao ar. É extraordinario! N'este abençoado paiz todos os politicos têm immenso talento. A opposição confessa sempre que os ministros, que ella cobre d'injurias, têm, á parte os disparates que fazem, um talento de primeira ordem! Por outro lado a maioria admitte que a opposição, a quem ella constantemente recrimina pelos disparates que fez, está cheia de robustissimos talentos! De resto todo o mundo concorda que o paiz é uma choldra. E resulta portanto este facto supra-comico: um paiz governado com immenso talento, que é de todos na Europa, segundo o consenso unanime, o mais estupidamente governado! Eu proponho isto, a vêr: que como os talentos sempre falham, se experimentem uma vez os imbecis!

O conde sorria com bonhomia e superioridade a estes exageros de phantasista. E Carlos, ancioso por ser amavel, atalhou, accendendo o charuto no d'elle:

— Que pasta preferiria você, Gouvarinho, se os seus amigos subissem? A dos Estrangeiros, está claro...

O conde fez um largo gesto d'abnegação. Era pouco natural que os seus amigos necessitassem da sua experiencia politica. Elle tornára-se sobretudo um homem d'estudo e de theoria. Além d'isso não sabia bem se as occupações da sua casa, a sua saude, os seus habitos lhe permittiriam tomar o fardo do governo. Em todo o caso, decerto, a pasta dos Estrangeiros não o tentava...

— Essa, nunca! proseguiu elle, muito compenetrado. Para se poder fallar d'alto na Europa, como ministro dos Estrangeiros, é necessario ter por traz um exercito de duzentos mil homens e uma esquadra com torpedos. Nós, infelizmente, somos fracos... E eu, para papeis subalternos, para que venha um Bismarck, um Gladstone, dizer-me «ha de ser assim», não estou!... Pois não acha, Steinbroken?

O ministro tossiu, balbuciou:

— Certainement... C'est très grave... C'est excessivement grave...

Ega então affirmou que o amigo Gouvarinho, com o seu interesse geographico pela Africa, faria um ministro da Marinha iniciador, original, rasgado...

Toda a face do conde reluzia, escarlate de prazer.

— Sim, talvez... Mas eu lhe digo, meu querido Ega, nas colonias todas as coisas bellas, todas as coisas grandes estão feitas. Libertaram-se já os escravos; deu-se-lhes já uma sufficiente noção da moral christã; organisaram-se já os serviços aduaneiros... Emfim o melhor está feito. Em todo o caso ha ainda detalhes interessantes a terminar... Por exemplo, em Loanda... Menciono isto apenas como um pormenor, um retoque mais de progresso soa dar. Em Loanda precisava-se bem um theatro normal como elemento civilisador!

N'esse momento um criado veio annunciar a Carlos — que o snr. Cruges estava em baixo, no portal, á espera. Immediatamente os dois amigos desceram.

— Extraordinario, este Gouvarinho! dizia o Ega na escada.

— E este, observou Carlos com um immenso desdem de mundano, é um dos melhores que ha na politica. Pensando mesmo bem, e mettendo a roupa branca em linha de conta, este é talvez o melhor.

Acharam o Cruges á porta, de jaquetão claro, embrulhando um cigarro. E Carlos pediu-lhe logo que voltasse a casa vestir uma sobrecasaca preta. O maestro arregalava os olhos.

— É jantar?

— É enterro.

E rapidamente, sem alludir a Maria, contaram ao maestro que o Damaso publicára n'um jornal, a Corneta do Diabo (cuja tiragem elles tinham supprimido, não sendo possivel por isso mostrar o numero immundo) um artigo em que a coisa mais dôce que se chamava a Carlos era pulha. Portanto Ega e elle Cruges iam a casa do Damaso pedir-lhe a honra ou a vida.

— Bem, rosnou o maestro. Que tenho eu a fazer?... Que eu d'essas coisas não entendo.

— Tens, explicou Ega, d'ir vestir uma sobrecasaca preta e franzir o sobr'olho. Depois vir commigo; não dizer nada; tratar o Damaso por «v. exc.ª»; assentar em tudo o que eu propuzer; e nunca desfranzir o sobr'olho nem despir a sobrecasaca...

Sem outra observaçáo, Cruges partiu a cobrir-se de ceremonia e de negro. Mas no meio da rua retrocedeu:

— Ó Carlos, olha que eu fallei lá em casa. Os quartos do primeiro andar estão livres, e forrados de papel novo...

— Obrigado. Vai-te fazer sombrio, depressa!... O maestro abalára, quando diante do Gremio estacou a todo o trote uma caleche. De dentro saltou o Telles da Gama que, ainda com a mão no fecho da portinhola, gritou aos dois amigos:

— O Gouvarinho? está lá em cima?

— Está... Novidade fresca?

— Os homens cahiram. Foi chamado o Sá Nunes!

E enfiou pelo pateo, correndo. Carlos e Ega continuaram devagar até ao portão do Cruges. As janellas do primeiro andar estavem abertas, sem cortinas. Carlos, erguendo para lá os olhos, pensava n'essa tarde das corridas em que elle viera no phaeton, de Belem, para vêr aquellas janellas: ia então escurecendo, por traz dos stores fechados surgira uma luz, elle contemplára-a como uma estrella inaccessivel... Como tudo passa!

Retrocederam para o Gremio. Justamente o Gouvarinho e Telles atiravam-se á pressa para dentro da caleche que esperára. Ega parou, deixou cahir os braços:

— Lá vae o Gouvarinho batendo para o Poder, a mandar representar a Dama das Camelias no sertão! Deus se amerceie de nós!

Mas o Cruges appareceu emfim de chapéo alto, entalado n'uma sobrecasaca solemne, com botins novos de verniz. Apilharam-se logo na tipoia estreita e dura. Carlos ia leval-os a casa do Damaso. E como queria ainda jantar nos Olivaes, esperaria por elles, para saber o resultado «do chinfrin», no jardim da Estrella, junto ao coreto. — Sêde rapidos e medonhos!

A casa do Damaso, velha e d'um andar só tinha um enorme portão verde, com um arame pendente que fez resoar dentro uma sineta triste de convento e os dois amigos esperaram muito antes que apparecesse, arrastando as chinelas, o gallego achavascado que o Damaso (agora livre de Carlos e das suas pompas) já não trazia torturado em botins crueis de verniz. A um canto do pateo uma portinha abria sobre a luz d'um quintal, que parecia ser um deposito de caixotes, de garrafas vazias e de lixo.

O gallego, que reconhecera o snr. Ega, conduziu-os logo, por uma escadinha esteirada, a um corredor largo, escuro, com cheiro a môfo. Depois, batendo o chinelo, correu ao fundo, onde alvejava a claridade d'uma porta entreaberta. Quasi immediatamente Damaso gritou de lá:

— Ó Ega, é você? Entre para aqui, homem! Que diabo!... Eu estou-me a vestir...

Embaraçado com estes brados de intimidade e tanta effusão, Ega ergueu a voz da sombra do corredor, gravemente:

— Não tem duvida, nós esperamos...

O Damaso insistia, á porta, em mangas de camisa, cruzando os suspensorios:

— Venha você, homem! Que diabo, eu não tenho vergonha, já estou de calças!

— Ha aqui uma pessoa de ceremonia, gritou o Ega para findar.

A porta ao fundo cerrou-se, o gallego veio abrir a sala. O tapete era exactamente igual aos dos quartos de Carlos no Ramalhete. E em redor abundavam os vestigios da antiga amizade com o Maia: o retrato de Carlos a cavallo, n'um vistoso caixilho de flôres em faiança: uma das colchas da India das senhoras Medeiros, branca e verde, enroupando o piano, arranjada por Carlos com alfinetes: e sobre um contador hespanhol, debaixo de redoma, um sapatinho de setim de mulher, novo, que o Damaso comprára no Serra, por ter ouvido um dia a Carlos que «em todo o quarto de rapaz deve apparecer, discretamente disposta, alguma reliquia d'amor...»

Sob estes retoques de chic, dados á pressa sob a influencia do Maia, impertigava-se a sólida mobilia do pai Salcede, de mogno e velludo azul; a console de marmore, com um relogio de bronze dourado, onde Diana acariciava um galgo; o grande e dispendioso espelho, tendo entalado no caixilho uma fila de bilhetes de visita, de retratos de cantoras, de convites para soirées. E Cruges ia examinar estes documentos, quando os passos alegres do Damaso soaram no corredor. O maestro correu logo a perfilar-se ao lado do Ega, diante do canapé de velludo, teso, commodo, com o seu chapéo alto na mão.

Ao vêl-o, o bom Damaso, que se abotoára todo n'uma sobrecasaca azul, florida por um botão de camelia, atirou risonhamente os braços ao ar:

— Então esta é que é a pessoa de ceremonia? Sempre vocês têm coisas! E eu a pôr sobrecasaca... Por pouco que não lhe afinfo com o habito de Christo!...

Ega atalhou, muito sério:

— O Cruges não é de ceremonia, mas o motivo que aqui nos traz é delicado e grave, Damaso.

Damaso arregalou os olhos, reparando emfim n'aquelle estranho modo dos seus amigos, ambos de negro, seccos, tão solemnes. E recuou, todo o sorriso se lhe apagou na face.

— Que diabo é isso? Sentem-se, sentem-se vocês...

A voz apagava-se-lhe tambem. Pousado á borda d'uma poltrona baixa, junto d'uma mesa coberta d'encadernações ricas, com as mãos nos joelhos, ficou esperando, n'uma anciedade.

— Nós vimos aqui, começou Ega, em nome do nosso amigo Carlos da Maia...

Uma brusca onda de sangue cobriu a face rechonchuda do Damaso até á risca do cabello encaracolado a ferro. E não achou uma palavra, attonito, suffocado, esfregando estupidamente os joelhos.

Ega proseguiu, lento, direito no canapé:

— O nosso amigo Carlos da Maia queixa-se de que o Damaso publicou, ou fez publicar, um artigo extremamente injurioso para elle e para uma senhora das relações d'elle na Corneta do Diabo...

— Na Corneta, eu? acudiu o Damaso, balbuciando. Que Corneta? Nunca escrevi em jornaes, graças a Deus! Ora essa, a Corneta!...

Ega, muito friamente, tirou do bolso um masso de papeis. E veio collocal-os um por um, ao lado do Damaso, na mesa, sobre um magnifico volume da Biblia de Doré.

— Aqui está a sua carta remettendo ao Palma Cavallão o rascunho do artigo... Aqui está, pela sua letra igualmente, a lista das pessoas a quem se devia mandar a Corneta, desde o Rei até á Fancelli... Além d'isso nós temos as declarações do Palma. O Damaso é não só o inspirador, mas materialmente o auctor do artigo... O nosso amigo Carlos da Maia exige, pois, como injuriado, uma reparação pelas armas...

Damaso deu um salto da poltrona, tão arrebatado — que involuntariamente Ega recuou, no receio d'uma brutalidade. Mas já o Damaso estava no meio da sala, esgazeado, com os braços tremulos no ar:

— Então o Carlos manda-me desafiar? A mim?... Que lhe fiz eu? Elle a mim é que me pregou uma partida!... Foi elle, vocês sabem perfeitamente que foi elle!...

E desabafou, n'um prodigioso fluxo de loquacidade, atirando palmadas ao peito, com os olhos marejados de lagrimas. Fôra Carlos, Carlos, que o desfeitiára a elle, mortalmente! Durante todo o inverno tinha-o perseguido para que elle o apresentasse a uma senhora brazileira muito chic, que vivia em Paris, e que lhe fazia olho... E elle, bondoso como era, promettia, dizia: «Deixa estar, eu te apresento!» Pois, senhores, que faz Carlos? Aproveita uma occasião sagrada, um momento de luto, quando elle Damaso fôra ao Norte por causa da morte do tio, e mette-se dentro da casa da brazileira... E tanto intriga, que leva a pobre senhora a fechar-lhe a sua porta, a elle, Damaso, que era intimo do marido, intimo de tu! Caramba, elle que devia mandar desafiar Carlos! Mas não! fôra prudente, evitára o escandalo por causa do snr. Affonso da Maia... Queixára-se de Carlos, é verdade... Mas no Gremio, na Casa Havaneza, entre rapaziada amiga... E no fim Carlos préga-lhe uma d'estas!

— Mandar-me desafiar, a mim! A mim, que todo o mundo conhece!...

Calou-se, engasgado. E Ega, estendendo a mão, observou placidamente que se desviavam do ponto vivo da questão. O Damaso concebera, rascunhára, pagára o artigo da Corneta. Isso não o negava, nem o podia negar: as provas estavam alli, abertas sobre a mesa: elles tinham além d'isso a declaração do Palma...

— Esse desavergonhado! gritou o Damaso, levado n'outra rajada d'indignação que o fez redemoinhar, estonteado, tropeçando nos moveis. Esse descarado do Palma! Com esse é que eu me quero vêr!... Lá a questão com o Carlos não vale nada, arranja-se, somos todos rapazes finos... Com o Palma é que é! Esse traidor é que eu quero rachar! Um homem a quem eu tenho dado ás meias libras, aos sete mil reis! E ceias, e tipoias! Um ladrão que pediu o relogio ao Zeferino para figurar n'um baptisado, e pôl-o no prégo!... E faz-me uma d'estas!... Mas hei de escavacal-o! Onde é que você o viu, Ega? Diga lá, homem! Que quero ir procural-o, hoje mesmo, correl-o a chicotadas... Traições não, não admitto a ninguem!

Ega, com a tranquillidade paciente de quem sente a prêsa certa, lembrou de novo a inutilidade d'aquellas divagações:

— Assim nunca acabamos, Damaso... O nosso ponto é este: o Damaso injuriou Carlos da Maia: ou se retracta publicamente d'essa injuria, ou dá uma reparação pelas armas...

Mas o Damaso, sem escutar, appellava desesperadamente para o Cruges, que se não movera do sofá de velludo, esfregando, um contra o outro, com um ar arripiado e de dôr, os dois sapatos novos de verniz.

— Aquelle Carlos! Um homem que se dizia meu amigo intimo! Um homem que fazia de mim tudo! Até lhe copiava coisas... Você bem viu, Cruges. Diga! Falle, homem! Não sejam vocês todos contra mim!... Até ás vezes ia á alfandega despachar-lhe caixotes...

O maestro baixava os olhos, vermelho, n'um infinito mal-estar. E Ega, por fim, já farto, lançou uma intimação derradeira:

— Em resumo, Damaso, desdiz-se ou bate-se?

— Desdizer-me? tartamudeou o outro, impertigando-se, n'um penoso esforço de dignidade, a tremer todo. E de quê? Ora essa! É boa! Eu sou lá homem que me desdiga!

— Perfeitamente, então bate-se...

Damaso cambaleou para traz, desvairado:

— Qual bater-me! Ee sou lá homem que me bata! Eu cá é a sôcco. Que venha para cá, não tenho medo d'elle, arrombo-o...

Dava pulinhos curtos de gordo, através do tapete, com os punhos fechados e em riste. E queria Carlos alli para o escavacar! Não lhe faltava mais senão bater-se... E então duellos em Portugal, que acabavam sempre por troça!

Ega no emtanto, como se a sua missão estivesse finda, abotoára a sobrecasaca e recolhia os papeis espalhados sobre a Biblia. Depois, serenamente, fez a ultima declaração de que fôra incumbido. Como o snr. Damaso Salcede recusava retractar-se e rejeitara tambem uma reparação pelas armas, Carlos da Maia prevenia-o de que em qualquer parte que o encontrasse d'ahi por diante, fosse uma rua, fosse um theatro, lhe escarraria na face...

— Escarrar-me! berrou o outro, livido, recuando, como se o escarro já viesse no ar.

E de repente, espavorido, coberto de bagas de suor, precipitou-se sobre o Ega, agarrando-lhe as mãos, n'uma agonia:

— Ó João, ó João, tu, que és meu amigo, por quem és, livra-me d'esta entaladella!

Ega foi generoso. Desprendeu-se d'elle, empurrou-o brandamente para a poltrona, calmando-o com palmadinhas fraternaes pelo hombro. E declarou que, desde que Damaso appellava para a sua amizade, desapparecia o enviado de Carlos necessariamente exigente, ficava só o camarada, como no tempo dos Cohens e da villa Balzac. Queria pois o amigo Damaso um conselho? Era assignar uma carta affirmando que tudo o que fizera publicar na Corneta sobre o snr. Carlos da Maia e certa senhora fôra invenção falsa e gratuita. Só isto o salvava. D'outro modo, Carlos um dia, no Chiado, em S. Carlos, escarrava-lhe na cara. E, dado esse desastre, Damasosinho, a não querer ser apontado em Lisboa como um incomparavel cobarde, tinha de se bater á espada ou á pistola...

— Ora, em qualquer d'esses casos, você era um homem morto.

O outro escutava, esbarrondado no fundo do assento de velludo, com a face emparvecida para o Ega. Alargou mollemente os braços, murmurou da profundidade do seu terror:

— Pois sim, eu assigno, João, eu assigno...

— É o que lhe convém... Arranje então papel. Você está perturbado, eu mesmo redijo.

Damaso ergueu-se, com as pernas frouxas, atirando um olhar tonto e vago por sobre os moveis:

— Papel de carta? É para carta?

— Sim, está claro, uma carta ao Carlos!

Os passos do desgraçado perderam-se emfim no corredor, pesados e succumbidos.

— Coitado! suspirou o Cruges levando de novo, com um ar de arripio, a mão aos sapatos.

Ega lançou-lhe um chut severo. Damaso voltava com o seu sumptuoso papel de monogramma e corôa. Para envolver em silencio e segredo aquelle transe amargo, cerrou o reposteiro; e o vasto pano de velludo, desdobrando-se, mostrou o brazão de Salcede, onde havia um leão, uma torre, um braço armado, e por baixo, a letras d'ouro, a sua formidavel divisa: SOU FORTE! Immediatamente Ega afastou os livros na mesa, abancou, atirou largamente ao papel a data e a adresse do Damaso...

— Eu faço o rascunho, você depois copía...

— Pois sim! gemeu o outro, de novo, aluido na poltrona, passando o lenço pelo pescoço e pela face.

Ega no emtanto escrevia muito lentamente, com amor. E n'aquelle silencio, que o embaraçava, Cruges terminou por se erguer, foi coxeando até ao espelho onde se desenrolavam, entalados na frincha do caixilho, bilhetes e photographias. Eram as glorias sociaes do Damaso, os documentos do chic a valer que era a paixão da sua vida: bilhetes com titulos, retratos de cantoras, convites para bailes, cartas de entrada no Hippodromo, diplomas de membro do Club Naval, de membro do Jockey Club, de membro do Tiro aos Pombos: — até pedaços cortados de jornaes annunciando os annos, as partidas, as chegadas do snr. Salcede, «um dos nossos mais distinctos sportmen».

Desventuroso sportman! Aquella folha de papel, onde o Ega rascunhava, ia-o enchendo pouco a pouco d'um terror angustioso. Santo Deus! Para que eram tantos apuros n'uma carta ao Carlos, um rapaz intimo? Uma linha bastaria: — «Meu querido carlos, não te zangues, desculpa, foi brincadeira.» Mas não! Toda uma pagina de letra miuda com entrelinhas! Já mesmo Ega voltava a folha, molhava a penna, como se d'ella devessem escorrer sem cessar coisas humilhadoras! Não se conteve, estendeu a face por sobre a mesa, até o papel:

— Ó Ega, isso não é para publicar, pois não é verdade?

Ega reflectiu, com a penna no ar:

— Talvez não... Estou certo que não. Naturalmente Carlos, vendo o seu arrependimento, deixa isto esquecido no fundo d'uma gaveta.

Damaso respirou com allivio. Ah, bem! Isso parecia-lhe mais decente entre amigos! Que lá isso, mostrar o seu arrependimento, até elle desejava! Com effeito o artigo fôra uma tolice... Mas então! Em questões de mulheres era assim, assomado, um leão...

Abanou-se com o lenço, desanuviado, recomeçando a achar sabôr á vida. Findou mesmo por accender um charuto, levantar-se sem rumor acercar-se do Cruges — que, coxeando através das curiosidades da sala, encalhára sobre o piano e sobre os livros de musica, com o pé dorido no ar.

— Então tem-se feito alguma coisa de novo, Cruges?

Cruges, muito vermelho, resmungou que não tinha feito nada.

Damaso ficou alli um momento, a mascar o charuto. Depois, atirando um olhar inquieto á mesa onde o Ega rascunhava interminavelmente, murmurou, sobre o hombro do maestro:

— Uma entaladella assim! Eu é por causa da gente conhecida... Senão não me importava! Mas veja você tambem se arranja as coisas e se o Carlos deixa aquillo na gaveta...

Justamente Ega erguera-se com o papel na mão e caminhava para o piano, devagar, relendo baixo.

— Ficou optimo, salva tudo! exclamou por fim. Vai em fórma de carta ao Carlos, é mais correcto. Você depois copia e assigna. Ouça lá: «Exc.mo snr... Está claro, você dá-lhe excellencia, porque é um documento d'honra... Exc.mo snr. — Tendo-me v. exc.ª, por intermédio dos seus amigos João da Ega e Victorino Cruges, manifestado a indignação que lhe causára um certo artigo da Corneta do Diabo de que eu escrevi o rascunho e de que promovi a publicação, venho declarar francamente a v. exc.ª que esse artigo, como agora reconheço, não continha senão falsidades e incoherencias: e a minha desculpa unica está em que o compuz e enviei á redacção da Corneta no momento de me achar no mais completo estado d'embriaguez...»

Parou. E nem se voltou para o Damaso, que deixára pender os braços, rolar o charuto no tapete, varado. Foi ao Cruges que se dirigiu, entalando o monoculo:

— Achas talvez forte?... Pois eu redigi assim por ser justamente a unica maneira de resalvar a dignidade do nosso Damaso.

E desenvolveu a sua idéa, mostrando quanto era generosa e habil — emquanto o Damaso, aparvalhado, apanhava o charuto. Nem Carlos nem elle queriam que o Damaso n'uma carta (que se podia tornar publica) declarasse «que calumniára por ser calumniador». Era necessario, pois, dar á calumnia uma d'essas causas fortuitas e ingovernaveis que tiram a responsabilidade ás acções. E que melhor, tratando-se d'um rapaz mundano e femeeiro, do que estar bebedo?... Não era vergonha para ninguem embebedar-se... O proprio Carlos, todos elles alli, homens de gosto e de honra, se tinham embebedado. Sem remontar aos romanos, onde isso era uma hygiene e um luxo, muitos grandes homens na Historia bebiam de mais. Em Inglaterra era tão chic, que Pitt, Fox e outros nunca fallavam na Camara dos communs senão aos bordos. Musset, por exemplo, que bebedo! Emfim a Historia, a Litteratura, a Politica, tudo fervilhava de piteiras... Ora, desde que o Damaso se declarava borracho, a sua honra ficava salva. Era um homem de bem que apanhára uma carraspana e que commettera uma indiscrição... Nada mais!

— Pois não te parece, Cruges?

— Sim, talvez, que estava bebedo, murmurou o maestro timidamente.

— Pois não lhe parece a você, francamente, Damaso?

— Sim, que estava bebedo, balbuciou o desgraçado.

Immediatamente Ega retomou a leitura: «Agora que voltei a mim reconheço, como sempre renheci e proclamei, que é v. exc.ª um caracter absolutamente nobre; e as outras pessoas, que n'esse momento d'embriaguez ousei salpicar de lama, são-me só merecedoras de veneração e louvor. Mais declaro que se por acaso tornasse a succeder soltar eu alguma palavra offensiva para v. exc.ª não lhe devia dar v. exc.ª, ou aquelles que a escutassem, mais importancia do que a que se dá a uma involuntaria baforada d'alcool — pois que, por um habito hereditario que reapparece frequentemente na minha familia, me acho repetidas vezes em estado de embriaguez... De v. exc.ª, com toda a estima etc....» Rodou sobre os tacões, pousou o rascunho na mesa — e accendendo o charuto ao lume do Damaso, explicou com amizade, com bonhomia, o que o determinára áquella confissão de bebedeira incorrigivel e palreira. Fôra ainda o desejo de garantir a tranquillidade do «nosso Damaso». Attribuindo todas as imprudencias em que pudesse cahir a um habito d'intemperança hereditaria, de que tinha tão pouca culpa como de ser baixo e gordo, o Damaso punha-se para sempre ao abrigo das provocações de Carlos...

— Você, Damaso, tem genio, tem lingua... Um dia esquece-se, e no Gremio, sem querer, na cavaqueira depois do theatro, lá lhe escapa uma palavra contra Carlos... Sem esta precaução, ahi recomeça a questão, o escarro, o duello... Assim já Carlos não se póde queixar. Lá tem a explicação que tudo cobre, uma gotta de mais, a gotta tomada por impulso de borrachice hereditaria... Você alcança d'este modo a coisa que mais se appetece n'este nosso seculo XIX — a irresponsabilidade!... E depois para a sua família não é vergonha, porque você não tem familia. Em resumo, convem-lhe?

O pobre Damaso escutava-o, esmagado, enervado, sem comprehender aquellas roncantes phrases sobre «a hereditariedade», sobre «o seculo XIX». E um unico sentimento vivo o dominava, acabar, reentrar na sua paz pachorrenta, livre de floretes e de escarros. Encolheu os hombros, sem força:

— Que lhe hei de eu fazer?... Para evitar fallatorios.

E abancou, metteu um bico novo na penna, escolheu uma folha de papel em que o monogramma luzia mais largo, começou a copiar a carta na sua maravilhosa letra, com finos e grossos, d'uma nitidez de gravura em aço.

Ega no emtanto, de sobrecasaca desabotoada e charuto fumegante, rondava em torno da mesa, seguindo sôfregamente as linhas que traçava a mão applicada do Damaso, ornada d'um grosso annel d'armas. E durante um momento atravessou-o um susto... Damaso parára, com a penna indecisa. Diabo! Acordaria emfim, no fundo de toda aquella gordura balofa, um resto escondido de dignidade, de revolta?... Damaso alçou para elle os olhos embaciados:

— Embriaguez é com n ou com m?

— Com um m, um m só, Damaso! acudiu Ega affectuosamente. Vai muito bem... Que linda letra você tem, caramba!

E o infeliz sorriu á sua propria letra — pondo a cabeça de lado, no orgulho sincero d'aquella soberba prenda.

Quando findou a cópia foi Ega que conferiu, pôz a pontuação. Era necessario que o documento fosse chic e perfeito.

— Quem é o seu tabellião, Damaso?

— O Nunes, na rua do Ouro... Porque?

— Oh! nada. É um detalhe que n'estes casos se pergunta sempre. Mera ceremonia... Pois amigos, como papel, como letra, como estylo, está d'appetite a cartinha!

Metteu-a logo n'um enveloppe onde rebrilhava a divisa «Sou Forte», sepultou-a preciosamente no interior da sobrecasaca. Depois, agarrando o chapéo, batendo no hombro do Damaso com uma familiaridade folgazã e leve:

— Pois, Damaso, felicitemo-nos todos! Isto podia acabar fóra de portas, n'uma poça de sangue! Assim é uma delicia. E adeus... Não se incommode você. Então o grande sarau sempre é na segunda-feira? Vai lá tudo, hein! Não venha cá, homem... Adeus!

Mas o Damaso acompanhou-os pelo corredor, mudo, murcho, cabisbaixo. E no patamar reteve o Ega, desafogou outra inquietação que o assaltára:

— Isso não se mostra a ninguem, não é verdade, Ega?

Ega encolheu os hombros. O documento pertencia a Carlos... Mas emfim Carlos era tão bom rapaz, tão generoso!

Esta incerteza, que o ficava minando, arrancou um suspiro ao Damaso:

— E chamei eu áquelle homem meu amigo!

— Tudo na vida são desapontamentos, meu Damaso! foi a observação do Ega, saltando alegremente os degraus.

Quando o calhambeque parou no Jardim da Estrella, Carlos já esperava ao portão de ferro, n'uma impaciencia, por causa do jantar na Toca. Enfiou logo para dentro atropellando o maestro, bradou ao cocheiro que voasse ao Loreto.

— E então, meus senhores, temos sangue?

— Temos melhor! exclamou Ega no barulho das rodas, floreando o enveloppe.

Carlos leu a carta do Damaso. E foi um immenso assombro:

— Isto é incrível!... Chega a ser humilhante para a natureza humana!

— O Damaso não é o genero humano, acudiu Ega. Que diabo esperavas tu? Que elle se batesse?

— Não sei, corta o coração... Que se ha de fazer a isto?

Segundo o Ega não se devia publicar; seria crear curiosidade e escandalo em torno do artigo da Corneta que custára trinta libras a suffocar. Mas convinha conservar aquillo como uma ameaça pairando sobre o Damaso, tornando-o para longos annos nullo e inoffensivo.

— Eu eslou mais que vingado, concluiu Carlos. Guarda o papel: é obra tua, usa-o como quizeres...

Ega guardou-o com prazer, emquanto Carlos, batendo no joelho do maestro, queria saber como elle se portára n'aquelle lance d'honra...

— Pessimamente! gritou Ega. Com expressões de compaixão; sem linha nenhuma; estendido por cima do piano; agarrando com a mão no sapato...

— Pudera! exclamou Cruges desafogando emfim. Vocês dizem-me que me ponha de ceremonia, calço uns sapatos novos de verniz, estive toda a tarde n'um tormento! E não se conteve mais, arrancou o sapato, pallido, com um medonho suspiro de consolação.

No dia seguinte, depois do almoço, emquanto uma chuva grossa alagava os vidros sob as lufadas de sudoeste, Ega, no fumoir, enterrado n'uma poltrona, com os pés para o lume, relia a carta do Damaso: e pouco a pouco subiu n'elle a mágoa de que esse colossal documento de cobardia humana, tão interessante para a physiologia e para a arte, ficasse para sempre inaproveitado no escuro d'uma gaveta!... Que effeito, que soberbo effeito se aquella confissão do «nosso distincto sportman» surgisse um dia na Gazeta Illustrada ou no novo jornal A Tarde, nas columnas do High-life, sob este titulo— PENDENCIA D'HONRA! E que lição, que meritorio acto de justiça social!

Todo esse verão, Ega detestára o Damaso, certo, desde Cintra, de que elle era o amante da Cohen — e de que, por esse imbecil de grossas nadegas, esquecera ella para sempre a villa Balzac, as manhãs na colcha de setim preto, os seus beijos delicados, os versos de Musset que lhe lia, os lunchesinhos de perdiz, tantos encantos poeticos. Mas o que lhe tornára o Damaso intoleravel — fôra a sua farofia radiante de homem preferido; o ar de posse com que passeava ao lado de Rachel pelas estradas de Cintra, vestido de flanella branca; os segredinhos que tinha sempre a cochichar-lhe sobre o hombro; e o acênosinho desdenhoso, com um dedo, que lhe atirava de lado, ao passar, a elle proprio, Ega... Era odioso! Odiava-o: e através d'esse odio ruminára sempre o desejo d'uma vingança — pancada, deshonra ou ridiculo que tornasse o snr. Salcede, aos olhos de Rachel, desprezivel, grutesco, chato como um balão furado...

E agora alli tinha essa carta providencial, em que o homem solemnemente se declarava bebedo. «Sou um bebedo, estou sempre bebedo»! Assim o dizia, no seu papel de monogramma d'ouro, o snr. Salcede, n'um medo vil de cão gôso, rastejando com o rabo entre as pernas diante de qualquer pau!... Nenhuma mulher resistiria a isto... E havia d'encafuar tão decisivo documento no fundo d'um gavetão?

Publical-o na Gazeta Illustrada ou na Tarde não podia, infelizmente, por interesse de Carlos. Mas porque o não mostraria «em segredo», como uma curiosidade psychologica, ao Craft, ao marquez, ao Telles, ao Gouvarinho, ao primo do Cohen? Podia mesmo confiar uma cópia ao Taveira que, resentido eternamente da questão com o Damaso em casa da Lola Gorda, correria a lêl-a em segredo na Casa Havaneza, no bilhar do Gremio, no Silva, nos camarins de cantoras... E ao fim de uma semana a snr.ª D. Rachel saberia inevitavelmente que o escolhido do seu coração era por confissão propria um calumniador e um bebedo!... Delicioso!

Tão delicioso que não hesitou mais, subiu ao quarto para copiar a carta do Damaso. Mas quasi immediatamente um criado trouxe-lhe um telegramma de Affonso da Maia annunciando que chegava no dia seguinte ao Ramalhete. Ega teve de sahir, telegraphar para os Olivaes, avisar Carlos.

Carlos appareceu n'essa noite, já tarde, transido de frio, com um monte de bagagens porque abandonára definitivamente os Olivaes. Maria Eduarda regressava tambem a Lisboa, para o primeiro andar da rua de S. Francisco, tomado agora por seis mezes, tapetado de novo pela mãi Cruges. E Carlos vinha muito impressionado, com profundas saudades da Toca. Depois de cear, ao fogão, acabando o charuto, relembrou infindavelmente esses dias alegres, a sua casinhola, o banho da manhã tomado dentro d'uma dorna, a festa do deus Tchi, as guitarradas do marquez, as longas cavaqueiras ao café com as janellas abertas e as borboletas voando em torno aos candieiros... Fóra as cordas d'agua, sob o vento d'inverno, batiam os vidros na mudez da noite negra. Ambos terminaram por ficar calados, pensativos, com os olhos no lume.

— Quando esta tarde dei pela ultima vez uma volta na quinta, disse por fim Carlos, já não havia uma unica folha nas arvores... Tu não sentes sempre uma grande melancolia n'estes fins de outono?...

— Immensa! murmurou Ega lugubremente.

Ao outro dia a manhã clareava, limpa e branca, quando Ega e Carlos, ainda estremunhados e tiritando, se apearam em Santa Apolonia. O comboio acabava justamente de chegar; e viram logo, entre o rumor de gente que se escoava das portinholas abertas, Affonso, com o seu velho capote de gola de velludo, apegado a uma bengala, debatendo-se entre homens de boné agaloado que lhe offereciam o Hotel Terreirense e a Pomba d'Ouro. Atraz Mr. Antoine, o chefe francez, grave, de chapéo alto, trazia o cesto em que viajára o reverendo Bonifacio.

Carlos e Ega acharam Afioaso mais acabado, mais pesado. Todavia gabaram-lhe muito, entre os primeiros abraços, a sua robustez de patriarcha. Elle encolheu os hombros, queixando-se de ter sentido desde o fim do verão vertigens, um cansaço vago...

— Vocês é que estão excellentes, acrescentou abraçando outra vez Carlos e sorrindo ao Ega. E que ingratidão foi essa tua, John, mettido aqui todo um verão sem me ir visitar?... Que tens tu feito? Que têm vocês feito?

— Mil coisas! acudiu Ega alegremente. Planos, ideias, titulos... Temos sobretudo o projecto d'uma Revista um apparelho d'educação superior que vamos montar com uma força de mil cavallos!... Emfim logo se lhe conta tudo ao almoço.

E ao almoço, com effeito, para justificarem as suas occupações em Lisboa, fallaram da Revista como se ella já estivesse organisada e os artigos a imprimir na officina — tanta foi a precisão com que lhe descreveram as tendencias, a feição critica, as linhas de pensamento sobre que ella devia rolar... Ega já preparára um trabalho para o primeiro numero — A capital dos portuguezes. Carlos meditava uma série d'ensaios á ingleza, sob este titulo — Porque falhou entre nós o systema constitucional. E Affonso escutava, encantado com aquellas bellas ambições de lucta, querendo partilhar da grande obra como socio capitalista... Mas Ega entendia que o snr. Affonso da Maia devia descer à arena, lançar tambem a palavra do seu saber e da sua experiencia. Então o velho riu. O quê! compôr prosa, elle, que hesitava para traçar uma carta ao feitor? De resto o que teria a dizer ao seu paiz, como fructo da sua experiencia, reduzia-se pobremente a tres conselhos em tres phrases: aos politicos — «menos liberalismo e mais caracter»; aos homens de letras — «menos eloquencia e mais ideia»; aos cidadãos em geral — «menos progresso e mais moral».

Isto enthusiasmou o Ega! Justamente, ahi estavam as verdadeiras feições da reforma espiritual que a Revista devia prégar! Era necessario tomal-as como moto symbolico, inscrevel-as em letras gothicas no frontispicio — porque Ega queria que a Revista fosse original logo na capa. E então a conversação desviou para o exterior da Revista — Carlos pretendendo que fosse azul-claro com typo Renascença, Ega exigindo uma cópia exacta da Revista dos Dois Mundos, n'uma nuance mais côr de canario. E, levados pela sua imaginação de meridionaes, já não era só para agradar a Affonso da Maia que iam levantando e dando fórma áquelle confuso plano.

Carlos exclamava para o Ega, com os olhos já apaixonados:

— Isto agora é sério. Precisamos arranjar immediatamente a casa para a redacção!

Ega bracejava:

— Pudera! E moveis! E machinas!

Toda a manhã, no escriptorio d'Affonso, azafamados, com papel e lapis, se occuparam em fixar uma lista de collaboradores. Mas já as difficuldades surgiam. Quasi todos os escriptores suggeridos desagradavam ao Ega, por lhes faltar no estylo aquelle requinte plastico e parnasiano de que elle desejava que a Revista fosse o impeccavel modelo. E a Carlos alguns homens de letras pareciam impossiveis... — sem querer confessar que n'elles lhe repugnava exclusivamente a falta de linha e o fato mal feito...

Uma coisa porém ficou decidida: a casa da redacção. Devia ser mobilada luxuosamente, com sofás do consultorio de Carlos e algum bric-à-brac da Toca: e sobre a porta (ornada d'um guarda-portão de libré) a taboleta de verniz preto, com Revista de Portugal em altas letras a ouro. Carlos sorria, esfregava as mãos, pensando na alegria de Maria ao saber esta decisão que o lançava, como era o desejo d'ella, na actividade, n'uma lucta interessante d'ideias. Ega, esse, via já a brochura côr de canario aos montões nas vitrines dos livreiros, discutida nas soirées do Gouvarinho, folheada na camara com espanto pelos politicos...

— Vai-se remexer Lisboa este inverno, snr. Affonso da Maia! gritou elle atirando um gesto immenso até ao tecto.

E o mais contente era o velho.

Depois de jantar, Carlos pediu ao Ega para ir com elle á rua de S. Francisco (onde Maria se installára n'essa manhã) levarem a nova da grande obra. Mas encontraram á porta uma carroça descarregando malas; e a senhora, contou o Domingos que ajudava os carroceiros, esteve ainda jantando a um canto da mesa e sem toalha. Com tanta confusão na casa, Ega não quiz subir.

— Até logo, disse elle. Vou talvez procurar o Simão Craveiro e fallar-lhe da Revista.

Subiu lentamente o Chiado, leu os telegrammas na Casa Havaneza. Depois á esquina da rua Nova da Trindade, um homem rouco, sumido n'um paletot, offereceu-lhe uma «senhasinha». Outros, em volta, gritavam na sombra do Hotel Alliança:

— Bilhete para o Gymnasio! Mais barato... Bilhete para o Gymnasio! Quem vende?...

Havia um cruzar animado de carruagens com librés. Os bicos de gaz do Gymnasio tinham um fulgor de festa. E Ega deu de rosto com o Craft que atravessava do lado do Loreto, de gravata branca e flôr no paletot.

— Que é isto?

— Festa de beneficencia, não sei, disse o Craft. Uma coisa promovida por senhoras, a baroneza d'Alvim mandou-me um bilhete... Venha você d'ahi ajudar-me a levar esta caridade ao Calvario.

E na esperança de flirtar com a Alvim, Ega comprou logo uma senha. No perystilo do Gymnasio encontraram Taveira passeando e fumando solitariamente, á espera que findasse a primeira comedia, o Fructo prohibido. Então Craft propôz «botequim e genebra».

— E que ha do ministerio? perguntou elle, apenas abancaram a um canto.

O Taveira não subiu. Todos esses dois longos dias se intrigára desesperadamente. O Gouvarinho queria as Obras Publicas: o Videira tambem. E fallava-se d'uma scena terrível por causa de syndicatos, em casa do presidente do conselho, o Sá Nunes, que terminára por dar um murro na mesa, gritar: «Irra! que isto não é o pinhal d'Azambuja!»

— Canalha! rosnou Ega com odio.

Depois fallaram do Ramalhete, da volta d'Affonso, da reapparição do Carlos. Craft louvou Deus por haver outra vez n'esse inverno uma casa com fogões, onde se passasse uma hora civilisada e intelligente.

Taveira acudiu com o olho brilhante:

— Diz que vamos ter um centrosinho muito mais interessante ainda, na rua de S. Francisco! Foi o marquez que me disse. Madame Mac-Gren vai receber. Craft não sabia mesmo que ella já tivesse recolhido da Toca.

— Voltou hoje, disse o Ega. Você ainda não a conhece?... Encantadora.

— Creio que sim.

O Taveira vira-a de relance no Chiado. Parecera-lhe uma belleza. E um ar tão sympathico!

— Encantadora! repetiu Ega.

Mas o Fructo proibido findára, os homens enchiam o peristylo, n'um rumor lento, accendendo os cigarros. E Ega, deixando o Craft e Taveira com a genebra, correu á plateia para descobrir o camarote da Alvim.

Mal erguera porém a cortina e assestára o monoculo — avistou defronte, na primeira ordem, a Cohen, toda de preto, com um grande leque de rendas brancas; por traz negrejavam as suissas fortes do marido; e em face d'ella, recostado no velludo da grade, de casaca, com a bochecha risonha, uma grossa perola no peitilho da camisa, o Damaso, o bebedo!

Ega cahiu mollemente, ao acaso, na borda d'uma cadeira: e perturbado, já esquecido da Alvim, alli ficou a olhar o panno coberto d'annuncios, correndo os dedos tremulos pelo bigode.

No emtanto a campainha retinia, a gente vagarosamente reentrava na plateia. Um cavalheiro gordo e carrancudo tropeçou no joelho do Ega: outro, de luvas claras, com uma polidez adocicada, pediu permissão a s. exc.ª Elle não escutava, não percebia: os seus olhos, um momento errantes, tinham-se emfim cravado no camarote da Cohen e não se desviaram de lá, n'uma emoção que o empallidecia.

Não a tornára a encontrar desde Cintra, onde só a via de longe, com vestidos claros sob o verde das arvores; e agora alli, toda de preto, em cabello, com um decote curto onde brilhava a perfeita brancura do seu collo, ella era outra vez a sua Rachel, dos tempos divinos da villa Balzac. Era assim que elle, todas as noites em S. Carlos, a contemplava do fundo da frisa de Carlos, com a cabeça encostada ao tabique, saturado de felicidade. Lá tinha a sua luneta d'ouro, presa por um fio d'ouro. Parecia mais pallida, mais delicada, com o longo quebranto dos olhos pisados, o seu ar de romance e de lirio meio murcho: e como então os seus cabellos magnificos e pesados cahiam habilmente n'uma massa meia solta sobre as costas, n'um desalinho de nudez. Pouco a pouco, entre o afinar de rebecas e o rumor das cadeiras Ega revia, n'uma onda de recordações que o suffocava, o grande leito da villa Balzac, certos beijos e certos risos, as perdizes comidas em camisa á borda do sofá, e a melancolia deliciosa das tardes, quando ella sahia furtivamente, coberta de véos, e elle ficava, cansado, no crepusculo poetico do quarto, cantarolando a Traviata...

— V. exc.ª dá licença, snr. Ega?

Era um sujeito escaveirado, de barba rala, que reclamava a sua cadeira. Ega ergueu-se, confusamente, sem reconhecer o snr. Sonsa Netto. O panno subira. Á borda da rampa um lacaio, piscando o olho á Plateia, fazia confidencias sobre a patrôa, de espanejador debaixo do braço. E Cohen, agora de pé, enchia o meio do camarote, cofiando a suissas com um correr lento da mão bem tratada, onde reluzia um diamante.

Ega então, n'um soberbo alarde d'indifferença, cravou o monoculo no palco. O lacaio abalára espavorido, a um repique furioso de sineta; e uma megera azeda, de roupão verde e touca á banda, rompera de dentro, meneando desesperadamente o leque, ralhando com uma mocinha delambida que batia o tacão, se esganiçava: «Pois hei de amal-o sempre! hei de amal-o sempre!»

Irresistivelmente Ega revirou o canto do olho para o camarote: Rachel e o Damaso, com as cabeças chegadas como em Cintra, cochichavam n'um sorriso. E tudo logo dentro do Ega se resumiu n'um immenso odio ao Damaso! Collado á umbreira da porta, rilhava os dentes, n'um desejo de subir, escarrar-lhe na bochecha gorda.

E não desviava d'elle os olhos, que dardejavam. Na scena, um velho general, gottoso e resmungão, sacudia um jornal, gritava pela sua tapioca. A Plateia ria, o Cohen ria. E n'esse momento Damaso, que se debruçára no camarote com as mãos de fóra, calçadas de gris-perle, descobriu o Ega, sorriu, atirou-lhe como em Cintra um acenosinho petulante, muito d'alto, na ponta dos dedos. Isto feriu o Ega como um insulto. E ainda na vespera aquelle covarde se lhe agarrára ás mãos, tremendo todo, a gritar «que o salvasse!...»

Subitamente, com uma idéa, palpou por sobre o bolso a carteira onde na vespera guardára a carta do Damaso... «Eu t'arranjo!» murmurou elle. E abalou, desceu a rua da Trindade, cortou pelo Loreto como uma pedra que rola, enfiou, ao fundo da praça de Camões, n'um grande portão que uma lanterna alumiava. Era a redacção da Tarde.

Dentro do pateo d'esse jornal elegante fedia. Na escadaria de pedra, sem luz, cruzou um sujeito encatarrhoado que lhe disse que o Neves estava em cima ao cavaco. O Neves, deputado, politico, director da Tarde, fôra, havia annos, n'umas ferias, seu companheiro de casa no largo do Carmo; e desde esse verão alegre em que o Neves lhe ficára sempre devendo tres moedas, os dois tratavam-se por tu.

Foi encontral-o n'uma vasta sala alumiada por bicos de gaz sem globo, sentado na borda n'uma mesa atulhada de jornaes, com o chapéo para a nuca, discursando a alguns cavalheiros de provincia que o escutavam de pé, n'um respeito de crentes. N'um vão de janella, com dois homens d'idade, um rapaz esgalgado, de jaquetão de cheviote claro e uma cabelleira crespa que parecia erguida n'uma rajada de vento, bracejava como um moinho na crista d'um monte. E, abancado, outro sujeito já calvo rascunhava laboriosamente uma tira de papel.

Ao vêr o Ega (um intimo do Gouvarinho) alli na redacção, n'aquella noite de intriga e de crise, Neves cravou n'elle os olhos tão curiosos, tão inquietos, que o Ega apressou-se a dizer:

— Nada de politica, negocio particular... Não te interrompas. Depois fallaremos.

O outro findou a injuria que estava lançando ao José Bento, «essa grande besta que fôra metter tudo no bico da amiga do Sousa e Sá, o par do reino» —

e na sua impaciencia saltou da mesa, travou do braço do Ega arrastando-o para um canto:

— Então que é?

— É isto, em quatro palavras. O Carlos da Maia foi offendido ahi por um sujeito muito conhecido. Nada d'interessante. Um paragrapho immundo na Corneta do Diabo, por uma questão de cavallos... O Maia pediu-lhe explicações. O outro deu-as, chatas, medonhas, n'uma carta que quero que vocês publiquem.

A curiosidade do Neves flammejou:

— Quem é?

— O Damaso.

O Neves recuou d'assombro:

— O Damaso!? Ora essa! Isso é extraordinario! Ainda esta tarde jantei com elle! Que diz a carta?

— Tudo. Pede perdão, declara que estava bebedo, que é de profissão um bebedo...

O Neves agitou as mãos com indignação:

— E tu querias que eu publicasse isso, homem? O Damaso, nosso amigo politico!... E que não fosse, não é questão de partido, é de decencia! Eu faço lá isso!... Se fosse uma acta de duello, uma coisa honrosa, explicações dignas... Mas uma carta em que um homem se declara bebedo! Tu estás a mangar!

Ega, já furioso, franzia a testa. Mas o Neves, com todo o sangue na face, teve ainda uma revolta áquella idéa do Damaso se declarar bebedo.

— Isso não póde ser! É absurdo! Ahi ha historia... Deixa vêr a carta.

E, mal relanceára os olhos ao papel, á larga assignatura floreada, rompeu n'um alarido:

— Isto não é o Damaso nem é letra do Damaso!... «Salcede»! Quem diabo é «Salcede»? Nunca foi o meu Damaso!

— É o meu Damaso, disse o Ega. O Damaso Salcede, um gordo...

O outro atirou os braços ao ar:

— O meu é o Guedes, homem, o Damaso Guedes! Não ha outro! Que diabo, quando se diz o Damaso é o Guedes!...

Respirou com grande allivio:

— Irra, que me assustaste! Olha agora n'este momento, com estas coisas de ministerio, uma carta d'essas escripta pelo Guedes... Se é o Salcede, bem, acabou-se! Espera lá... Não é um gordalhufo, um janota que tem uma propriedade em Cintra? Isso! Um maganão que nos entalou na eleição passada, fez gastar ao Silverio mais de trezentos mil reis... Perfeitamente, ás ordens... Ó Pereirinha, olhe aqui o snr. Ega. Tem ahi uma carta para sahir ámanhã, na primeira pagina, typo largo...

O snr. Pereirinha lembrou o artigo do snr. Vieira da Costa sobre a «Reforma das Pautas».

— Vai depois! gritou o Neves. As questões de honra antes de tudo!

E voltou ao seu grupo onde agora se fallava do conde de Gouvarinho, saltou para a borda da mesa, lançou logo o seu vozeirão de chefe, affirmando no Gouvarinho enormes dotes de parlamentar!

Ega accendeu o charuto, ficou um momento considerando aquelles sujeitos que pasmavam para o verbo do Neves. Eram decerto deputados que a crise arrastára a Lisboa, arrancára á quietação das villas e das quintas. O mais novo parecia um pote, vestido de casimira fina, com uma enorme face a estourar de sangue, jocundo, crasso, lembrando ares sadios e lombo de porco. Outro, esguio, com o paletot solto sobre as costas em arco, tinha um queixo duro e macisso de cavallo: e dois padres muito rapados, muito morenos, fumavam pontas de cigarro. Em todos havia esse ar, conjunctamente apagado e desconfiado, que marca os homens de provincia, perdidos entre as tipoias e as intrigas da Capital. Vinham alli ás noites, áquelle jornal do partido, saber as novas, beber do fino, uns com esperanças de empregos, outros por interesses de terriola, alguns por ociosidade. Para todos o Neves era um «robusto talento»; admiravam-lhe a verbosidade e a tactica; decerto gostavam de citar nas lojas das suas villas o amigo Neves, o jornalista, o da Tarde... Mas, através d'essa admiração e do prazer de roçar por elle, percebia-se-lhes um vago medo que aquelle «robusto talento» lhes pedisse, n'um vão de janella, duas ou tres moedas. O Neves no emtanto celebrava o Gouvarinho como orador. Não que tivesse os rasgos, a pureza, as bellas syntheses historicas do José Clemente! Nem a poesia do Rufino! Mas não havia outro para as piadas que ferem e que ficam cravadas, alli a arder, na pelle do touro! E era a grande coisa na Camara — ter a farpa, sabêl-a ferrar!

— Ó Gonçalo, tu lembras-te da piada do Gouvarinho, a do trapezio? gritou elle virando-se para a janella, para o rapaz de jaquetão claro.

O Gonçalo, cujos olhos pretos refulgiram de agudeza e malicia, estendeu o pescoço magro n'um collarinho muito decotado, lançou de lá:

— A do trapezio? Divina! Conta á rapaziada!

A rapaziada arregalou os olhos para o Neves, á espera da «do trapezio». Fôra na Camara dos Pares, na reforma da instrucção. Estava fallando o Torres Valente, esse maluco que defendia a gymnastica dos collegios e queria as meninas a fazerem a prancha. Gouvarinho ergue-se e atira-lhe esta:

«Snr. presidente, direi uma palavra só. Portugal sahirá para sempre da senda do progresso, em que tanto se tem illustrado, no dia em que nós fôrmos ao ensino, com mão impia, substituir a cruz pelo trapezio!»

— Muito bem! rosnou um dos padres profundamente satisfeito.

E no murmurio de admiração que se ergueu destacou um ganido — o do rapaz mais grosso que um pote, que mexia os hombros, chasqueava com uma risota na bochecha côr de tomate:

— Pois, senhores, o que esse conde de Gouvarinho me sae é um grandissimo carola!

E em redor correram sorrisos entre os cavalheiros de provincia, liberaes e finorios, que achavam aquelle fidalgo excessivamente apegado á cruz. Mas já o Neves, de pé, bravejava:

— Carola! Vem-nos agora o menino gordo com carola!... O Gouvarinho carola!

Está claro que tem toda a orientação mental do seculo, é um racionalista, um positivista... Mas a questão aqui é a réplica, a tactica parlamentar! Desde que o typo da maioria vem de lá com a descoberta do trapezio, Gouvarinho amigo, ainda que fosse tão atheu como Renan, zás! atira-lhe logo para cima com a cruz!... Isto é que é a estrategia parlamentar! Pois não é assim, Ega?

Ega murmurou, através do fumo do charuto:

— Sim, com effeito a cruz para isso ainda serve...

Mas n'esse.momento o sujeito calvo, que repellira a tira de papel e se espreguiçava, cahido para as costas da cadeira, exhausto, pediu ao snr. João da Ega — que fallasse á gente e guardasse o seu dinheiro...

Ega acercou-se logo d'aquelle sympathico homem, tão engraçado, tão querido de todos:

— Então, na grande faina, Melchior?

— Estou aqui a vêr se faço uma coisa sobre o livro do Craveiro, os Cantos da Serra, e não me sae nada em termos... Não sei o que hei de dizer!

Ega gracejou, de mãos nos bolsos, muito risonho, muito camarada com o Melchior:

— Nada! Vocês aqui são simples localistas, noticiaristas, annunciadores. D'um livro como o do Craveiro têm só respeitosamente a dizer onde se vende e quanto custa.

O outro considerou o Ega ironicamente, com os dedos cruzados por traz da nuca:

— Então onde queria você que se fallasse dos livros?... Nos reportorios?

Não, nas Revistas Criticas: ou então nos jornaes — que fossem jornaes, não papeluchos volantes, tendo em cima uma cataplasma de politica em estylo mazorro ou em estylo fadista, um romance mal traduzido do francez por baixo e o resto cheio com «annos», despachos, parte de policia e loteria da Misericordia. E como em Portugal não havia nem jornaes sérios nem Revistas Criticas — que se não fallasse em parte nenhuma.

— Com effeito, murmurou Melchior, ninguem falla de nada, ninguem parece pensar em nada...

E com toda a razão, affirmou Ega. Certamente muito d'esse silencio provinha do natural desejo que têm os que são mediocres de que se não alluda muito aos que são grandes. É a invejasinha reles e rastejante! Mas em geral o silencio dos jornaes para com os livros provém sobretudo d'elles terem abdicado todas as funcções elevadas d'estudo e de critica, de se terem tornado folhas rasteiras d'informação caseira, e de sentirem por isso a sua incompetencia...

— Está claro, não fallo por você, Melchior, que é dos nossos e de primeira ordem! Mas os seus collegas, menino, calam-se por se saberem incompetentes...

O Melchior ergueu os hombros com um ar cançado e descrente:

— Calam-se tambem porque o publico não se importa, ninguem se importa...

Ega protestou, já excitado. O Publico não se importava!? Essa era curiosa! O Publico então não se importa que lhe fallem de livros que elle compra aos tres mil, aos seis mil exemplares? E isto, dada a população de Portugal, caramba, é igual aos grandes successos de Paris e de Londres... Não, Melchiorzinho amigo, não! Esse silencio diz ainda mais claramente e retumbantemente que as palavras: «Nós somos incompetentes. Nós estamos bestialisados pela noticia do snr. conselheiro que chegou ou do snr. conselheiro que partiu, pelos High-lifes, pela amabilidade dos donos da casa, pelo artigo de fundo em descompostura e calão, por toda esta prosa chula em que nos atolamos... Nós não sabemos, não podemos já fallar d'uma obra d'arte ou d'uma obra de historia, d'este bello livro de versos ou d'este bello livro de viagens. Não temos nem phrases nem idéas. Não somos talvez cretinos — mas estamos cretinisados. A obra de litteratura passa muito alto — nós chafurdamos aqui muito em baixo...»

— E aqui tem você, Melchior, o que diz, através do silencio dos jornaes, o côro dos jornalistas!

Melchior sorria, enlevado, com a cabeça deitada para traz, como quem goza uma bella ária. Depois com uma palmada na mesa:

— Caramba, ó Ega, muito bem falla você!... Você nunca pensou em ser deputado? Eu ainda outro dia dizia ao Neves: «O Ega! O Ega é que era, para atirar alli na camara a piadinha á Rochefort. Ardia Troia!»

E immediatamente, emquanto Ega ria, contente, tornando a accender o charuto — Melchior arrebatou a penna:

— Você está em veia! Diga lá, dicte lá... Que hei de eu aqui pôr sobre o livro do Craveiro?

Ega quiz saber o que escrevera já, o amigo Melchior. Apenas tres linhas: «Recebemos o novo livro do nosso glorioso poeta Simão Craveiro. O precioso volume, onde scintillam em caprichosos relevos todas as joias d'este prestigioso escriptor, é publicado pelos activos editores...» E aqui o Melchior emperrára. Melchior não gostava d'aquelle frouxo termo — activos. Ega então suggeriu — emprehendedores. Melchior emendou, leu:

— «...publicado pelos emprehendedores editores...» Ora sêbo, rima!

Arrojou a penna, descorçoado. Acabou-se! Não estava em verve. E além d'isso era tarde, tinha a rapariga á espera...

— Fica para ámanhã... O peor é que já ando n'isto ha cinco dias! Irra! Você tem razão, a gente bestialisa-se. E faz-me raiva! Não é lá pelo livro, não me importa o livro... É pelo Craveiro, que é bom rapaz, e demais a mais pertence cá ao partido!

Abriu um gavetão, sacou uma escova, rompeu a escovar-se com desespero. E Ega ia ajudal-o, limpar-lhe as costas cheias de cal — quando entre elles surgiu a face chupada e nervosa do Gonçalo, com a sua gaforinha perpetuamente erguida como por uma rajada de vento.

— Que está o Egasinho a fazer n'este covil da noticia?

— Aqui a escovar o Sampaio... Estive tambem a ouvir o Neves, a grande phrase do Gouvarinho...

O Gonçalo pulou, com uma faisca de malícia no olhos negros de algarvio esperto.

— A da cruz? Espantosa! Mas ha melhor, ha melhor!

Travou do braço do Ega, puxou-o para um canto da janella:

— É necessario fallar baixo por causa da rapaziada de provincia... Ha outra deliciosa. Eu não me lembro bem, o Neves é que sabe! É uma coisa da Liberdade conduzindo á mão o corcel do Progresso... O quer que seja assim, uma imagem equestre! A Liberdade com calções de jockey, o Progresso com um grande freio... Espantoso! Que besta, aquelle Gouvarinho! E os outros, menino, os outros! Você não foi á camara quando se discutiu a questão de Tondella? Extraordinario! O que se disse! Foi de morrer! E eu morro! Esta politica, este S. Bento, esta eloquencia, estes bachareis matam-me. Querem dizer agora ahi que isto por fim não é peor que a Bulgaria. Historias! Nunca houve uma choldra assim no universo!

— Choldra em que você chafurda! observou o Ega rindo.

O outro recuou com um grande gesto:

— Distingamos! Chafurdo por necessidade, como politico: e tróço por gosto, como artista!

Mas Ega justamente achava uma desgraça incomparavel para o paiz — esse immoral desaccordo entre a intelligencia e o caracter. Assim, alli estava o amigo Gonçalo, como homem de intelligencia, considerando o Gouvarinho um imbecil...

— Uma cavalgadura, corrigiu o outro.

— Perfeitamente! E todavia, como politico, você quer essa cavalgadura para ministro, e vai apoial-a com votos e com discursos sempre que ella rinche ou escoucinhe.

Gonçalo correu lentamente a mão pela gaforinha, com a face franzida:

— É necessario, homem! Razões de disciplina e de solidariedade partidaria... Ha uns compromissos... O paço quer, gosta d'elle...

Espreitou em roda, murmurou, collado ao Ega:

— a ahi umas questões de syndicatos, de banqueiros, de concessões em Moçambique... Dinheiro, menino, o omnipotente dinheiro!

E como Ega se curvava, vencido, cheio só de respeito — o outro, faiscando todo de finura e cynismo, atirou-lhe uma palmada ao hombro:

— Meu caro, a politica hoje é uma coisa muito differente! Nós fizemos como vocês os litteratos. Antigamente a litteratura era a imaginação, a phantasia, o ideal... Hoje é a realidade, a experiencia, o facto positivo, o documento. Pois cá a politica em Portugal tambem se lançou na corrente realista. No tempo da Regeneração e dos Historicos a politica era o progresso, a viação, a liberdade, o palavrorio... Nós mudamos tudo isso. Hoje é o facto positivo, — o dinheiro, o dinheiro! o bago! a massa! A rica massinha da nossa alma, menino! O divino dinheiro!

E de repente emmudeceu, sentindo na sala um silencio — onde o seu grito de «dinheiro! dinheiro!» parecera ficar vibrando, no ar quente do gaz, com a prolongação de um toque de rebate acordando as cubiças, chamando ao longe e ao largo todos os habeis para o saque da Patria inerte!...

O Neves desapparecera. Os cavalheiros de provincia dispersavam, uns enfiando o paletot, outros sem pressa dando um olhar amortecido aos jornaes sobre a mesa. E o Gonçalo bruscamente disse adeus ao Ega, rodou nos tacões, desappareceu tambem, abraçando ao passar um dos padres a quem tratou de «malandro!»

Era meia noite, Ega sahiu. E na tipoia que o levava ao Ramalhete, já mais calmo, começou logo a reflectir que o resultado da publicação da carta seria despertar em toda Lisboa uma curiosidade voraz. A «questão de cavallos» com que o Neves se contentára promptamente, distrahido e absorvido n'essa noite pela crise, — ninguem mais a acreditaria... O Damaso decerto, interrogado, para se desculpar, contaria horrores de Maria e de Carlos: e uma intoleravel luz d'escandalo ia bater coisas que deviam permanecer na sombra. Eram talvez apoquentações, desesperos que elle assim estivera preparando a Carlos — por causa d'um odiosinho ao Damaso. Nada mais egoista e pequeno!... E subindo para o quarto Ega decidia correr depois d'almoço á redacção da Tarde, suster a publicação da carta.

Mas toda essa noite sonhou com Rachel e com Damaso. Via-os rolando por uma estrada sem fim, entre pomares e vinhedos, deitados n'uma carroça de bois, sobre um enxergão onde se desdobrava, lasciva e rica, a sua colcha de setim preto da villa Balzac: os dois beijavam-se, enroscados, sem pudor, sob a fresca sombra que cahia dos ramos, ao chiar lento das rodas. E por um requinte do sonho cruel, elle Ega, sem perder a consciencia e o orgulho d'homem, era um dos bois que puxava ao carro! Os moscardos picavam-no, a canga pesava-lhe; e, a cada beijo mais cantado que atraz soava no carro, elle erguia o focinho a escorrer de baba, sacudia os cornos, mugia lamentavelmente para os céos!

Acordou n'estes urros d'agonia: e a sua cólera contra o Damaso resurgiu, mais nutrida pelas incoherencias do sonho. Além d'isso chovia. E decidiu não voltar á Tarde, deixar imprimir a carta. Que importava, de resto, o que dissesse o Damaso? O artigo da Corneta estava extincto, o Palma bem pago. — E quem jámais acreditaria n'um homem que nos jornaes se declara calumniador e bebedo?

E Carlos assim pensou tambem — quando, depois d'almoço, Ega lhe contou a sua resolução da vespera ao vêr o Damaso no camarote, d'olho trocista posto n'elle, a segredar com os Cohens...

— Percebi claramente, sem erro possivel, que estava a fallar de ti, da snr.ª D. Maria, de nós todos, contando horrores... E então acabou-se, não hesitei mais. Era necessario deixar passar a justiça de Deus! Não tinhamos paz emquanto o não aniquilassemos!

Sim, concordou Carlos, talvez. Sómente receava que o avô, sabendo o escandalo, se desgostasse de vêr o seu nome misturado a toda aquella sordidez de Corneta e de bebedeira...

— Elle não lê a Tarde, acudiu Ega. O rumor, se lhe chegar, é já vago e desfigurado.

Com effeito Affonso soube apenas confusamente que o Damaso soltára no Gremio algumas palavras desagradaveis para Carlos, e declarára depois n'um jornal que, n'esse momento, estava bebedo. E a opinião do velho foi — que se o Damaso estava embriagado (e d'outro modo como teria injuriado Carlos, seu antigo amigo?) a sua declaração revelava extrema lealdade e um amor quasi heroico da verdade!

— Por esta não esperavamos nós! exclamou depois Ega no quarto de Carlos. O Damaso torna-se um justo!

De resto os amigos da casa, sem conhecer o artigo da Corneta approvavam a aniquilação do Damaso. Só o Craft sustentou que Carlos lhe devia ter antes dado «bengaladas secretas»; e o Taveira achou cruel que se dissesse ao desgraçado, com um florete ao peito — «ou a dignidade ou a vida!»

Mas dias depois não se fallava mais n'esse escandalo. Outras coisas interessavam o Chiado e a Casa Havaneza. O ministerio fôra formado, finalmente! Gouvarinho entrava na Marinha — Neves no Tribunal de Contas. Já os jornaes do governo cahido começavam, segundo a pratica constitucional, a achar o paiz irremediavelmente perdido, e a alludir ao rei com azedume... E o derradeiro, esvaído echo da carta do Damaso foi, na vespera do sarau da Trindade, um paragrapho da propria Tarde onde ella fôra publicada, n'estas amaveis palavras:

— «O nosso amigo e distincto sportman Damaso Salcede parte brevemente para uma viagem de recreio a Italia. Desejamos ao elegante touriste todas as prosperidades na sua bella excursão ao paiz do canto e das artes.»

Capítulo VI

Ao fim do jantar, na rua de S. Francisco, Ega que se demorára no corredor a procurar a charuteira pelos bolsos do paletot, entrou na sala, perguntando a Maria, já sentada ao piano:

— Então, definitivamente, v. exc.ª não vem ao sarau da Trindade?...

Ella voltou-se para dizer, preguiçosamente, por entre a walsa lenta que lhe cantava entre os dedos:

— Não me interessa, estou muito cançada...

— É uma sécca, murmurou Carlos do lado, da vasta poltrona onde se estirára consoladamente, fumando, d'olhos cerrados.

Ega protestou. Tambem era uma massada subir ás Pyramides no Egypto. E no emtanto soffria-se invariavelmente, porque nem todos os dias póde um christão trepar a um monumento que tem cinco mil annos de existencia... Ora a snr.ª D. Maria, n'este sarau, ia vêr por dez tostões uma coisa tambem rara,— a alma sentimental d'um povo exhibindo-se n'um palco, ao mesmo tempo nua e de casaca.

— Vá, coragem! um chapéo, um par de luvas, e a caminho!

Ella sorria, queixando-se de fadiga e preguiça.

— Bem, exclamou Ega, eu é que não quero perder o Rufino... Vamos lá, Carlos, mexe-te!

Mas Carlos implorou clemencia:

— Mais um bocadinho, homem! Deixa a Maria tocar umas notas do Hamlet. Temos tempo... Esse Rufino, e o Alencar, e os bons, só gorgeiam mais tarde...

Então Ega, cedendo tambem a todo aquelle conchego tepido e amavel, enterrou-se no sofá com o charuto, para escutar a canção d'Ophelia, de que Maria já murmurava baixo as palavras scismadoras e tristes:

Pâle et blonde,
Dort sous l'eau profonde...

Ega adorava esta velha ballada escandinavia. Mais porém o encantava Maria que nunca lhe parecera tão bella: o vestido claro que tinha n'essa noite modelava-a com a perfeição d'um marmore: e entre as velas do piano, que lhe punham um traço de luz no perfil puro e tons d'ouro esfiado no cabello — o incomparavel eburneo da sua pelle ganhava em esplendor e mimo... Tudo n'ella era harmonioso, são, perfeito... E quanto aquella serenidade da sua fórma devia tornar delicioso o ardor da sua paixão! Carlos era positivamente o homem mais feliz d'estes reinos! Em torno d'elle só havia facilidades, doçuras. Era rico, intelligente, d'uma saude de pinheiro novo; passava a vida adorando e adorado; só tinha o numero d'inimigos que é necessario para confirmar uma superioridade; nunca soffrera de dyspepsia; jogava as armas bastante para ser temido; e na sua complacencia de forte nem a tolice publica o irritava. Sêr verdadeiramente ditoso!.

— Quem é por fim esse Rufino? perguntou Carlos, alongando mais os pés pelo tapete, quando Maria findou a canção d'Ophelia.

Ega não sabia. Ouvira que era um deputado, um bacharel, um inspirado...

Maria, que procurava os nocturnos de Chopin, voltou-se:

— É esse grande orador de que fallavam na Toca?

Não, não! Esse era outro, a sério, um amigo de Coimbra, o José Clemente, homem d'eloquencia e de pensamento... Este Rufino era um ratão de pera grande, deputado por Monção, e sublime n'essa arte, antigamente nacional e hoje mais particularmente provinciana, de arranjar, n'um voz de theatro e de papo, combinações sonoras de palavras...

— Detesto isso! rosnou Carlos.

Maria tambem achava intoleravel um sujeito a chilrear, sem idéas, como um passaro n'um galho d'arvore...

— É conforme a occasião, observou Ega, olhando o relogio. Uma valsa de Strauss tambem não tem idéas, e á noite, com mulheres n'uma sala, é deliciosa...

Não, não! Maria entendia que essa rhetorica amesquinhava sempre a palavra humana, que, pela sua natureza mesma, só póde servir para dar fórma, ás idéas. A musica, essa, falla aos nervos. Se se cantar uma marcha a uma criança, ella ri-se e salta no collo...

— E se lhe lêres uma pagina de Michelet, concluiu Carlos, o anjinho secca-se e berra!

— Sim, talvez, considerou o Ega. Tudo isso depende da latitude e dos costumes que ella cria. Não ha inglez, por mais culto e espiritualista, que não tenha um fraco pela força, pelos athletas, pelo sport, pelos musculos de ferro.

E nós, os meridionaes, por mais criticos, gostamos do palavriadinho mavioso. Eu cá pelo menos, á noite, com mulheres, luzes, um piano e gente de casaca, pello-me por um bocado de rhetorica.

E, com o appetite assim desperto, ergueu-se logo para enfiar o paletot, voar á Trindade, n'um receio de perder o Rufino.

Carlos deteve-o ainda, com uma grande idéa:

— Espera. Descobri melhor, fazemos o sarau aqui! Maria toca Beethoven; nós declamamos Mussuet, Hugo, os parnasianos; temos padre Lacordaire se te appetece a eloquencia; e passa-se a noite n'uma medonha orgia d'ideal!...

— E ha melhores cadeiras, acudiu Maria.

— Melhores poetas, affirmou Carlos.

— Bons charutos!

— Bom cognac!

Ega alçou os braços ao ar, desolado. Ahi está como se pervertia um cidadão, impedindo-o de proteger as letras patrias — com promessas perfidas de tabaco e de bebidas!... Mas de resto elle não tinha só uma razão litteraria para ir ao sarau. O Cruges tocava uma das suas Meditações d'Outono, e era necessario dar palmas ao Cruges.

— Não digas mais! gritou Carlos, dando um pulo da poltrona. Esquecia-me o Cruges!... É um dever d'honra! Abalemos.

E d'ahi a pouco, tendo beijado a mão de Maria que ficava ao piano, os dois, surprehendidos com a belleza d'essa noite d'inverno, tão clara e dôce, seguiam devagar pela rua — onde Carlos ainda duas vezes se voltou para olhar as janellas alumiadas.

— Estou bem contente, exclamou elle travando do braço do Ega, em ter deixado os Olivaes!... Aqui ao menos podemos reunir-nos para um bocado de cavaco e de litteratura...

Tencionava arranjar a sala com mais gosto e conforto, converter o quarto ao lado n'um fumoir forrado com as suas colchas da India, depois ter um dia certo em que viessem os amigos cear... Assim se realisava o velho sonho, o cenaculo de dilettantismo e d'arte... Além d'isso havia a lançar a Revista, que era a suprema pandega intellectual. Tudo isto annunciava um inverno chic a valer, como dizia o defunto Damaso.

— E tudo isto, resumiu o Ega, é dar civilisação ao paiz. Positivamente, menino, vamo-nos tornar grandes cidadãos!...

— Se me quizerem erguer uma estatua, disse Carlos alegremente, que seja aqui na rua de S. Francisco... Que belleza de noite!

Pararam á porta do theatro da Trindade no momento em que, d'uma tipoia de praça, se apeava um sujeito de barbas de apostolo, todo de luto, com um chapéo de largas abas recurvas á moda de 1830. Passou junto dos dois amigos sem os vêr, recolhendo um troco á bolsa. Mas Ega reconheceu-o.

— É o tio do Damaso, o demagogo! Bello typo!

— E segundo o Damaso, um dos bebedos da familia, lembrou Carlos rindo.

Por cima, de repente, no salão, estalaram grandes palmas. Carlos, que dava o paletot ao porteiro, receou que já fosse o Cruges...

— Qual! disse o Ega. Aquillo é applaudir de rhetorica!

E com effeito, quando pela escada ornada de plantas chegaram ao ante-salão, onde dois sujeitos de casaca passeavam em bicos de pés, segredando — sentiram logo um vozeirão tumido, garganteado, provinciano, de vogaes arrastadas em canto, invocando lá do fundo, do estrado, «a alma religiosa de Lamartine!...»

— É o Rufino, tem estado soberbo! murmurou o Telles da Gama que não passára da porta, com o charuto escondido atraz das costas.

Carlos, sem curiosidade, ficou junto do Telles. Mas Ega, esguio e magro, foi rompendo pela coxia tapetada de vermelho. D'ambos os lados se cerravam filas de cabeças, embebidas, enlevadas, atulhando os bancos de palhinha até junto ao tablado, onde dominavam os chapéos de senhoras picados por manchas claras de plumas ou flôres. Em volta, de pé, encostados aos pilares ligeiros que sustêm a galeria, reflectidos pelos espelhos, estavam os homens, a gente do Gremio, da Casa Havaneza, das Secretarias, uns de gravata branca, outros de jaquetões. Ega avistou o snr. Sousa Netto, pensativo, sustentando entre dois dedos a face escaveirada, de barba rala; adiante o Gonçalo, com a sua gaforinha ao vento; depois o marquez atabafado n'um cache-nez de sêda branca; e, n'um grupo, mais longe, rapazes do Jockey Club, os dois Vargas, o Mendonça, o Pinheiro, assistindo áquelle sport da eloquencia com uma mistura d'assombro e tedio. Por cima, no parapeito de velludo da galeria, corria outra linha de senhoras com vestidos claros, abanando-se mollemente; por traz alçava-se ainda uma fila de cavalheiros onde destacava o Neves, o novo Conselheiro, grave, de braços cruzados, com um botão de camelia na casaca mal feita.

O gaz suffocava, vibrando cruamente n'aquella sala clara, d'um tom desmaiado de canario, raiada de reflexos de espelhos. Aqui e além uma tosse timida de catarrho desmanchava o silencio, logo abafada no lenço. E na extremidade da galeria, n'um camarote feito de tabiques, com sanefas de velludo côr de cereja, duas cadeiras de espaldar dourado permaneciam vazias, na solemnidade real do seu damasco escarlate.

No emtanto, no estrado, o Rufino, um bacharel transmontano, muito trigueiro, de pera, alargava os braços, celebrava um anjo, «o Anjo da Esmola que elle entrevira, além no azul, batendo as azas de setim...» Ega não comprehendia bem — entalado entre um padre muito gordo que pingava de suor, e um alferes de lunetas escuras. Por fim não se conteve:— «Sobre que está elle a fallar?» E foi o padre que o informou, com a face luzidia, inflammada de enthusiasmo:

— Tudo sobre a caridade, sobre o progresso! Tem estado sublime... Infelizmente está a acabar!

Parecia ser, com effeito, a peroração. O Rufino arrebatára o lenço, limpara a testa lentamente; depois arremetteu para a borda do tablado, voltando-se para as cadeiras reaes com um tão ardente gesto d'inspiração — que o collete repuxado descobriu o começo da ceroula. Foi então que Ega comprehendeu. Rufino estava exaltando uma princeza que dera seiscentos mil reis para os inundados do Ribatejo, e ia a beneficio d'elles organisar um bazar na Tapada.

Mas não era só essa soberba esmola que deslumbrava o Rufino — porque elle, «como todos os homens educados pela philosophia e que têm a verdadeira orientação mental do seu tempo, via nos grandes factos da historia não só a sua belleza poetica, mas a sua influencia social. A multidão, essa, sorria simplesmente, enlevada, para a incomparavel poesia da mão calçada de fina luva que se estende para o pobre. Elle porém, philosopho, antevia já, sahindo d'esses delicados dedos de princeza, um resultado bem profundo e formoso... O quê, meus senhores? O renascimento da Fé!»

De repente, um leque que escorregára da galeria, arrancando em baixo um berro a uma senhora gorda, creou um susurro, uma curta emoção. Um commissario do sarau, D. José Sequeira, ergueu-se logo nos degraus do tablado, com o seu laçarote de sêda vermelha na casaca, dardejando severamente os olhos vesgos para o recanto indisciplinado onde curtos risos esfusiavam. Outros cavalheiros, indignados, gritavam «chut, silencio, fóra!» E das cadeiras da frente surgiu a face ministerial do Gouvarinho, inquieta pela Ordem, com as lunetas brilhando duramente... Então Ega procurou ao lado a condessa: e avistou-a emfim mais longe, com um chapéo azul, entre a Alvim toda de preto e umas vastas espádoas cobertas de setim malva que eram as da baroneza de Craben. Todo o rumor findava — e o Rufino, que molhára lentamente os labios no copo, avançou um passo, sorrindo, com o lenço branco na mão:

— Dizia eu, meus senhores, que dada a orientação mental d'este seculo...

Mas o Ega suffocava, esmagado, farto do Rufino, com a impressão de que o padre ao lado cheirava mal. E não aturou mais, furou para traz, para desabafar com Carlos.

— Tu imaginavas uma besta assim?

— Horroroso! murmurou Carlos. Quando tocará o Cruges?

Ega não sabia, todo o programma fôra alterado.

— E tens cá a Gouvarinho! Está lá adiante, d'azul... Hei de querer vêr logo esse encontro!

Mas ambos se voltaram sentindo por traz alguem ciciar discretamente «bonsoir, messieurs...» Era Steinbroken e o seu secretario, graves, de casaca, em pontas de pés, com as claques fechadas. E immediatamente Steinbroken queixou-se da ausencia da familia real...

— Mr. de Cantanhede, qui est de service, m'avait cependant assuré que la reine viendrait... C'est bien sous sa protection, n'est-ce pas, toute cette musique, ces vers?... Voilà pourquoi je suis venu. C'est très ennuyeux... Et Alphonse de Maia, toujours en santé?

— Merci...

Na sala o silencio impressionava. Rufino, com gestos de quem traça n'uma tela linhas lentas e nobres, descrevia a doçura d'uma aldeia, a aldeia em que elle nascera, ao pôr do sol. E o seu vozeirão velava-se, enternecido, morrendo n'um rumor de crepusculo. Então Steinbroken, subtilmente, tocou no hombro do Ega. Queria saber se era esse o grande orador de que lhe tinham fallado...

Ega affirmou com patriotismo que era um dos maiores oradores da Europa!

— Em qual génerro?...

— Genero sublime, genero de Demosthenes!

Steinbroken alçou as sobrancelhas com admiração, fallou em filandez ao seu secretario que entalou languidamente o monoculo: e com as claques debaixo do braço, cerrados os olhos, recolhidos como n'um templo, os dois enviados da Filandia ficaram escutando, á espera do sublime.

Rufino, no emtanto, com as mãos descahidas, confessava uma fragilidade de sua alma! Apesar da poesia ambiente d'essa sua aldeia natal, onde a violeta em cada prado, o rouxinol em cada balseira provavam Deus irrefutavelmente, — elle fôra dilacerado pelo espinho da descrença! Sim, quantas vezes, ao cahir da tarde, quando os sinos da velha torre choravam no ar a Ave-Maria e no valle cantavam as ceifeiras, elle passára junto da cruz do adro e da cruz do cemiterio, atirando-lhes de lado, cruelmente, o sorriso frio de Voltaire...

Um largo fremito d'emoção passou. Vozes suffocadas de gozo mal podiam : murmurar «muito bem, muito bem...»

Pois fôra n'esse estado, devorado pela duvida, que Rufino ouvira um grito d'horror resoar por sobre o nosso Portugal... Que succedera? Era a Natureza que atacava seus filhos! — E lançando os braços, como quem se debate n'uma catastrophe, Rufino pintou a inundação... Aqui aluia um casal, ninho florido d'amores; além, na quebrada, passava o balar choroso dos gados; mais longe as negras aguas iam juntamente arrastando um botão de rosa e um berço!...

Os bravos partiram profundos e roucos de peitos que arfavam. E em torno de Carlos e do Ega sujeitos voltavam-se apaixonadamente uns para os outros, com um brilho na face, commungando no mesmo enthusiasmo: «Que rajadas!... Caramba!... Sublime!...»

Rufino sorria bebendo esta commoção, que era a obra do seu verbo. Depois, respeitosamente, voltou-se para as cadeiras reaes, solemnes e vazias...

Vendo que a cólera da Natureza rugia implacavel elle erguera os olhos para o natural abrigo, para o exaltado logar d'onde desce a salvação, para o Throno de Portugal! E de repente, deslumbrado, vira por sobre elle estenderam-se as azas brancas d'um anjo! Era o anjo da esmola, meus senhores! E d'onde vinha? d'onde recebera a inspiração da caridade? d'onde sahia assim, com os seus cabellos d'ouro? Dos livros da sciencia? dos laboratorios chimicos? d'esses amphitheatros d'anatomia onde se nega covardemente a alma? das sêccas escólas de philosophia que fazem de Jesus um precursor de Robespierre? Não! Elle ousára interrogar o anjo, submisso, com o joelho em terra. E o anjo da esmola, apontando o espaço divino, murmurára: «Venho d'além!»

Então pelos bancos apinhados correu um susurro d'enlevo. Era como se os estuques do tecto se abrissem, os anjos cantassem no alto. Um estremecimento devoto e poetico arrepiava as caias das senhoras.

E Rufino findava, com uma altiva certeza na alma! Sim, meus senhores! Desde esse momento, a duvida fôra n'elle como a nevoa que o sol, este radiante sol portuguez, desfaz nos ares... E agora, apesar de todas as ironias da sciencia, apesar dos escarneos orgulhosos d'um Benan, d'um Littré e d'um Spencer, elle, que recebera a confidencia divina, podia alli, com a mão sobre o coração, affirmar a todos bem alto — havia um céo!

— Apoiado! mugiu na coxia o padre sebento.

E por todo o salão, no aperto e no calor do gaz, os cavalheiros das Secretarias, da Arcada, da Casa Havaneza, berrando, batendo as mãos, affirmaram soberbamente o céo!

O Ega que ria, divertido, sentiu ao lado um som rouco de cólera. Era o Alencar, de paletot, de gravata branca, cofiando sombriamente os bigodes.

— Que te parece, Thomaz?

— Faz nojo! rugiu surdamente o poeta.

Tremia, revoltado! N'uma noite d'aquellas, toda de poesia, quando os homens de letras se deviam mostrar como são, filhos da democracia e da liberdade, vir aquelle pulha pôr-se alli a lamber os pés á familia real... Era simplesmente ascoroso!

Lá na fundo, junto aos degraus do tablado, ia um tumulto d'abraços, de comprimentos, em torno do Rufino, que reluzia todo de orgulho e suor. E pela porta os homens escoavam-se, afogueados, commovidos ainda, puxando das charuteiras. Então o poeta travou do braço do Ega:

— Ouve lá, eu vinha justamente procurar-te. É o Guimarães, o tio do Damaso, que me pediu para te ser apresentado... Diz que é uma coisa séria, muito séria... Está lá em baixo no botequim, com um grog.

Ega pareceu surprendido... Coisa séria!?

— Bem, vamos nós lá abaixo tomar tambem um grog! E que recitas tu logo, Alencar?

— A Democracia, foi dizendo o poeta pela escada, com certa reserva. Uma coisita nova, tu verás... São algumas verdades duras a toda essa burguezia...

Estavam á porta do botequim — e precisamente o snr. Guimarães sahia, com o chapéo sobre o olho, de charuto accêso, abotoando a sobrecasaca. Alencar lançou a apresentação, com immensa gravidade:

— O meu amigo João da Ega... O meu velho amigo Guimarães, um bravo cá dos nossos, um veterano da Democracia.

Ega acercou-se d'uma mesa, puxou cortezmente um banco para o veterano da Democracia, quiz saber se elle preferia cognac ou cerveja.

— Tomei agora o meu grog de guerra, disse o snr. Guimarães com seccura, tenho para toda a noite.

Um criado dava uma limpadella lenta sobre o marmore da mesa. Ega ordenou cerveja. E directamente, largando o charuto, passando a mão pelas barbas a retocar a magestade da face, o snr. Guimarães começou com lentidão e solemnidade:

— Eu sou tio do Damaso Salcede, e pedi aqui ao meu velho amigo Alencar para me apresentar a v. exc.ª, com o fim de o intimar a que olhe bem para mim e que diga se me acha cara de bebedo...

Ega comprehendeu, atalhou logo, cheio de franqueza e bonhomia:

— V. exc.ª refere-se a uma carta que seu sobrinho me escreveu...

— Carta que v. exc.ª dictou! Carta que v. exc.ª o forçou a assignar!

— Eu?...

— Affirmou-m'o elle, senhor!

Alencar interveio:

— Fallem vocês baixo, que diabo!... Isto é terra de curiosos...

O snr. Guimarães tossiu, chegou a cadeira mais para a mesa. Tinha estado, contou elle, havia semanas fóra de Lisboa por negocios da herança de seu irmão. Não vira o sobrinho, porque só por necessidade se encontrava com esse imbecil. Na vespera, em casa d'um antigo amigo, o Vaz Forte, deitára por acaso os olhos ao Futuro, um jornal republicano, bem escripto, mas frouxo de idéas. E avistára logo na primeira pagina, em typo enorme, sob esta rubrica aliás justa Coisas do highlife, a carta do sobrinho... Imagine o snr. Ega o seu furor! Alli mesmo, em casa do Forte, escrevera ao Damaso pouco mais ou menos n'estes termos: «Li a tua infame declaração. Se ámanhã não fazes outra, em todos os jornaes, dizendo que não tinhas intenção de me incluir entre os bebedos da tua familia, vou ahi e quebro-te os ossos um por um. Treme!» Assim lhe escrevera. E sabia o snr. João da Ega qual fôra a resposta do snr. Damaso?

— Tenho-a aqui, é um documento humano, como diz o amigo Zola! Aqui está... Grande papel, monogramma d'ouro, corôa de conde. Aquelle asno! Quer v. exc.ª que eu leia?

A um gesto risonho do Ega, elle mesmo leu, lentamente, e sublinhando:

— «Meu caro tio! A carta de que falla foi escripta pelo snr. João da Ega. Eu era incapaz de tal desacato á nossa querida família. Foi elle que me agarrou na mão, á força, para eu assignar: e eu, n'aquella atrapalhação, sem saber o que fazia, assignei para evitar fallatorios. Foi um laço que me armaram os meus inimigos. O meu querido tio, que sabe como eu gósto de si, que até estava o anno passado com tenção, se soubesse a sua morada em Paris, de lhe mandar meia pipa de vinho de Collares, não fique pois zangado commigo. Bem infeliz já eu sou! E se quizer procure esse João da Ega que me perdeu! Mas acredite que hei de tirar uma vingança que ha de ser fallada! Ainda não decidi qual, n'esta atarantação; mas em todo o caso a nossa familia ha de ficar desenxovalhada, porque eu nunca admitti que ninguem brincasse com a minha dignidade... E se o não fiz já antes de partir para Italia, se ainda não pugnei pela minha honra, é porque ha dias, com todos estes abalos, veio-me uma tremenda dysenteria, que estou que me não tenho nas pernas. Isto por cima dos meus males moraes!...» V. exc.ª ri-se, snr. Ega?

— Pois que quer v. exc.ª que eu faça? balbuciou o Ega por fim, suffocado, com os olhos em lagrimas. Rio-me eu, ri-se o Alencar, ri-se v. exc.ª. Isso é extraordinario! Essa dignidade, essa dysenteria...

O snr. Guimarães, embaçado, olhou o Ega, olhou o poeta que fungava sob os longos bigodes, e terminou por dizer:

— Com effeito, a carta é d'uma cavalgadura... Mas o facto permanece...

Então Ega appellou para o bom senso do snr. Guimarães, para a sua experiencia das coisas d'honra. Comprehendia elle que dois cavalheiros, indo desafiar um homem a sua casa, lhe agarrem no pulso, o forcem violentamente a assignar uma carta em que elle se declara bebedo?...

O snr. Guimarães, agradado com aquella deferencia pelo seu tacto e pela sua experiencia, confessou que o caso, pelo menos em Paris, seria pouco natural.

— E em Lisboa, senhor! Que diabo, isto não é a Cafraria! E diga-me o snr. Guimarães outra coisa, de gentleman para gentleman: como considera seu sobrinho? um homem irreprehensivelmente veridico?

O snr. Guimarães cofiou as barbas, declarou lealmente:

— Um refinado mentiroso.

— Então! gritou Ega em triumpho, atirando os braços ao ar.

De novo Alencar interveio. A questão parecia-lhe satisfactoriamente finda. E não restava senão os dois apertarem-se a mão fraternalmente, como bons democratas...

Já de pé, atirou a genebra ás guelas. Ega sorria, estendia a mão ao snr. Guimarães. Mas o velho demagogo, ainda com uma sombra na face enrugada, desejou que o snr. João da Ega (se n'isso não tinha duvida) declarasse, alli diante do amigo Alencar, que não lhe achava a elle, Guimarães, cara de bebedo...

— Oh meu caro senhor! exclamou Ega, batendo com o dinheiro na mesa para chamar o criado. Pelo contrario! O maior prazer em proclamar diante do Alencar, e aos quatro ventos, que lhe acho a cara d'um perfeito cavalheiro e d'um patriota!

Então trocaram um rasgado aperto de mãos — emquanto o snr. Guimarães affirmava a sua satisfação por conhecer o snr. João da Ega, moço de tantos dotes e tão liberal. E quando s. exc.ª quizesse qualquer coisa, politica ou litteraria, era escrever este endereço bem conhecido no mundo:

— Redaction du RAPPEL, Paris!

Alencar abalára. E os dois deixaram o botequim, trocando impressões do sarau. O snr. Guimarães estava enojado com a carolice, a sabujice d'esse Rufino. Quando o ouvira palrar das azas da princeza e da cruz do adro, quasi lhe gritára cá do fundo: «Quanto te pagam para isso, miseravel?»

Mas de repente Ega estacou na escada, tirando o chapéo:

— Oh snr.ª baroneza, então já nos abandona?

Era a Alvim que descia devagar, com a Joanninha Villar, atando as largas fitas d'uma capa de pellucia verde. Queixou-se d'uma dôr de cabeça que a torturava, apesar de ter gostado loucamente do Rufino... Mas uma noite toda de litteratura, que estafa! E agora, para mais, ficára lá um homemzinho a fazer musica classica...

— É o meu amigo Cruges!

— Ah! é seu amigo? Pois olhe, devia-lhe ter dito que tocasse antes o Pirolito.

— V. exc.ª afllige-me com esse desdem pelos grandes mestres... Não quer que a vá acompanhar á carruagem? Paciencia... Muito boa noite, snr.ª D. Joanna!... Um servo seu, snr.ª baroneza! E Deus lhe tire a sua dôr de cabeça!

Ella voltou-se ainda no degrau, para o ameaçar risonhamente com o leque:

— Não seja impostor! O snr. Ega não acredita em Deus.

— Perdão... Que o Diabo lhe tire a sua dôr de cabeça, snr.ª baroneza!

O velho democrata desapparecera discretamente. E da ante-sala Ega avistou logo ao fundo, no tablado, sobre um môcho muito baixo que lhe fazia roçar pelo chão as longas abas da casaca — o Cruges, com o nariz bicudo contra o caderno da Sonata, martellando sabiamente o teclado. Foi então subindo em pontas de pés pela coxia tapetada de vermelho, agora desafogada, quasi vazia: um ar mais fresco circulava: as senhoras, cançadas, bocejavam por traz dos leques.

Parou junto de D. Maria da Cunha, apertada na mesma fila com todo um rancho intimo, a marquesa de Soutal, as duas Pedrosos, a Thereza Darque. E a boa D. Maria tocou-lhe logo no braço para saber quem era aquelle musico de cabelleira.

— Um amigo meu, murmurou Ega. Um grande maestro, o Cruges.

O Cruges... O nome correu entre as senhoras, que o não conheciam. E era composiçao d'elle, aquella coisa triste?

— É de Beethoven, snr.ª D. Maria da Cunha, a Sonata pathetica.

Uma das Pedrosos não percebera bem o nome da Sonata. E a marqueza de Soutal, muito séria, muito bella, cheirando devagar um frasquinho de saes, disse que era a Sonata pateta. Por toda a bancada foi um rastilho de risos suffocados. A Sonata pateta! Aquillo parecia divino! Da extremidade o Vargas gordo, o das corridas, estendeu a face enorme, imberbe e côr de papoula:

— Muito bem, snr.ª marqueza, muito catita!

E passou o gracejo a outras senhoras, que se voltavam, sorriam á marqueza, entre o frou-frou dos leques. Ella triumphava, bella e séria, com um velho vestido de velludo preto, respirando os saes — emquanto adiante um amador de barba grisalha cravava n'aquelle rancho ruidoso dois grandes oculos d'ouro que faiscavam de cólera.

No emtanto, por toda a sala, o susurro crescia. Os encatarrhoados tossiam livremente. Dois cavalheiros tinham aberto a Tarde. E cahido sobre o teclado, oom a gola da casaca fugida para a nuca, o pobre Cruges, suando, estonteado por aquella desattenção rumorosa, atabalhoava as notas, n'uma debandada.

— Fiasco completo, declarou Carlos que se aproximára do Ega e do rancho.

Foi para D. Maria da Cunha uma alegria, uma surpreza! Até que emfim se via o snr. Carlos da Maia, o Principe Tenebroso! Que fizera elle durante esse verão? Todo o mundo a esperal-o em Cintra, alguem mesmo com anciedade... Um chut furioso do amador de barbas grisalhas emmudeceu-a. E justamente Cruges, depois de bater dois accordes bruscos, arredára o môcho, esgueiravase do estrado, enxugando as mãos ao lenço. Aqui e além algumas palmas resoaram, molles e de cortezia, entre um grande murmurio d'allivio. E o Ega e Carlos correram á porta, onde já esperavam o marquez, o Craft, o Taveira — para abraçar, consolar o pobre Cruges que tremia todo, com os olhos esgazeados.

E immediatamente, no silencio attento que redominava, um sujeito muito magro, muito alto, surgiu no tablado, com um manuscripto na mão. Alguem ao lado do Ega disse que era o Prata, que ia fallar sobre o Estado agricola da provincia do Minho. Atraz, um criado veio collocar sobre a mesa um candelabro de duas velas: o Prata, d'ilharga para a luz, mergulhou no caderno: e d'entre o perfil triste e as folhas largas um rumor lento foi escorrendo, rumor de reza n'uma somnolencia de novena, onde por vezes destacavam como gemidos — «riqueza dos gados..., esphacelamento da propriedade..., fertil e desprotegida região...»

Começou então uma debandada sorrateira e formigueira, que nem os chuts do commissario do sarau, vigilante e de pé sobre um degrau do estrado, podiam conter. Só as senhoras ficavam; e um ou outro burocrata idoso, que se inclinava zelosamente para o murmurio de reza, com a mão em concha sobre a orelha.

Ega, que fugia tambem «ao vecejante paraiso do Minho», achou-se em frente do snr. Guimarães.

— Que massada, hein?

O democrata concordou que aquelle preopinante não lhe parecia divertido... Depois, mais sério, com outra idéa, segurando um botão da casaca do Ega:

— Eu espero que v. exc.ª ha pouco não ficasse com a impressão de que eu sou solidario ou me importo com meu sobrinho...

Oh! decerto que não! Ega vira bem que o snr. Guimarães não tinha pelo Damaso nenhum enthusiasmo de familia.

— Asco, senhor, só asco! Quando elle foi a primeira vez a Paris, e soube que eu morava n'uma trapeira, nunca me procurou! Porque aquelle imbecil dá-se ares d'aristocrata... E como v. exc.ª sabe, é filho d'um agiota!

Puxou a charuteira, ajuntou gravemente:

— A mãi, sim! Minha irmã era d'uma boa familia. Fez aquelle desgraçado casamento, mas era d'uma boa familia! Que, com os meus principios, já v. exc.ª vê que tudo isso de fidalguia, pergaminhos, brazões, são para mim blague e mais blague! Mas emfim os factos são os factos, a historia de Portugal ahi está... Os Guimarães da Bairrada eram de sangue azul.

Ega sorriu, n'um assentimento cortez:

— E v. exc.ª então parte brevemente para Paris?

— Amanhã mesmo, por Bordeus... Agora que toda essa cambada do marechal de Mac-Mahon, e do duque de Broglie, e do Descazes foi pelos ares, já se póde lá respirar...

N'esse instante Telles e o Taveira, passando de braço dado, voltaram-se, a observar curiosamente aquelle velho austero, todo de preto, que fallava alto com o Ega de marechaes e de duques. Ega reparou: o democrata, de resto, tinha uma sobrecasaca de casimira nova; o seu altivo chapéo reluzia; e Ega ficou de bom grado a conversar com aquelle gentleman correcto e venerando que impressionava os seus amigos.

— A republica com effeito observou elle, dando alguns passos ao lado do snr. Guimarães, esteve alli um momento compromettida!

— Perdida! E eu, meu caro senhor, aqui onde me vê, para ser expulso por causa d'umas verdadesinhas que soltei n'uma reunião anarchista. Até me affirmaram que n'um conselho de ministros o marechal de Mac-Mahon, que é um tarimbeiro, batera um murro na mesa e dissera: Ce sacré Guimaran, il nous embête, faut lui donner du pied dans le derrière! Eu não estava lá, não sei, mas affirmaram-me... Em Paris, como os francezes não sabem pronunciar Guimarães, e eu embirro que me estropiem o nome, assigno Mr. Guimaran. Ha dois annos, quando fui á Italia, era Mr. Guimarini. E se fôr agora á Russia, cá por coisas, hei de ser Mr. Guimaroff... Embirro que me estropiem o nome!

Tinham voltado á porta do salão. Longas bancadas vazias punham dentro, no brilho pesado do gaz, uma tristeza de abandono e tedio; e no estrado o Prata continuava, de mão no bolso, com o nariz sobre o manuscripto, sem que se sentisse agora surdir um som d'aquelle espantalho esguio. Mas o marquez, que descia do fundo, atabafando-se no seu cache-nez de sêda, disse ao Ega ao passar que o homemzinho era muito pratico, sabia da póda, e lá tinha ficado ás voltas com Proudhon.

Ega e o democrata recomeçaram então os seus passos lentos na ante-sala onde o susurro de conversas mal abafadas crescia, como n'um palco, entre fumaças furtivas de cigarro. E o snr. Guimarães chasqueava, achando uma boa bêtise que se citasse Proudhon, alli n'aquelle theatreco, a proposito d'estrumes do Minho...

— Oh, Proudhon entre nós, acudiu Ega rindo, cita-se muito, é já um monstro classico. Até os conselheiros d'Estado já sabem que para elle a propriedade era um roubo, e Deus era o mal...

O democrata encolheu os hombros:

— Grande homem, senhor! Homem immenso! São os tres grandes pimpões d'este seculo: Proudhon, Garibaldi, e o compadre!

— O compadre! exclamou Ega, attonito.

Era o nome d'amizade que o snr. Guimarães dava em Paris a Gambetta. Gambetta nunca o via, que não lhe gritasse de longe, em hespanhol: «Hombre, compadre!» E elle tambem, logo: «Compadre, caramba!» D'ahi ficára a alcunha, e Gambetta ria. Porque lá isso, bom rapaz, e amigo d'esta franqueza do sul, e patriota, até alli!

— Immenso, meu caro senhor! O maior de todos!

Pois Ega imaginaria que o snr. Guimarães, com as suas relações do Rappel, devia ter sobretudo o culto de Victor Hugo...

— Esse, meu caro senhor, não é um homem, é um mundo!

E o snr. Guimarães ergueu mais a face, ajuntou infinitamente grave:

— É um mundo!... E aqui onde me vê, ainda não ha tres mezes que elle me disse uma coisa que me foi direita ao coração!

Vendo com deleite o interesse e a curiosidade do Ega, o democrata contou largamente esse glorioso lance que ainda o commovia:

— Foi uma noite no Rappel. Eu estava a escrever, elle appareceu, já um pouco trôpego, mas com o olho a luzir, e aquella bondade, aquella magestade!... Eu ergui-me, como se entrasse um rei... Isto é, não! que se fosse um rei tinha-lhe dado com a bota no rabiosque. Levantei-me como se elle fosse um Deus! Qual Deus! não ha Deus que me fizesse levantar!... Emfim, acabou-se, levantei-me! Elle olhou para mim, fez assim um gesto com a mão, e disse, a sorrir, com aquelle ar de genio que tinha sempre: Bonsoir, mon ami!

E o snr. Guimarães deu alguns passos dignos, em silencio, como se aquelle bonsoir, aquelle mon ami, assim recordados,lhe fizessem mais vivamente sentir a sua importancia no mundo.

De repente Alencar, que bracejava n'um grupo, rompeu para elles, pallido, d'olhos chammejantes:

— Que me dizem vocês a esta pouca vergonha? Aquelle infame alli ha meia hora, com o infolio, a rosnar, a rosnar... E toda a gente a sahir, não fica ninguem! Tenho de recitar aos bancos de palhinha!...

E abalou, rilhando os dentes, a exhalar mais longe o seu furor.

Mas algumas palmas cançadas, dentro, fizeram voltar o Ega. O estrado ficára novamente vazio, com as duas velas ardendo no candelabro. Um cartão em grossas letras, que um criado collocara no piano, annunciava um «intervallo de dez minutos» como n'um circo. E n'esse instante a snr.ª condessa de Gouvarinho sahira pelo braço do marido, deixando atraz um sulco largo de comprimentos, d'espinhas que se vergavam, de chapéos de burocratas rasgadamente erguidos. O commissario do sarau azafamava-se procurando duas cadeiras para ss. exc.as A condessa porém foi reunir-se a D. Maria da Cunha, que ella vira, com as Pedrosos e a marqueza de Soutal, refugiada n'um vão de janella. Ega immediatamente acercou-se do rancho intimo, esperando que as senhoras se beijocassem.

— Então, snr.ª condessa, ainda muito commovida com a eloquencia do Rufino?

— Muito cansada... E que calor, hein?

— Horrivel. A snr.ª baronesa d'Alvim sahiu ha pouco, com uma dôr de cabeça...

A condessa, que tinha os olhos pisados e uma prega de velhice aos cantos da boca, murmurou:

— Não admira, isto não é divertido... Emfim, já agora é necessario levar a cruz ao Calvario.

— Se fosse uma cruz, minha senhora! exclamou o Ega. Infelizmente é uma lyra!

Ella riu. E D. Maria da Cunha, n'essa noite mais remoçada e viva, ficou logo toda banhada n'um sorriso, com aquella carinhosa admiração pelo Ega, que era um dos seus sentimentos.

— Este Ega!... Não ha mal que lhe chegue!... E diga-me outra coisa, que é feito do seu amigo Maia?

Ega vira-a momentos antes, no salão, puxar pela manga de Carles, cochichar com Carlos. Mas conservou um ar innocente:

—Está ahi, anda por ahi, assistindo a toda essa litteratura.

De repente os olhos sempre bonitos e languidos de D. Maria da Cunha rebrilharam com uma faisca de malicia:

— Fallai no mau... N'este caso seria fallar do bom. Emfim ahi nos vem o Principe Tenebroso!

E era com effeito Carlos que passava, se encontrára diante dos braços do conde de Gouvarinho, estendidos para elle com uma effusão em que parecia renascer o antigo affecto. Pela primeira vez Carlos via a condessa, desde a noite em que no Aterro, abandonando-a para sempre, fechára com odio a portinhola da tipoia onde ella ficava chorando. Ambos baixaram os olhos, ao adiantar a mão um para o outro, lentamente. E foi ella que findou o embaraço, abrindo o seu grande leque de pennas de avestruz:

— Que calor, não é verdade?

— Atroz! disse Carlos. Não vá v. exc.ª apanhar ar d'essa janella.

Ella forçou os labios brancos a um sorriso:

— É conselho de medico?

— Oh, minha senhora, não são as horas da minha consulta! É apenas caridade de christão.

Mas de repente a condessa chamou o Taveira, que ria, derretido, com a marqueza de Soutal, para o reprehender por elle não ter apparecido terça-feira na rua de S. Marçal. Surprehendido com tanto interesse, tanta familiaridade, o Taveira, muito vermelho, balbuciou que nem sabia, fôra o seu infortunio, tinham-se mettido umas coisas...

— Além d'isso não imaginei que v. exc.ª começasse a receber tão cedo... V. exc.ª antigamente era só depois da Cerração da Velha. Até me lembro que o anno passado...

Mas emmudeceu. O conde de Gouvarinho voltára-se, pousando a mão carinhosa no hombro de Carlos, desejando a sua impressão sobre o «nosso Rufino». Elle conde estava encantado! Encantado sobretudo com a variedade d'escala, aquella arte tão difficil de passar do solemne para o ameno, de descer das grandes rajadas para os brincados de linguagem. Extraordinario!

— Tenho ouvido grandes parlamentares, o Rouher, o Gladstone, o Canovas, outros muitos. Mas não são estes vôos, esta opulencia... É tudo muito sêcco, idéas e factos. Não entra n'alma! Vejam os amigos aquella imagem tão pujante, tão respeitosa, do Anjo da Esmola, descendo devagar, com as azas de setim... É de primeira ordem.

Ega não se conteve:

— Eu acho esse genio um imbecil.

O conde sorriu, como á tonteria d'uma criança:

— São opiniões...

E estendeu em redor as mãos ao Sousa Netto, ao Darque, ao Telles da Gama, a outros que se juntavam ao rancho intimo — emquanto os seus correligionarios, os seus collegas do Centro e da Camara, o Gonçalo, o Neves, o Vieira da Costa rondavam de longe, sem poder roçar pelo ministro que tinham creado, agora que elle conversava e ria com rapazes e senhoras da «sociedade». O Darque, que era parente do Gouvarinho, quiz saber como o amigo Gastão se ia dando com os encargos do Poder... O conde declarou para os lados que não fizera mais por ora do que passar em revista os elementos com que contava para atacar os problemas... De resto, em questões de trabalho, o ministerio fôra infelicissimo! O presidente do conselho de cama com uma catarrheira, inutil para uma semana. Agora o collega da fazenda com as febres do Aterro...

— Está melhor? Já sae? foi em torno a pergunta cheia de cuidado.

— Está na mesma, vai ámanhã para o Dáfundo. Mas realmente esse não se acha de todo inutilisado. Ainda hontem eu lhe dizia: «Você parte para o Dáfundo, leva os seus papeis, os seus documentos... Pela manhã dá os seus passeios, respira o bom ar... E á noite, depois de jantar, á luz do candieiro, entretem-se a resolver a questão de fazenda!»

Uma campainha retiniu. D. José Sequeira, escarlate d'azafama, veio, furando, annunciar a s. exc.ª o fim do intervallo — offerecer o braço á snr.ª condessa. Ao passar, ella lembrou a Carlos as suas «terças-feiras», com a delicada simplicidade d'um dever. Elle curvou-se em silencio. Era como se todo o passado, o sofá que rolava, a casa da titi em Santa Isabel, as tipoias em que ella deixava o seu cheiro de verbena — fossem coisas lidas por ambos n'um livro e por ambos esquecidas. Atraz, o marido seguiu, erguendo alto a cabeça e as lunetas, como representante do Poder n'aquella festa da Intelligencia.

— Pois senhores, disse o Ega afastando-se com Carlos, a mulherzinha tem topete!

— Que diabo queres tu? Atravessou a sua hora de tolice e de paixão, e agora continúa tranquillamente na rotina da vida.

— E na rotina da vida, concluiu Ega, encontra-se a cada passo comtigo, que a viste em camisa!... Bonito mundo!

Mas o Alencar appareceu no alto da escada, voltando do botequim e da genebra, com um brilho maior no olho cavo, de paletot no braço, já preparado para gorgear. E o marquez juntou-se a elles, abafado no cache-nez de sêda branca, mais rouco, queixando-se de que a cada minuto a garganta se lhe punha peor... Aquella canalha d'aquella garganta ainda lhe vinha a pregar uma!...

Depois, muito sério, considerando o Alencar:

— Ouve lá, isso que tu vaes recitar, a Democracia é política ou sentimento? Se é política, raspo-me. Mas se é sentimento, e a humanidade, e o santo operario, e a fraternidade, então fico, que d'isso gosto e até talvez me faça bem.

Os outros affirmaram que era sentimento. O poeta tirou o chapéo, passou os dedos pelos anneis fôfos da grenha inspirada:

—Eu vos digo, rapazes... Uma coisa não vai sem a outra, vejam vocês Danton!... Mas já não fallo emfim d'esses leões da Revolução. Vejam vocês o Passos Manoel! Está claro, é necessario logica... Mas, tambem, caramba, sêbo para uma politica sem entranhas e sem um bocado de infinito!

Subitamente, por sobre o novo silencio da sala, um vozeirão mais forte que o do Rufino fez retumbar os grandes nomes de D. João de Castro e de Affonso d'Albuquerque... Todos se acercaram da porta, curiosamente. Era um maganão gordo, de barba em bico e camelia na casaca, que, de mão fechada no ar como se agitasse o pendão das Quinas, lamentava aos berros que nós portuguezes, possuindo este nobre estuario do Tejo e tão formosas tradições de gloria, deixassemos esbanjar, ao vento do indifferentismo, a sublime herança dos avós!...

— É patriotismo, disse o Ega. Fujamos!

Mas o marquez reteve-os, gostando tambem de um bocado de Quinas. E foi o pobre marquez que o patriota pareceu interpellar, alçando na ponta dos botins o corpanzil rotundo, aos urros. Quem havia agora ahi, que, agarrando n'uma das mãos a espada e na outra a cruz, saltasse para o convés d'uma caravella a ir levar o nome portuguez através dos mares desconhecidos? Quem havia ahi, heroico bastante, para imitar o grande João de Castro, que na sua quinta de Cintra arrancára todas as arvores de fructo, tal a era a isenção da sua alma de poeta?...

— Aquelle miseravel quer-nos privar da sobremesa! exclamou Ega.

Em torno correram risos alegres. O marquez virou costas, enojado com aquella patriotice reles. Outros bocejavam por traz da mão, n'um tedio completo de «todas as nossas glorias». E Carlos, enervado, preso alli pelo dever de applaudir o Alencar, chamava o Ega para irem abaixo ao botequim espairecer a impaciencia — quando viu o Eusebiosinho que descia a escada, enfiando á pressa um paletot alvadio. Não o encontrara mais desde a infamia da Corneta, em que elle fôra «embaixador». E a cólera que tivera contra elle n'esse dia reviveu logo n'um desejo irresistivel de o espancar. Disse ao Ega:

— Vou aproveitar o tempo, emquanto esperamos pelo Alencar, a arrancar as orelhas áquelle maroto!

— Deixa lá, acudiu Ega, é um irresponsavel!

Mas já Carlos corria pelas escadas: Ega seguiu atraz, inquieto, temendo uma violencia. Quando chegaram á porta, Eusebio mettera para os lados do Carmo. E alcançaram-no no largo da Abegoaria, áquella hora deserto, mudo, com dois bicos de gaz mortiços. Ao vêr Carlos fender assim sobre elle, sem paletot, de peitilho claro na noite escura, o Eusebio, encolhido, balbuciou atarantadamente: «Olá, por aqui...»

— Ouve cá, estupôr! rugiu Carlos, baixo. Então tambem andaste mettido n'essa maroteira da Corneta? Eu devia rachar-te os ossos um a um!

Agarrára-lhe o braço, ainda sem odio. Mas, apenas sentiu na sua mão de forte aquella carne mollenga e tremula, resurgiu n'elle essa aversão nunca apagada — que já em pequeno o fazia saltar sobre o Eusebiosinho, esfrangalhal-o, sempre que as Silveiras o traziam á quinta. E então abanou-o, como outr'ora, furiosamente, gozando o seu furor. O pobre viuvo, no meio das lunetas negras que lhe voavam, do chapéo coberto de luto que lhe rolára nas lages, dançava, escanifrado e desengonçado. Por fim Carlos atirou-o contra a porta d'uma cocheira.

— Acudam! Aqui d'el-rei, policia! rouquejou o desgraçado.

Já a mão de Carlos lhe empolgára as guelas. Mas Ega interveio:

— Alto! Basta! O nosso querido amigo já recebeu a sua dóse...

Elle mesmo lhe apanhou o chapéo. Tremendo, arquejando, de bruços, Eusebiosinho procurava ainda o guarda-chuva. E, para findar, a bota de Carlos atirada com nojo, estatelou-o nas pedras, para cima d'uma sargeta onde restavam immundicies e humidade de cavallo.

O largo permanecia deserto, com o gaz adormecendo nos candieiros baços. Tranquillamente os dois recolheram ao sarau. No peristylo, cheio de luz e plantas, cruzaram-se com o patriota de barbas em bico, rodeado d'amigos, em caminho para o botequim, limpando ao lenço o pescoço e a face, exclamando com o cansaço radiante d'um triumphador:

— Irra! custou, mas sempre lhes fiz vibrar a corda!

Já o Alencar estaria gorgeando! Os dois amigos galgaram a escada. E com effeito Alencar apparecera no estrado, onde ardia ainda o candelabro de duas velas.

Esguio, mais sombrio n'aquelle fundo côr de canario, o poeta derramou pensativamente pelas cadeiras, pela galeria, um olhar encovado e lento: e um silencio pesou, mais enlevado, diante de tanta melancolia e de tanta solemnidade.

— A Democracia! annunciou o auctor d'Elvira com a pompa d'uma revelação.

Duas vezes passou pelos bigodes o lenço branco, que depois atirou para a mesa. E levantando a mão n'um gesto demorado e largo:

Era n'um parque. O luar
Sobre os vastos arvoredos,
Cheios de amor e segredos...

— Que lhe disse eu? exclamou o Ega, tocando no cotovêlo do marquez. É sentimento... Aposto que é o festim!

E era com effeito o festim, já cantado na Flôr de Martyrio, festim romantico, n'um vago jardim onde vinhos de Chypre circulam, caudas de brocado rojam entre macissos de magnolias, e das aguas do lago sobem cantos ao gemer dos violoncellos... Mas bem depressa transpareceu a severa idéa social da Poesia. Emquanto, sob as arvores radiantes de luar, tudo são «risos, brindes, lascivos murmurios» — fôra, junto ás grades douradas do parque, assustada com o latir dos molossos, uma mulher macilenta, em farrapos, chora, aconchegando ao seio magro o filho que pede pão... E o poeta, sacudindo os cabellos para traz, perguntava porque havia ainda esfomeados n'este orgulhoso seculo XIX? De que servira então, desde Spartacus, o esforço desesperado dos homens para a Justiça e para a Igualdade? De que servira então a cruz do grande Martyr, erguida além na collina, onde, por entre os abetos

Os raios do sol se somem,
O vento triste se cala...
E as aguias revolteando
D'entre as nuvens estão olhando
Morrer o filho do Homem!

A sala permanecia muda e desconfiada. E o Alencar, com as mãos tremendo no ar, desolava-se de que todo o Genio das gerações fosse impotente para esta coisa simples — dar pão á criança que chora!

Martyrio do coração!
Espanto da consciencia!
Que toda a humana sciencia

Não solva a negra questão!
Que os tempos passem e rolem
E nenhuma luz assome,
E eu veja d'um lado a fome
E do outro a indigestão!

Ega torcia-se, fungando dentro do lenço, jurando que rebentava. «E do outro a indigestão!» Nunca, nas alturas lyricas, se gritára nada tão extraordinario! E sujeitos graves, em redor, sorriam d'aquelle realismo sujo. Um jocoso lembrou que para indigestões já havia o bi-carbonato de potassa.

— Quando não são das minhas! rosnou um cavalheiro esverdinhado, que alargava a fivela do colete.

Mas tudo emmudeceu ante um chut terrível do marquez, que desapertára o cache-nez, já excitado, no enternecimento que sempre lhe davam estes humanitarismos poeticos. E entretanto, no estrado, o Alencar achára a solução do soffrimento humano! Fôra uma Voz que lh'a ensinára! Uma Voz sahida do fundo dos seculos, e que através d'elles, sempre suffocada, viera crescendo todavia irresistivelmente desde o Golgotha até á Bastilha! E então, mais solemne por traz da mesa, com um arranque de Precursor e uma firmeza de Soldado, como se aquelle honesto movel de mogno fosse um pulpito e uma barricada — o Alencar, alçando a fronte n'uma grande audacia á Danton, soltou o brado temeroso. Alencar queria a Bepublica!

Sim, a Republica! Não a do Terror e a do odio, mas a da mansidão e do Amor. Aquella em que o Millionario sorrindo abre os braços ao Operario! Aquella que é Aurora, Consolação, Refugio, Estrella mystica e Pomba...

Pomba da Fraternidade,
Que estendendo as brancas azas
Por sobre os humanos lodos,
Envolve os seus filhos todos
Na mesma santa Igualdade!...

Em cima, na galeria, resoou um bravo ardente. E immediatamente, para o suffocar, sujeitos sérios lançaram, aqui e além: «Chut, silencio!» Então Ega ergueu as mãos magras, bem alto, berrou com um destaque atrevido:

— Bravo! Muito bem! Bravo!

E todo pallido da sua audacia, entalando o monoculo, declarou para os lados:

— Aquella democracia é absurda... Mas que os burguezes se dêem ares intolerantes, isso não! Então applaudo eu!

E as suas mãos magras de novo se ergueram, bem alto, junto das do marquez que retumbavam como malhos. Outros em volta, immediatamente, não se querendo mostrar menos democratas que o Ega e aquelle fidalgo de tão grande linhagem, reforçaram os bravos com calor. Já pela sala se voltavam olhares inquietos para aquelle grupo cheio de revolução. Mas um silencio cahiu, mais commovido e grave, quando o Alencar (que inspiradamente previra a intolerancia burgueza) perguntou em estrophes iradas o que detestavam, o que receavam elles, no advento sublime da Republica? Era o pão carinhoso dado á criança? Era a mão justa estendida ao proletario? Era a esperança? Era a aurora?

Receaes a grande luz?
Tendes medo do Abecê?...
Então castigai quem lê,
Voltai á plebe soez!
Recuai sempre na Historia,
Apagai o gaz nas ruas,
Deixai as crianças nuas,
E venha a forca outra vez!

Palmas, mais numerosas, já sinceras, estalaram pela sala, que cedia emfim ao repetido encanto d'aquelle lyrismo humanitario e sonoro. Já não importava a Republica, os seus perigos. Os versos rolavam, cantantes e claros; e a sua onda larga arrastava os espiritos mais positivos. Sob aquelle bafo de sympathia Alencar sorria, com os braços abertos, annunciando uma a uma, como perolas que se desfiam, todas as dadivas que traria a Republica. Debaixo da sua bandeira, não vermelha mas branca, elle via a terra coberta de searas, todas as fomes satisfeitas, as nações cantando nos valles sob o olhar risonho de Deus. Sim, porque Alencar não queria uma Republica sem Deus! A Democracia e o Christianismo, como um lirio que se abraça a uma espiga, completavam-se, estreitando os seios! A rocha do Golgotha tornava-se a tribuna da Convenção! E para tão dôce ideal não se necessitavam cardeaes, nem missaes, nem novenas, nem igrejas. A Republica, feita só de pureza e de fé, reza nos campos; a lua cheia é hostia; os rouxinoes entoam o tantum ergo nos ramos dos loureiraes. E tudo prospéra, tudo refulge — ao mundo do Conflicto substitue-se o mundo do Amor...

Á espada succede o arado,
A Justiça ri da Morte,
A escóla está livre e forte,
E a Bastilha derrocada.
Róla a tiára no lodo,
Brota o lirio da Igualdade,
E uma nova Humanidade
Planta a cruz na barricada!

Uma rajada farta e franca de bravos fez oscillar as chammas do gaz! Era a paixão meridional do verso, da sonoridade, do Liberalismo romantico, da imagem que esfuzia no ar com um brilho crepitante de foguete, conquistando emfim tudo, pondo uma palpitação em cada peito, levando chefes de repartição a berrarem, estirados por cima das damas, no enthusiasmo d'aquella republica onde havia rouxinoes! E quando Alencar, alçando os braços ao tecto, com modulações de preghiera na voz roufenha, chamou para a terra essa pomba da Democracia, que erguera o vôo do Calvario, e vinha com largos sulcos de luz — foi um enternecimento banhando as almas, um fundo arrepio d'extasi. As senhoras amolleciam nas cadeiras, com a face meia voltada ao céo. No salão abrazado perpassavam frescuras de capella. As rimas fundiam-se n'um murmurio de ladainha, como evoladas para uma Imagem que pregas de setim cobrissem, estrellas d'ouro coroassem. E mal se sabia já se Essa, que se invocava e se esperava, era a deusa da Liberdade — ou Nossa Senhora das Dôres.

Alencar no emtanto via-a descer, espalhando um perfume. Já Ella tocava com os seus pés divinos os valles humanos. Já do seu seio fecundo trasbordava a universal abundancia. Tudo reflorescia, tudo rejuvenescia:

As rosas têm mais aroma!
Os fructos têm mais doçura!
Brilha a alma clara e pura,
Solta de sombras e véos...
Foge a dôr espavorida,
Foi-se a fome, foi-se a guerra,
O homem canta na terra,
E Christo sorri nos céos!...

Uma acclamação rompeu, immensa e rouca, abalando os muros côr de canario. Moços exaltados treparam ás cadeiras, dois lenços brancos fluctuavam. E o poeta, tremulo, exhausto, rolou pela escada até aos braços que se lhe estendiam frementes. Elle suffocava, murmurava: «filhos! rapazes!...» Quando Ega correu do fundo, com Carlos, gritando — «Fôste extraordinario, Thomaz!»... — as lagrimas saltaram dos olhos do Alencar, quebrado todo d'emoção.

E ao longo da coxia a ovação continuou, feita de palmadinhas pelo hombro, de shake-hands da gente séria, de «muitos parabens a v. exc.ª!» Pouco a pouco elle erguia a cabeça, n'um altivo sorriso que lhe mostrava os dentes maus, sentindo-se o poeta da Democracia, consagrado, ungido pelo triumpho, com a inesperada missão de libertar almas! D. Maria da Cunha puxou-lhe pela manga quando elle passou, para murmurar, encantada, que achára — «lindissimo, lindissimo». E o poeta, estonteado, exclamou: «Maria, é necessario luz!» Telles da Gama veio bater-lhe nas costas affirmando-lhe que «piára esplendidamente». E Alencar, inteiramente perdido, balbuciou: «Sursum corda, meu Telles, sursum corda!»

Ega no emtanto, através do tumulto, farejava buscando Carlos que desapparecera depois dos abraços ao Alencar. Taveira assegurou-lhe que Carlos passára para o botequim. Depois em baixo um garoto jurou que o snr. D. Carlos tomára uma tipoia e ia já, virando o Chiado...

Ega ficou á porta hesitando se aturaria o resto do sarau. N'esse momento o Gouvarinho, trazendo a condessa pelo braço, deseja rapidamente, com a face toda contrariada e sombria. O trintanario de ss. exc.as correu a chamar o coupé. E quando o Ega se acercou, sorrindo, para saber que impressão lhes deixára o grande triumpho democratico do Alencar — a profunda cólera do Gouvarinho escapou-se-lhe, mal contida, por entre os dentes cerrados:

— Versos admiraveis, mas indecentes!

O coupé avançou. Elle teve apenas tempo de rosnar ainda, surdamente, apertando a mão ao Ega:

— N'uma festa de sociedade, sob a protecção da rainha, diante d'um ministro da coroa, fallar de barricadas, prometter mundos e fundos ás classes proletarias... É perfeitamente indecente!

Já a condessa enfiára a portinhola, apanhando a larga cauda de sêda. O ministro mergulhou tambem furiosamente na sombra do coupé. Junto ás rodas passou choutando, n'uma pileca branca, o correio agaloado.

Ega ia subir. Mas o marquez appareceu, abafado n'um gabão d'Aveiro, fugindo a um poeta de grandes bigodes que ficára em cima a recitar quadrinhas miudinhas a uns olhinhos galantinhos: e o marquez detestava versos feitos a partes do corpo humano. Depois foi o Cruges que surgiu do botequim, abotoando o paletot. Então, perante essa debandada de todos os amigos, Ega decidiu abalar tambem, ir tomar o seu grog ao Gremio com o maestro.

Metteram o marquez n'uma tipoia — e elle e Cruges desceram a rua Nova da Trindade, devagar, no encanto estranho d'aquella noite d'inverno, sem estrellas, mas tão macia que n'ella parecia andar perdido um bafo de maio.

Passavam á porta do Hotel Alliança quando Ega sentiu alguem, que se apressava, chamar atraz: — «Ó snr. Ega! V. exc.ª faz favor, snr. Ega?...»

— Parou, reconheceu o chapéo recurvo, as barbas brancas do snr. Guimarães.

— V. exc.ª desculpe! exclamou o demagogo esbaforido. Mas vi-o descer, queria dar-lhe duas palavras, e como me vou embora ámanhã...

— Perfeitamente... Ó Cruges, vai andando, já te apanho!

O maestro estacionou á esquina do Chiado. O snr. Guimarães pedia de novo desculpa. De resto eram duas curtas palavras...

— V. exc.ª, segundo me disseram, é o grande amigo do snr. Carlos da Maia... São como irmãos...

— Sim, muito amigos...

A rua estava deserta, com alguns garotos apenas á porta alumiada da Trindade. Na noite escura a alta fachada do Alliança lançava sobre elles uma sombra maior. Todavia o snr. Guimarães baixou a voz cautelosa:

— Aqui está o que é... V. exc.ª sabe, ou talvez não saiba, que eu fui em Paris intimo da mãi do snr. Carlos da Maia... V. exc.ª tem pressa, e não vem agora a proposito essa historia. Basta dizer que aqui ha annos ella entregou-me, para eu guardar, um cofre que, segundo dizia continha papeis importantes... Depois naturalmente, ambos tivemos muitas outras coisas em que pensar, os annos correram, ella morreu. N'uma palavra, porque v. exc.ª está com pressa: eu conservo ainda em meu poder esse deposito, e trouxe-o por acaso quando vim agora a Portugal por negocios da herança de meu irmão... Ora hoje justamente, alli no theatro, comecei a reflectir que o melhor era entregal-o á familia...

O Cruges mexeu-se impaciente:

— Ainda te demoras?

— Um instante! gritou Ega, já interessado por aquelles papeis e pelo cofre. Vai andando.

Então o snr. Guimarães, á pressa, resumiu o pedido. Como sabia a intimidade do snr. João da Ega e de Carlos da Maia, lembrára-se de lhe entregar o cofresinho para que elle o restituisse á familia...

— Perfeitamente! acudiu Ega. Eu estou mesmo em casa dos Maias, no Ramalhete.

— Ah, muito bem! Então v. exc.ª manda um criado de confiança ámanhã buscal-o... Eu estou no Hotel de Paris, no Pelourinho. Ou melhor ainda: levo-lh'o eu, não me dá incommodo nenhum, apesar de ser dia de partida...

— Não, não, eu mando um criado! insistiu o Ega estendendo a mão ao democrata.

Elle estreitou-lh'a com calor.

— Muito agradecido a v. exc.ª! Eu junto-lhe então um bilhete e v. exc.ª entrega-o da minha parte ao Carlos da Maia, ou á irmã.

Ega teve um movimento d'espanto:

— Á irmã!... A que irmã?

O snr. Guimarães considerou Ega tambem com assombro. E abandonando-lhe lentamente a mão:

— A que irmã!? A irmã d'elle, á unica que tem, á Maria!

Cruges, que batia as solas no lagedo, enfastiado gritou da esquina:

— Bem, eu vou andando para o Gremio.

— Até logo!

O snr. Guimarães, no emtanto, passava os dedos calçados de pellica preta pelos longos fios da barba, fitando o Ega, n'um esforço de penetração. E quando Ega lhe travou do braço, pedindo-lhe para conversarem um pouco até ao Loreto, o democrata deu os primeiros passos com uma lentidão desconfiada.

— Eu parece-me, dizia o Ega sorrindo, mas nervoso, que nós estamos aqui a enrodilhar-nos n'um equivoco... Eu conheço o Maia desde pequeno, vivo até agora em casa d'elle, posso afiançar-lhe que não tem irmã nenhuma...

Então o snr. Guimarães começou a rosnar umas desculpas embrulhadas que mais enervavam, torturavam o Ega. O snr. Guimarães imaginava que não era segredo, que todas essas coisas da irmã estavam esquecidas, desde que houvera reconciliação...

— Como vi, ainda não ha muitos dias, o snr. Carlos da Maia com a irmã e com v. exc.ª, na mesma carruagem, no caes do Sodré...

— O quê! Aquella senhora! A que ia na carruagem?

— Sim! exclamou o snr. Guimarães irritado, farto emfim d'essa confusão em que se debatiam. Aquella mesma, a Maria Eduarda Monforte, ou a Maria Eduarda Maia, como quizer, que eu conheci de pequena, com quem andei muitas vezes ao collo, que fugiu com o Mac-Gren, que esteve depois com a besta do Castro Gomes... Essa mesma!

Era ao meio do Loreto sob o lampeão de gaz. E o snr. Guimarães de repente estacou, vendo os olhos do Ega esgazearem-se de horror, uma terrivel pallidez cobrir-lhe a face.

— V. exc.ª não sabia nada d'isto?

Ega respirou fortemente, arredando o chapéo da testa sem responder. Então o outro, embaçado, terminou por encolher os hombros. Bem, via que tinha feito uma tolice! A gente nunca se devia intrometter nos negocios alheios! Mas acabou-se! Imaginasse o snr. Ega que aquillo fôra um pesadêlo, depois da versalhada do sarau! Pedia desculpa sinceramente — e desejava ao snr. João da Ega muitissimo boas noites.

Ega, como a um clarão de relampago, entrevira toda a catastrophe: e agarrou avidamente o braço do snr. Guimarães, n'um terror que elle abalasse, desapparecesse, levando para sempre o seu testemunho, esses papeis, o cofre da Monforte, e com elles a certeza — a certeza por que agora anciava. E através do Loreto, vagamente, foi balbuciando, justificando a sua emoção, para tranquillisar o homem, poder lentamente arrancar-lhe as coisas que soubesse, as provas, a verdade inteira.

— O snr. Guimarães comprehende... Isto são coisas muito delicadas, que eu suppunha absolutamente ignoradas de todos... De modo que fiquei embatucado, fiquei tonto, quando o ouvi assim de repente fallar d'ellas com essa simplicidade... Porque emfim, aqui para nós, essa senhora não passa em Lisboa por irmã de Carlos.

O snr. Guimarães atirou logo a mão n'um grande-gesto. Ah, bem! Então era jogo com elle? Pois tinha feito o snr. Ega perfeitamente... Com certeza eram coisas muito sérias, que necessitavam toda a sorte de vêos... Elle comprehendia, comprehendia muito bem!... E realmente, dada a posição dos Maias em Lisboa, na sociedade, aquella senhora não era irmã que se apresentasse.

— Mas a culpa não a teve ella, meu caro senhor! Foi a mãi, foi aquella extraordinaria mãi que o Diabo lhe deu!...

Desciam o Chiado. Ega parou um momento, devorando o velho com olhos de febre:

— O snr. Guimarães conheceu muito essa senhora, a Monforte?

Intimamente! Já a conhecera em Lisboa — mas de longe, como mulher de Pedro da Maia. Depois viera essa tragedia, ella fugira com o italiano. Elle abalára tambem para Paris n'esse anno, com uma Clemence, uma costureira da Levaillant: e, umas coisas enfiando n'outras, negocios e desgraças, por lá ficára para sempre! Emfim, não era a sua vida que lhe ia contar... Só mais tarde encontrára a Monforte, uma noite, no baile Laborde: e d'ahi datavam as suas relações. A esse tempo já o italiano morrera n'um duello, e o velho Monforte espichára da bexiga. Ella estava então com um rapaz chamado Trevernnes — n'uma casa bonita, no Parc Monceaux, em grande chic... Mulher extraordinaria! E não se envergonhava de confessar que lhe devia obrigações! Quando essa rapariga, a Clemence, que era um encanto, adoecera do peito, a Monforte trazia-lhe flôres, frutas, vinhos, fazia-lhe companhia, velava-a como um anjo... Porque lá isso coração largo e generoso atá alli! Esta, a filha, a D. Maria, tinha então sete ou oito annos, linda como os amores... E houvera uma outra pequena do italiano, muito galantinha tarobem. Oh! muito galantinha tambem! Mas morrera em Londres, essa...

— E com esta Maria andei muitas vezes ao collo, meu caro senhor... Não sei se ella ainda se lembra d'uma boneca que eu lhe dei, que fallava, dizia

Napoléon... Era no bello tempo do Imperio, até as desavergonhadas das bonecas eram imperialistas! Depois, quando ella estava em Tours, no convento, fui lá duas vezes com a mãi. Já então os meus principios me não permittiam entrar n'esses covis religiosos: mas emfim fui acompanhar a mãi... E quando ella fugiu com o irlandez, o MacGren, foi commigo que a mãi veio ter, furiosa, a querer que eu chamasse o commissario de policia para se prender o irlandez. Por fim metteu-se n'um fiacre, foi para Fontainebleau, lá fez as pazes, viviam até juntos... Emfim uma série de trapalhadas.

Um suspiro cansado escapou-se do peito do Ega, que arrastava os passos, succumbido:

— E esta senhora, está claro, não sabia então de quem era filha...

O snr. Guimarães encolheu os hombros:

— Nem suspeitava que existissem Maias sobre a face da terra! A Monforte dissera-lhe sempre que o pai era um fidalgo austriaco com quem ella casára na Mudeira... Uma mixordia, meu caro senhor, uma mixordia!

— É horrivel! murmurou Ega.

Mas, dizia o snr. Guimarães, que podia tambem fazer a Monforte? Que diabo, era duro confessar á filha: «Olha que eu fugi a teu pai, e elle por causa d'isso matou-se!» Não tanto pela questão de pudor; a rapariga devia perceber que a mãi tinha amantes, ella mesma aos dezoito annos, coitadinha, já tinha um; mas por causa do tiro, do cadaver, do sangue...

—A mim mesmo! exclamou o snr. Guimarães, parando, alargando os braços na rua deserta. A mim mesmo nunca ella fallou do marido, nem de Lisboa, nem de Portugal. Lembra-me até uma occasião em casa da Clemence, que eu alludi a um cavallo lazão, um cavallo de Pedro da Maia, em que ella costumava montar. Animal soberbo! Mas nem mencionei o marido, fallei só do cavallo. Pois senhores, bate com o leque em cima da mesa, grita como uma bicha: — Dites donc, mon cher, vous m'embêtez avec ces histoires de l'autre monde!... Com effeito, bem o podia dizer, eram historias do outro mundo! Para encurtar: estou convencido que nos ultimos tempos ella mesmo julgava que Pedro da Maia nunca existira. Uma insensata! Por fim até bebia... Mas acabou-se! Tinha grande coração, e portou-se muito bem com a Clemence. Parce sepultis!

— É horrivel! murmurou outra vez o Ega, tirando o chapéo correndo a mão tremula pela testa.

E agora o seu unico desejo era a accumulação incessante de provas, de detalhes. Fallou então d'esses papeis, d'esse cofre da Monforte. O snr. Guimarães não sabia o que elles continham; e não se admiraria se fossem apenas contas de modista, ou pedaços velhos do Figaro em que se fallava d'ella...

— É uma caixita pequena que a Monforte me deu, na vespera de partir para Londres com a filha. Era no tempo da guerra... Já a Maria vivia com o irlandez, tinha mesmo uma pequena, a Rosa. Depois veio a Communa, todos aquelles desastres. Quando a Monforte voltou de Londres eu estava em Marselha. Foi então que a pobre Maria se metteu com o Castro Gomes, creio que para não morrer de fome... Eu recolhi a Paris, mas não vi mais a

Monforte, que já estava muito doente... Á Maria, collada então a essa besta do Castro Gomes, um pedante, um rastaquouère mesmo a calhar para a guilhotina, não tornei tambem a fallar. Se a encontrava era um comprimento de longe, como n'outro dia, quando a vi na carruagem com v. exc.ª e com o irmão... De sorte que fui ficando com os papeis. Nem a fallar a verdade, com estas coisas todas de politica, me lembrei mais d'elles. E agora ahi estão, ás ordens da familia.

— Se isso não fosse incommodo para v. exc.ª, acudiu Ega, eu passava agora pelo seu hotel e levava-os logo commigo...

— Incommodo nenhum! Estamos em caminho, é negocio que fica feito!

Algum tempo seguiram calados. O sarau decerto acabára. Um bater de carruagens atroava as descidas do Chiado. Junto d'elles passaram duas senhoras, com um rapaz que bracejava, fallando alto do Alencar. O snr. Guimarães tirára lentamente do bolso a charuteira: depois parando, para raspar um phosphoro:

— Então a D. Maria passa simplesmente por parenta?... E como soube ella? Como foi isso?

Ega, que caminhava com a cabeça cahida, estremeceu como se acordasse. E começou a tartamudear uma historia confusa, de que elle mesmo córava na sombra. Sim, Maria Eduarda passava por parenta. Fôra o procurador que descobrira. Ella rompera com o Castro Gomes, com todo o passado. Os Maias davam-lhe uma mezada; e vivia nos Olivaes, muito retirada, como filha d'um Maia que morrera na Italia. Todos gostaram muito d'ella, Affonso da Maia tinha grande ternura pela pequena...

E de repente indignou-se com estas invenções por onde arrastava já o nome do nobre velho, exclamou como se abafasse:

— Emfim, nem eu sei, um horror!

— Um drama! resumiu gravemente o snr. Guimarães.

E como estavam no Pelourinho rogou ao Ega que esperasse um momento emquanto elle corria acima buscar os papeis da Monforte.

Só, no largo, Ega ergueu as mãos ao céo n'um desabafo mudo d'aquella angustia em que caminhava, como um somnambulo, desde o Loreto. E a sua unica sensação, bem clara — era a indestructivel certeza da historia do Guimarães, tão compacta, sem uma lacuna, sem uma falha por onde rachasse e se fizesse cahir aos pedaços. O homem conhecera Maria Monforte em Lisboa, ainda mulher de Pedro da Maia, brilhando no seu cavallo lazão; encontrára-a em Paris já fugida, depois da morte do primeiro amante, vivendo com outros; andára então ao collo com Maria Eduarda a quem se davam bonecas... E desde então não deixára mais de vêr Maria Eduarda, de a seguir: em Paris; no convento de Tours; em Fontainebleau com o irlandez; nos braços de Castro Gomes; n'uma tipoia de praça emfim com elle e com Carlos da Maia, havia dias, no caes do Sodré! Tudo isto se encadeava, concordando com a historia contada por Maria Eduarda. E de tudo resaltava esta certeza monstruosa: — Carlos amante da irmã!

Guimarães não descia. No segundo andar surgira uma luz viva, n'uma janella aberta. Ega recomeçou a passear lentamente pelo meio do largo. E agora, pouco a pouco, subiu n'elle uma incredulidade contra esta catastrophe de dramalhão. Era acaso verosimil que tal se passasse, com um amigo seu, n'uma rua de Lisboa, n'uma casa alugada á mãi Cruges?... Não podia ser! Esses horrores só se produziam na confusão social, no tumulto da Meia-Idade! Mas n'uma sociedade burgueza, bem policiada, bem escripturada, garantida por tantas leis, documentada por tantos papeis, com tanto registro de baptismo, com tanta certidão de casamento, não podia ser! Não! Não estava no feitio da vida contemporanea que duas crianças separadas por uma loucura da mãi, depois de dormirem um instante no mesmo berço, cresçam em terras distantes, se eduquem, descrevam as parabolas remotas dos seus destinos — para quê? Para virem tornar a dormir juntas no mesmo ponto, n'um leito de concubinagem! Não era possivel. Taes coisas pertencem só aos livros, onde vêm, como invenções subtis da arte, para dar, á alma humana um terror novo... Depois levantava os olhos para a janella alumiada — onde o snr. Guimarães decerto rebuscava os papeis na mala. Alli estava porém esse homem com a sua historia em que não havia uma discordancia por onde ella pudesse ser abalada!... E pouco a pouco aquella luz viva, sahida do alto, parecia ao Ega penetrar n'essa intrincada desgraça, aclaral-a toda, mostrar-lhe bem a lenta evolução. Sim, tudo isso era provavel no fundo! Essa criança, filha d'uma senhora que a levára comsigo, cresce, é amante d'um brazileiro, vem a Lisboa, habita Lisboa. N'um bairro visinho vive outro filho d'essa mulher, por ella deixado, que cresceu, é um homem. Pela sua figura, o seu luxo, elle destaca n'esta cidade provinciana e pelintra. Ella por seu lado, loura, alta, esplendida, vestida pela Laferrière, flôr d'uma civilisação superior, faz relêvo n'esta multidão de mulheres miudinhas e morenas. Na pequenez da Baixa e do Aterro, onde todos se acotovelavam, os dois fatalmente se cruzam: e com o seu brilho pessoal, muito fatalmente se attrahem! Ha nada mais natural? Se ella fosse feia e trouxesse aos hombros uma confecção barata da loja da America, se elle fosse um mocinho encolhido de chapéo côco, nunca se notariam e seguiriam diversamente nos seus destinos diversos. Assim, o conhecerem-se era certo, o amarem-se era provavel... E um dia o snr. Guimarães passa, a verdade terrivel estala!

A porta do hotel rangeu no escuro, o snr. Guimarães adiantou-se, de boné de sêda na cabeça, com o embrulho na mão.

— Não podia dar com a chave da mala, desculpe v. exc.ª É sempre assim quando ha pressa... E aqui temos o famoso cofre!

— Perfeitamente, perfeitamente...

Era uma caixa que parecia de charutos e que o democrata embrulhára n'um velho numero do Rappel. Ega metteu-a no bolso largo do seu paletot: e immediatamente, como se qualquer outra palavra entre elles fosse vã, estendeu a mão ao snr. Guimarães. Mas o outro insistiu em o acompanhar até á esquina da rua do Arsenal, apesar de estar de boné. A noite, para quem vinha de Paris, tinha uma doçura oriental — e elle, com os seus habitos de jornalista, nunca se deitava senão tarde, ás duas, tres horas da madrugada... E então, caminhando devagar, com as mãos nos bolsos e o charuto entre os dentes, o snr. Guimarães voltou á politica e ao sarau. A poesia do Alencar (de que esperára muito por causa do titulo, A Democracia) sahira-lhe consideravelmente chôcha.

— Muita flôr, muita farofia, muita liberdade, mas não havia alli um ataque em fórma, duas ou tres boas estocadas n'esta choldra da monarchia e da côrte... Pois não é verdade?

— Sim, com effeito... — murmurou Ega, olhando ao longe, na esperança d'uma tipoia.

— É como os jornaes republicanos que por ahi ha... Tudo uma palhada, senhores, tudo uma balofice!... É o que eu lhes digo a elles: — «Ó almas do diabo, atacai as questões sociaes!»

Felizmente um trem avançava, rolando devagar, do lado do Terreiro do Paço. Ega, precipitadamente, deu um aperto de mão ao democrata, desejou-lhe uma «boa viagem», atirou ao cocheiro a adresse do Ramalhete. Mas o snr. Guimarães ainda se apoderou da portinhola para aconselhar ao Ega que fosse a Paris. Agora, que tinham feito amizade, havia de o apresentar a toda aquella gente... E o snr. Ega veria! Não era cá a grande pose portugueza, d'estes imbecis, d'estes pelintras a darem-se ares, torcendo os bigodes. Lá, na primeira nação do mundo, tudo era alegria e fraternidade e espirito a rodos...

— E a minha adresse, na redacção do Rappel! Bem conhecida no mundo! Emquanto ao embrulhosinho fico descançado...

— Póde v. exc.ª ficar descançado!

— Criado de v. exc.ª... Os meus comprimentos á snr.ª D. Maria!

Na carruagem, através do Aterro, a anciosa interrogação do Ega a si mesmo foi — que hei de fazer?» Que faria, santo Deus, com aquelle segredo terrivel que possuia, de que só elle era senhor, agora que o Guimarães partia, desapparecia para sempre? E antevendo com terror todas as angustias em que essa revelação ia lançar o homem que mais estimava no mundo — a sua instinctiva idéa foi guardar para sempre o segredo, deixal-o morrer dentro em si. Não diria nada; o Guimarães sumia-se em Paris; e quem se amava continuava a amar-se!... Não crearia assim uma crise atroz na vida de Carlos — nem soffreria elle, como companheiro, a sua parte d'essas afflicções. Que coisa mais impiedosa, de resto, que estragar a vida de duas innocentes e adoraveis creaturas, atirando-lhes á face uma prova de incesto!...

Mas, a esta idéa de incesto, todas as consequencias d'esse silencio lhe appareceram, como coisas vivas e pavorosas, flammejando no escuro diante dos seus olhos. Poderia elle tranquillamente testemunhar a vida dos dois — desde que a sabia incestuosa? Ir á rua de S. Francisco, sentar-se-lhes alegremente á mesa, entrevêr através do reposteiro a cama em que ambos dormiam — e saber que esta sordidez de peccado era obra do seu silencio? Não podia ser... Mas teria tambem coragem de entrar ao outro dia no quarto de Carlos, e dizer-lhe em face — «Olha que tu és amante de tua irmã?»

A carruagem parára no Ramalhete. Ega subiu, como costumava, pela escada particular de Carlos. Tudo estava apagado e mudo. Accendeu a sua palmatoria; entreabriu o reposteiro dos aposentos de Carlos; deu alguns passos timidos no tapete, que pareceram já soar tristemente. Um reflexo d'espelho alvejou ao fundo na sombra da alcova. E a luz cahiu sobre o leito intacto, com a sua longa colcha lisa, entre os cortinados de sêda. Então a idéa que Carlos estava áquella hora na rua de S. Francisco, dormindo com uma mulher que era sua irmã, atravessou-o com uma cruel nitidez, n'uma imagem material, tão viva e real, que elle viu-os claramente, de braços enlaçados, e em camisa... Toda a belleza de Maria, todo o requinte de Carlos desappareciam. Ficavam só dois animaes, nascidos do mesmo ventre, juntando-se a um canto como cães, sob o impulso bruto do cio!

Correu para o seu quarto, fugindo áquella visão a que o escuro do corredor, mal dissipado pela luz tremula, accentuava mais o relêvo. Aferrolhou a porta; accendeu á pressa sobre o toucador, uma depois da outra, com a mão agitada, as seis velas dos candelabros. E agora apparecia-lhe mais urgente, inevitavel, a necessidade de contar tudo a Carlos. Mas ao mesmo tempo sentia em si, a cada instante, menos animo para chegar, encarar Carlos, e destruir-lhe a felicidade e a vida com uma revelação d'incesto. Não podia! Outro que lh'o dissesse! Elle lá estava depois para o consolar, tomar metade da sua dôr, carinhoso e fiel. Mas o desgosto supremo da vida de Carlos não viria de palavras cahidas da sua boca!... Outro que lh'o dissesse! Mas quem? Mil idéas passavam na sua pobre cabeça, incoherentes e tontas. Pedir a Maria que fugisse, desapparecesse... Escrever uma carta anonyma a Carlos, com a detalhada historia do Guimarães... E esta confusão, esta anciedade ia-se resolvendo lentamente em odio ao snr. Guimarães. Para que fallára áquelle imbecil? Para que insistira em lhe confiar papeis alheios? Para que lh'o apresentára o Alencar? Ah! se não fosse a carta do Damaso... Tudo provinha do maldito Damaso!

Agitando-se pelo quarto, ainda de chapéo, os seus olhos cahiram n'um sobrescripto pousado sobre a mesa de cabeceira. Reconheceu a letra do Villaça. E nem a abriu... Uma idéa sulcára-o de repente. Contar tudo ao Villaça!... Porque não? Era o procurador dos Maias. Nunca para elle houvera segredos n'aquella casa. E esta complicação singular d'uma senhora da familia, considerada morta e que surge inesperadamente — a quem a pertencia aclarar senão ao fiel procurador, ao velho confidente, ao homem que, por herança e por destino, recebera sempre todos os segredos e partilhára todos os interesses domesticos?... E sem pensar, sem aprofundar mais, fixou-se logo n'esta decisão salvadora, — que ao menos o socegava, lhe tirava já do coração um peso de ferro, suffocante e intoleravel...

Devia acordar cedo, procurar Villaça em casa. Escreveu n'uma folha de papel — «Acorda-me ás sete». E desceu abaixo, ao longo corredor de pedra onde dormiam os criados, dependurou este recado na chave do quarto do escudeiro.

Quando subiu, mais calmo, — abriu então a carta do Villaça. Era uma curta linha lembrando ao amigo Ega que a letrinha de duzentos mil reis, no Banco Popular, se vencia d'ahi a dois dias...

— Sêbo, tudo se junta! exclamou Ega furioso, atirando a carta amarrotada para o chão.

Capítulo VII

Pontual, ás sete horas, o escudeiro acordou Ega. Ao rumor da porta elle sentou-se na cama um salto — e logo todos os negros cuidados da vespera, Carlos, a irmã, a felicidade d'aquella casa acabada para sempre, se lhe ergueram n'alma em sobresalto, como despertando tambem. A portada da varanda ficára aberta; um ar silencioso e livido de madrugada clareava através do transparente de fazenda branca. Durante um momento Ega ficou olhando em redor, arrepiado; depois, sem coragem, remergulhou nos lençoes, gozando aquelle bocado de calor e de conchêgo antes d'ir affrontar fóra as amarguras do dia.

E pouco a pouco, sob o tepido conchêgo dos cobertores em que se atabafára, começou a afigurar-se-lhe menos urgente, e menos util, essa correria estremunhada a casa do Villaça... De que servia procurar o Villaça? Não se tratava alli de dinheiro, nem de demandas, nem de legalidade — de nada que reclamasse a experiencia d'um procurador. Era apenas introduzir um burguez mais n'um segredo tão terrivelmente delicado que elle mesmo se assustava de o saber. E acochado mais sob a roupa, apenas com o nariz ao frio, murmurava comsigo: «É uma tolice ir ao Villaça!»

De resto não poderia elle ajuntar em si bastante coragem para contar tudo a Carlos, logo, n'essa manhã, claramente, virilmente? Era por fim aquelle caso tão pavoroso como lhe parecera na vespera — um irreparavel desabamento d'uma vida de homem?... Ao pé da quinta da mãe, em Celorico, no logar de Vouzeias, houvera um successo parecido, dois irmãos que innocentemente iam casar. Tudo se aclarou ao reunirem-se os papeis para os banhos. Os noivos ficaram uns dias «embatucados», como dizia o padre Seraphim; mas por fim já riam, muito amigos, muito divertidos, quando se tratavam de «manos». O noivo, um rapagão bonito, contava depois «que ia havendo uma mixordia na familia». Aqui o engano seguira mais longe, as sensibilidades eram mais requintadas; mas os seus corações permaneciam livres de toda a culpa, innocentes absolutamente. Porque ficaria pois a existencia de Carlos para sempre estragada? A inconsciencia impediu-lhe o remorso: e passado o primeiro horror, de que lhe podia, na realidade, vir a definitiva dôr? Sómente do prazer ter findado. Era então como outro qualquer desgosto d'amor. Bem menos atroz do que se Maria o tivesse trahido com o Damaso!

De repente a porta abriu-se, Carlos appareceu exclamando:

— Então que madrugada foi esta? Disse-me agora lá em baixo o Baptista... É aventura? duello?

Trazia o paletot todo abotoado, com a gola erguida, escondendo ainda a gravata branca da vespera; e decerto chegára da rua de S. Francisco na tipoia que havia instantes Ega sentira parar na calçada.

Elle sentára-se bruscamente na cama; e estendendo a mão para os cigarros, sobre a mesa ao lado, murmurou, bocejando, que na vespera combinára uma ida a Cintra com o Taveira... Por precaução mandára-se chamar... Mas não sabia, acordára cansado...

— Que tal está o dia?

Justamente Carlos fôra correr o transparente da janella. Ahi, na mesa de trabalho, collocada em plena luz, ficára a caixa da Monforte embrulhada no Rappel. E Ega pensou n'um relance: — «Se elle repara, se pergunta, digo tudo!» — O seu pobre coração pôz-se a bater anciosamente no terror d'aquella decisão. Mas o transparente um pouco pêrro subiu, uma facha de sol banhou a mesa — e Carlos voltou sem reparar no cofre. Foi um immenso allivio para o Ega.

— Então, Cintra? disse Carlos, sentando-se aos pés da cama. Com effeito não é má idéa... A Maria ainda hontem esteve tambem a fallar d'ir a Cintra... Espera! Podiamos fazer a patuscada juntos... Iamos no break, a quatro!

E olhava já o relogio, calculando o tempo para atrellar, avisar Maria.

— O peor, acudiu o Ega atrapalhado, tomando de sobre a mesa o monoculo, é que o Taveira fallou em irmos com umas raparigas...

Carlos encolheu os hombros com horror. Que sordidez, ir com mulheres para Cintra, de dia!... De noite, nas trevas, por bebedeira, vá... Mas á luz do Senhor! Talvez com a Lola gorda, hein?...

Ega embrulhou-se n'uma complicada historia, limpando o monoculo á ponta do lençol. Não eram hespanholas... Pelo contrario, umas costureiras, raparigas sérias... Elle tinha um compromisso antigo d'ir a Cintra com uma d'ellas, filha d'um Simões, um estofador que fallira... Gente muito séria!...

Perante estes compromissos, tanta seriedade, Carlos desistiu logo da idéa de Cintra.

— Bem, acabou-se!... Vou então tomar banho e depois a negocios... E tu, se fôres, traze-me umas queijadas para a Rosa, que ella gosta!...

Apenas Carlos sahiu, Ega cruzou os braços desanimado, descorçoado, sentindo bem que não teria coragem nunca de «dizer tudo». Que havia de fazer?... E de novo, insensivelmente, se refugiou na idéa de procurar o Villaça, entregar-lhe o cofre da Monforte. Não havia homem mais honesto, nem mais pratico; e, pela mesma mediocridade do seu espirito burguez, quem melhor para encarar aquella catastrophe sem paixão e sem nervos?... E esta falta de nervos do Villaça fixou-o definitivamente.

Saltou então da cama, n'uma impaciencia, repicou a campainha. E emquanto o criado não entrava, foi, com o robe-de-chambre aos hombros, examinar o cofre da Monforte. Parecia com effeito uma velha caixa de charutos, embrulhada n'um papel de dobras já sujas e gastas, com marcas de lacre onde se distinguia uma divisa que seria decerto a da Monforte — Pro amore. Na tampa tinha escripto n'uma letra de mulher mal-ensinada — Monsieur Guimaran, à Paris. Ao sentir os passos do criado deitou-lhe por cima uma toalha, que pendia ao lado, n'uma cadeira. E d'ahi a meia hora rolava pelo Aterro n'uma tipoia descoberta, mais animado, respirando largamente aquelle bello ar da manhã, fino e fresco, que elle tão raras vezes gozava.

Começou por uma contrariedade. Villaça já sahira: e a criada não sabia bem se elle fôra para o escriptorio, se a uma vistoria ao Alfeite... Ega largou para o escriptorio, na rua da Prata. O snr. Villaça ainda não viera...

— E a que horas virá?

O escrevente, um rapaz macilento que torcia nervosamente sobre o collete uma corrente de coral, balbuciou que o snr. Villaça não devia tardar, se não tivesse atravessado, no vapor das nove, para o Alfeite... Ega desceu desesperado.

— Bem, gritou ao cocheiro, vai ao café Tavares...

No Tavares, ainda solitario áquella hora, um moço areava o sobrado. E emquanto esperava o almoço Ega percorreu os jornaes. Todos fallavam do sarau, em linhas curtas, promettendo detalhes criticos, mais tarde, sobre esse brilhante torneio artistico. Só a Gazeta Illustrada se alargava, com phrases sérias, tratando o Rufino de grandioso o Cruges de esperançoso: no Alencar a Gazeta separava o philosopho do poeta; ao philosopho a Gazeta lembrava com respeito que nem todas as aspirações ideaes da philosophia, bellas como miragens de deserto, são realisaveis na pratica social; mas ao poeta, ao creador de tão formosas imagens, de tão inspiradas estancias, a Gazeta desafogadamente bradava «bravo! bravo!» Havia ainda outras abominaveis sandices. Depois seguia-se a lista das pessoas que a Gazeta se recordava de ter visto, entre as quaes «destacava com o seu monoculo o fino perfil de João da Ega, sempre brilhante de verve.» Ega sorriu, cofiando o bigode. Justamente o bife chegava, fumegante, chiando na frigideirinha de barro. Ega pousou a Gazeta ao lado, dizendo comsigo: «Não é nada mal feito, este jornal!»

O bife era excellente: — e depois d'uma perdiz fria, d'um pouco de dôce de ananaz, d'um café forte, Ega sentiu adelgaçar-se emfim aquelle negrume que desde a vespera lhe pesava n'alma. No fim, pensava elle, accendendo o charuto e lançando os olhos ao relogio, n'aquelle desastre praticamente encarado só havia para Carlos a perda d'uma bella amante. E essa perda, que agora o angustiava, não traria depois compensações? O futuro de Carlos até ahi tinha uma sombra — aquella promessa de casamento que irreparavelmente o collava pela honra a uma mulher muito interessante, mas com um passado cheio de brazileiros e de irlandezes... A sua belleza poetisava tudo: mas quanto tempo mais duraria esse encanto, o seu brilho de deusa pisando a terra?... Não seria por fim aquella descoberta do Guimarães uma libertação providencial? D'ahi a annos Carlos estaria consolado, sereno como se nunca tivesse soffrido — e livre, e rico, com o largo mundo diante de si!

O relogio do café deu dez horas. «Bem, vamos a isto», pensou Ega.

De novo a tipoia bateu para a rua da Prata. O snr. Villaça ainda não viera, o escrevente estava realmente pensando que o snr. Villaça fôra ao Alfeite. E diante d'esta incerteza, de repente, Ega ficou de novo descorçoado, sem coragem. Despediu a tipoia: com o embrulho do cofre na mão foi andando pela rua do Ouro, depois até ao Rocio, parando distrahidamente diante d'um ourives, lendo aqui e além a capa d'um livro na vitrine dos livreiros. Pouco a pouco o negrume da vespera, um momento adelgaçado, recahia-lhe n'alma mais denso. Já não via as «libertações» nem as «compensações». Só sentia em torno de si, como fluctuando no ar, aquelle horror — Carlos a dormir com a irmã.

Voltou pela rua da Prata, de novo subiu a suja escadaria de pedra; e logo no patamar, diante da porta de baeta verde, deu com o Villaça que sahia, atarefado, calçando as luvas.

— Homem, até que emfim!

— Ah! Era o amigo que me tinha procurado?... Pois tenha paciencia, que está o visconde do Torral á minha espera...

Ega quasi o empurrou. Qual visconde!... Tratava-se d'uma coisa muito urgente, muito séria! Mas o outro não se arredava da porta, acabando de calçar a luva, com o mesmo ar vivo de negocio e de pressa.

— O amigo bem vê... Está o homem á espera! É um rendez-vous para as onze!

Ega, já furioso, agarrou-lhe a manga, murmurou-lhe junto á face, tragicamente, que se tratava de Carlos, d'um caso de vida ou de morte! Então o Villaça, n'um grande espanto, atravessou bruscamente o escriptorio, fez entrar Ega n'um cubiculo ao lado, estreito como um corredor, com um canapé de palhinha, uma mesa onde os livros tinham pó, e um armario ao fundo. Fechou a porta, atirou o chapéo para a nuca:

— Então que é?

Ega, com um gesto, indicou fóra o escrevente que podia escutar. O procurador abriu a porta, gritou ao rapazola que voasse ao Hotel Pelicano pedir ao snr. visconde do Torral a fineza de esperar meia hora... Depois, fechada a porta no ferrolho, foi a mesma exclamação anciosa:

— Então que é?

— É um horror, Villaça, um grande horror... Nem eu sei por onde hei de começar.

Villaça, já muito pallido, pousou lentamente o guardachuva sobre a mesa.

— É duello?

— Não... É isto... Você sabia que o Carlos tinha relações com uma snr. Mac-Gren que veio o inverno passado a Portugal, ficou ahi?...

Uma senhora brazileira, mulher d'um brazileiro, que passára o verão nos Olivaes?... Sim, Villaça sabia. Fallára até n'isso com o Eusebiosinho.

— Ah, com o Eusebio?... Pois não é brazileira! É portugueza, e irmã d'elle!

Villaça cahiu para o canapé, batendo as mãos n'um assombro.

— Irmã do Eusebio!

— Qual do Eusebio, homem!... Irmã de Carlos!

Villaça ficára mudo, sem comprehender, com os olhos terrivelmente arregalados para o outro, que se movia pelo cubiculo, repetindo: «irmã! Irmã legitima!» Ega por fim sentou-se no canapé de palhinha; e baixo, muito baixo, apesar da solidão do escriptorio, contou o seu encontro com o Guimarães no sarau, e como a verdade terrivel estalára casualmente, n'uma palavra, á esquina do Alliança... Mas quando fallou dos papeis, entregues pela Monforte ao Guimarães, ha tantos annos guardados, nunca reclamados, e que o democrata agora, tão de repente, tão urgentemente, queria restituir á familia — Villaça, até ahi esmagado e como emparvecido, despertou, teve uma explosão:

— Ahi ha marosca! Tudo isso é para apanhar dinheiro!...

— Apanhar dinheiro! Quem?

— Quem? exclamou Villaça de pé, arrebatadamente. Essa senhora, esse Guimarães, essa tropa!... É que o amigo não percebe! Se apparecer uma irmã do Maia, legitima e authentica, são quatrocentos contos e pico que cabem á irmã do Maia!...

Então os dois ficaram-se devorando com os olhos, na forte impressão d'aquella idéa inesperada que a seu pezar abalava o Ega. Mas como o procurador, tremulo, voltava á grande somma de quatrocentos contos, lembrava a Companhia do Olho Vivo, Ega terminou por encolher os hombros:

— Isso não tem verosimilhança nenhuma! Ella é incapaz, absolutamente incapaz, de semelhante intriga. Além d'isso, se é uma questão de dinheiro, que necessidade tinha de se fazer passar como irmã desde que Carlos lhe promettera casar com ella?

Casar com ella! Villaça erguia as mãos, não queria acreditar. O quê! o snr. Carlos da Maia dar a sua mão, o seu nome, a essa creatura amigada com um brazileiro?... Santissimo nome de Deus! E através do assombro recrescia-lhe a desconfiança, via ahi um novo feito do Olho Vivo.

— Não senhor, Villaça, não senhor! insistiu Ega, já impaciente. Se a questão é de documentos e se ella os tinha, verdadeiros ou falsificados, apresentava-os logo, não ia primeiro dormir com o irmão!

Villaça baixou lentamente os olhos para o sobrado. Um terror invadia-o diante d'aquella grande casa, que era o seu orgulho, partida em metade, empolgada por uma aventureira... Mas como o Ega, muito nervoso, lembrava que de resto a questão não era de documentos, nem de legalidade, nem de fortuna — o procurador teve outro grito, com a face de novo alumiada:

— Espere, homem, ha outra coisa!... Talvez ella seja filha do italiano!

— E então?... Vem a dar na mesma.

— Alto lá! berrou o procurador, batendo com o punho na mesa. Não tem direito á legitima do pai, e não apanha um real d'esta casa!... Irra, ahi é que está o ponto!

Ega teve um gesto desolado. Não, nem isso, desgraçadamente! Esta era a filha do Pedro da Maia. O Guimarães conhecia-a de a trazer ao collo, de lhe dar bonecas quando ella tinha sete annos, e quando apenas havia quatro ou cinco annos que o italiano estivera em Arroios, de cama, com uma chumbada... A filha d'esse morrera em Londres, pequenina.

Villaça recahiu no canapé, succumbido.

— Quatrocentos contos, que bolada!

Então Ega resumiu. Se não existia ainda uma certeza legal, havia já uma forte suspeita. E desde logo não se podia deixar o pobre Carlos, innocentemente, a chafurdar n'aquella sordidez. Era pois indispensavel revelar tudo a Carlos n'essa noite...

— E você, Villaça, é que tem de lh'o dizer.

Villaça deu um salto que fez bater o canapé contra a parede.

— Eu?

— Você, que é o procurador da casa!

Que havia alli, senão uma questão de filiação, portanto de legitima? A quem

pertenciam esses detalhes legaes senão ao procurador?
Villaça murmurou com todo o sangue na face:
— Homem, o amigo mette-me n'uma!...
Não. Ega mettia-o apenas n'aquillo em que o Villaça, como procurador, logicamente e profissionalmente devia estar.
O outro protestou, tão perturbado que gaguejava. Que diabo! Não era esquivar-se aos seus deveres! Mas é que elle não sabia nada! Que podia dizer ao snr. Carlos da Maia? «O amigo Ega veio-me contar isto, que lhe contou um tal Guimarães hontem á noite no Loreto...» Não tinha a dizer mais nada...
— Pois diga isso.
O outro encarou Ega com olhos que chammejavam:
— Diga isso, diga isso... Que diabo, senhor, é necessario ter topete!
Deu um puxão desesperado ao collete, foi bufando até ao fundo do cubiculo, onde esbarrou com o armario. Voltou, tornou a encarar o Ega:
— Não se vai a um homem com uma coisa d'essas sem provas... Onde estão as provas?...
— Ó Villaça, desculpe, você está obtuso!... A que vim eu aqui senão trazer-lhe as provas, as que ha, boas ou más, a historia do Guimarães, essa caixa com os papeis da Monforte?...
Villaça, que resmungava, foi examinar a caixa, virando-a nas mãos, decifrando o mote do sinete Pro amore.
— Então, abrimol-a?
Já Ega puxára uma cadeira para a mesa. Villaça cortou o papel, gasto nos cantos, que envolvia o cofre. E appareceu effectivamente uma velha caixa de charutos pregada com duas taxas, cheia de papeis, alguns em maços apertados por fitas, outros soltos dentro de sobrescriptos abertos que tinham o monogramma da Monforte sob uma corôa de marquez. Ega desembrulhou o primeiro maço. Eram cartas em allemão, que elle não percebia, datadas de Buda-Pesth e de Carlsruhe.
— Bem, isto não nos diz nada... Adiante!
Outro embrulho, a que Villaça cuidadosamente desapertou o nó côr de rosa, resguardava uma caixa oval com a miniatura d'um homem de bigodes e suissas ruivas, entalado na alta gola dourada d'uma farda branca. Villaça achou a pintura «linda».
— Algum oficial austriaco, rosnou Ega. outro amante... Ça marche.
Iam tirando os papeis por ordem, com a ponta dos dedos, como tocando em reliquias. Um largo enveloppe atulhado de contas de modistas, algumas pagas, outras sem recibo, interessou profundamente o Villaça — que percorria os items, espantado dos preços, das infinitas invenções do luxo. Contas de seis mil francos! Um só vestido, dois mil francos!... Outro maço trouxe uma surpreza. Eram cartas de Maria Eduarda á mãi, escriptas do convento, n'uma letra redonda e trabalhada como um desenho, com phrasesinhas cheias de gravidade devota, dictadas decerto pelas boas Irmãs; e n'estas composições, virtuosas e frias como themas, o sincero coração da rapariga só transparecia n'alguma florzinha, agora sêcca, pregada no alto do

papel com um alfinete.

— Isto põe-se de parte, murmurou Villaça.

Então Ega, já impaciente, esvaziou toda a caixa sobre a mesa, alastrou os papeis. E entre cartas, «entras contas, bilhetes de visita, um grande sobrescripto destacou com esta linha a tinta azul: — Pertence a minha filha Maria Eduarda. Foi Villaça que lançou os olhos rapidamente á enorme folha de papel que elle continha, luxuosa e documental, com o monogramma d'ouro sob a corôa de marquez. Quando o passou em silencio para a mão do Ega parecia suffocado, com todo o sangue nas orelhas.

Ega leu-o alto, devagar. Dizia: — «Como a Maria teve a pequena e anda muito fraca, e eu tambem me não sinto nada boa com umas pontadas, parece-me prudente, para o que possa vir a succeder, fazer aqui uma declaração que te pertence a ti, minha querida filha, e que só sabe o padre Talloux (Mr. l'abbé Talloux, coadjuteur à Saint-Roch) porque lh'o disse ha dois annos quando tive a pneumonia. E é o seguinte: Declaro que minha filha Maria Eduarda, que costuma assignar Maria Calzaski, por suppôr ser esse o nome de seu pai, é portugueza e filha de meu marido Pedro da Maia, de quem me separei voluntariamente, trazendo-a commigo para Vienna, depois para Paris, e que agora vive em companhia de Patrick Mac-Gren, em Fontainebleau, com quem vai casar. E o pai de meu marido era meu sogro Affonso da Maia, viuvo, que vivia em Bemfica e tambem em Santa Olavia ao pé do rio Douro. O que tudo se póde verificar em Lisboa pois devem lá estar os papeis; e os meus erros de que vejo agora as consequencias não devem impedir que tu, minha querida filha, tenhas a posição e fortuna que te pertencem. E por isso aqui declaro tudo isto que assigno, no caso que o não possa fazer diante d'um tabellião, o que tenciono logo que esteja melhor. E de tudo, se eu vier a morrer, o que Deus não permitiu, peço perdão a minha filha. E assigno com o meu nome de casada — Maria Monforte da Maia.»

Ega ficou a olhar para o Villaça. O procurador só pôde murmurar, com as mãos cruzadas sobre a mesa:

— Que bolada! Que bolada!

Então Ega ergueu-se. Bem! Agora tudo se simplificava. Havia unicamente a entregar aquelle documento a Carlos, sem commentarios. Mas o Villaça coçava a cabeça, retomado por uma duvida:

— Eu não sei se este papelinho faria fé em juizo...

— Qual fé, qual juizo! exclamou Ega violentamente. É o bastante para que elle não torne a dormir com ella!...

Uma pancada timida na porta do cubiculo fêl-o estacar, inquieto. Desandou a chave. Era o escrevente, que segredou através da frincha:

— O snr. Carlos da Maia ficou agora lá em baixo no carrinho quando eu entrei, perguntou pelo snr. Villaça.

Houve um pânico! Ega, atarantado, agarrára o chapéo do Villaça. O procurador atirava ás mãos ambas, para dentro d'uma gaveta, os papeis da Monforte.

— É talvez melhor dizer que não está, lembrou o escrevente.

— Sim, que não está! foi o grito abafado de ambos.

Ficaram á escuta, ainda pallidos. O dog-cart de Carlos rolou na calçada; os dois amigos respiraram. Mas agora Ega arrependia-se de não terem mandado subir Carlos — e alli mesmo, sem outras vacillações nem pieguices, corajosamente, contarem-lhe tudo, diante d'aquelles papeis bem abertos. E estava saltado o barranco!

— Homem, dizia o Villaça passando o lenço pela testa, as coisas querem-se devagar, com methodo. É necessario preparar-se a gente, respirar para dar bem o mergulho...

Em todo o caso, concluiu o Ega, eram ociosas mais conversas. Os outros papeis da caixa perdiam o interesse depois d'aquella confissão da Monforte. Só restava que Villaça apparecesse á noite no Ramalhete ás oito e meia, ou nove horas, antes de Carlos subir para a rua de S. Francisco.

— Mas o amigo ha de lá estar! exclamou o procurador, já aterrado.

Ega prometteu. Villaça teve um pequeno suspiro. Depois, no patamar, onde viera acompanhar o outro:

— Uma d'estas, uma d'estas!... E eu ainda, tão contente, a jantar no Ramalhete...

— E eu, com elles, na rua de S. Francisco!...

— Emfim, até á noite !

— Até á noite.

Ega não se atreveu n'esse dia a voltar ao Ramalhete, a jantar diante de Carlos, a vêr-lhe a alegria e a paz — sentindo aquella negra desgraça que descia sobre elle á maneira que a noite descia. Foi pedir as sopas ao marquez, que desde o sarau se conservava em casa, de garganta entrapada. Depois, ás oito e meia, quando calculou que Villaça devia estar já no Ramalhete, deixou o marquez que se enfronhára com o capellão n'uma partida de damas.

Aquelle lindo dia, toldado de tarde, findára n'uma chuvinha miuda que transia as ruas. Ega tomou uma tipoia. E parava no Ramalhete, já terrivelmente nervoso, quando avistou Villaça no portal, de guardachuva sob o braço, arregaçando as calças para subir.

— Então? gritou-lhe o Ega.

Villaça abriu o guardachuva, para murmurar debaixo, mas em segredo:

— Não foi possivel... Disse que tinha muita pressa, que não me podia ouvir.

Ega bateu o pé, desesperado:

— Oh homem!

— Que quer o amigo? Havia de o agarrar á força? Ficou para ámanhã... Tenho de cá estar ámanhã ás onze horas.

Ega galgou as escadas, rosnando entre dentes: «Irra! não sahimos d'esta!» Foi até ao escriptorio de Affonso. Mas não entrou. Através d'uma fenda larga do reposteiro meio franzido, um canto da sala apparecia, quente e cheio de conchêgo, no dôce tom côr de rosa da luz cahindo sobre os damascos: as cartas esperavam na mesa do whist: no sofá bordado a matiz D. Diogo, murcho e molle, olhava o lume, cofiando os bigodes. E, travadas n'alguma questão, a voz do Craft, que perpassou de cachimbo na mão, e a voz mais lenta de Affonso, tranquillo na sua poltrona, misturavam-se, abafadas pela do Sequeira, que berrava furiosamente: — «Mas se ámanhã houvesse uma bernarda, esse exercito com que os senhores querem acabar por ser uma escóla de vadiagem é que lhes havia de guardar as costas... É bom fallar, ter muita philosophia! Mas quando ellas chegam, se não ha meia duzia de baionetas promptas, então são as cólicas!...»

Ega foi d'alli aos quartos de Carlos. As velas ardiam ainda nas serpentinas: um aroma errava de agua de Lubin e charuto: e o Baptista disse-lhe que o snr. D. Carlos «sahira havia dez minutos». Fôra para a rua de S. Francisco! Ia lá dormir! Então enervado, com a longa e triste noite diante de si, Ega teve um appetite de se atordoar, dissipar n'uma excitação forte as idéas que o torturavam. Não despedira a tipoia, abalou para S. Carlos. E findou por ir cear ao Augusto com o Taveira e duas raparigas, a Paca e a Carmen Philosopha, prodigalisando o champagne. Ás quatro da manhã estava bebedo, estatelado sobre o sofá, gemendo sentimentalmente, só para si, as estrophes de Musset á Malibran... O Taveira e a Paca, juntinhos na mesma cadeira, elle com o seu ar terno de chulo, ella muy caliente tambem, debicavam copinhos de gelatina. E a Carmen Philosopha, empanturrada, desapertada, com o collete embrulhado já n'um Diario de Noticias, repicava a faca na borda do prato, cantarolando d'olhos perdidos nos bicos de gaz:

Señor Alcalde mayor,
No prenda usted los ladrones...

Acordou ao outro dia ás nove horas, ao lado da Carmen Philosopha, n'um quarto de grandes janellas rasgadas por onde entrava toda a melancolia da escura manhã de chuva. E, emquanto não vinha a tipoia fechada que a servente correra a chamar, o pobre Ega enojado, vexado, com a lingua pastosa, os pés nús sobre o tapete, reunindo o fato espalhado, tinha só uma idéa clara — fugir d'alli para um grande banho, bem perfumado e bem fresco, onde se purificasse n'uma sensação viscosa de Carmen e d'orgia que o arrepiava.

Esse banho lustral foi tomal-o ao Hotel Braganza, para se encontrar com Carlos e com Villaça ás onze horas já lavado e preparado. Mas precisou esperar pela roupa branca que o cocheiro, com um bilhete para o Baptista, voára a buscar ao Ramalhete: depois almoçou: e já batera meio dia quando se apeou á porta particular dos quartos de Carlos, com a roupa suja n'uma trouxa.

Justamente Baptista atravessva o patamar com camelias n'um açafate.

— O Villaça já veio? Perguntou-lhe Ega baixo, andando em pontas de pés.

— O snr. Villaça já lá está dentro ha bocado. V. exc.ª recebeu a roupa branca?... Eu tambem mandei um fato, porque n'esses casos sempre dá mais frescura...

— Obrigado, Baptista, obrigado!

E Ega pensava: — «Bem, Carlos já sabe tudo, o barranco está passado!» Mas demorou-se ainda, tirando as luvas e o paletot com uma lentidão cobarde. Por fim, sentindo bater alto o coração, puxou o reposteiro de velludo. Na ante-camara pesava um silencio; a chuva grossa fustigava a porta envidraçada, por onde se viam as arvores do jardim esfumadas na nevoa. Ega levantou o outro reposteiro que tinha bordadas as armas dos Maias.

— Ah! és tu? exclamou Carlos, erguendo-se da mesa de trabalho com uns papeis na mão.

Parecia ter conservado um animo viril e firme: apenas os olhos lhe rebrilhavam, com um fulgor sêcco, anciosos e mais largos na pallidez que o cobria. Villaça, sentado defronte, passava vagarosamente pela testa, n'um movimento cansado, o lenço de sêda da India. Sobre a mesa alastravam-se os papeis da Monforte.

— Que diabo de embrulhada é esta que me vem contar o Villaça? rompeu Carlos, cruzando os braços diante do Ega, n'uma voz que apenas de leve tremia.

Ega balbuciou:

— Eu não tive coragem de te dizer...

— Mas tenho eu para ouvir!... Que diabo te contou esse homem?

Villaça ergueu-se immediatamente. Ergueu-se com a pressa d'um galucho timido que é rendido n'um posto arriscado, pediu licença, se não precisavam d'elle, para voltar ao escriptorio. Os amigos decerto preferiam conversar mais livremente. De resto, alli ficaram os papeis da snr.ª D. Maria Monforte. E se elle fosse necessario um recado encontrava-o na rua da Prata ou em casa...

— E v. exc.ª comprehende, acrescentou elle enrolando nas mãos o lenço de sêda, eu tomei a iniciativa de vir fallar, por ser o meu dever, como amigo confidencial da casa... Foi essa tambem a opinião do nosso Ega...

— Perfeitamente, Villaça, obrigado! acudiu Corlos. Se fôr necessario lá mando...

O procurador, com o lenço na mão, lançou em redor um olhar lento. Depois espreitou debaixo da mesa. Parecia muito surprehendido. E Carlos seguia com impaciencia os passos timidos que elle dava pelo quarto, procurando...

— Que é, homem?

— O meu chapéo. Imaginei que o tinha posto aqui... Naturalmente ficou lá fóra... Bem, se fôr necessario alguma coisa...

Mal elle sahiu, atirando ainda os olhos inquietos pelos cantos, Carlos fechou violentamente o reposteiro. E voltando para o Ega, cahindo pesadamente n'uma cadeira:

— Dize lá!

Ega, sentado no sofá, começou por contar o encontro com o snr. Guimarães, em baixo no botequim da Trindade, depois de ter fallado o Rufino. O homem queria explicações sobre a carta do Damaso, sobre a bebedeira hereditaria... Tudo se aclarára, ficando d'ahi entre elles um começo de familiaridade...

Mas o reposteiro mexeu de leve — e surdiu de novo a face do Villaça:

— Peço desculpa, mas é o meu chapéo... Não o acho, havia de jurar que o deixei aqui...

Carlos conteve uma praga. Então Ega procurou tambem, por traz do sofá, no vão da janella. Carlos, desesperado, para findar, foi vêr entre os cortinados da cama. E Villaça, escarlate, afflicto, esquadrinhava até a alcova do banho...

—Um sumiço assim! Emfim, talvez me esquecesse na ante-camara!... Vou vêr outra vez... O que peço é desculpa.

Os dois ficaram sós. E Ega recomeçou, detalhando como Guimarães, duas ou tres vezes nos intervallos, lhe viera fallar de coisas indifferentes, do sarau, de politica, do papá Hugo, etc. Depois elle procurára Carlos para irem um bocado ao Gremio. Terminára por sahir com o Cruges. E passavam defronte do Alliança...

Novamente o reposteiro franziu, Baptista pediu perdão a suas excellencias:

— É o snr. Villaça que não acha o chapéo, diz que o deixou aqui...

Carlos ergueu-se furioso, agarrando a cadeira pelas costas como para despachar o Baptista.

— Vai para o diabo tu e o snr. Villaça!... Que sáia sem chapéo! Dá-lhe o meu! Irra!

Baptista recuou, muito grave.

Vá, acaba lá! exclamou Carlos, recahindo no assento, mais pallido.

E Ega, miudamente, contou a sua longa, terrivel conversa com o Guimarães, desde o momento em que o homem por acaso, já ao despedir-se, já ao estender-lhe a mão, fallára da «irmã do Maia». Depois entregára-lhe os papeis da Monforte á porta do Hotel de Paris, no Pelourinho...

— E aqui está, não sei mais nada. Imagina tu que noite eu passei! Mas não tive coragem de te dizer. Fui ao Villaça... Fui ao Villaça com a esperança sobretudo de elle saber algum facto, ter algum documento que atirrasse por terra toda esta historia do Guimarães... Não tinha nada, não sabia nada. Ficou tão aniquilado como eu!

No curto silencio que cahiu, um chuveiro mais largo, alagando o arvoredo do jardim, cantou nas vidraças. Carlos ergueu-se arrebatadamente, n'uma revolta de todo o sêr:

— E tu acreditas que isso seja possivel? Acreditas que succeda a um homem como eu, como tu, n'uma rua de Lisboa? Encontro uma mulher, ólho para ella, conheço-a, durmo com ella e, entre todas as mulheres do mundo, essa justamente ha de ser minha irmã! É impossivel... Não ha Guimarães, não ha documentos que me convençam!

E como Ega permanecia mudo, a um canto do sofá, com os olhos no chão:

— Dize alguma coisa, gritou-lhe Carlos. Duvída tambem, homem, duvída commigo!... É extraordinario! Todos vocês acreditam, como se isto fosse a coisa fosse a coisa mais natural do mundo, e não houvesse por essa cidade fóra senão irmaõs a dormir juntos!

Ega murmurou:

—Já ia succedendo um caso assim, lá ao pé da quinta, em Celorico...

E n'este momento, sem que um rumor os prevenisse, Affonso da Maia appareceu n'uma abertura do reposteiro, encostada á bengala, sorrindo todo com alguma idéa que decerto o divertia. Era ainda o chapéo do Villaça.

— Que diabo fizeram vocês ao chapéo do Villaça? O pobre homem andou por ahi afflicto... Teve de levar um chapéo meu. Cahia-lhe pela cabeça abaixo, enchumaçaram-lh'o com lenços...

Mas subitamente reparou na face transtornada do neto. Reparou na atarantação do Ega cujos olhos mal se fixavam, fugindo anciosamente d'elle para Carlos. Todo o sorriso se lhe apagou, deu no quarto um passo lento:

— Que é isso, que têm vocês?... Ha alguma coisa?

Então Carlos, no ardente egoismo da sua paixão, sem pensar no abalo cruel que ia dar ao pobre velho, cheio só de esperança que elle, seu avô, testemunha do passado, soubesse algum facto, possuisse alguma certeza contraria a toda essa historia de Guimarães, a todos esses papeis da Monforte — veio para elle, desabafou:

— Ha uma coisa extraordinaria, avô! O avô talvez saiba... O avô deve saber alguma coisa que nos tire d'esta afflicção!... Aqui está, em duas palavras. Eu conheço ahi uma senhora que chegou ha tempos a Lisboa, mora na rua de S. Francisco. Agora de repente descobre-se que é minha irmã legitima!... Passou ahi um homem que a conhecia, que tinha uns papeis... Os papeis ahi estão. São cartas, uma declaração de minha mãi... Emfim uma trapalhada, um montão de provas... Que significa tudo isto? Essa minha irmã, a que foi levada em pequena, não morreu?... O avô deve saber!

Affonso da Maia, que um tremor tomára, agarrou-se um momento com força á bengala, cahiu por fim pesadamente n'uma poltrona, junto do reposteiro. E ficou devorando o neto, o Ega, com o olhar esgazeado e mudo.

— Esse homem, exclamou Carlos, é Guimarães, um tio do Damaso... Fallou com o Ega, foi ao Ega que entregou os papeis... Conta tu ao avô, Ega, conta tu do comêço!

Ega, com um suspiro, resumiu a sua longa historia. E findou por dizer que o importante, o decisivo alli era este homem, o Guimarães, que não tinha interesse em mentir e só por acaso, puramente por acaso, fallára em taes coisas — conhecia essa senhora, desde pequenina, como filha de Pedro da Maia e de Maria Monforte. E nunca a perdera de vista. Vira-a crescer em Paris, andára com ella ao collo, dera-lhe bonecas. Visitára-a com a mãi no convento. Frequentára a casa que ella habitava em Fontainebleau, como casada...

— Emfim, interrompeu Carlos, viu-a ainda ha dias, n'uma carruagem, commigo e com o Ega... Que lha parece, avô?

O velho murmurou, n'um grande esforço, como se as palavras sahindo lhe rasgassem o coração:

— Essa senhora, está claro, não sabe nada...

Ega e Carlos, a um tempo, gritaram: — «Não sabe nada!» Segundo affirmava o Guimarães, a mãi escondera-lhe sempre a verdade. Ella julgava-se filha d'um autriaco. Assignava-se ao principio Calzaski...

Carlos, que remexera sobre a mesa, adiantou-se com um papel na mão:

— Aqui tem o avô a declaração de minha mãi.

O velho levou muito tempo a procurar. a tirar a luneta d'entre o collete com os seus pobres dedos que tremiam; leu o papel devagar, empallidecendo mais a cada linha, respirando penosamente; ao findar deixou cahir sobre os joelhos as mãos, que ainda agarravam o papel, ficou como esmagado e sem força. As palavras por fim vieram-lhe apagadas, morosas. Elle nada sabia... O que a Monforte alli assegurava, elle não podia destruir... Essa senhora da rua de S. de Francisco era talvez na verdade sua neta... Não sabia mais...

E Carlos diante d'elle vergava os hombros, esmagado tambem sob a certeza da sua desgraça. O avô, testemunha do passado, nada sabia! Aquella declaração, toda a historia do Guimarães ahi permaneciam inteiras, irrefutaveis. Nada havia, nem memoria de homem, nem documento de escripto, que as pudesse abalar. Maria Eduarda era, pois, sua irmã!... E um defronte do outro, o velho e o neto pareciam dobrados por uma mesma dôr — nascida da mesma idéa.

Por fim Affonso ergueu-se, fortemente encostado á bengala, foi pousar sobre a mesa o papel da Monforte. Deu um olhar, sem lhes tocar, ás cartas espalhadas em volta da caixa de charutos. Depois, lentamente, passando a mão pela testa:

— Nada mais sei... Sempre pensamos que essa criança tinha morrido... Fizeram-se todas as pesquizas... Ella mesma disse que lhe tinha morrido a filha, mostrou já não sei a quem um retrato...

— Era outra mais nova, a filha do italiano, disse o Ega. O Guimarães fallou-me n'isso... Foi esta que viveu. Esta, que tinha já sete ou oito annos, quando havia apenas quatro ou cinco que esse sujeito italiano apparecera em Lisboa... Foi esta.

— Foi esta, murmurou o velho.

Teve um gesto vago de resignação, acrescentou, depois de respirar fortemente:

— Bem! Tudo isto tem de ser mais pensado... Parece-me bom tornar a chamar o Villaça... Talvez seja necessario que elle vá a Paris... E antes de tudo precisamos socegar... De resto não ha aqui morte d'homem... Não ha aqui morte d'homem!

A voz sumia-se-lhe, toda tremula. Estendeu a mão a Carlos que lh'a beijou, suffocado; e o velho, puxando o neto para si, pousou-lhe os labios na testa. Depois deu dois passos para a porta, tão lentos e incertos que Ega correu para elle:

— Tome v. exc.ª o meu braço...

Affonso apoiou-se n'elle, pesadamente. Atravessaram a ante-camara silenciosa onde a chuva contínua batia nos vidros. Por traz d'elles cahiu o grande reposteiro com as armas dos Maias. E então Affonso, de repente, soltando o braço do Ega, murmurou-lhe, junto á face, no desabafo de toda a sua dôr:

— Eu sabia d'essa mulher!... Vive na rua de S. Francisco, passou todo o verão nos Olivaes... É a amante d'elle!

Ega ainda balbuciou: «Não, não, snr. Affonso da Maia!» Mas o velho pôz o dedo nos labios, indicou Carlos dentro que podia ouvir... E afastou-se, todo dobrado sobre a bengala, vencido emfim por aquelle implacavel destino que depois de o ter ferido na idade de força com a desgraça do filho — o esmagava ao fim de velhice com a desgraça do neto.

Ega enervado, exhausto, voltou para o quarto — onde Carlos recomeçára n'aquelle agitado passeio que abalava o soalho, fazia tilintar finamente os frascos de crystal sobre o marmore da console. Calado, junto da mesa, Ega ficou percorrendo outros papeis da Monforte — cartas, um livrinho de marroquim com adresses, bilhetes de visita de membros do Jockey Club e de senadores do imperio. Subitamente Carlos parou diante d'elle, apertando desesperadamente as mãos:

— Estarem duas creaturas em pleno céo, passar um quidam, um idiota, um Guimarães, dizer duas palavras, entregar uns papeis e quebrar para sempre duas existencias!... Olha que isto é horrivel, Ega!

Ega arriscou uma consolação banal:

— Era peor se ella morresse...

— Peor porque? exclamou Carlos. Se ella morresse, ou eu, acabava o motivo d'esta paixão, restava a dôr e a saudade, era outra coisa... Assim estamos vivos, mas mortos um para o outro, e viva a paixão que nos unia!... Pois tu imaginas que por me virem provar que ella é minha irmã, eu gósto menos d'ella do que gostava hontem, ou gósto d'um modo differente? Está claro que não! O meu amor não se via d'uma hora para a outra accommodar a novas circumstancias, e transformar-se em amizade... Nunca! Nem eu quero!

Era uma brutal revolta — o seu amor defendendo-se, não querendo morrer, só porque as revelações d'um Guimarães e uma caixa de charutos cheia de papeis velhos o declaravam impossivel, e lhe ordenavam que morresse!

Houve outro melancolico silencio. Ega accendeu uma cigarrette, foi-se enterrar ao canto do sofá. Uma fadiga ia-o vencendo, feita de toda aquella emoção, da noitada do Augusto, da estremunhada manhã na alcova da Carmen. Todo o quarto foi entristecendo, á luz mais triste da tarde d'inverno que descia. Ega terminou por cerrar os olhos. Mas bem depressa o sacudiu outra exclamação de Carlos, que de novo, diante d'elle, apertava as mãos com desespero:

— E o peor ainda não é isto, Ega! O peor é que temos de lhe dizer tudo, a ella!...

Ega já pensára n'isso... E era necessario que se lhe dissesse immediatamente, sem hesitações.

— Vou-lhe eu mesmo contar tudo, murmurou Carlos.

— Tu!?

— Pois quem, então? Querias que fosse o Villaça?...

Ega franzia a testa:

— O que tu devias fazer era metter-te esta noite no comboio, e partir para Santa Olavia. De lá contavas-lhe tudo. Estavas assim mais seguro.

Carlos atirou-se para uma poltrona, com um grande suspiro de fadiga:

— Sim, talvez, ámanhã, no comboio da noite... Já pensei n'isso, era o melhor... Agora o que estou é muito cansado!

— Tambem eu, disse o Ega espreguiçando-se. E já não adiantamos nada, atolamo-nos mais na confusão. O melhor é serenar... Eu vou-me estirar um bocado na cama.

— Até logo!

Ega subiu ao quarto, deitou-se por cima da roupa; e no seu immenso cansaço bem depressa adormeceu. Acordou tarde a um rumor da porta. Era Carlos que entrava, raspando um phosphoro. Anoitecera, em baixo tocava a campainha para o jantar.

— Demais a mais esta massada do jantar! dizia Carlos accendendo as velas no toucador. Não termos um pretexto para irmos fóra, a uma taverna, conversar em socego! Ainda por cima convidei hontem o Steinbroken.

Depois voltando-se:

— Ó Ega, tu achas que o avô sabe tudo?

O outro saltára da cama, e diante do lavatorio arregaçava as mangas:

— Eu te digo... Parece-me que teu avô desconfia... O caso fez-lhe a impressão de uma catastrophe... E, se não suspeitasse o que ha, devia-lhe causar simplesmente a surpreza de quem descobre uma neta perdida.

Carlos teve um lento suspiro. D'ahi a um instante desciam para o jantar.

Em baixo encontraram, além de Steinbroken e D. Diogo — o Craft, que viera «pedir as sopas». E em tôrno áquella mesa, sempre alegre, coberta de flôres e de luzes, uma melancolia fluctuava n'essa tarde através d'uma conversa dormente sobre doenças, — o Sequeira que tinha rheumatismo, o pobre marquez peorára.

De resto Affonso, no escriptorio, queixára-se d'uma forte dôr de cabeça, que justificava o seu ar consumido e pallido. Carlos, a quem Steinbroken achára «má cara», explicou tambem que passára uma noite abominavel. Então Ega, para desanuviar o jantar, pediu ao amigo Steinbroken as suas impressões sobre o grande orador do sarau da Trindade, o Rufino. O diplomata hesitou. Surprehendera-o bastante saber que o Rufino era um politico, um parlamentar... Aquelles gestos, o bocado da camisa a vêr-se-lhe no estomago, a pera, a grenha, as botas, não lhe pareciam realmente d'um Homem d'Estado:

— Mais cependant, cependant... Dans ce genre à, dans le genre sublime, dans le genre de Demosthènes, il m'a paru très fort... Oh, il m'a paru excessivement fort!

— E você, Craft?

Craft, no sarau, só gostára do Alencar. Ega encolheu violentamente os hombros. Ora historias! Nada podia haver mais comico que a democracia romantica do Alencar, aquella Republica meiga e loura, vestida de branco como Ophelia, orando no prado, sob o olhar de Deus... Mas Craft justamente achava tudo isso excellente por ser sincero. O que feria sempre nas exhibições da litteratura portugueza? A escandalosa falta de sinceridade. Ninguem, em verso ou prosa, parecia jámais acreditar n'aquillo que declamava com ardor, esmurrando o peito. E assim fôra na vespera. Nem o Rufino parecia acreditar na influencia da religião; nem o homem da barba bicuda no heroismo dos Castros e dos Albuquerques; nem mesmo o poeta dos olhinhos bonitos na bonitice dos olhinhos... Tudo contrafeito e postiço! Com o Alencar, que differença! Esse tinha uma fé real no que cantava, na

Fraternidade dos povos, no Christo republicano, na Democracia devota e coroada d'estrellas...

— Já deve ser bem velho esse Alencar, observou D. Diogo que rolava bolinhas de pão entre os longos dedos pallidos.

Carlos, ao lado, emergiu emfim do seu silencio:

— O Alencar deve ter bons cincoenta annos.

Ega jurou pelo menos sessenta. Já em 1836 o Alencar publicava coisas delirantes, e chamava pela morte, no remorso de tantas virgens que seduzira...

— Ha que annos, com effeito, murmurou lentamente Affonso, eu ouvi fallar d'esse homem!

D. Diogo, que levára os labios ao copo, voltou-se para Carlos:

— O Alencar tem a idade que havia de ter teu pai... Eram intimos, d'essa roda distinguée d'então. O Alencar ia muito a Arroios com o pobre D. João da Cunha, que Deus haja, e com os outros. Era tudo uma fina flôr, e regulavam pela mesma idade... Já nada resta, já nada resta!

— Carlos baixára os olhos: todos por acaso emmudeceram: um ar de tristeza passou entre as flôres e as luzes como vinda do fundo d'esse passado, cheio de sepulturas e dôres.

— E o pobre Cruges, coitado, que fiasco! exclamou Ega, para sacudir aquella nevoa.

Craft achava o fiasco justo. Para que fôra elle dar Beethoven a uma gente educada pela chulice de Offenbach? Mas Ega não admittia esse desdem por Offenbach, uma das mais finas manifestações modernas do scepticismo e da ironia! Steinbroken accusou Offenbach de não saber contra-ponto. Durante um momento discutiu-se musica. Ega acabou por sustentar que nada havia em arte tão bello como o fado. E appellou para Affonso, para o despertar.

— Pois não é verdade, snr. Affonso da Maia? V. exc.ª tambem é como eu, um dos fieis ao fado, á nossa grande creação nacional.

— Sim, com effeito, murmurou o velho, levando a mão á testa, como a justificar o seu modo desinteressado e murcho. Ha muita poesia no fado...

— Craft porém atacava o fado, as malagueñas, as peteneras — toda essa musica meridional, que lhe parecia apenas um garganteado gemebundo, prolongado infinitamente, em ais de esterilidade e de preguiça. Elle, por exemplo, ouvira uma noite uma malagueña, uma d'essas famosas malagueñas, cantada em perfeito estylo por uma senhora de Malaga. Era em Madrid, em casa dos Villa-Rubia. A senhora põe-se ao piano, rosna uma coisa sobre piedra e sepultura, e rompe a gemer n'um gemido que não findava — ã-ã-ã-ã-ã-ah... Pois senhores, elle aborrece-se, passa para a outra sala, vê jogar todo um robber de whist, folheia um immenso album, discute a guerra carlista com o general Jovellos, e quando volta, lá estava ainda a senhora, de cravos na trança e olhos no tecto, a gemer o mesmo — ã-ã-ã-ã-ã-ah!...

Todos riram. Ega protestou com impeto, já excitado. O Craft era um sêcco inglez, educado sobre o chato seio da Economia Politica, incapaz de comprehender todo o mundo de poesia que podia conter um ai! Mas elle não fallava das malagueñas. Não estava encarregado de defender a Hespanha. Ella possuia, para convencer o Craft e outros britannicos, bastante pilheria e bastante navalha... A questão era o fado!

— Onde é que você tem ouvido o fado? Ahi pelas salas, ao piano... Com effeito assim, concordo, é chôcho. Mas ouça-o você por tres ou quatro guitarristas, uma noite, no campo, com uma bella lua no céo... Como nos Olivaes este verão, quando o marquez lá levou o Vira-vira! Lembras-te, Carlos?...

E estacou, como enlatado, no arrependimento d'aquella memoria da toca que levianamente evocára. Carlos permanecera silencioso, com uma sombra na face. Craft ainda rosnou que, n'uma linda noite de luar, todos os sons do campo eram bonitos, mesmo o chiar dos sapos. E de novo uma estranha desanimação amolleceu a sala; os escudeiros serviam os dôces.

Então, no silencio, D. Diogo disse pensativamente, com a sua magestade de leão saudoso que relembra um grande passado:

— Uma musica tambem muito distinguée antigamente eram os sinos do mosteiro. Parecia mesmo que se estavam ouvindo os sinos... Já não ha d'isso!

O jantar terminava friamente. Steinbroken voltára áquella falta da familia real no sarau, que desde a vespera o inquietava. Ninguem alli se interessava pelo Paço. Depois D. Diogo surdiu com uma velhe e fastidiosa historia sobre a infanta D. Isabel. Foi um allivio quando o escudeiro trouxe em volta a larga bacia de prata e o jarro d'agua perfumada. Ao fim do café, servido no bilhar, Steinbroken e Craft começaram uma partida «ás cincoenta» e a quinze tostões para interessar. Affonso e D. Diogo tinham recolhido ao escriptorio. Ega enterrára-se no fundo de uma poltrona, com o Figaro. Mas bem depressa deixou escorregar a folha no tapete, cerrou os olhos. Então Carlos, que passeava pensativamente fumando, olhou um momento o Ega adormecido, e sumiu-se por traz do reposteiro.

Ia á rua de S. Francisco.

Mas não se apressava, a pé pelo Aterro, abafado n'um paletot de pelles, acabando o charuto. A noite clareára, com o crescente de lua entre farrapos de nuvens brancas, que fugiam sobre um norte fino.

Fôra n'essa tarde, só no seu quarto, que Carlos decidira ir fallar a Maria Eduarda — por um motivo supremo de dignidade e de razão, que elle descobrira e que repetia a si mesmo incessantemente para se justificar. Nem ella nem elle eram duas crianças frouxas, necessitando que a crise mais temerosa da sua vida lhes fosse resolvida e arranjada pelo Ega ou pelo Villaça: mas duas pessoas fortes, com o animo bastante resoluto, e o juizo bastante seguro, para elles mesmos acharem o caminho da dignidade e da razão n'aquella catastrophe que lhes desmantelava a existencia. Por isso elle, só elle devia ir á rua de S. Francisco.

Decerto era terrivel tornar a vêl-a n'aquella sala, quente ainda do seu amor, agora que a sabia sua irmã... Mas porque não? Havia acaso alli dois devotos, possuidos da preoccupação do demonio, espavoridos pelo peccado em que se tinham atolado ainda que inconscientemente, anciosos por irem esconder no fundo de mosteiros distantes o horror carnal um do outro? Não!

Necessitavam elles acaso pôr immediatamente entre si as compridas legoas que vão de Lisboa a Santa Olavia, com receio de cahir na antiga fragilidade, se de novo os seus olhos se encontrassem com a antiga chamma? Não! Ambos tinham em si bastante força para enterrar o coração sobre a razão, como sob uma fria e dura pedra, tão completamente que não lhe sentissem mais nem a revolta nem o chôro. E elle podia desafogadamente voltar áquella sala, toda quente ainda do seu amor...

De resto, que precisavam appellar para a razão, para a sua coragem de fortes?... Elle não ia revelar bruscamente toda a verdade a Maria Eduarda, dizer-lhe um «adeus!» pathetico, um adeus de theatro, affrontar uma crise de paixão e dôr. Pelo contrario! Toda essa tarde, através do seu proprio tormento, procurára anciosamente um meio de adoçar e graduar áquella pobre creatura o horror da revelação que lhe devia. E achára um por fim, bem complicado, bem cobarde! Mas que! Era o unico, o unico que por uma preparação lenta, caridosa, lhe pouparia uma dôr fulminante e brutal. E esse meio justamente só era praticavel indo elle, com toda a frieza, com todo o animo, á rua de S. Francisco.

Por isso ia — e ao longo do Aterro retardando os passos, resumia, retocava esse plano, ensaiando mesmo comsigo, baixo, palavras que lhe diria. Entraria na sala, com um grande ar de pressa — e contava-lhe que um negocio de casa, uma complicação de feitores o obrigava a partir para Santa Olavia d'ahi a dias. E immediatamente sahia, com o pretexto de correr a casa do procurador. Podia mesmo ajuntar — «é um momento, não tardo, até já.» Uma coisa o inquietava. Se ella lhe désse um beijo?... Decidia então exagerar a sua pressa, conservando o charuto na bôca, sem mesmo pousar o chapéo... E sahia. Não voltava. Pobre d'ella, coitada, que ia esperar até tarde, escutando cada rumor de carruagem na rua!... Na noite seguinte abalava para Santa Olavia com o Ega, deixando-lhe a ella uma carta a annunciar que infelizmente, por causa d'um telegramma, se viria forçado a partir n'esse comboio. Podia mesmo ajuntar — «volto d'aqui a dois ou tres dias...» E ahi estava longe d'ella para sempre. De Santa Olavia escrevia-lhe logo, d'um modo incerto e confuso, fallando de documentos de familia, inesperadamente descobertos, provocando entre elles um parentesco chegado. Tudo isto atrapalhado, curto, «á pressa». Por fim n'outra carta deixava escapar toda a verdade, mandava-lhe a declaração da mãe; e mostrando a necessidade d'uma separação, emquanto se não esclarecessem todas as duvidas, pedia-lhe que partisse para Paris. Villaça ficava encarregado da questão de dinheiro, entregando-lhe logo para a viagem trezentas ou quatrocentas libras... Ah! Tudo isto era bem complicado, bem covarde! Mas só havia esse meio. E quem, senão elle, o podia tentar com caridade e com tacto?

E, entre o tumulto d'estes pensamentos, de repente achou-se na travessa da Parreirinha, defronte da casa de Maria. Na sala, através das cortinas, transparecia uma luz dormente. Todo o resto estava apagado — a janella do gabinete estreito onde ella se vestia, a varanda do quarto d'ella com os vasos de chrysantemos.

E pouco a pouco aquella fachada muda d'onde apenas sahia, a um canto, uma claridade languida d'alcova adormecida, foi-o estranhamente penetrando de inquietação e desconfiança. Era uma medo d'essa penumbra molle que sentia lá dentro, toda cheia de calor e do perfume em que havia jasmim. Não entrou; seguiu devagar pelo passeio fronteiro, pensando em certos detalhes da casa — o sofá largo e profundo com almofadas de sêda, as rendas do toucador, o cortinado branco da cama d'ella... Depois parou diante da larga barra de claridade que sahia do portão do Gremio; e foi para lá, machinalmente attrahido pela simplicidade e segurança d'aquella entrada, lageada de pedra, com grossos bicos de gaz, sem penumbras e sem perfumes.

Na sala, em baixo, ficou percorrendo sem os comprehender, os telegrammas soltos sobre a mesa. Um criado passou, elle pediu cognac. Telles da Gama, que vinha de dentro assobiando, com as mãos nos bolsos do paletot, deteve-se um momento para lhe perguntar se ia na terça-feira aos Gouvarinhos.

— Talvez, murmurou Carlos.

— Então venha!... Eu ando a arrebanhar gente... São os annos do Charlie, de mais a mais. Cae lá o peso do mundo, e ha ceia!...

O criado entrou com a bandeja — e Carlos, de pé junto da mesa, remexendo o assucar no copo, recordava, sem saber porque, aquella tarde em que a condessa, pondo-lhe uma rosa no casaco, lhe dera o primeiro beijo; revia o sofá onde ella cahira com um rumor de sêdas amarrotadas... Como tudo isto era já vago e remoto!

Apenas acabou o cognac shiu. Agora, caminhando rente das casas, não via aquella fachada que o perturbava com a sua claridade d'alcova morrendo nos vidros. O portão ficára cerrado, o gaz ardia no patamar. E subiu, sentindo mais pela escada de pedra as pancadas do coração que o pousar dos seus passos. Melanie, que veio abrir, disse-lhe que a senhora, um pouco cansada, se fôra encostar sobre a roupa; — e a sala, com effeito, parecia abandonada por essa noite, com as serpentinas apagadas, o bordado ocioso e enrolado no seu cesto, os livros n'um frio arranjo orlando a mesa onde o candieiro espalhava uma luz tenue sob o abat-jour de renda amarella.

Carlos tirara as luvas, lentamente, retomado de novo por uma inquietação ante aquelle recolhimento adormecido. E de repente Rosa correu de dentro, rindo, pulando, com os cabellos soltos nos hombros, os braços abertos para elle. Carlos levantou-a ao ar, dizendo como costumava: «Lá vem a cabrita!... » Mas então, quando a tinha assim suspensa, batendo os pésinhos — atravessou-o a idéa de que aquella criança era sua sobrinha e tinha o seu nome!... Largou-a, quasi a deixou cahir — assombrado para ella, como se pela vez primeira visse essa facesinha eburnea e fina onde corria o seu sangue...

— Que estás tu a olhar para mim? murmurou ella, recuando e serrindo, com as mãosinhas cruzadas atraz das saias que tufavam.

Elle não sabia, parecia-lhe outra Rosa: e á sua perturbação misturava-se uma saudade pela antiga Rosa, a outra, a que era filha de Madame MacGren, a quem elle contava historias de Joanna d'Arc, a quem balouçava na Toca sob as acacias em flôr. Ella no emtanto sorria mais, com um brilho nos dentinhos miudos, uma ternura nos bellos olhos azues, vendo-o assim tão grave e tão mudo, pensando que elle ia brincar, fazer «voz de Carlos Magno». Tinha o mesmo sorriso da mãi, com a mesma covinha no queixo. Carlos viu n'ella de repente toda a graça de Maria, todo o encanto de Maria. E arrebatou-a de novo nos braços, tão violentamente, com beijos tão bruscos no cabello e nas faces, que Rosa estrebuchou, assustada e com um grito. Soltou-a logo, n'um receio de não ter sido casto... Depois, muito sério:

— Onde está a mamã?

Rosa coçava o braço, com a testasinha franzida:

— Apre!... Magoaste-me.

Carlos passou-lhe pelos cabellos a mão que ainda tremia.

— Vá, não sejas piegas, a mamã não gosta. Onde está ella?

A pequena, aplacada, já contente, pulava em redor, agarrando nos pulsos de Carlos para que elle saltasse tambem...

— A mamã foi deitar-se... Diz que está muito cansada, depois chama-me a mim preguiçosa... Vá, salta tambem. Não sejas mono!...

N'esse instante, do corredor, miss Sarah chamou:

— Mademoiselle!...

Rosa pôz o dedinho na bôca cheia de riso:

— Dize-lhe que não estou aqui! A vêr... Para a fazer zangar!... Dize!

Miss Sarah erguera o reposteiro; e descobriu-a logo escondida, sumida por traz de Carlos, na pontinha dos pés, fazendo-se pequenina. Teve um sorriso benevolo, murmurou «good night, sir». Depois lembrou que eram quasi nove e meia, mademoiselle tinha estado um pouco constipada e devia recolher-se. Então Carlos puxou brandamente pelo braço de Rosa, acariciou-a ainda para que ella obedecesse a miss Sarah.

Mas Rosa sacudia-o, indignada d'aquella traição.

— Tambem nunca fazes nada!... Semsaborão! Pois olha, nem te digo adeus!

Atravessou a sala, amuada, esquivou-se com um repellão á governante que sorria e lhe estendia a mão — e pelo corredor rompeu n'um chôro despeitado e pêrro. Miss Sarah risonhamente desculpou mademoiselle. Era a constipação que a tornava impertinente. Mas se fosse diante da mamã não fazia aquillo, não!

— Good night, sir.

— Good night, miss Sarah...

Só, Carlos errou alguns momentos pela sala. Por fim ergueu o pedaço de tapeçaria que cerrava o estreito gabinete onde Maria se vestiu. Ahi, na escuridão, um brilho pallido d'espelho tremia, batido por um longo raio do candieiro da rua. Muito de leve empurrou a porta do quarto.

— Maria!... Estás a dormir?

Não havia luz; mas o mesmo candieiro da rua, através do transparente erguido, tirava das trevas a brancura vaga do cortinado que envolvia o leito. E foi d'ahi que ella murmurou, mal acordada:

— Entra! Vim-me deitar, estava muito cansada... Que horas são?

Carlos não se movera, ainda com a mão na porta:

— É tarde, e eu preciso sahir já a procurar o Villaça... Vinha dizer-te que tenho talvez de ir a Santa Olavia, além d'ámanhã, por dois ou tres dias...

Um movimento, entre os cortinados, fez ranger o leito.

— Para Santa Olavia?... Ora essa, porque? E assim de repente... Entra!... Vem cá!

Então Carlos deu um passo no tapete, sem rumor. Ainda sentia o ranger molle do leito. E já todo aquelle aroma d'ella que tão bem conhecia, esparso na sombra tepida, o envolvia, lhe entrava n'alma com uma seducção inesperada de carícia nova, que o perturbava estranhamente. Mas ia balbuciando, insistindo na sua pressa de encontrar essa noite o Villaça.

— É uma massada, por causa d'uns feitores, d'umas aguas....

Tocou no leito; e sentou-se muito á beira, n'uma fadiga que de repente o enleára, lhe tirava a força para continuar essas invenções d'aguas e de feitores, como se ellas fossem montanhas de ferro a mover.

O grande e bello corpo de Maria, embrulhado n'um roupão branco de sêda, movia-se, espreguiçava-se languidamente sobre o leito brando.

— Achei-me tão cansada, depois de jantar, veio-me uma preguiça... Mas então partires assim de repente!... Que sécca! D'á cá a mão!

Elle tenteava, procurando na brancura da roupa: encontrou um joelho a que percebia a fórma e o calor suave, através da sêda leve: e alli esqueceu a mão, aberta e frouxa, como morta, n'um entorpecimento onde toda a vontade e toda a consciencia se lhe fundiam, deixando-lhe apenas a sensação d'aquella pelle quente e macia onde a sua palma pousava. Um suspiro, um pequenino suspiro de criança, fugiu dos labios de Maria, morreu na sombra. Carlos sentiu a quentura de desejo que vinha d'ella, que o entontecia, terrivel como o bafo ardente d'um abysmo, escancarado na terra a seus pés. Ainda balbuciou: «não, não...» Mas ella estendeu os braços, envolveu-lhe o pescoço, puxando-o para si, n'um murmurio que era como a continuação do suspiro, e em que o nome de querido susurrava e tremia. Sem resistencia, como um corpo morto que um sopro impelle, elle cahiu-lhe sobre o seio. Os seus labios seccos acharam-se collados n'um beijo aberto que os humedecia. E de repente, Carlos enlaçou-a furiosamente, esmagando-a e sugando-a, n'uma paixão e n'um desespero que fez tremer todo o leito.

A essa hora Ega acordava no bilhar, ainda estirado na poltrona onde o cansaço o prostrára. Bocejando, estremunhado, arrastou os passos até ao escriptorio de Affonso.

Ahi ardia um lume alegre, a que o reverendo Bonifacio se deixava torrar, enrolado sobre a pelle d'urso. Affonso fazia a partida de whist com Steinbroken e com o Villaça: mas tão distrahido, tão confuso, que já duas vezes D. Diogo, infeliz e irritado, rosnára que se a dôr de cabeça assim o estonteava melhor seria findarem! Quando Ega appareceu, o velho levantou os olhos inquietos:

— O Carlos? Sahiu?...

— Sim, creio que sahiu com o Craft, disse o Ega. Tinham fallado em ir vêr o marquez.

Villaça, que baralhava com a sua lentidão meticulosa, deitou tambem para o Ega um olhar curioso e vivo. Mas já D. Diogo batia com os dedos no pano da mesa, resmungando: —«Vamos lá, vamos lá... Não se ganha nada em saber dos outros!» Então Ega ficou alli um momento, com bocejos vagos, seguindo o cahir lento das cartas. Por fim, molle e seccado, decidiu ir lêr para a cama, hesitou por diante das estantes, sahiu com um velho numero do Panorama.

Ao outro dia, á hora do almoço, entrou no quarto de Carlos. E ficou pasmado quando o Baptista — tristonho desde a vespera, farejando desgosto — lhe disse que Carlos fôra para a Tapada, muito cedo, a cavallo...

— Ora essa!... E não deixou ordens nenhumas, não fallou em ir para Santa Olavia?...

Baptista olhou Ega, espantado:

— Para Santa Olavia!... Não senhor, não fallou em semelhante coisa. Mas deixou uma carta para v. exc.ª vêr. Creio que é do snr. marquez. E diz que lá apparecia depois, ás seis... Acho que é jantar.

N'um bilhete de visita, o marquez, com effeito, lembrava que esse dia era «o seu fausto natalício», e esperava Carlos e o Ega ás seis, para lhe ajudarem a comer a gallinha de dieta.

— Bem, lá nos encontraremos, murmurou Ega, descendo para o jardim.

Aquillo parecia-lhe extraordinario! Carlos passeando a cavallo, Carlos jantando com o marquez, como se nada houvesse perturbado a sua vida facil de rapaz feliz!... Estava agora certo de que elle na vespera fôra á rua de S. Francisco. Justos céos! Que se teria lá passado? Subiu, ouvindo a sineta do almoço. O escudeiro annunciou-lhe que o snr. Affonso da Maia tomara uma chavena de chá no quarto e ainda estava recolhido. Todos sumidos! Pela primeira vez no Ramalhete Ega almoçou solitariamente na larga mesa, lendo a Gazeta Illustrada.

De tarde, ás seis, no quarto do marquez (que tinha o pescoço enrolado n'uma boa de senhora de pelle de marta), encontrou Carlos, o Darque, o Craft, em torno d'um rapaz gordo que tocava guitarra — emquanto ao lado o procurador do marquez, um bello homem de barba preta, se batia com o Telles n'uma partida de damas.

— Viste o avô? perguntou Carlos, quando o Ega lhe estendeu a mão.

— Não, almocei só.

O jantar, d'ahi a pouco, foi muito divertido, largamente regado com os soberbos vinhos da casa. E ninguem decerto bebeu mais, ninguem riu mais do que Carlos, resurgido quasi de repente d'uma desanimação sombria a uma alegria nervosa — que incommodava o Ega, sentindo n'ella um timbre falso e como um som de crystal rachado. O proprio Ega por fim á sobremesa se excitou consideravelmente com um esplendido Porto de 1815. Depois houve um baccarat em que Carlos, outra vez sombrio, deitando a cada instante os olhos ao relogio, teve uma sorte triumphante, uma «sorte de cabrão», como a classificou o Darque, indignado, ao trocar a sua ultima nota de vinte mil reis... Á meia noite porém, inexoravelmente, o procurador do marquez lembrou as ordens do medico que marcára esse limite «ao natalicio». Foi então um enfiar de paletots, em debandada, por entre os queixumes do Darque e do Craft, que sahiam escorridos, sem sequer um troco para o «americano». Fez-se-lhes uma subscripção de caridade, que elles recolheram nos chapéos, rosnando bençãos aos bemfeitores.

Na tipoia que os levava ao Ramalhete, Carlos e Ega permaneceram muito tempo em silencio, cada um enterrado ao seu canto, fumando. Foi já ao meio do Aterro que Ega pareceu despertar:

— E então por fim?... Sempre vaes para Santa Olavia, ou que fazes?

Carlos mexeu-se no escuro da tipoia. Depois, lentamente, como cheio de cansaço:

— Talvez vá ámanhã... Ainda não disse nada, ainda não fiz nada... Decidi dar-me quarenta e oito horas para acalmar, para reflectir... Não se póde agora fallar com este barulho das rodas.

De novo cada um recahiu na sua mudez, ao seu canto.

Em casa, subindo a escadinha forrada de velludo, Carlos declarou-se exhausto e com uma intoleravel dôr de cabeça:

— Amanhã fallamos, Ega... Boa noite, sim?

— Até ámanhã.

Alta noite Ega acordou com uma grande sêde. Saltára da cama, esvaziára a garrafa no toucador, quando julgou sentir por baixo, no quarto de Carlos, uma porta bater. Escutou. Depois, arrepiado, remergulhou nos lençoes. Mas espertára inteiramente, com uma idéa estranha, insensata, que o assaltára sem motivo, o agitava, lhe fazia palpitar o coração no grande silencio da noite. Ouviu assim dar tres horas. A porta de novo batera, depois uma janella: era decerto vento que se erguera. Não podia porém readormecer, ás voltas, n'um terrivel mal-estar, com aquella idéa cravada na imaginação que o torturava. Então, desesperado, pulou da cama, enfiou um paletot, e em pontas de chinelas, com a mão diante da luz, desceu surdamente ao quarto de Carlos. Na ante-sala parou, tremendo, com o ouvido contra o reposteiro, na esperança de perceber algum calmo rumor de respiração. O silencio era pesado e pleno. Ousou entrar... A cama estava feita e vazia, Carlos sahira.

Elle ficou a olhar estupidamente para aquella colcha lisa, com a dobra do lençol de renda cuidadosamente entreaberta pelo Baptista. E agora não duvidava. Carlos fôra findar a noite á rua de S. Francisco!... Estava lá, dormia lá! E só uma idéa surgia através do seu horror — fugir, safar-se para Celorico, não ser testemunha d'aquella incomparavel infamia!...

E o dia seguinte, terça-feira, foi desolador para o pobre Ega. Vexado, n'um terror de encontrar Carlos ou Affonso, levantou-se cedo, esgueirou-se pelas escadas com cautelas de ladrão, foi almoçar ao Tavares. De tarde, na rua do Ouro, viu passar Carlos, que levava no break o Cruges e o Taveira — arrebanhados certamente para elle se não encontrar só á mesa com o avô. Ega jantou melancolicamente no Universal. Só entrou no Ramalhete ás nove horas, vestir-se para a soirée da Gouvarinho, que pela manhã no Loreto parára a carruagem para lhe lembrar «que era a festa do Charlie». E foi já de paletot, de claque na mão, que appareceu emfim na salinha Luiz XV onde

Cruges tocava Chopin, e Carlos se installára n'uma partida de bezigue com o Craft. Vinha saber se os amigos queriam alguma coisa para os nobres condes de Gouvarinho...

— Diverte-te!

— Sê faiscante!

— Eu lá appareço para a ceia! prometteu Taveira, estirado n'uma poltrona com o Figaro.

Eram duas horas da manhã quando Ega recolheu da soirée — onde por fim se divertira n'uma desesperada flirtação com a baroneza d'Alvim, que á ceia, depois do champagne, vencida por tanta graça e tanta audacia, lhe tinha dado duas rosas. Diante do quarto de Carlos, accendendo a vela, Ega hesitou, mordido por uma curiosidade... Estaria lá? Mas teve vergonha d'aquella espionagem, e subiu, bem decidido como na vespera a fugir para Celorico. No seu quarto, diante do espelho, pôz cuidadosamente n'um copo as rosas da Alvim. E começava a despir-se, quando ouviu passos no negro corredor, passos muito lentos, muito pesados, que se adiantavam, findaram á sua porta em suspensão e silencio. Assustado, gritou: «Que é lá?» A porta rangeu. E appareceu Affonso da Maia, pallido, com um jaquetão sobre a camisa de dormir, e um castiçal onde a vela ia morrendo. Não entrou. N'uma voz enrouquecida, que tremia:'

— O Carlos? esteve lá?

Ega balbuciou, atarantado, em mangas de camisa. Não subiu... Estivera apenas um momento nos Gouvarinhos... Era provavel que Carlos tivesse ido mais tarde com o Taveira, para a ceia.

O velho cerrára os olhos, como se desfallecesse, estendendo a mão para se apoiar. Ega correu para elle:

— Não se afflija, snr. Affonso da Maia!

— Que queres então que faça? Onde está elle? Lá mettido, com essa mulher... Escusas de dizer, eu sei, mandei espreitar... Desci a isso, mas quiz acabar esta angustia... E esteve lá hontem até de manhã, está lá a dormir n'este instante... E foi para este horror que Deus me deixou viver até agora!

Teve um grande gesto de revolta e de dôr. De novo os seus passos, mais pesados, mais lentos, se sumiram no corredor.

Ega ficou junto da porta, um momento, estarrecido. Depois foi-se despindo devagar, decidido a dizer a Carlos muito simplesmente, ao outro dia, antes de partir para Celorico, que a sua infamia estava matando o avô, e o forçava a elle, seu melhor amigo, a fugir para a não testemunhar por mais tempo.

Mal acordou, puxou a mala para o meio do quarto, atirou para cima da cama, ás braçadas, a roupa que ia emmalar. E durante meia hora, em mangas de camisa, lidou n'esta tarefa, misturando aos seus pensamentos de cólera lembranças da soirée da vespera, certos olhares da Alvim, certas esperanças que lhe tornavam saudosa a partida. Um alegre sol dourava a varanda. Terminou por abrir a vidraça, respirar, olhar o bello azul d'inverno. Lisboa ganhava tanto com aquelle tempo! E já Celorico, a quinta, o padre Seraphim, lhe estendiam de longe a sua sombra n'alma. Ao baixar os olhos viu o dog-cart de Carlos atrellado com a Tunante, que escarvava a calçada animada pelo ar vivo. Era Carlos decerto que ia sahir cedo — para não se encontrar com elle e com o avô!

N'um receio de o não apanhar n'esse dia, desceu correndo. Carlos aferrolhára-se na alcova de banho. Ega chamou, o outro não tugiu. Por fim Ega bateu, gritou através da porta, sem esconder a sua irritação:

— Tem a bondade d'escutar!... Então partes para Santa Olavia, ou quê?

Depois d'um instante, Carlos lançou de lá, entre um rumor d'agua que cahia:

— Não sei... Talvez... Logo te digo...

O outro não se conteve mais:

— É que se não póde ficar assim eternamente... Recebi uma carta de minha mãi... E se não partes para Santa Olavia, eu vou para Celorico... É absurdo! Já estamos n'isto ha tres dias!

E quasi se arrependia já da sua violencia, quando a voz de Carlos se arrastou de dentro, humilde e cansada, n'uma supplica:

— Por quem és, Ega! Tem um bocado de paciencia commigo. Eu logo te digo...

N'uma d'aquellas subitas emoções de nervoso, que o sacudiam os olhos do Ega humedeceram.

Balbuciou logo:

— Bem, bem! Eu fallei alto por ser através da porta... Não ha pressa!

E fugiu para o quarto, cheio só de compaixão e ternura, com uma grossa lagrima nas pestanas. Sentia agora bem a tortura em que o pobre Carlos se debatera, sob o despotismo d'uma paixão até ahi legitima, e que n'uma hora amarga se tornava de repente monstruosa, sem nada perder de seu encanto e da sua intensidade... Humano e fragil, elle não pudera estacar n'aquelle violento impulso de amor e de desejo que o levava como n'um vendaval! Cedera, cedera, continuára a rolar áquelles braços, que innocentemente o continuavam a chamar. E ahi andava agora, aterrado, escorraçado, fugindo occultamente de casa, passando o dia longe dos seus, n'uma vadiagem tragica, como um excommungado que receia encontrar olhos puros onde sinta o horror do seu peccado... E ao lado, o pobre Affonso, sabendo tudo, morrendo d'aquella dôr! Podia elle, hospede querido dos tempos alegres, partir, agora que uma onda de desgraça quebrára sobre essa casa, onde o acolhiam affeições mais largas que na sua propria? Seria ignobil! Tornou logo a desfazer a mala; e, furioso no seu egoismo com rodas aquellas amarguras que o abalavam, arranjava outra vez a roupa dentro da commoda, com a mesma cólera com que a desmanchára, rosnando:

— Diabo levem as mulheres, e a vida, e tudo!...

Quando desceu, já vestido, Carlos desapparecera! Mas Baptista, tristonho, carrancudo, certo agora de que havia um grande desgosto, deteve-o para lhe murmurar: — Tinha v.exc.ª razão... Partimos amanhã para Santa Olavia e levamos roupa para muito tempo... Este inverno começa mal!

N'essa madrugada, ás quatro horas, em plena escuridão, Carlos cerrára de manso o portão da rua de S. Francisco. E, mais pungente, apoderava-se d'elle, na frialdade da rua, o medo que já o roçára, ao vestir-se na penumbra do quarto, ao lado de Maria adormecida — o medo de voltar ao Ramalhete! Era esse medo que já na vespera o trouxera todo o dia por fóra no dog-cart, findando por jantar lugubremente com o Cruges, escondido n'um gabinete do Augusto. Era medo do avô, medo do Ega, medo do Villaça; medo d'aquella sineta do jantar que os chamava, os juntava; medo do seu quarto, onde a cada momento qualquer d'elles podia erguer o reposteiro, entrar, cravar os olhos na sua alma e no seu segredo... Tinha agora a certeza que elles sabiam tudo. E mesmo que n'essa noite fugisse para Santa Olavia, pondo entre si e Maria uma separação tão alta como o muro d'um claustro, nunca mais do espirito d'aquelles homens, que eram os seus amigos melhores, sahiria a memoria e a dôr da infamia em que elle se despenhára. A sua vida moral estava estragada... Então, para que partiria abandonando a paixão, sem que por isso encontrasse a paz? Não seria mais logico calcar desesperadamente todas as leis humanas e divinas, arrebatar para longe Maria na sua innocencia, e para todo o sempre abysmar-se n'esse crime que se tornára a sua sombria partilha na terra?

Já assim pensára na vespera. Já assim pensára... Mas antevira então um outro horror, um supremo castigo, a esperal-o na solidão onde se sepultasse. Jfi lhe percebera mesmo a aproximação; já n'outra noite recebera d'elle um arrepio; já n'essa noite, deitado junto de Maria, que adormecera cansada, o presentira, apoderando-se d'elle, com um primeiro frio d'agonia.

Era, surgindo do fundo do seu sêr, ainda tenue mas já perceptivel, uma saciedade, uma repugnancia por ella desde que a sabia do seu sangue!... Uma repugnancia material, carnal, á flôr da pelle, que passava como um arrepio. Fôra primeiramente aquelle aroma que a envolvia, fluctuava entre os cortinados, lhe ficava a elle na pelle e no fato, o excitava tanto outr'ora, o impacientava tanto agora — que ainda na vespera se encharcára em agua de Colonia para o dissipar. Fôra depois aquelle corpo d'ella, adorado sempre como um marmore ideal, que de repente lhe apparecera, como era na sua realidade, forte de mais, musculoso, de grossos membros de Amazona barbara, com todas as bellezas copiosas do animal de prazer. Nos seus cabellos d'um lustre tão macio, sentia agora inesperadamente uma rudeza de juba. Os seus movimentos na cama, ainda n'essa noite, o tinham assustado como se fossem os de uma fera, lenta e ciosa, que se estirava para o devorar... Quando os seus braços o enlaçavam, o esmagavam contra os seus rijos peitos tumidos de seiva, ainda decerto lhe punham nas veias uma chamma que era toda bestial. Mas, apenas o ultimo suspiro lhe morria nos labios, ahi começava insensivelmente a recuar para a borda do colchão, com um susto estranho: e immovel, encolhido na roupa, perdido no fundo d'uma infinita tristeza, esquecia-se pensando n'uma outra vida que podia ter, longe d'alli, n'uma casa simples, toda aberta ao sol, com sua mulher, legitimamente sua, flôr de graça domestica, pequenina, tímida, pudica, que não soltasse aquelles gritos lascivos, e não usasse esse aroma tão quente! E desgraçadamente agora já não duvidava... Se partisse com ella, seria para bem cedo se debater no indizível horror de um nojo physico. E que lhe restaria então, morta a paixão que fôra a desculpa do crime, ligado para sempre a uma mulher que o enojava — e que era... Só lhe restava matar-se!

Mas, tendo por um só dia dormido com ella, na plena consciencia da consanguinidade que os separava, poderia recomeçar a vida tranquillamente? Ainda que possuisse frieza e força para apagar dentro em si essa memoria — ella não morreria no coração do avô, e do seu amigo. Aquelle ascoroso segredo ficaria entre elles, estragando, maculando tudo. A existencia d'ora ávante só lhe offerecia intoleravel amargôr... Que fazer, santo Deus, que fazer! Ah, se alguem o podesse aconselhar, o podesse consolar! Quando chegou á porta de casa o seu desejo unico era atirar-se aos pés d'um padre, aos pés d'um santo, abrir-lhe as miserias do seu coração, implorar-lhe a doçura da sua misericordia! Mas ali onde havia um santo?

Defronte do Ramalhete os candieiros ainda ardiam. Abriu de leve a porta. Pé ante pé, subiu as escadas ensurdecidas pelo velludo côr de cereja. No patamar tacteava, procurava a vela — quando, através do reposteiro entreaberto, avistou uma claridade que se movia no fundo do quarto. Nervoso, recuou, parou no recanto. O clarão chegava, crescendo: passos lentos, pesados, pisavam surdamente o tapete: a luz surgiu — e com ella o avô em mangas de camisa, livido, mudo, grande, espectral. Carlos não se moveu, suffocado; e os dois olhos do velho, vermelhos, esgazeados, cheios de horror, cahiram sobre elle, ficaram sobre elle, varando-o até ás profundidades d'alma, lendo lá o seu segredo. Depois, sem uma palavra, com a cabeça branca a tremer, Affonso atravessou o patamar, onde a luz sobre o velludo espalhava um tom de sangue: — e os seus passos perderam-se no interior da casa, lentos, abafados, cada vez mais sumidos, como se fossem os derradeiros que devesse dar na vida!

Carlos entrou no quarto ás escuras, tropeçou n'um sofá e alli se deixou cahir, com a cabeça enterrada nos braços, sem pensar, sem sentir, vendo o velho livido passar, repassar diante d'elle como um longo phantasma, com a luz avermelhada na mão. Pouco a pouco foi-o tomando um cansaço, uma inercia, uma infinita lassidão da vontade, onde um desejo apenas transparecia, se alongava — o desejo de interminavelmente repousar algures n'uma grande mudez e n'uma grande treva... Assim escorregou ao pensamento da morte. Ella seria a perfeita cura, o asylo seguro. Porque não iria ao seu encontro? Alguns grãos de laudano n'essa noite e penetrava na absoluta paz... Ficou muito tempo, embebendo-se n'esta idéa que lhe dava allivio e consolo, como se, escorraçado por uma tormenta ruidosa, visse diante dos seus passos abrir-se uma porta d'onde sahisse calor e silencio. Um rumor, o chilrear d'um passaro na janella, fez-lhe sentir o sol e o dia. Ergueu-se, despiu-se muito devagar, n'uma immensa molleza. E mergulhou na cama, enterrou a cabeça no travesseiro para recahir na doçura d'aquella inercia, que era um antegosto da morte, e não sentir mais nas horas que lhe restavam nenhuma luz, nenhuma coisa da terra.

O sol ia alto, um barulho passou, o Baptista rompeu pelo quarto:

— Ó snr. D. Carlos, ó meu menino! O avô achou-se mal no jardim, não dá accordo!...

Carlos pulou do leito, enfiando um paletot que agarrára. Na ante-camara a governante, debruçada no corrimão, gritava, afflicta: — «Adiante, homem de Deus, ao pé da padaria, o snr. dr. Azevedo!» E um moço que corria, com que esbarrou no corredor, atirou, sem parar:

— Ao fundo, ao pé da cascata, snr. D. Carlos, na mesa de pedra!...

Affonso da Maia lá estava, n'esse recanto do quintal, sob os ramos do cedro, sentado no banco de cortiça, tombado por sobre a tosca mesa, com a face cahida entre os braços. O chapéo desabado rolára para o chão; nas costas, com a gola erguida, conservava o seu velho capote azul... Em volta, nas folhas das camelias, nas aleas arcadas, refulgiu, côr d'ouro, o sol fino d'inverno. Por entre as conchas da cascata o fio d'agua punha o seu choro lento.

Arrebatadamente, Carlos levatára-lhe a face, já rigida, côr de cera, com os olhos cerrados, e um fio de sangue aos cantos da longa barba de neve. Depois cahiu de joelhos no chão humido, sacudia-lhe as mãos, murmurando: — «Ó avò! Ó avô!» — Correu ao tanque, borrifou-o d'agua:

— Chamem alguem! chamem alguem!

Outra vez lhe palpava o coração... Mas estava morto. Estava morto, já frio, aquelle corpo que, mais velho que o seculo, resistira tão formidavelmente, como um grande roble, aos annos e aos vendavaes. Alli morrera solitariamente, já o sol ia alto, n'aquella tosca mesa de pedra onde deixára pender a cabeça cansada.

Quando Carlos se ergueu, Ega apparecia, esguedelhado, embrulhado no robe-de-chambre. Carlos abraçou-se n'elle, tremendo todo, n'um chôro despedaçado. Os criados em redor olharam, aterrados. E a governante, como tonta, entre as ruas de roseiras, gemia com as mãos na cabeça: — «Ai o meu rico senhor, ai o meu rico senhor!»

Mas o porteiro, esbaforido, chegava com o medico, o dr. Azevedo, que felizmente encontrára na rua. Era um rapaz, apenas sahido da Escóla, magrinho e nervoso, com as pontas do bigode muito frisadas. Deu em redor, atarantadamente, um comprimento aos criados, ao Ega, e a Carlos, que procurava serenar com a face lavada de lagrimas. Depois, tendo descalçado a luva, estudou todo o corpo de Affonso com uma lentidão, uma minuciosidade que exagerava, á medida que sentia em volta, mais anciosos e attentos n'elle, todos aquelles olhos humedecidos. Por fim, diante de Carlos, passando nervosamente os dedos no bigode, murmurou termos technicos... De resto, dizia, já o collega se teria compenetrado de que tudo infelizmente findára. Elle sentia das véras da alma o desgosto... Se para alguma coisa fosse necessario, com o maximo prazer...

— Muito agradecido a v. exc.ª, balbuciou Carlos.

Ega, em chinelas, deu alguns passos com o snr. dr. Azevedo, para lhe indicar a porta do jardim.

Carlos no emtanto ficára defronte do velho, sem chorar, perdido apenas no espanto d'aquelle brusco fim! Imagens do avô, do avô vivo e forte, cachimbando ao canto do fogão, regando de manhã as roseiras, passaram-lhe n'alma, em tropel, deixando-lh'a cada vez mais dorida e negra... E era então um desejo de findar tambem, encostar-se como elle áquella mesa de pedra, e sem outro esforço, nenhuma outra dôr da vida, cahir como elle na sempiterna paz. Uma restea de sol, entre os ramos grossos do cedro, batia a face morta de Affonso. No silencio os passaros, um momento espantados, tinham recomeçado a chalrar. Ega veio a Carlos, tocou-lhe no braço:

— É necessario leval-o para cima.

Carlos beijou a mão fria que pendia. E, devagar, com os beiços a tremer, levantou o avô pelos hombros carinhosamente. Baptista correra a ajudar; Ega, embaraçado no seu largo roupão, segurava os pés do velho. Através do jardim, do terraço cheio de sol, do escriptorio onde a sua poltrona esperava diante do lume accêso, foram-o transportando n'um silencio só quebrado pelos passos dos criados, que corriam a abrir as portas, acudiam quando Carlos, na sua perturbação, ou o Ega fraquejavam sob o peso do grande corpo. A governante já estava no quarto d'Affonso com uma colcha de sêda para estender na singela cama de ferro, sem cortinado. E alli o depuzeram emfim sobre as ramagens claras bordadas na sêda azul.

Ega accendera dois castiçaes de prata: a governante, de joelhos á beira do leito, esfiava o rosario: e Mr. Antoine, com o seu barrete branco de cozinheiro na mão, ficára á porta, junto d'um cesto que trouxera, cheio de camelias e palmas de estufa. Carlos, no emtanto, movendo-se pelo quarto, com longos soluços que o sacudiam, voltava a cada instante, n'uma derradeira e absurda esperança, palpar as mãos ou o coração do velho. Com o jaquetão de velludilho, os seus grossos sapatos brancos, Affonso parecia mais forte e maior, na sua rigidez, sobre o leito estreito: entre o cabello de neve cortado á escovinha e a longa barba desleixada, a pelle ganhára um tom de marfim velho, onde as rugas tomaram a dureza d'entalhaduras a cinzel: as palpebras engelhadas, de pestanas brancas, pousavam com a consolada serenidade de quem emfim descança; e ao deitarem-no uma das mãos ficára-lhe aberta e posta sobre o coração, na simples e natural attitude de quem tanto pelo coração vivêra!

Carlos perdia-se n'esta contemplação dolorosa. E o seu desespero era que o avô assim tivesse partido para sempre, sem que entre elles houvesse um adeus, uma dôce palavra trocada. Nada! Apenas aquelle olhar angustiado, quando passára com a vela accêsa na mão. Já então elle ia andando para a morte. O avô sabia tudo, d'isso morrera! E esta certeza sem cessar lhe batia n'alma, com uma longa pancada repetida e lugubre. O avô sabia tudo, d'isso morrera!

Ega veio com um gesto indicar-lhe o estado em que estavam — elle de robe-de-chambre, Carlos com o paletot sobre a camisa de dormir:

— É necessario descer, é necessario vestir-nos.

Carlos balbuciou:

— Sim, vamo-nos vestir...

Mas não se arredava. Ega levou-o brandamente pelo braço. Elle caminhava como um somnambulo, passando o lenço devagar pela testa e pela barba. E de repente no corredor, apertando desesperadamente as mãos, outra vez coberto de lagrimas, n'um agoniado desabafo de toda a sua culpa:

Ega, meu querido Ega! O avô viu-me esta manhã quando entrei! E passou, não me disse nada... Sabia tudo, foi isso que o matou!...

Ega arrastou-o, consolou-o, repellindo tal idéa. Que tolice! O avô tinha quasi oitenta annos, e uma doença de coração... Desde a volta de Santa Olavia, quantas vezes elles tinham fallado n'isso, aterrados! Era absurdo ir agora fazer-se mais desgraçado com semelhante imaginação!

Carlos murmurou, devagar, como para si mesmo, com os olhos postos no chão:

— Não! É estranho, não me faço mais desgraçado! Aceito isto como um castigo... Quero que seja um castigo... E sinto-me só muito pequeno, muito humilde diante de quem assim me castiga. Esta manhã pensava em matar-me. E agora não! É o meu castigo viver, esmagado para sempre... O que me custa é que elle não me tivesse dito adeus!!

De novo as lagrimas lhe correram, mas lentas, mansamente, sem desespero. Ega levou-o para o quarto, como uma criança. E assim o deixou a um canto do sofá, com o lenço sobre a face, n'um chôro continuo e quieto, que lhe ia lavando, alliviando o coração de todas as angustias confusas e sem nome que n'esses dias derradeiros o traziam suffocado.

Ao meio dia, em cima, Ega acabava de vestir-se quando Villaça lhe rompeu pelo quarto de braços abertos.

— Então como foi isto, como foi isto?

Baptista mandára-o chamar pelo trintanario, mas o rapazola pouco lhe soubera contar. Agora em baixo o pobre Carlos abraçára-o, coitadinho, lavado em lagrimas, sem poder dizer nada, pedindo-lhe só para se entender em tudo com o Ega... E alli estava.

— Mas como foi, como foi, assim de repente?...

Ega contou, brevemente, como tinham encontrado Affonso de manhã no jardim, tombado para cima da mesa de pedra. Viera o dr. Azevedo, mas tudo acabára!

Villaça levou as mãos á cabeça:

— Uma coisa assim! Creia o amigo! Foi essa mulher, essa mulher que ahi appareceu, que o matou! Nunca foi o mesmo depois d'aquelle abalo! Não foi mais nada! Foi isso!

Ega murmurava, deitando machinalmente agua de Colonia no lenço:

— Sim, talvez, esse abalo, e oitenta annos, e poucas cautelas, e uma doença de coração.

Fallaram então do enterro, que devia ser simples como convinha áquelle homem simples. Para depositar o corpo, emquanto não fosse trasladado para Santa Olavia, Ega lembrára-se do jazigo do marquez.

Villaça coçava o queixo, hesitando:

— Eu tambem tenho um jazigo. Foi o proprio snr. Affonso da Maia que o mandou erguer para meu pai, que Deus haja... Ora parece-me que por uns dias ficava lá perfeitamente. Assim não se pedia a ninguem, e eu tinha n'isso muita honra...

Ega concordou. Depois fixaram outros detalhes de convite, de hora, de chave do caixão. Por fim Villarça, olhando o relogio, ergueu-se com um grande suspiro:

— Bem, vou dar esses tristes passos! E cá appareço logo, que o quero vêr pela ultima vez, quando o tiverem vestido. Quem me havia de dizer! Ainda antes de hontem a jogar com elle... Até lhe ganhei tres mil reis, coitadinho!

Uma onda de saudade suffocou-o, fugiu com o lenço nos olhos.

Quando Ega desceu, Carlos, todo de luto, estava sentado á escrivaninha, diante d'uma folha de papel. Immediatamente ergueu-se, arrojou a penna.

— Não posso!... Escreve-lhe tu ahi, a ella, duas palavras.

Em silencio, Ega tomou a penna, redigiu um bilhete muito curto. Dizia: «Minha senhora. O snr. Affonso da Maia morreu esta madrugada, de repente, com uma apoplexia. V. exc.ª comprehende que, n'este momento, Carlos nada mais póde do que pedir-me para eu transmittir a v. exc.ª esta desgraçada noticia. Creia-me, etc.» Não o leu a Carlos. E como Baptista entrava n'esse momento, todo de preto, com o almoço n'uma bandeja, Ega pediu-lhe para mandar o trintanario com aquelle bilhete á rua de S. Francisco. Baptista segredou sobre o hombro do Ega:

— É bom não esquecer as fardas de luto para os criados...

— O snr. Villaça já sabe.

Tomaram chá á pressa em cima do taboleiro. Depois Ega escreveu bilhetes a D. Diogo e ao Sequeira, os mais velhos amigos d'Affonso: e davam duas horas quando chegaram os homens com o caixão para amortalhar o corpo. Mas Carlos não permittiu que mãos mercenarias tocassem no avô. Foi elle e o Ega, ajudados pelo Baptista, que, corajosamente, recalcando a emoção sob o dever, o lavaram, o vestiram, o depuzeram dentro do grande cofre de carvalho, forrado de setim claro, onde Carlos collocou uma miniatura de sua avó Runa. Á tarde, com auxilio de Villaça, que voltára «para dar o ultimo olhar ao patrão», desceram-no ao escriptorio, que Ega não quizera alterar nem ornar, e que, com os damascos escarlates, as estantes lavradas, os livros juncando a carteira de pau preto, conservava a sua feição austera de paz estudiosa. Sómente, para depôr o caixão, tinham juntado duas largas mesas, recobertas por um panno de velludo negro que havia na casa, com as armas bordadas a ouro. Por cima o Christo de Rubens abria os braços sobre a vermelhidão do poente. Aos lados ardiam doze castiçaes de prata. Largas palmas d'estufa cruzavam-se á cabeceira do esquife, entre ramos de camelias. E Ega accendeu um pouco de incenso em dois perfumadores de bronze.

Á noite o primeiro dos velhos amigos a apparecer foi D. Diogo, solemne, de casaca. Encostado ao Ega, aterrado diante do caixão, só pôde murmurar: — «E tinha menos sete mezes que eu!» O marquez veio já tarde, abafado em mantas, trazendo um grande cesto de flôres. Craft e o Cruges nada sabiam, tinham-se encontrado na rampa de Santos; — e receberam a primeira surpreza ao vêr fechado o portão do Ramalhete. O ultimo a chegar foi o Sequeira, que passára o dia na quinta, e se abraçou em Carlos, depois no Craft ao acaso, entontecido, com uma lagrima nos olhos injectados, balbuciando: — «Foi-se o companheiro de muitos annos. Tambem não tardo!...»

E a noite de vigilia e pezames começou, lenta e silenciosa. As doze chammas das velas ardiam, muito altas, n'uma solemnidade funeraria. Os amigos trocaram algum murmurio abafado, com as cadeiras chegadas. Pouco a pouco, o calor, o aroma do incenso, a exhalação das flôres forçaram o Baptista a abrir uma das janellas do terraço. O céo estava cheio d'estrellas. Um vento fino susurrara nas ramagens do jardim.

Já tarde Sequeira, que não se movera d'uma poltrona, com os braços cruzados, teve uma tontura. Ega levou-o á sala de jantar, a reconfortal-o com um calice de cognac. Havia lá uma ceia fria, com vinhos e dôces. E Craft veio tambem — com o Taveira, que soubera a desgraça na redacção da Tarde, e correra quasi sem jantar. Tomando um pouco de Bordeus, uma sandwich, Sequeira reanimava-se, lembrava o passado, os tempos brilhantes, quando Affonso e elle eram novos. Mas emmudeceu vendo apparecer Carlos, pallido e vagaroso como um somnambulo, que balbuciou: «Tomem alguma coisa, sim, tomem alguma coisa...»

Mexeu n'um prato, deu uma volta á mesa, sahiu. Assim vagamente foi até á ante-camara, onde todos os candelabros ardiam. Uma figura esguia e negra surgiu da escada. Dois braços enlaçaram-no. Era o Alencar.

— Nunca vim cá nos dias felizes, aqui estou na hora triste!

E o poeta seguiu pelo corredor, em pontas de pés, como pela nave d'um templo.

Carlos no emtanto deu ainda alguns passos pela ante-camara. Ao canto d'um divan ficára um grande cesto com uma corôa de flôres, sobre que pousava uma carta. Reconheceu a letra de Maria. Não lhe tocou, recolheu ao escriptorio. Alencar, diante do caixão, com a mão pousada no hombro do Ega, murmurava: «Foi-se uma alma de heroe!»

As velas iam-se consumindo. Um cansaço pesava. Baptista fez servir café no bilhar. E ahi, apenas recebeu a sua chavena, Alencar, cercado do Cruges, do Taveira, do Villaça, rompeu a fallar tambem do passado, dos tempos brilhantes d'Arroios, dos rapazes ardentes d'então:

— Vejam vocês, filhos, se se encontra ainda uma gente como estes Maias, almas de leões, generosos, valentes!... Tudo parece ir morrendo n'este desgraçado paiz!... Foi-se a faisca, foi-se a paixão... Affonso da Maia! Parece que o estou a vêr, á janella do palacio em Bemfica, com a sua grande gravata de setim, aquella cara nobre de portuguez d'outr'ora... E lá vai! E o meu pobre Pedro tambem... Caramba, até se me faz a alma negra!

Os olhos ennevoavam-se-lhe, deu um immenso sorvo ao cognac.

Ega, depois de beber um gole de café, voltára ao escriptorio, onde o cheiro d'incenso espalhava uma melancolia de capella. D. Diogo, estirado no sofá, resonava; Sequeira defronte dormitaVa tambem, descahido sobre os braços cruzados, com todo o sangue na face. Ega despertou-os de leve. Os dois velhos amigos, depois d'um abraço a Carlos, partiram na mesma carruagem, com os charutos accêsos. Os outros, pouco a pouco, iam tambem abraçar Carlos, enfiavam os paletots. O ultimo a sahir foi Alencar, que, no pateo, beijou o Ega, n'um impulso d'emoção, lamentando ainda o passado, os companheiros desapparecidos:

— O que me vale agora são vocês, rapazes, a gente nova. Não me deitem á margem! Senão, caramba, quando quizer fazer uma visita tenho d'ir ao cemiterio. Adeus, não apanhes frio!

O enterro foi ao outro dia, á uma hora. O Ega, o marquez, o Craft, o Sequeira levaram o caixão até á porta, seguidos pelo grupo d'amigos, onde destacava o conde de Gouvarinho, solemnissimo, de gran-cruz. O conde de Steinbroken, com o seu secretario, trazia na mão uma corôa de violetas. Na calçada estreita os trens apertavam-se, n'uma longa fila que subia, se perdia pelas outras ruas, pelas travessas: em todas as janellas do bairro se apinhava gente: os polícias berravam com os cocheiros. Por fim o carro, muito simples, rodou, seguido por duas carruagens da casa, vazias, com as lanternas recobertas de longos véos de crepe que pendiam. Atraz, um a um, desfilaram os trens da Companhia com os convidados, que abotoavam os casacos, corriam os vidros contra a friagem do dia ennevoado. O Darque e o Vargas iam no mesmo coupé. O correio do Gouvarinho passou choutando na sua pileca branca. E, sobre a rua deserta, cerrou-se finalmente para um grande luto o portão do Ramalhete.

Quando Ega voltou do cemiterio encontrou Carlos no quarto, rasgando papeis, emquanto o Baptista, atarefado, de joelhos no tapete, fechava uma mala de couro. E como Ega, pallido e arrepiado de frio, esfregava as mãos, Carlos fechou a gaveta cheia de cartas, lembrou que fossem para o fumoir onde havia lume.

Apenas lá entraram, Carlos correu o reposteiro, olhou para o Ega:

— Tens duvida em lhe ir fallar, a ella?

— Não. Para que?... Para lhe dizer o que?

— Tudo.

Ega rolou uma poltrona para junto da chaminé, despertou as brazas. E Carlos, ao lado, proseguiu devagar, olhando o lume:

— Além d'isso, desejo que ella parta, que parta já para Paris... Seria absurdo ficar em Lisboa... Emquanto se não liquidar o que lhe pertence, hade-se-lhe estabelecer uma mezada, uma larga mezada... Villaça vem d'aqui a bocado para fallar d'esses detalhes... Em todo o caso, ámanhã, para ella partir, levas-lhe quinhentas libras.

Ega murmurou:

— Talvez para essas questões de dinheiro fosse melhor ir lá o Villaça...

— Não, pelo amor de Deus! Para que se ha de fazer córar a pobre creatura diante do Villaça?...

Houve um silencio. Ambos olhavam a chamma clara que bailava.

— Custa-te muito, não é verdade, meu pobre Ega?...

— Não... Começo a estar embotado. É fechar os olhos, tragar mais essa má hora, e depois descansar. Quando voltas tu de Santa Olavia?

Carlos não sabia. Contava que Ega, terminada essa missão á rua de S. Francisco, fosse aborrecer-se uns dias com elle a Santa Olavia. Mais tarde era necessario trasladar para lá o corpo do avô...

— E passado isso, vou viajar... Vou á America, vou ao Japão, vou fazer esta coisa estupida e sempre efficaz que se chama distrahir...

Encolheu os hombros, foi devagar até á janella, onde morria pallidamente um raio de sol na tarde que clareára. Depois voltando para o Ega, que de novo remexia os carvões:

Eu, está claro, não me atrevo a dizer-te que venhas, Ega... Desejava bem, mas não me atrevo!

Ega pousou devagar as tenazes, ergueu-se, abriu os braços para Carlos, commovido:

— Atreve, que diabo... Porque não?

— Então vem!

Carlos puzera n'isto toda a sua alma. E ao abraçar o Ega corriam-lhe na face duas grandes lagrimas.

Então Ega reflectiu. Antes de ir a Santa Olavia precisava fazer uma romagem á quinta de Celorico. O Oriente era caro. Urgia pois arrancar á mãi algumas letras de credito... E como Carlos pretendia ter «bastante para o luxo d'ambos», Ega atalhou muito sério:

— Não, não! Minha mãi tambem é rica. Uma viagem á America e ao Japão são fórmas de educação. E a mamã tem o dever de completar a minha educação. O que acceito, sim, é uma das tuas malas de couro...

Quando n'essa noite, acompanhados pelo Villaça, Carlos e Ega chegaram á estação de Santa Apolonia, o comboio ia partir. Carlos mal teve tempo de saltar para o seu compartimento reservado — emquanto o Baptista, abraçado ás mantas de viagem, empurrado pelo guarda, se içava desesperadamente para outra carruagem, entre os protestos dos sujeitos que a atulhavam. O trem immediatamente rolou. Carlos debruçou-se á portinhola, gritando ao Ega: — «Manda um telegramma ámanhã a dizer o que houve!»

Recolhendo ao Ramalhete com o Villaça, que ia n'essa noite colligir e sellar os papeis de Affonso da Maia, Ega fallou logo nas quinhentas libras que elle devia entregar na manhã seguinte a Maria Eduarda. Villaça recebera com effeito essa ordem de Carlos. Mas francamente, entre amigos, não lhe parecia excessiva a somma, para uma jornada? Além d'isso Carlos fallára em estabelecer a essa senhora uma mezada de quatro mil francos, cento e sessenta libras! Não achava tambem exagerado? Para uma mulher, uma simples mulher...

Ega lembrou que essa simples mulher tinha direito legal a muito mais...

— Sim, sim, resmungou o procurador. Mas tudo isso de legalidade tem ainda de ser muito estudado. Não fallemos n'isso. Eu nem gósto de fallar d'isso!...

Depois como Ega alludia á fortuna que deixava Affonso da Maia — Villaça deu detalhes. Era decerto uma das boas casas de Portugal. Só o que viera da herança de Sebastião da Maia, representava bem quinze contos de renda. As propriedades do Alemtejo, com os trabalhos que lá fizera o pai d'elle Villaça, tinham triplicado de valor. Santa Olavia era uma despeza. Mas as quintas ao pé de Lamego, um condado.

— Ha muito dinheiro! exclamou elle com satisfação, batendo no joelho do Ega. E isto, amigo, digam lá o que disserem, sempre consola de tudo.

— Consola de muito, com effeito.

Ao entrar no Ramalhete, Ega sentia uma longa saudade pensando no lar feliz e amavel que alli houvera e que para sempre se apagára. Na ante-camara, os seus passos já lhe pareceram soar tristemente como os que se dão n'uma casa abandonada. Ainda errava um vago cheiro de incenso e de phenol. No lustre do corredor havia uma luz só e dormente.

— Já anda aqui um ar de ruina, Villaça.

— Ruinasinha bem confortavel, todavia murmurou o procurador dando um olhar ás tapeçarias e aos divans, e esfregando as mãos, arrepiado da friagem da noite.

Entraram no escriptorio de Affonso, onde durante um momento se ficaram aquecendo ao lume.O relogio Luiz XV bateu finalmente as nove horas — depois a toada argentina do seu minuete vibrou um instante e morreu. Villaça preparou-se para começar a sua tarefa. Ega declarou que ia para o quarto arranjar tambem a sua papelada, fazer a limpeza final de dois annos de mocidade...

Subiu. E pousára apenas a luz sobre a commoda, quando sentiu ao fundo, no silencio do corredor, um gemido longo, desolado, d'uma tristeza infinita. Um terror arrepiou-lhe os cabellos. Aquillo arrastava-se, gemia no escuro, para o lado dos aposentos d'Affonso da Maia. Por fim, reflectindo que toda a casa estava acordada, cheia de criados e de luzes, Ega ousou dar alguns passos no corredor, com o castiçal na mão tremula.

Era o gato! Era o reverendo Bonifacio, que, diante do quarto d'Affonso, arranhando a porta fechada, miava doloridamente. Ega escorraçou-o, furioso. O pobre Bonifacio fugiu, obeso e lento, com a cauda fôfa a roçar o chão: mas voltou logo e esgatanhando a porta, roçando-se pelas pernas do Ega, recomeçou a miar, n'um lamento agudo, saudoso como o d'uma dôr humana, chorando o dono perdido que o acariciava no collo e que não tornára a apparecer.

Ega correu ao escriptorio a pedir ao Villaça que dormisse essa noite no Ramalhete. O procurador accedeu, impressionado com aquelle horror do gato a chorar. Deixára o montão de papeis sobre a mesa, voltára a aquecer os pés ao lume dormente. E voltando-se para o Ega, que se sentára, ainda todo pallido, no sofá bordado a matiz, antigo logar de D. Diogo, murmurou devagar, gravemente: — Ha tres annos, quando o snr. Affonso me encomendou aqui as primeiras obras, lembrei-lhe eu que, segundo uma antiga lenda, eram sempre fataes aos Maias as paredes do Ramalhete. O snr. Affonso da Maia riu d'agouros e lendas... Pois fataes foram!

No dia seguinte, levando os papeis da Monforte e o dinheiro em letras e libras que Villaça lhe entregára á porta do Banco de Portugal, Ega, com o coração aos pulos, mas decidido a ser forte, a affrontar a crise serenamente, subiu ao primeiro andar da rua de S. Francisco. O Domingos, de gravata preta, movendo-se em pontas de pés, abriu o reposteiro da sala. E Ega pousára apenas sobre o sofá a velha caixa de charutos da Monforte — quando Maria Eduarda entrou, pallida, toda coberta de negro, estendendo-lhe as mãos ambas.

— Então Carlos ?

Ega balbuciou:

— Como v. exc.ª póde imaginar, n'um momento d'estes... Foi horrivel, assim de surpreza...

Uma lagrima tremeu nos olhos pisados de Maria. Ella não conhecia o snr. Affonso da Maia, nem sequer o vira nunca. Mas soffria realmente por sentir bem o soffrimento de Carlos... O que aquelle rapaz estremecia o avô!

— Foi de repente, não?

Ega retardou-se em longos detalhes. Agradeceu a corôa que ella mandára. Contou os gemidos, a afflicção do pobre Bonifacio...

— E Carlos? repetiu ella.

— Carlos foi para Santa Olavia, minha senhora.

Ella apertou as mãos, n'uma surpreza que a acabrunhava. Para Santa Olavia! E sem um bilhete, sem uma palavra?... Um terror empallidecia-a mais, diante d'aquella partida tão arrebatada, quasi parecida com um abandono. Terminou por murmurar, com um ar de resignação e de confiança que não sentia:

— Sim, com effeito, n'este momento não se pensa nos outros...

Duas lagrimas corriam-lhe devagar pela face. E diante d'esta dôr, tão humilde e tão muda, Ega ficou desconcertado. Durante um instante, com os dedos tremulos no bigode, viu Maria chorar em silencio. Por fim ergueu-se, foi á janella, voltou, abriu os braços diante d'ella n'uma afflicção:

— Não, não é isso, minha querida senhora! Ha outra coisa, ha ainda outra coisa! Tem sido para nós dias terriveis! Tem sido dias d'angustia...

Outra coisa?... Ella esperava, com os olhos largos sobre o Ega, a alma toda suspensa.

Ega respirou fortemente:

— V. exc.ª lembra-se d'um Guimarães, que vive em Paris, um tio do Damaso?

Maria, espantada, moveu lentamente a cabeça.

— Esse Guimarães era muito conhecido da de v. exc.ª não é verdade?

Ella teve o mesmo movimento breve e mudo. Mas o pobre Ega hesitava ainda, com a face arrepanhada e branca, n'um embaraço que o dilacerava:

— Eu fallo em tudo isto, minha senhora, porque Carlos assim me pediu... Deus sabe o que me custa!... E é horrível, nem sei por onde hei de começar...

Ella juntou as mãos, n'uma supplica, n'uma angustia:

— Pelo amor de Deus!

E n'esse instante, muito socegadamente, Rosa erguia uma ponta do reposteiro, com Niniche aolado e a sua boneca nos braços. A mãi teve um grito impaciente:

— Vai lá p'ra dentro! deixa-me!

Assustada, a pequena não se moveu mais, com os lindos olhos de repente cheios de agua. O reposteiro cahiu, do fundo do corredor veio um grande chôro magoado.

Então Ega teve só um desejo, o desesperado desejo de findar.

— V. exc.ª conhece a letra de sua mãi, não é verdade?... Pois bem! Eu trago aqui uma declaração d'ella a seu respeito... Esse Guimarães é que tinha este documento, com outros papeis que ella lhe entregou em 71, nas vesperas da guerra... Elle conservou-os até agora, e queria restituir-lh'os, mas não sabia onde v. exc.ª vivia. Viu-a ha dias n'uma carruagem, commigo, e com o Carlos... Foi ao pé do Aterro, v. exc.ª deve lembrar-se, defronte do alfaiate, quando vinhamos da Toca... Pois bem! o Guimarães veio immediatamente ao procurador dos Maias, deu-lhe esses papeis, para que os entregasse a v. exc.ª... E nas primeiras palavras que disse, imagine o assombro de todos, quando se entreviu que v. exc.ª era parenta de Carlos, e parenta muito chegada...

Atabalhoára esta historia de pé, quasi d'um fôlego, com bruscos gestos de nervoso. Ella mal comprehendia, livida, n'um indefinido terror. Só pôde murmurar muito debilmente: «Mas...» E de novo emmudeceu, assombrada, devorando os movimentos do Ega que, debruçado sobre o sofá, desembrulhava a tremer a caixa de charutos da Monforte. Por fim voltou para ella com um papel na mão, atropellando as palavras n'uma debandada:

— A mãi de v. exc.ª nunca lh'o disse... Havia um motivo muito grave... Ella tinha fugido de Lisboa, fugido ao marido... Digo isto assim brutalmente, perdôe-me v. exc.ª mas não é o momento de attenuar as coisas... Aqui está! v. exc.ª conhece a letra de sua mãi. É d'ella esta letra, não é verdade?

— É! exclamou Maria, indo arrebatar o papel.

— Perdão! gritou Ega, retirando-lh'o violentamente. Eu sou um estranho! E v. exc.ª não se pode inteirar de tudo isto emquanto eu não sahir d'aqui.

Fôra uma inspiração providencial, que o salvava de testemunhar o choque terrivel, o horror das coisas que ella ia saber. E insistiu. Deixava-lhe alli todos os papeis que eram de sua mãi. Ella leria, quando elle sahisse, comprehenderia a realidade atroz... Depois, tirando do bolso os dois pesados rôlos de libras, o sobrescripto que continha a letra sobre Paris, pôz tudo em cima da mesa, com a declaração da Monforte.

— Agora só mais duas palavras. Carlos pensa que o que v. exc.ª deve fazer já é partir para Paris. V. exc.ª tem direito, como sua filha ha de ter, a uma parte da fortuna d'esta familia dos Maias, que agora é a sua... N'este masso que lhe deixo está uma letra sobre Paris para as despezas immediatas... O procurador de Carlos tomou já um wagon-salão. Quando v. exc.ª decidir partir, peço-lhe que mande um recado ao Ramalhete para eu estar na gare... Creio que é tudo. E agora devo deixal-a...

Agarrára rapidamente o chapéo, veio tomar-lhe a mão inerte e fria:

— Tudo é uma fatalidade! V. exc.ª é nova, ainda lhe resta muita coisa na vida, tem a sua filha a consolal-a de tudo... Nem lhe sei dizer mais nada!

Suffocado, beijou-lhe a mão que ella lhe abandonou, sem consciencia e sem voz, de pé, direita no seu negro luto, com a lividez parada d'um marmore. E fugiu.

— Ao telegrapho! gritou em baixo ao cocheiro.

Foi só na rua do Ouro que começou a serenar, tirando o chapéo, respirando largamente. E ia então repetindo a si mesmo rodas as consolações que se poderiam dar a Maria Eduarda: era nova e formosa; o seu peccado fôra inconsciente; o tempo acalma toda a dôr; e em breve, já resignada, encontrar-se-hia com uma familia séria, uma larga fortuna, n'esse amavel Paris, onde uns lindos olhos, com algumas notas de mil francos, têm sempre um reinado seguro...

— É uma situação de viuva bonita e rica, terminou elle por dizer alto no coupé. Ha peor na vida.

Ao sahir do telegrapho despediu a tipoia. Por aquella luz consoladora do dia de inverno, recolheu a pé para o Ramalhete, a escrever a longa carta que promettera a Carlos. Villaça já lá estava installado, com um boné de velludilho na cabeça, emmassando ainda os papeis de Affonso, liquidando as contas dos criados. Jantaram tarde. E fumaram junto do lume, na sala Luiz XV, quando o escudeiro veio dizer que uma senhora, em baixo, n'uma carruagem, procurava o snr. Ega. Foi um terror. Imaginaram logo Maria, alguma resolução desesperada. Villaça ainda teve a esperança d'ella trazer alguma nova revelação, que tudo mudasse, salvasse da «bolada»... Ega desceu a tremer. Era Melanie n'uma tipoia de praça, abafada n'uma grande ulster com uma carta de Madame.

Á luz da lanterna Ega abriu o enveloppe, que trazia apenas um cartão branco, com estas palavras a lapis: «Decidi partir ámanhã para Paris.»

Ega recalcou a curiosidade de saber como estava a senhora. Galgou logo as escadas: e seguido de Villaça, que ficára na ante-camara á espreita, correu ao escriptorio d'Affonso, a escrever a Maria. N'um papel tarjado de luto dizia-lhe (além de detalhes sobre bagagens)— que o wagon-salão estava tomado até Paris, e que elle teria a honra de a vêr em Santa Apolonia. Depois, ao fazer o sobrescripto, ficou com a penna no ar, n'um embaraço. Devia pôr «Madame Mac-Gren» ou «D. Maria Eduarda da Maia?» Villaça achava preferivel o antigo nome, porque ella legalmente ainda não era Maia. Mas, dizia o Ega atrapalhado, tambem já não era Mac-Gren...

—Acabou-se! Vae sem nome. Imagina-se que foi esquecimento...

Levou assim a carta, dentro do sobrescripto em branco. Melanie guardou-a no regalo. E, debruçada portinhola, entristecendo a voz, desejou saber, da parte de Madame, onde estava enterrado o avô do senhor...

Ega ficou com o monoculo sobre ella, sem sentir bem se aquella curiosidade de Maria era indiscreta ou tocante. Por fim deu uma indicação. Era nos Prazeres, á direita, ao fundo, onde havia um anjo com uma tocha. O melhor seria perguntar ao guarda pelo jazigo dos snrs. Villaças.

— Merci, monsieur, bien le bonsoir.

— Bonsoir, Melanie!

No dia seguinte, na estação de Santa Apolonia, Ega, que viera cedo com o Villaça, acabava de despachar a sua bagagem para o Douro, quando avistou Maria que entrava trazendo Rosa pela mão. Vinha toda envolta n'uma grande pelliça escura, com um véo dobrado, espesso como uma mascara: e a mesma gaze de luto escondia o rostosinho da pequena, fazendo-lhe um laço sobre a touca. Miss Sarah, n'uma ulster clara de quadrados, sobraçava um masso de livros. Atraz o Domingos, com olhos muito vermelhos, segurava um rôlo de mantas, ao lado de Melanie carregada de preto que levava Niniche ao collo. Ega correu para Maria Eduarda, conduziu-a pelo braço, em silencio, ao wagon-salão que tinha todas as cortinas cerradas. Junto do estribo ella tirou devagar a luva. E muda, estendeu-lhe a mão.

— Ainda nos vemos no Entroncamento, murmurou Ega. Eu sigo tambem para o Norte.

Alguns sujeitos pararam, com curiosidade, ao vêr sumir-se n'aquella carruagem de luxo, fechada, mysteriosa, uma senhora que parecia tão bella, d'ar tão triste, coberta de negro. E apenas Ega fechou a portinhola, o Neves, o da Tarde e do Tribunal de Contas, rompeu d'entre um rancho, arrebatou-lhe o braço com sofreguidão:

— Quem é?

Ega arrastou-o pela plataforma, para lhe deixar cahir no ouvido, já muito adiante, tragicamente:

— Cleopatra!

O politico, furioso, ficou rosnando: «Que asno!...» Ega abalára. Junto do seu compartimento Villaça esperava, ainda deslumbrado com aquella figura de Maria Eduarda, tão melancolica e nobre. Nunca a vira antes. E parecia-lhe uma rainha de romance.

— Acredite o amigo, fez-me impressão! Caramba, bella mulher! Dá-nos uma bolada, mas é uma soberba praça!

O comboio partiu. O Domingos ficava choramingando com um lenço de côres sobre a face. E o Neves, o conselheiro do Tribunal de Contas, ainda furioso, vendo o Ega á portinhola, atirou-lhe de lado, disfarçadamente, um gesto obsceno.

No Entroncamento Ega veio bater nos vidrosdo salão que se conservava fechado e mudo. Foi Maria que abriu. Rosa dormia. Miss Sarah lia a um canto, com a cabeça n'uma almofada. E Niniche assustada ladrou.

— Quer tomar alguma coisa, minha senhora ?

— Não, obrigada...

Ficaram calados, emquanto Ega com o pé no estribo tirava lentamente a charuteira. Na estação mal alumiada passavam saloios, devagar, abafados em mantas. Um guarda rolava uma carreta de fardos. Adiante a machina resfolegava na sombra. E dois sujeitos rondavam em frente do salão, com olhares curiosos e já languidos para aquella magnifica mulher, tão grave e sombria, envolta na sua pelliça negra.

— Vai para o Porto? murmurou ella.

— Para Santa Olavia...

— Ah!

Então Ega balbuciou com os beiços a tremer:

— Adeus!

Ella apertou-lhe a mão com muita força, em silencio, suffocada.

Ega atravessou, devagar, por entre soldados de capote enrolado a tiracollo que corriam a beber á cantina. Á porta do buffete voltou-se ainda, ergueu o chapéo. Ella, de pé, moveu de leve o braço n'um lento adeus. E foi assim que elle pela derradeira vez na vida viu Maria Eduarda, grande, muda, toda negra na claridade, á portinhola d'aquelle wagon que para sempre a levava.

Capítulo VIII

Semanas depois, nos primeiros dias d'anno novo, a Gazeta Illustrada trazia na sua columna do High-life esta noticia: «O distincto e brilhante sportman, o snr. Carlos da Maia, e o nosso amigo e collaborador João da Ega, partiram hontem para Londres, d'onde seguirão em breve para a America do Norte, devendo d'ahi prolongar a sua interessante viagem até ao Japão. Numerosos amigos foram a bordo do Tamar despedir-se dos sympathicos touristes. Vimos entre outros os snrs. ministro da Filandia e seu secretario, o marquez de Souzella, conde de Gouvarinho, visconde de Darque, Guilherme Craft, Telles da Gama, Cruges, Taveira, Villaça, general Sequeira, o glorioso poeta Thomaz d'Alencar,etc. etc. O nosso amigo e collaborador João da Ega fez-nos, no ultimo shake-hands, a promessa de nos mandar algumas cartas com as suas impressões do Japão, esse delicioso paiz d'onde nos vem o sol e a moda! É uma boa nova para todos os que prezam a observação e o espirito. Au revoir!»

Depois d'estas linhas affectuosas (em que o Alencar collaborára) as primeiras noticias dos «viajantes» vieram, n'uma carta do Ega para o Villaça, de New-York. Era curta, toda de negocios. Mas elle ajuntava um post-scriptum com o titulo de Informações geraes para os amigos. Contava ahi a medonha travessia desde Liverpool, a persistente tristeza de Carlos, e New-York coberta de neve sob um sol rutilante. E acrescentava ainda: «Está-se apossando de nós a embriaguez das viagens, decididos a trilhar este estreito Universo até que cancem as nossas tristezas. Planeamos ir a Pekin, passar a Grande Muralha, atravessar a Asia Central, o oasis de Merv, Khiva, e penetrar na Russia; d'ahi, pela Armenia e pela Syria, descer ao Egypto a retemperar-nos no sagrado Nilo; subir depois a Athenas, lançar sobre a Acropole uma saudação a Minerva; passar a Napoles; dar um olhar a Argelia e a Marrocos; e cahir emfim ao comprido em Santa Olavia lá para os meados de 79 a descançar os membros fatigados. Não escrevinho mais porque é tarde,e vamos á Opera vêr a Patti no Barbeiro. Larga distribuição d'abraços a todos os amigos queridos.»

Villaça copiou este paragrapho, e trazia-o na carteira para mostrar aos fieis amigos do Ramalhete. Todos approvaram, com admiração, tão bellas, aventurosas jornadas. Só Cruges, aterrado com aquella vastidão do Universo, murmurou tristemente: «Não voltam cá!»

Mas, passado anno e meio, n'um lindo dia de março, Ega reappareceu no Chiado. E foi uma sensação! Vinha esplendido, mais forte, mais trigueiro, soberbo de verve, n'um alto apuro de toilette, cheio de historias e de aventuras do Oriente, não tolerando nada em arte ou poesia que não fosse do Japão ou da China, e annunciando um grande livro,o «seu livro», sob este titulo grave de chronica heroica — Jornadas da Asia.

— E Carlos?...

Magnifico! Installado em Paris, n'um delicioso appartamento dos Campos-Elyseos, fazendo a vida larga d'um principe artista da Renascença...

Ao Villaça porém, que sabia os segredos, Ega confessou que Carlos ficára ainda abalado. Vivia, ria, governava o seu phaeton no Bois — mas lá no fundo do seu coração permanecia, pesada e negra, a memoria da «semana terrivel».

Todavia os annos vão passando, Villaça, acrescentou elle. E com os annos, a não ser a China, tudo na terra passa... E esse anno passou. Gente nasceu, gente morreu. Searas amadureceram, arvoredos murcharam. Outros annos passaram.

Nos fins de 1886, Carlos veio fazer o Natal perto de Sevilha, a casa d'um amigo seu de Paris, o marquez de Villa-Medina. E d'essa propriedade dos Villa-Medina, chamada La Soledad, escreveu para Lisboa ao Ega annunciando que — depois d'um exilio de quasi dez annos, resolvera vir ao velho Portugal vêr as arvores de Santa Olavia e as maravilhas da Avenida. De resto tinha uma formidavel nova, que assombraria o bom Ega: e se elle já ardia em curiosidade, que viesse ao seu encontro com o Villaça, comer o porco a Santa Olavia.

— Vae casar! pensou Ega.

Havia tres annos (desde a sua ultima estada em Paris) que elle não via Carlos. Infelizmente não pôde correr a Santa Olavia, retido n'um quarto do Braganza com uma angina, desde uma ceia prodigiosamente divertida com que celebrára no Silva a noite de Reis. Villaça, porém, levou a Carlos para Santa Olavia uma carta em que o Ega, contando a sua angina, lhe supplicava que se não retardasse com o porco n'esses penhascos do Douro, e que voasse á grande Capital a trazer a grande nova.

Com effeito, Carlos pouco se demorou em Rezende. E n'uma luminosa e macia manhã de janeiro de 1887, os dois amigos emfim juntos almoçavam n'um salão do Hotel Braganza, com as duas janellas abertas para o rio.

Ega, já curado, radiante, n'uma excitação que não se calmava, alagando-se de café, entalava a cada instante o monoculo para admirar Carlos e a sua «immutabilidade».

— Nem uma branca, nem uma ruga, nem uma sombra de fadiga!... Tudo isso é Paris, menino!... Lisboa arraza. Olha para mim, olha para isto!

Com o dedo magro apontava os dois vincos fundos ao lado do nariz, na face chupada. E o que o aterrava sobretudo era a calva, uma calva que começára havia dois annos, alastrára, já reluzia no alto.

— Olha este horror! A sciencia para tudo acha um remedio, menos para a calva! Transformam-se as civilisações, a calva fica!... Já tem tons de bola de bilhar, não é verdade?... De que será?

— É a ociosidade, lembrou Carlos rindo.

— A ociosidade... E tu, então?

De resto, que podia elle fazer n'este paiz?... Quando voltára de França, ultimamente, pensára em entrar na diplomacia. Para isso sempre tivera a blague: e agora que a mamã, coitada, lá estava no seu grande jazigo em Celorico, tinha a massa. Mas depois reflectira. Por fim, em que consistia a diplomacia portugueza? N'uma outra fórma da ociosidade, passada no estrangeiro, com o sentimento constante da propria insignificancia. Antes o Chiado!

E como Carlos lembrava a Politica, occupação dos inuteis, Ega trovejou. A politica! Isso tornára-se moralmente e physicamente nojento, desde que o negocio atacára o constitucionalismo como uma phylloxera! Os politicos hoje eram bonecos de engonços,que faziam gestos e tomavam attitudes porque dois ou tres financeiros por traz lhes puxavam pelos cordeis... Ainda assim podiam ser bonecos bem recortados, bem envernizados. Mas qual! Ahi é que estava o horror. Não tinham feitio, não tinham maneiras, não se lavavam, não limpavam as unhas... Coisa extraordinaria, que em paiz algum succedia, nem na Romelia, nem na Bulgaria! Os tres ou quatro salões que em Lisboa recebem todo o mundo, seja quem fôr, largamente, excluem a maioria dos politicos. E porque? Porque as senhoras têm nôjo!

— Olha o Gouvarinho! Vê lá se elle recebe ás terças-feiras os seus correligionarios...

Carlos que sorria, encantado com aquella veia acerba do Ega, saltou na cadeira:

— É verdade, e a Gouvarinho, a nossa boa Gouvarinho?

Ega, passeando pela sala, deu as novas dos Gouvarinhos. A condessa herdára uns sessenta contos de uma tia excentrica que vivia a Santa Isabel, tinha agora melhores carruagens, recebia sempre ás terças-feiras. Mas soffria uma doença qualquer, grave, no figado ou no pulmão. Ainda elegante todavia, muito séria, uma terrivel flôr de pruderie... Elle, o Gouvarinho, ahi continuava, palrador, escrevinhador, politicote, impertigadote, já grisalho, duas vezes ministro, e coberto de gran-cruzes...

— Tu não os viste em Paris, ultimamente?

— Não. Quando soube fui-lhes deixar bilhetes, mas tinham partido na vespera para Vichy...

A porta abriu-se, um brado cavo resoou:

— Até que emfim, meu rapaz!

— Oh Alencar! gritou Carlos, atirando o charuto.

E foi um infinito abraço, com palmadas arrebatadas pelos hombros, e um beijo ruidoso — o beijo paternal do Alencar, que tremia, commovido. Ega arrastára uma cadeira, berrava pelo escudeiro:

— Que tomas tu, Thomaz? Cognac? Curaçáo? Em todo o caso café! Mais café! Muito forte, para o snr. Alencar!

O poeta, no emtanto, abysmado na contemplação de Carlos, agarrára-o pelas mãos, com um sorriso largo, que lhe descobria os dentes mais estragados. Achava-o magnifico, varão soberbo, honra da raça... Ah! Paris, com o seu espirito, a sua vida ardente, conserva...

— E Lisboa arraza! acudiu Ega. Já cá tive essa phrase. Vá, abanca, ahi tens o cafésinho e a bebida!

Mas Carlos agora tambem contemplava o Alencar. E parecia-lhe mais bonito, mais poetico, com a sua grenha inspirada e toda branca, e aquellas rugas fundas na face morena, cavadas como sulcos de carros pela tumultuosa passagem das emoções...

— Estás typico, Alencar! Estás a preceito para a gravura e para a estatua!...

O poeta sorria, passando os dedos com complacencia pelos longos bigodes romanticos, que a idade embranquecera e o cigarro amarellára. Que diabo, algumas compensações havia de ter a velhice!... Em todo o caso o estomago não era mau, e conservava-se, caramba, filhos, um bocado de coração.

— O que não impede, meu Carlos, que isto por cá esteja cada vez peor! Mas acabou-se... A gente queixa-se sempre do seu paiz, é habito humano. Já Horacio se queixava. E vocês, intelligencias superiores, sabeis bem, filhos, que no tempo de Augusto... Sem fallar, é claro, na quéda da republica, n'aquelle desabamento das velhas instituições... Emfim deixemos lá os Romanos! Que está alli n'aquella garrafa? Chablis... Não desgosto, no outono, com as ostras. Pois vá lá o Chablis. E á tua chegada, meu Carlos! e á tua, meu João, e que Deus vos dê as glorias que mereceis, meus rapazes!...

Bebeu. Rosnou: «bom Chablis, bouquet fino». E acabou por abancar, ruidosamente, sacudindo para traz a juba branca.»

— Este Thomaz! exclamava Ega, pousando-lhe a mão no hombro com carinho. Não ha outro, é unico! O bom Deus fel-o n'um dia de grande verve, e depois quebrou a fôrma.

Ora, historias! murmurava o poeta radiante. Havia-os tão bons como elle. A humanidade viera toda do mesmo barro como pretendia a Biblia — ou do mesmo macaco como affirmava o Darwin...

— Que, lá essas coisas d'evolução, origem das especies, desenvolvimento da cellula, cá para mim... Está claro, o Darwin, o Lamarck, o Spencer, o Claudio Bernard, o Littré, tudo isso, é gente de primeira ordem. Mas acabou-se, irra! Ha uns poucos de mil annos que o homem prova sublimemente que tem alma!

— Toma o cafésinho, Thomaz! aconselhou o Ega, empurrando-lhe a chavena. Toma o cafésinho!

— Obrigado!... E é verdade, João, lá dei a tua boneca á pequena. Começou logo a beijal-a, a embalal-a, com aquelle profundo instincto de mãi, aquelle quid divino... É uma sobrinhita minha, meu Carlos. Ficou sem mãi, coitadinha, lá a tenho, lá vou tratando de fazer d'ella uma mulher... Has de vêl-a. Quero que vocês lá vão jantar um dia, para vos dar umas perdizes á hespanhola... Tu demoras-te, Carlos?

— Sim, uma ou duas semanas, para tomar um bom sorvo de ar da patria.

— Tens razão, meu rapaz! exclamou o poeta, puxando a garrafa do cognac. Isto ainda não é tão mau como se diz... Olha tu para isso, para esse céo, para esse rio, homem!

— Com effeito é encantador!

Todos tres, durante um momento, pasmaram para a incomparavel belleza do rio, vasto, lustroso, sereno, tão azul como o céo, esplendidamente coberto de sol.

— E versos? exclamou de repente Carlos, voltando-se para o poeta. Abandonaste a lingua divina?

Alencar fez um gesto de desalento. Quem entendia já a lingua divina? O novo Portugal só comprehendia a lingua da libra, da «massa». Agora, filho, tudo eram syndicatos!

— Mas ainda ás vezes me passa uma coisa cá por dentro, o velho homem estremece... Tu não viste nos jornaes?... Está claro, não lês cá esses trapos que por ahi chamam gazetas... Pois veio ahi uma coisita, dedicada aqui ao João. Ora eu t'a digo se me lembrar...

Correu a mão aberta pela face escaveirada, lançou à estrophe n'um tom de lamento:

Luz d'esperança, luz d'amor,
Que vento vos desfolhou?
Que a alma que vos seguia
Nunca mais vos encontrou!

Carlos murmurou: «Lindo!» Ega murmurou: «Muito fino!» E o poeta, aquecendo, já commovido, esboçou um movimento d'aza que foge:

Minh'alma em tempos d'outr'ora,
Quando nascia o luar,
Como um rouxinol que acorda
Punha-se logo a cantar.
Pensamentos era flôres,

Que a aragem lenta de Maio...

— O snr. Cruges! annunciou o criado, entreabrindo a porta.

Carlos ergueu os braços. E o maestro, todo abotoado n'um paletot claro, abandonou-se á effusão de Carlos, balbuciando:

— Eu só hontem é que soube. Queria-te ir esperar, mas não me acordaram...

— Então continúa o mesmo desleixo? exclamava Carlos, alegremente. Nunca te acordam?

Cruges encolhia os hombros, muito vermelho, acanhado, depois d'aquella longa separação. E foi Carlos que o obrigou a sentar-se ao lado, enternecido com o seu velho maestro, sempre esguio, com o nariz mais agudo, a grenha cahindo mais crespa sobre a gola do paletot.

— E deixa-me dar-te os parabens! Lá soube pelos jornaes, o triumpho, a linda opera-comica, a Flôr de Sevilha...

— De Granada! acudiu o maestro. Sim, uma coisita para ahi, não desgostaram.

— Uma belleza! gritou Alencar, enchendo outro copo de cognac. Uma musica toda do sul, cheia de luz, cheirando a laranjeira... Mas já lhe tenho dito: «Deixa lá a opereta, rapaz, vôa mais alto, faze uma grande symphonia historica!» Ainda ha dias lhe dei uma idéa. A partida de D. Sebastião para a Africa. Cantos de marinheiros, atabales, o chôro do povo, as ondas batendo... Sublime! Qual, põe-se-me lá com castanholas... Emfim, acabou-se, tem muito talento, e é como se fosse meu filho porque me sujou muita calça!...

Mas o maestro, inquieto, passava os dedos pela grenha. Por fim confessou a Carlos que não se podia demorar, tinha um rendez-vous...

— D'amor?

— Não... É o Barradas que me anda atirar o retrato a oleo.

— Com a lyra na mão?

— Não, respondeu o maestro, muito sério. Com a batuta... E estou de casaca.

E desabotoou o paletot, mostrou-se em todo o seu esplendor, com dois coraes no peitilho da camisa, e a batuta de marfim mettida na abertura do collete.

— Estás magnifico! affirmou Carlos. Então outra coisa, vem cá jantar logo. Alencar, tu tambem, hein? Quero ouvir esses bellos versos com socego... Ás seis, em ponto, sem falhar. Tenho um jantarinho á portugueza que encommendei de manhã com cozido, arroz de forno, grão de bico, etc., para matar saudades...

Alencar lançou um gesto immenso de desdem. Nunca o cozinheiro do Braganza, francelhote miseravel, estaria á altura d'esses nobres petiscos do velho Portugal. Emfim acabou-se. Seria pontual ás seis para uma grande saude ao seu Carlos!

— Vocês vão sahir, rapazes?

Carlos e Ega iam ao Ramalhete visitar o casarão.

O poeta declarou logo que isso era romagem sagrada. Então elle partia com o maestro. O seu caminho ficava tambem para o lado do Barradas... Moço de talento, esse Barradas!... Um pouco pardo de côr, tudo por acabar, esborratado, mas uma bella ponta de faisca.

— E teve uma tia, filhos, a Leonor Barradas! Que olhos, que corpo! E não era só o corpo! Era a alma, a poesia, o sacrificio!... Já não ha d'isso, já lá vai tudo. Emfim, acabou-se, ás seis!

— Ás seis, em ponto, sem falhar!

Alencar e o maestro partiram, depois de se munirem de charutos. E d'ahi a pouco Carlos e Ega seguiam tambem pela rua do Thesouro Velho, de braço dado, muito lentamente.

Iam conversando de Paris, de rapazes e de mulheres que o Ega conhecêra, havia quatro annos, quando lá passára um tão alegre inverno nos appartamentos de Carlos. E a surpreza do Ega, a cada nome evocado, era o curto brilho, o fim brusco de toda essa mocidade estouvada. A Lucy Gray, morta. A Conrad, morta... E a Maria Blond? Gorda, emburguezada, casada com um fabricante de velas de estearina. O polaco, o louro? Fugido, desapparecido. Mr. de Menant, esse D. Juan? Sub-prefeito no departamento do Doubs. E o rapaz que morava ao lado, o belga? Arruinado na Bolsa... E outros ainda, mortos, sumidos, afundados no lodo de Paris!

Pois tudo sommado, menino, observou Ega, esta nossa vidinha de Lisboa, simples, pacata, corredia, é infinitamente preferivel.

Estavam no Loreto; e Carlos parára, olhando, reentrando na intimidade d'aquelle velho coração da capital. Nada mudára. A mesma sentinella somnolenta rondava em torno á estatua triste de Camões. Os mesmos reposteiros vermelhos, com brazões ecclesiasticos, pendiam nas portas das duas igrejas. O Hotel Alliance conservava o mesmo ar mudo e deserto. Um lindo sol dourava o lagedo; batedores de chapéo á faia fustigavam as pilecas; tres varinas, de canastra á cabeça, meneavam os quadris, fortes e ageis na plena luz. A uma esquina, vadios em farrapos fumavam; e na esquina defronte, na Havaneza, fumavam tambem outros vadios, de sobrecasaca, politicando.

— Isto é horrivel quando se vem de fóra! exclamou Carlos. Não é a cidade, é a gente. Uma gente feiissima, encardida, mollenga, reles, amarellada, acabrunhada!...

— Todavia Lisboa faz differença, affirmou Ega, muito sério. Oh, faz muita differença! Has de vêr a Avenida... Antes do Ramalhete vamos dar uma volta á Avenida.

Foram descendo o Chiado. Do outro tado os toldos das lojas estendiam no chão uma sombra forte e dentada. E Carlos reconhecia, encostados ás mesmas portas, sujeitos que lá deixára havia dez annos, já assim encostados, já assim melancolicos. Tinham rugas, tinham brancas. Mas lá estacionavam ainda, apagados e murchos, rente das mesmas humbreiras, com collarinhos á moda. Depois, diante da livraria Bertrand, Ega, rindo, tocou no braço de Carlos:

— Olha quem alli está, á porta do Baltresqui!

Era o Damaso. O Damaso, barrigudo, nedio, mais pesado, de flôr ao peito, mamando um grande charuto, e pasmaceando, com o ar regaladamente embrutecido d'um ruminante farto e feliz. Ao avistar tambem os seus dois velhos amigos que desciam, teve um movimento para se esquivar, refugiar-se na confeitaria. Mas, insensivelmente, irresistivelmente, achou-se em frente de Carlos, com a mão aberta e um sorriso na bochecha, que se lhe esbrazeára.

— Olá, por cá!... Que grande surpreza!

Carlos abandonou-lhe dois dedos, sorrindo tambem, indifferente e esquecido.

— É verdade, Damaso... Como vai isso?

— Por aqui, n'esta semsaboria... E então com demora?

— Umas semanas.

— Estás no Ramalhete?

— No Braganza. Mas não te incommodes, eu ando sempre por fóra.

— Pois sim senhor!... Eu tambem estive em Paris, ha tres mezes, no Continental...

— Ah!... Bem, estimei vêr-te, até sempre! Adeus, rapazes. Tu estás bom, Carlos, estás com boa cara!

— É dos teus olhos, Damaso.

E nos olhos do Damaso, com effeito, parecia reviver a antiga admiração, arregalados, acompanhando Carlos, estudando-lhe por traz a sobrecasaca, o chapéo, o andar, como no tempo em que o Maia era para elle o typo supremo do seu querido chic «uma d'essas coisas que só se vêem lá fóra...»

— Sabes que o nosso Damaso casou? disse o Ega um pouco adiante, travando outra vez do braço de Carlos.

E foi um espanto para Carlos. O quê! O nosso Damaso! Casado!?... Sim, casado com uma filha dos condes d'Agueda, uma gente arruinada, com um rancho de raparigas. Tinham-lhe impingido a mais nova. E o optimo Damaso, verdadeira sorte grande para aquella distincta familia, pagava agora os vestidos das mais velhas.

— É bonita?

— Sim, bonitinha... Faz ahi a felicidade d'um rapazote sympathico, chamado Barroso.

— O quê, o Damaso, coitado...

— Sim, coitado, coitadinho, coitadissimo... Mas como vês, immensamente ditoso, até tem engordado com a perfidia!

Carlos parára. Olhava, pasmado para as varandas extraordinarias d'um primeiro andar, recobertas como em dia de procissão, de sanefas de pano vermelho onde se entrelaçavam monogrammas. E ia indagar — quando, d'entre um grupo que estacionava ao portal d'esse predio festivo, um rapaz d'ar estouvado, com a face imberbe cheia d'espinhas carnaes, atravessou rapidamente a rua para gritar ao Ega, suffocado de riso:

— Se você fôr depressa ainda a encontra ahi abaixo! Corra!

— Quem?

— A Adosinda!... De vestido azul, com plumas brancas no chapéo... Vá depressa... O João Elyseu metteu-lhe a bengala entre as pernas, ia-a fazendo estatelar no chão, foi uma scena... Vá depressa, homem!

Com duas pernadas esguias o rapaz recolheu ao seu rancho — onde todos, já calados, com uma curiosidade de provincia, examinavam aquelle homem de tão alta elegancia que acompanhava o Ega e que nenhum conhecia. E Ega, no emtanto, explicava a Carlos as varandas e o grupo:

— São rapazes do Turf. É um club novo, antigo Jockey da travessa da Palha. Faz-se lá uma batotinha barata, tudo gente muito sympathica... E como vês estão sempre assim preparados, com sanefas e tudo, para se acaso passar por ahi o senhor dos Passos.

Depois, descendo para a rua Nova do Almada, contou o caso da Adosinda. Fôra no Silva, havia duas semanas, estando elle a cear com rapazes depois de S. Carlos, que lhes apparecera essa mulher inverosimil, vestida de vermelho, carregando sensatamente nos rr, mettendo rr em todas as palavras, e perguntando pelo snr. virrsconde... Qual virrsconde? Ella não sabia bem. Erra um virrsconde que encontrrárra no Crrolyseu. Senta-se, offerecem-lhe champagne, e D. Adosinda começa a revelar-se um sêr prodigioso. Fallavam de politica, do ministerio e do deficit. D. Adosinda declara logo que conhece muito bem o deficit, e que é um bello rapaz... O deficit bello rapaz — immensa gargalhada! D. Adosinda zanga-se, exclama que já fôra com elle a Cintra, que é um perfeito cavalheiro, e empregado no Banco Inglez... O deficit empregado no Banco Inglez — gritos, uivos, urros! E não cessou esta gargalhada continua, estrondosa, phrenetica, até ás cinco da manhã em que D. Adosinda fôra rifada e sahira ao Telles!... Noite soberba!

— Com effeito, disse Carlos rindo, é uma orgia grandiosa, lembra Heliogabalo e o Conde d'Orsay...

Então Ega defendeu calorosamente a sua orgia. Onde havia melhor, na

Europa, em qualquer civilisação? Sempre queria vêr que se passasse uma noite mais alegre em Paris, na desoladora banalidade do Grand-Treize, ou em Londres, n'aquella correcta e massuda semsaboria do Bristol! O que ainda tornava a vida toleravel era de vez em quando uma boa risada. Ora na Europa o homem requintado já não ri, — sorri regeladamente, lividamente. Só nós aqui, n'este canto do mundo barbaro, conservamos ainda esse dom supremo, essa coisa bemdita e consoladora — a barrigada de riso!

— Que diabo estás tu a olhar?

Era o consultorio, o antigo consultorio de Carlos — onde agora, pela taboleta, parecia existir um pequeno atelier de modista. Então bruscamente os dois amigos recahiram nas recordações do passado. Que estupidas horas Carlos alli arrastára, com a Revista dos Dois Mundos, na espera vã dos doentes, cheio ainda de fé nas alegrias do trabalho!... E a manhã em que o Ega lá apparecera com a sua esplendida pelliça, preparando-se para transformar, n'um só inverno, todo o velho e rotineiro Portugal!

— Em que tudo ficou!

— Em que tudo ficou! Mas rimos bastante!

Lembras-te d'aquella noite em que o pobre marquez queria levar ao consultorio a Paca, para utilisar emfim o divan, movel de serralho?...

Carlos teve uma exclamação de saudade. Pobre marquez! Fôra uma das suas fortes impressões, n'esses ultimos annos — aquella morte do marquez, sabida de repente ao almoço, n'uma banal noticia de jornal!... E através do Rocio, andando mais devagar, recordavam outros desapparecimentos: a D. Maria da Cunha, coitada, que acabára hydropica; o D. Diogo, casado por fim com a cozinheira; o bom Sequeira, morto uma noite n'uma tipoia ao sahir dos cavallinhos...

— E outra coisa, perguntou Ega. Tens visto o Craft em Londres ?

— Tenho, disse Carlos. Arranjou uma casa muito bonita ao pé de Richmond... Mas está muito avelhado, queixa-se muito do figado. E, desgraçadamente, carrega de mais nos alcools. É uma pena!

Depois perguntou pelo Taveira. Esse lindo moço, contou o Ega, tinha agora por cima mais dez annos de Secretaria e de Chiado. Mas sempre apurado, já um bocado grisalho, mettido continuamente com alguma hespanhola, dando bastante a lei em S. Carlos, e murmurando todas as tardes na Havaneza, com um ar dôce e contente — «isto é um paiz perdido»! Emfim um bom typosinho de lisboeta fino.

— E a besta do Steinbroken?

— Ministro em Athenas, exclamou Carlos, entre as ruinas classicas!

E esta idéa do Steinbroken, na velha Grecia, divertiu-os infinitamente. Ega imaginava já o bom Steinbroken, têso nos seus altos collarinhos, affirmando a respeito de Socrates, com prudencia: «Oh,il est très fort, il est excessivement fort!» Ou ainda, a proposito da batalha das Thermopylas, rosnando, com medo de se comprometter: «C'est très grave, c'est excessivement grave!» Valia a pena ir á Grecia para vêr!

Subitamente Ega parou:

— Ora ahi tens tu essa Avenida! Hein?... Já não é mau!

N'um claro espaço rasgado, onde Carlos deixára o Passeio Publico pacato e frondoso — um obelisco, com borrões de bronze no pedestal, erguia um traço côr d'assucar na vibração fina da luz de inverno: e os largos globos dos candieiros que o cercavam, batidos do sol, brilhavam, transparentes e rutilantes, como grandes bolas de sabão suspensas no ar. Dos dois lados seguiam, em alturas desiguaes, os pesados predios, lisos e aprumados, repintados de fresco, com vasos nas cornijas onde negrejavam piteiras de zinco, e pateos de pedra, quadrilhados a branco e preto, onde guarda-portões chupavam o cigarro: e aquelles dois hirtos renques de casas ajanotadas lembravam a Carlos as familias que outr'ora se immobilisavam em filas, dos dois lados do Passeio, depois da missa «da uma», ouvindo a Banda, com casimiras e sêdas, no catitismo domingueiro. Todo o lagedo reluzia como cal nova. Aqui e além um arbusto encolhia na aragem a sua folhagem pallida e rara. E ao fundo a collina verde, salpicada d'arvores, os terrenos de Valle de Pereiro, punham um brusco remate campestre áquelle curto rompante de luxo barato — que partira para transformar a velha cidade, e estacára logo, com o fôlego curto, entre montões de cascalho.

Mas um ar lavado e largo circulava; o sol dourava a caliça; a divina serenidade do azul sem igual tudo cobria e adoçava. E os dois amigos sentaram-se n'um banco, junto de uma verdura que orlava a agua d'um tanque esverdinhada e molle.

Pela sombra passeavam rapazes, aos pares, devagar, com flôres na lapella, a calça apurada, luvas claras fortemente pespontadas de negro. Era toda uma geração nova e miuda que Carlos não conhecia. Por vezes Ega murmurava um ólá!, acenava com a bengala. E elles iam, repassavam, com um arzinho timido e contrafeito, como mal acostumados áquelle vasto espaço, a tanta luz, ao seu proprio chic. Carlos pasmava. Que faziam ,alli, ás horas de trabalho, aquelles moços tristes, de calça esguia? Não havia mulheres. Apenas n'um banco adiante uma creatura adoentada, de lenço e chale, tomava o sol; e duas matronas, com vidrilhos no mantelete, donas de casa de hospedes, arejavam um cãosinho felpudo. O que attrahia pois alli aquella mocidade pallida? E o que sobretudo o espantava eram as botas d'esses cavalheiros, botas despropositadamente compridas, rompendo para fóra da calça collante com pontas aguçadas e reviradas como prôas de barcos varinos...

— Isto é phantastico, Ega!

Ega esfregava as mãos. Sim, mas precioso! Porque essa simples fórma de botas explicava todo o Portugal contemporaneo. Via-se por alli como a coisa era. Tendo abandonado o seu feitio antigo, á D. João VI, que tão bem lhe ficava, este desgraçado Portugal decidira arranjar-se á moderna: mas sem originalidade, sem força, sem caracter para crear um feitio seu, um feitio proprio, manda vir modelos do estrangeiro — modelos d'idéas, de calças, de costumes, de leis, d'arte, de cozinha... Sómente, como lhe falta o sentimento da proporção, e ao mesmo tempo o domina a impaciencia de parecer muito moderno e muito civilisado — exagera o modelo, deforma-o, estraga-o até á caricatura. O figurino da bota que veio de fóra era levemente estreito na ponta; — immediatamente o janota estica-o e aguça-o até ao bico d'alfinete. Por seu lado o escriptor lê uma pagina de Goncourt ou de Verlaine em estylo precioso e cinzelado; — immediatamente retorce, emmaranha, desengonça a sua pobre phrase até descambar no delirante e no burlesco. Por sua vez o legislador ouve dizer que lá fóra se levanta o nivel da instrucção; — immediatamente põe no programma dos exames de primeiras letras a metaphysica, a astronomia, a philologia, a egyptologia, a chresmatica, a critica das religiões comparadas, e outros infinitos terrores. E tudo por ahi adiante assim, em todas as classes e profissões, desde o orador até ao photographo, desde o jurisconsulto até ao sportman... é o que sucede com os pretos já corrompidos de S. Thomé, que vêem os europeus de lunetas — e imaginam que n'isso consiste ser civilisado e ser branco. Que fazem então? Na sua sofreguidão de progresso e de brancura acavallam no nariz tres ou quatro lunetas, claras, defumadas, até de côr. E assim andam pela cidade, de tanga, de nariz no ar, aos tropeções, no desesperado e angustioso esforço de equilibrarem todos estes vidros — para serem immensamente civilisados e immensamente brancos...

Carlos ria:

— De modo que isto está cada vez peor...

— Medonho! É d'um reles, d'um postiço! Sobretudo postiço! Já não ha nada genuino n'este miseravel paiz, nem mesmo o pão que comemos!

Carlos, recostado no banco, apontou com a bengala, n'um gesto lento:

— Resta aquillo, que é genuino...

E mostrava os altos da cidade, os velhos outeiros da Graça e da Penha, com o seu casario escorregando pelas encostas resequidas e tisnadas do sol. No cimo assentavam pesadamente os conventos, as igrejas, as atarracadas vivendas ecclesiasticas, lembrando o frade pingue e pachorrento, beatas de mantilha, tardes de procissão, irmandades d'opa atulhando os adros, herva dôce juncando as ruas, tremoço e fava-rica apregoada ás esquinas, e foguetes no ar em louvor de Jesus. Mais alto ainda, recortando no radiante azul a miseria da sua muralha, era o castello, sordido e tarimbeiro, d'onde outr'ora, ao som do hymno tocado em fagotes, descia a tropa de calça branca a fazer a bernarda! E abrigados por elle, no escuro bairro de S. Vicente e da Sé, os palacetes decrepitos, com vistas saudosas para a barra, enormes brazões nas paredes rachadas, onde entre a maledicencia, a devoção e a bisca, arrasta os seus derradeiros dias, cachetica e caturra, a velha Lisboa fidalga!

Ega olhou um momento, pensativo:

— Sim, com effeito, é talvez mais genuino. Mas tão estupido, tão sebento! Não sabe a gente para onde se ha de voltar... E se nos voltamos para nós mesmos, ainda peor!

E de repente bateu no joelho de Carlos, com um brilho na face:

— Espera... Olha quem ahi vem!

Era uma vittoria, bem posta e correcta, avançando com lentidão e estylo, ao trote esteppado de duas egoas inglezas. Mas foi um desapontamento. Vinha lá sómente um rapaz muito louro, d'uma brancura de camelia, com uma pennugem no beiço, languidamente recostado. Fez um aceno ao Ega, com um lindo sorriso de virgem. A vittoria passou.

— Não conheces?

Carlos procurava, com uma recordação.

— O teu antigo doente! O Charlie!

O outro bateu as mãos. O Charlie! O seu Charlie! Como aquillo o fazia velho!... E era bonitinho!

— Sim, muito bonitinho. Tem ahi uma amizade com um velho, anda sempre com um velho... Mas elle vinha decerto com a mãi, estou convencido que ella ficou por ahi a passear a pé. Vamos nós vêr?

Subiram ao comprido da Avenida, procurando. E quem avistaram logo foi o Eusebiosinho. Parecia mais funebre, mais tisico, dando o braço a uma senhora muito forte, muito córada, que estalava n'um vestido de sêda côr de pinhão. Iam devagar, tomando o sol. E o Eusebio nem os viu, descahido e mollengo, seguindo com as grossas lunetas pretas o marchar lento da sua sombra.

— Aquella aventesma é a mulher, contou Ega. Depois de varias paixões em lupanares, o nosso Eusebio teve este namoro. O pai da creatura, que é dono d'um prego, apanhou-o uma noite na escada com ella a surripiar-lhe uns prazeres... Foi o diabo, obrigaram-no a casar. E desappareceu, não o tornei a vêr... Diz que a mulher que o derreia á pancada.

— Deus a conserve!

— Amen!

E então Carlos, que recordava a coça no Eusebio, o caso da Corneta, quiz saber do Palma Cavallão. Ainda deshonrava o Universo com a sua presença, esse benemerito? Ainda o deshonrava, disse o Ega. Sómente deixára a litteratura, e tornára-se factotum do Carneiro, o que fôra ministro; levava-lhe a hespanhola ao theatro pelo braço; e era um bom empenho em politica.

— Ainda ha de ser deputado, acrescentou Ega! E, da fórma que as coisas vão, ainda ha de ser ministro... E isto está-se fazendo tarde, Carlinhos. Vamos nós tomar esta tipoia e abalar para o Ramalhete?

Eram quatro horas, o sol curto de inverno tinha já um tom pallido.

Tomaram a tipoia. No Rocio, Alencar que passava, que os viu — parou, sacudiu ardentemente a mão no ar. E então Carlos exclamou, com uma surpreza que já o assaltara essa manhã no Braganza:

— Ouve cá, Ega! Tu agora pareces intimo do Alencar! Que transformação foi essa?

Ega confessou que realmente agora apreciava immensamente o Alencar. Em primeiro logar no meio d'esta Lisboa toda postiça, Alencar permanecia o unico portuguez genuino. Depois, através da contagiosa intrujice, conservava uma honestidade resistente. Além d'isso havia n'elle lealdade,bondade, generosidade. O seu comportamento com a sobrinhita era tocante. Tinha mais cortezia, melhores maneiras que os novos. Um bocado de piteirice não lhe ia mal ao seu feitio lyrico. E por fim, no estado a que descambára a litteratura, a versalhada do Alencar tomara relevo pela correcção, pela simplicidade, por um resto de sincera emoção. Em resumo, um bardo infinitamente estimavel.

— E aqui tens tu, Carlinhos, a que nós chegamos! Não ha nada com effeito que caracterise melhor a pavorosa decadencia de Portugal, nos ultimos trinta annos, do que este simples facto: tão profundamente tem baixado o caracter e o talento, que de repente o nosso velho Thomaz, o homem da Flôr de Martyrio, o Alencar d'Alemquer, apparece com as proporções d'um Genio e d'um Justo!

Ainda fallavam de Portugal e dos seus males quando a tipoia parou. Com que commoção Carlos avistou a fachada severa do Ramalhete, as janellinhas abrigadas á beira do telhado, o grande ramo de girasoes fazendo painel no logar do estudo d'armas! Ao ruido da carruagem, Villaça appareceu á porta, calçando luvas amarellas. Estava mais gordo o Villaça — e tudo na sua pessoa, desde o chapéo novo até ao castão de prata da bengala, revelava a sua importancia como administrador, quasi directo senhor durante o longo desterro de Carlos, d'aquella vasta casa dos Maias. Apresentou logo o jardineiro, um velho, que alli vivia com a mulher e o filho, guardando o casarão deserto. Depois felicitou-se de vêr emfim os dois amigos juntos. E ajuntou, batendo com carinho familiar no hombro de Carlos:

— Pois eu, depois de nos separarmos em Santa Apolonia, fui tomar um banho ao Central e não me deitei. Olhe que é uma grande commodidade o tal sleeping-car! Ah lá isso, em progresso, o nosso Portugal já não está atraz de ninguem!... E v. exc.ª agora precisa de mim?

— Não, obrigado, Villaça. Vamos dar uma volta pelas salas... Vá jantar comnosco. Ás seis! Mas ás seis em ponto, que ha petiscos especiaes.

E os dois amigos atravessaram o perystillo. Ainda lá se conservavam os bancos feudaes de carvalho lavrado, solemnes como coros de cathedral. Em cima porém a ante-camara entristecia, toda despida, sem um movel, sem um estofo, mostrando a cal lascada dos muros. Tapeçarias orientaes que pendiam como n'uma tenda, pratos mouriscos de reflexos de cobre, a estatua da Friorenta rindo e arrepiando-se, na sua nudez de marmore, ao metter o pésinho na agua — tudo ornava agora os aposentos de Carlos em Paris: e outros caixões apilhavam-se a um canto, promptos a embarcar, levando as melhores faianças da Toca. Depois no amplo corredor, sem tapete, os seus passos soaram como n'um claustro abandonado. Nos quadros devotos, n'um tom mais negro, destacava aqui e além, sob a luz escassa, um hombro descarnado de eremita, a mancha livida d'uma caveira. Uma friagem regelava. Ega levantára a gola do paletot.

No salão nobre os moveis de brocado côr de musgo estavam embrulhados em lençoes d'algodão, como amortalhados, exhalando um cheiro de mumia a terebinthina e camphora. E no chão, na tela de Constable, encostada á parede, a condessa de Runa, erguendo o seu vestido escarlate de caçadora ingleza, parecia ir dar um passo, sahir do caixilho dourado, para partir tambem, consummar a dispersão da sua raça...

— Vamos embora, exclamou Ega. Isto está lugubre...

Mas Carlos, pallido e calado, abriu adiante a porta do bilhar. Ahi, que era a maior sala do Ramalhete, tinham sido recentemente accumulados na confusão das artes e dos seculos, como n'um armazem de bric-à-brac, todos os moveis ricos da Toca. Ao fundo, tapando o fogão, dominando tudo na sua magestade architectural, erguia-se o famoso armario do tempo da Liga Hanseatica, com os seus Martes armados, as portas lavradas, os quatro Evangelistas prégando aos cantos, envoltos n'essas roupagens violentas que um vento de prophecia parece agitar. E Carlos immediatamente descobriu um desastre na cornija, nos dois faunos que entre trophéos agricolas tocavam ao desafio. Um partira o seu pé de cabra, outro perdera a sua frauta bucolica...

— Que brutos! exclamou elle furioso, ferido no seu amor da coisa d'arte. Um movel d'estes!...

Trepou a uma cadeira para examinar os estragos. E Ega, no emtanto, errava entre os outros moveis, cofres nupciaes, contadores hespanhoes, bufetes da Renascença italiana, recordando a alegre casa dos Olivaes que tinham ornado, as bellas noites de cavaco, os jantares, os foguetes atirados em honra de Leonidas... Como tudo passára! De repente deu com o pé n'uma caixa de chapéo sem tampa, atulhada de coisas velhas — um véo, luvas desirmanadas, uma meia de sêda, fitas, flôres artificiaes. Eram objectos de Maria, achados n'algum canto da Toca, para alli atirados, no momento de se esvaziar a casa! E, coisa lamentavel, entre estes restos d'ella, misturados como na promiscuidade d'um lixo, apparecia uma chinela de velludo bordada a matiz, uma velha chinela de Affonso da Maia! Ega escondeu a caixa rapidamente debaixo d'um pedaço solto de tapeçaria. Depois, como Carlos saltava da cadeira, sacudindo as mãos, ainda indignado, Ega apressou aquella peregrinação, que lhe estragava a alegria do dia.

— Vamos ao terraço! Dá-se um olhar ao jardim, e abalamos!

Mas deviam atravessar ainda a memoria mais triste, o escriptorio de Affonso da Maia. A fechadura estava pêrra. No esforço de abrir a mão de Carlos tremia. E Ega, commovido tambem, revia toda a sala tal como outr'ora, com os seus candieiros Carcel dando um tom côr de rosa, o lume crepitando, o reverendo Bonifacio sobre a pelle d'urso, e Affonso na sua velha poltrona, de casaco de velludo, sacudindo a cinza do cachimbo contra a palma da mão. A porta cedeu: e toda a emoção de repente findou, na grutesca, absurda surpreza de romperem ambos a espirrar, desesperadamente, suffocados pelo cheiro acre d'um pó vago que lhes picava os olhos, os estonteava. Fôra o Villaça, que, seguindo uma receita d'almanach, fizera espalhar ás mãos cheias, sobre os moveis, sobre os lençoes que os resguardavam, camadas espessas de pimenta branca! E estrangulados, sem vêr, sob uma nevoa de lagrimas, os dois continuavam, um defronte do outro, em espirros afflictivos que os desengonçavam.

Carlos por fim conseguiu abrir largamente as duas portadas d'uma janella. No terraço morria um resto de sol. E, revivendo um pouco ao ar puro, alli ficaram de pé, calados, limpando os olhos, sacudidos ainda por um ou outro espirro retardado.

— Que infernal invenção! exclamou Carlos, indignado.

Ega, ao fugir com o lenço na face, tropeçara, batera contra um sofá, coçava a canella:

— Estupida coisa! E que bordoada que eu dei!... Voltou a olhar para a sala, onde todos os moveis desappareciam sob os largos sudarios brancos. E reconheceu que tropeçara na antiga almofada de velludo do velho Bonifacio. Pobre Bonifacio! Que fôra feito d'elle ?

Carlos, que se sentára no parapeito baixo do terraço, entre os vasos sem flôr, contou o fim do reverendo Bonifacio. Morrera em Santa Olavia, resignado, e tão obeso que se não movia. E o Villaça, com uma idéa poetica, a unica da sua vida de procurador, mandára-lhe fazer um mausoléo, uma simples pedra de marmore branco, sob uma roseira, debaixo das janellas do quarto do avô.

Ega sentára-se tambem no parapeito, ambos se esqueceram n'um silencio. Em baixo o jardim, bem areado, limpo e frio na sua nudez d'inverno, tinha a melancolia de um retiro esquecido que já ninguem ama: uma ferrugem verde de humidade cobria os grossos membros da Venus Citherea; o cypreste e o cedro envelheciam juntos como dois amigos n'um ermo; e mais lento corria o prantosinho da cascata, esfiado saudosamente gotta a gotta na bacia de marmore. Depois ao fundo, encaixilhada como uma tela marinha nas cantarias dos dois altos predios, a curta paizagem do Ramalhete, um pedaço de Tejo e monte, tomava n'aquelle fim de tarde um tom mais pensativo e triste: na tira de rio um paquete fechado, preparado para a vaga, ia descendo, desapparecendo logo, como já devorado pelo mar incerto; no alto da collina o moinho parára, transido na larga friagem do ar; e nas janellas das casas á beira d'agua um raio de sol morria, lentamente sumido, esvaído na primeira cinza do crepusculo, como um resto d'esperança n'uma face que se anuvia.

Então, n'aquella mudez de soledade e d'abandono, Ega, com os olhos para o longe, murmurou devagar:

— Mas tu d'esse casamento não tinhas a menor indicação, a menor suspeita?

— Nenhuma... Soube-o de repente pela carta d'ella em Sevilha.

E era esta a formidavel nova annunciada por Carlos, a nova que elle logo contára de madrugada ao Ega, depois dos primeiros abraços, em Santa Apolonia. Maria Eduarda ia casar.

Assim o annunciára ella a Carlos n'uma carta muito simples, que elle recebera na quinta dos Villa-Medina. Ia casar. E não parecia ser uma resolução tomada arrebatadamente sob um impulso do coração; mas antes um proposito lento, longamente amadurecido. Ella alludia n'essa carta a ter «pensado muito, reflectido muito...» De resto o noivo devia ir perto dos cincoenta annos. E Carlos portanto via alli a união de dois sêres desilludidos da vida, maltratados por ella, cansados ou assustados do seu isolamento, que, sentindo um no outro qualidades sérias de coração e de espirito, punham em commum o seu resto de calor, d'alegria e de coragem para affrontar juntos a velhice...

— Que idade tem ella?

Carlos pensava que ella devia ter quarenta e um ou quarenta e dois annos. Ella dizia na carta «sou apenas mais nova que o meu noivo seis annos e tres mezes». Elle chamava-se Mr. de Trelain. E era evidentemente um homem d'espirito largo, desembaraçado de prejuizos, d'uma benevolencia quasi misericordiosa, porque quizera Maria, conhecendo bem os seus erros.

— Sabe tudo? exclamou Ega, que saltára do parapeito.

— Tudo não. Ella diz que Mr. de Trelain conhecia do seu passado «todos aquelles erros em que ella cahira inconscientemente». Isto dá a entender que não sabe tudo... Vamos andando, que se faz tarde, e quero ainda vêr os meus quartos.

Desceram ao jardim. Um momento seguiram calados pela alea onde cresciam outr'ora as roseiras de Affonso. Sob as duas olaias ainda existia o banco de cortiça; Maria sentára-se alli, na sua visita ao Ramalhete, a atar n'um ramo flôres que ia levar como reliquia. Ao passar Ega cortou uma pequenina margarida que ainda floria solitariamente.

— Ella continúa a viver em Orléans, não é verdade?

Sim, disse Carlos, vivia ao pé d'Orléans, n'uma quinta que lá comprára, chamada Les Rosières. O noivo devia habitar nos arredores algum pequeno château. Ella chamava-lhe «visinho». E era naturalmente um gentilhomme campagnard, de familia séria, com fortuna...

Ella só tem o que tu lhe dás, está claro.

— Creio que te mandei contar tudo isso, murmurou Carlos. Emfim ella recusou-se a receber parte alguma da sua herança... E o Villaça arranjou as coisas por meio d'uma doação que lhe fiz, correspondente a doze contos de reis de renda...

— É bonito. Ella fallava de Rosa na carta?

— Sim, de passagem, que ia bem... Deve estar uma mulher.

— E bem linda!

Iam subindo a escadinha de ferro torneada que levava do jardim aos quartos de Carlos. Com a mão na porta da vidraça, Ega parou ainda, n'uma derradeira curiosidade:

— E que effeito te fez isso?

Carlos accendia o charuto. Depois atirando o phosphoro por cima da varandinha de ferro onde uma trepadeira se enlaçava:

— Um effeito de conclusão, de absoluto remate. É como se ella morresse, morrendo com ella todo o passado, e agora renascesse sob outra fórma. Já não é Maria Eduarda. É Madame de Trelain, uma senhora franceza. Sob este nome, tudo o que houve fica sumido, enterrado a mil braças, findo para sempre, sem mesmo deixar memoria... Foi o effeito que me fez.

— Tu nunca encontraste em Paris o snr. Guimarães?

— Nunca. Naturalmente morreu.

Entraram no quarto. Villaça, na supposição de Carlos vir para o Ramalhete, mandára-o preparar; e todo elle regelava — com o marmore das commodas espanejado e vazio, uma vela intacta n'um castiçal solitario, a colcha de fustão vincada de dobras sobre o leito sem cortinados. Carlos pousou o chapéo e a bengala em cima da sua antiga mesa de trabalho. Depois, como dando um resumo:

— E aqui tens tu a vida, meu Ega! N'este quarto, durante noites, soffri a certeza de que tudo no mundo acabára para mim... Pensei em me matar. Pensei em ir para a Trappa. E tudo isto friamente, com uma conclusão logica. Por fim dez annos passaram, e aqui estou outra vez...

Parou diante do alto espelho suspenso entre as uas columnas de carvalho lavrado, deu um geito ao bigode, concluiu, sorrindo melancolicamente:

— E mais gordo!

Ega espalhava tambem pelo quarto um olhar pensativo:

— Lembras-te quando appareci aqui uma noite, n'uma agonia, vestido de Mephistopheles?

Então Carlos teve um grito. E a Rachel, é verdade! A Rachel? Que era feito da Rachel, esse lirio d'Israel?

Ega encolheu os hombros:

— Para ahi anda, estuporada...

Carlos murmurou — «coitada! E foi tudo o que disseram sobre a grande paixão romantica do Ega.

Carlos no emtanto fôra examinar, junto da janella, um quadro que pousava no chão, para alli esquecido e voltado para a parede. Era o retrato do pai, de Pedro da Maia, com as suas luvas de camurça na mão, os grandes olhos arabes na face triste e pallida que o tempo amarellára mais. Collocou-o em cima d'uma commoda. E atirando-lhe uma leve sacudidella com o lenço:

— Não ha nada que me faça mais pena do que não ter um retrato do avô!... Em todo o caso este sempre o vou levar para Paris.

Então Ega perguntou, do fundo do sofá onde se enterrára, se, n'esses ultimos annos, elle não tivera a idéa, o vago desejo de voltar para Portugal...

Carlos considerou Ega com espanto. Para que? Para arrastar os passos tristes desde o Gremio até á Casa Havaneza? Não! Paris era o unico logar da terra congenere com o typo definitivo em que elle se fixára: — «o homem rico que vive bem». Passeio a cavallo no Bois; almóço no Bignon; uma volta pelo boulevard; uma hora no club com os jornaes; um bocado de florete na sala d'armas; á noite a Comédie Française ou uma soirée; Trouville no verão, alguns tiros ás lebres no inverno; e através do anno as mulheres, as corridas, certo interesse pela sciencia, o bric-à-brac, e uma pouca de blague. Nada mais inoffensivo, mais nullo, e mais agradavel.

— E aqui tens tu uma existencia d'homem! Em dez annos não me tem succedido nada, a não ser quando se me quebrou o phaeton na estrada de Saint-Cloud..: Vim no Figaro.

Ega ergueu-se, atirou um gesto desolado:

— Falhámos a vida, menino!

— Creio que sim... Mas todo o mundo mais ou menos a falha. Isto é falha-se sempre na realidade aquella vida que se planeou com a imaginacão. Diz-se: «vou ser assim, porque a belleza está em ser assim». E nunca se é assim, é-se invariavelmente assado, como dizia o pobre marquez. Ás vezes melhor, mas sempre differente.

Ega concordou, com um suspiro mudo, começando a calçar as luvas.

O quarto escurecia no crepusculo frio e melancolico d'inverno. Carlos pôz tambem o chapéo: e desceram pelas escadas forradas de velludo côr de cereja, onde ainda pendia, com um ar baço de ferrugem, a panoplia de velhas armas. Depois na rua Carlos parou, deu um longo olhar ao sombrio casarão, que n'aquella primeira penumbra tomava um aspecto mais carregado de residencia ecclesiastica, com as suas paredes severas, a sua fila de janellinhas fechadas, as grades dos postigos terreos cheias de treva, mudo, para sempre deshabitado, cobrindo-se já de tons de ruina.

Uma commoção passou-lhe n'alma, murmurou, travando do braço do Ega:

— É curioso! Só vivi dois annos n'esta casa, e é n'ella que me parece estar mettida a minha vida inteira!

Ega não se admirava. Só alli no Ramalhete elle vivera realmente d'aquillo que dá sabôr e relevo á vida — a paixão.

— Muitas outras coisas dão valor á vida... Isso é uma velha idéa de romantico, meu Ega!

— E que somos nós? exclamou Ega. Que temos nós sido desde o collegio, desde o exame de latim? Romanticos: isto é, individuos inferiores que se governam na vida pelo sentimento e não pela razão...

Mas Carlos queria realmente saber se, no fundo, eram mais felizes esses que se dirigiam só pela razão, não se desviando nunca d'ella, torturando-se para se manter na sua linha inflexivel, sêccos, hirtos, logicos, sem emoção até ao fim...

— Creio que não, disse o Ega. Por fóra, á vista, são desconsoladores. E por dentro, para elles mesmos, são talvez desconsolados. O que prova que n'este lindo mundo ou tem de se ser insensato ou semsabor...

— Resumo: não vale a pena viver...

— Depende inteiramente do estomago! atalhou Ega.

Riram ambos. Depois Carlos, outra vez sério, deu a sua theoria da vida, a theoria definitiva que elle deduzira da experiencia e que agora o governava. Era o fatalismo musulmano. Nada desejar e nada recear... Não se abandonar a uma esperança — nem a um desapontamento. Tudo aceitar, o que vem e o que foge, com a tranquillidade com que se acolhem as naturaes mudanças de dias agrestes e de dias suaves. E, n'esta placidez, deixar esse pedaço de materia organisada, que se chama o Eu, ir-se deteriorando e decompondo até reentrar e se perder no infinito Universo... Sobretudo não ter appetites. E, mais que tudo, não ter contrariedades.

Ega, em summa, concordava. Do que elle principalmente se convencera, n'esses estreitos annos de vida, era da inutilidade do todo o esforço. Não valia a pena dar um passo para alcançar coisa alguma na terra — porque tudo se resolve, como já ensinára o sabio do Ecclesiastes, em desillusão e poeira.

— Se me dissessem que alli em baixo estava uma fortuna como a dos Rothschilds ou a corôa imperial de Carlos V, á minha espera, para serem minhas se eu para lá corresse, eu não apressava o passo... Não! Não sahia d'este passinho lento, prudente, correcto, seguro, que é o unico que se deve ter na vida.

— Nem eu! acudiu Carlos com uma convicção decisiva.

E ambos retardaram o passo, descendo para a rampa de Santos, como se aquelle fosse em verdade o caminho da vida, onde elles, certos de só encontrar ao fim desillusão e poeira, não devessem jámais avançar senão com lentidão e desdem. Já avistavam o Aterro, a sua longa fila de luzes. De repente Carlos teve um largo gesto de contrariedade:

— Que ferro! E eu que vinha desde Paris com este appetite! Esqueci-me de mandar fazer hoje para o jantar um grande prato de paio com ervilhas.

E agora já era tarde, lembrou Ega. Então Carlos, até ahi esquecido em memorias do passado e syntheses da existencia, pareceu ter inesperadamente consciencia da noite que cahira, dos candieiros accêsos. A um bico de gaz tirou o relogio. Eram seis e um quarto!

— Oh, diabo!... E eu que disse ao Villaça e aos rapazes para estarem no Braganza pontualmente ás seis! Não apparecer por ahi uma tipoia!...

— Espera! exclamou Ega. Lá vem um «americano», ainda o apanhamos.

— Ainda o apanhamos!

Os dois amigos lançaram o passo, largamente. E Carlos, que arrojára o charuto, ia dizendo na aragem fina e fria que lhes cortava a face:

— Que raiva ter esquecido o paiosinho! Emfim, acabou-se. Ao menos assentamos a theoria definitiva da existencia. Com effeito, não vale a pena fazer um esforço, correr com ancia para coisa alguma...

Ega, ao lado, ajuntava, offegante, atirando as pernas magras:

— Nem para o amor, nem para a gloria, nem para o dinheiro, nem para o poder...

A lanterna vermelha do «americano», ao longe, no escuro, parára. E foi em Carlos e em João da Ega uma esperança, outro esforço:

— Ainda o apanhamos!

— Ainda o apanhamos!

De novo a lanterna deslizou, e fugiu. Então, para apanhar o «americano», os dois amigos romperam a correr desesperadamente pela rampa de Santos e pelo Aterro, sob a primeira claridade do luar que subia.

Also available from JiaHu Books:

Os Maias (Livro Primeiro) - José Maria de Eça de Queirós
Os Lusíadas - Luís Vaz de Camões
Terra baixa - Àngel Guimerà
L' Atlàntida - Jacint Verdaguer
Cantares gallegos - Rosalía de Castro
Il Principe - The Prince - Italian/English Bilingual Text - Niccolo Machiavelli
The Social Contract (French-English Text) - Jean-Jacques Rousseau
Lettres persanes/Persian Letters (French-English Bilingual Text) - Charles-Louis de Secondat Montesquieu
What is Property? - French/English Bilingual Text - Pierre-Joseph Proudhon
Manifest der Kommunistischen Partei Manifesto of the Communist Party (German/English Bilingual Text)- Karl Marx
Also sprach Zarathustra/Thus Spoke Zarathustra - Friedrich Nietzsche
Jenseits von Gut und Böse/Beyond Good and Evil (German/English Bilingual Text) - Friedrich Nietzsche
Die Verwandlung – Metamorphosis - Franz Kafka
Det går an - Carl Jonas Love Almqvist
Drottningens Juvelsmycke - Carl Jonas Love Almqvist
Röda rummet – August Strindberg
Fröken Julie/Fadren/Ett dromspel - August Strindberg
Brand -Henrik Ibsen
Et Dukkhjem – Henrik Ibsen
(Norwegian/English Bilingual text also available)
Peer Gynt – Henrik Ibsen
Hærmændene på Helgeland – Henrik Ibsen
Fru Inger til Østråt -Henrik Ibsen
Synnøve Solbakken - Bjørnstjerne Bjørnson
The Little Mermaid and Other Stories (Danish/English Texts) - Hans-Christian Andersen
Egils Saga (Old Norse and Icelandic)
Brennu-Njáls saga (Icelandic)
Laxdæla Saga (Icelandic)
Die vlakte en andere gedigte (Afrikaans) - Jan F.E. Celliers

www.ingramcontent.com/pod-product-compliance
Lightning Source LLC
LaVergne TN
LVHW101939220826
846093LV00006B/59

* 9 7 8 1 7 8 4 3 5 0 7 2 7 *